馬美信　注譯

新譯浮生六記

三民書局　印行

國家圖書館出版品預行編目資料

新譯浮生六記／馬美信注譯.－－初版二刷.－－臺北市：三民，2019
面；　公分.－－(古籍今注新譯叢書)

ISBN 978-957-14-6299-8　(平裝)

855　　106009276

© 新譯浮生六記

注譯者	馬美信
責任編輯	黃千瑜
美術設計	李唯綸
發行人	劉振強
著作財產權人	三民書局股份有限公司
發行所	三民書局股份有限公司
	地址　臺北市復興北路386號
	電話　(02)25006600
	郵撥帳號　0009998-5
門市部	(復北店)臺北市復興北路386號
	(重南店)臺北市重慶南路一段61號
出版日期	初版一刷　2017年6月
	初版二刷　2019年7月修正
編號	S 032980

行政院新聞局登記證局版臺業字第〇二〇〇號

ISBN　978-957-14-6299-8　(平裝)

http://www.sanmin.com.tw　三民網路書店

刊印古籍今注新譯叢書緣起

劉振強

人類歷史發展，每至偏執一端，往而不返的關頭，總有一股新興的反本運動繼起，要求回顧過往的源頭，從中汲取新生的創造力量。孔子所謂的述而不作，溫故知新，以及西方文藝復興所強調的再生精神，都體現了創造源頭這股日新不竭的力量。古典之所以重要，古籍之所以不可不讀，正在這層尋本與啟示的意義上。處於現代世界而倡言讀古書，並不是迷信傳統，更不是故步自封；而是當我們愈懂得聆聽來自根源的聲音，我們就愈懂得如何向歷史追問，也就愈能夠清醒正對當世的苦厄。要擴大心量，冥契古今心靈，會通宇宙精神，不能不由學會讀古書這一層根本的工夫做起。

基於這樣的想法，本局自草創以來，即懷著注譯傳統重要典籍的理想，由第一部的四書做起，希望藉由文字障礙的掃除，幫助有心的讀者，打開禁錮於古老話語中的豐沛寶藏。我們工作的原則是「兼取諸家，直注明解」。一方面熔鑄眾說，擇善而從；

一方面也力求明白可喻，達到學術普及化的要求。叢書自陸續出刊以來，頗受各界的喜愛，使我們得到很大的鼓勵，也有信心繼續推廣這項工作。隨著海峽兩岸的交流，我們注譯的成員，也由臺灣各大學的教授，擴及大陸各有專長的學者。陣容的充實，使我們有更多的資源，整理更多樣化的古籍。兼採經、史、子、集四部的要典，重拾對通才器識的重視，將是我們進一步工作的目標。

古籍的注譯，固然是一件繁難的工作，但其實也只是整個工作的開端而已，最後的完成與意義的賦予，全賴讀者的閱讀與自得自證。我們期望這項工作能有助於為世界文化的未來匯流，注入一股源頭活水；也希望各界博雅君子不吝指正，讓我們的步伐能夠更堅穩地走下去。

浮生六記序

《浮生六記》是一部自傳體的敘事文學作品，描寫作者夫婦的日常生活情事，表達了沈復和陳芸對自由幸福生活的嚮往，他們不僅追求生活的閒適，更重視精神的自由，體現出與傳統理念不一致的人生觀和價值觀。此書還通過對沈復夫婦愛情悲劇的描寫，揭示了封建禮教摧殘人性的罪惡。此書最成功處，是塑造了一個具有叛逆精神的獨特女性形象，她具有獨立自主的意識，率性豪放的個性，溫婉多情的氣質，是「中國文學上一個最可愛的女人」（林語堂〈浮生六記新序〉）。此書眾體兼備，融合了散文、小說、筆記、詩詞多種因素。在語言上，敘事狀物一般用淺近的文言或通俗的白話，抒情寫景則多用駢文韻語。此書以深厚的文化意蘊和卓越的藝術成就，在中國文學史上占有重要的地位，并對以後的小說、散文創作產生深遠的影響。

針對此書的特點，凡比較平易順暢的文字，注釋相對簡略，對於比較難以理解駢文韻語，力求詳盡。書中用典之處，不加注釋則難以理解文意。如《閒情記趣》寫沈復和友人南園賞花歸來，「芸問曰：『今日之遊樂乎？』眾曰：『非夫人之力不及此。』大笑而散。」

若按照字面解釋，因為陳芸想出租餛飩擔溫酒熱菜燒茶的好辦法，使眾人盡興而歸，因此眾人說：「沒有夫人出力，不能這樣快樂」，於是眾人大笑而散。這樣解釋也能通，然而總覺得「大笑而散」與上文的銜接不太自然。其實「非夫人之力不及此」是暗用《左傳》成語，原句中「夫」為指示代詞，「夫人」意為此人，沈復友人則將此句中「夫人」指沈復的夫人。由於巧妙地將成語賦予新意，眾人才大笑而別。語譯是此書的難點，淺近的文言和通俗白話，翻譯成現代漢語差別不大，抒情寫景的駢文韻語翻譯成白話文，往往失去原文的神韻。如〈閨房記樂〉寫沈復夫婦遊太湖，「返棹至萬年橋下，陽烏猶未落也。舟窗盡落，清風徐來，紈扇羅衫，剖瓜解暑。少焉，霞映橋紅，煙籠柳暗，銀蟾欲上，漁火滿江矣。」現譯為：「回船到萬年橋下，太陽還沒有落下。船窗全部放下，清風緩緩吹來，手執團扇身披薄衫，切瓜解暑。一會兒，晚霞映紅長橋，煙霧籠罩柳影綽約，月亮將升，漁船的燈佈滿江上。」與原文比較，譯文的意味差了許多。筆者勉力為之，也許并不能使讀者滿意。研析圍繞文化意蘊和藝術成就兩方面展開，純屬個人觀點，希望有助讀者理解和欣賞作品。

《浮生六記》原本僅有〈閨房記樂〉、〈閒情記趣〉、〈坎坷記愁〉、〈浪遊記快〉四記，民國二十四年（西元一九三五年），上海世界書局出版《浮生六記足本》，贈補〈中山記歷〉、〈養生記道〉兩記。西元二〇一〇年，人民文學出版社出版的《浮生六記》新增補本，收入新發現的〈冊封琉球國記略〉，而將《浮生六記足本》中〈中山記歷〉作為附錄。經一些學者考證，〈中山記歷〉、〈養生記道〉、〈冊封琉球國紀略〉皆為偽作，因此本書一仍其舊，正文只收〈閨房記樂〉、〈閒情記趣〉、〈坎坷記愁〉、〈浪遊記快〉，而將〈中山記歷〉、〈養生記道〉、〈冊封琉球國紀略〉作為附錄，只作簡單注釋，不作語譯和研析，謹供讀者參考比較。

馬美信

新譯浮生六記 目次

導讀

沈復的《浮生六記》是一部很奇特的書，由於作者是個默默無聞的下層文人，在清嘉慶年間問世後，一直沒引起人們的關注。光緒三年（西元一八七七年），楊引傳將在書攤上購得的此書手稿，人們才知道此人此書，但也沒有引起很大的反響。民國十三年，經俞平伯校點的北京楓林社本刊行，此書方進入文學研究者的視野。民國二十八年，林語堂將此書翻譯成英文，其影響遂擴展至海外。近半個世紀，《浮生六記》成為學者研究的熱點，人們對此書的藝術價值有了更深刻的認識。

沈復，字三白，號梅逸，長洲（今江蘇蘇州）人。生於清乾隆二十八年（西元一七六三年）。年輕時在安徽績溪、江蘇青浦及揚州等地作幕客，一度棄儒經商，也曾以出售書畫為生。嘉慶十年（西元一八〇五年），入重慶知府石韞玉幕，嘉慶十三年（西元一八〇八年），隨翰林院編修齊鯤出使琉球。晚年在江蘇如皋作幕十年。其卒年不詳，道光五年（西元一八二五年）尚在世。

一

作為自傳體記敘文，此書有兩個顯著的特點：「真」和「情」。藝術生命在於真實，藝術魅力來自感情，作者在卷首開宗明義地說：此書「不過記其實情實事而已」，《浮生六記》正是以真實的描寫和誠摯的感情打動了眾多的讀者。所謂記其實事，就是真實地再現日常生活平常事。中國傳統文學觀念，認為文章是「經國之大業」，記述的內容應該有關國計民生，闡述的道理必須符合綱常倫理，生活中平凡的人物和事情是被排斥在正統文學之外的。中國文學的寫實主義，嚴格地說始於明代小說《金瓶梅》，普通人的日常生活首次闖入文學創作領域。《浮生六記》繼承了從《金瓶梅》到《紅樓夢》的寫實傳統，真實描寫了作者夫婦生活起居，男女情事，悲歡離合。正因為作者所寫都是普通人所熟悉的事情，才使廣大讀者感覺真實可信。作者嚴格遵循「記其實情實事」的原則，記事不誇張、不虛飾，如作者寫陳芸的外貌，並沒有那些「沉魚落雁」、「閉月羞花」之類的陳詞濫調，在讚賞她「削肩長項，瘦不露骨，眉彎目秀，顧盼神飛」的風韻神彩時，又寫她「唯兩齒微露，似非佳相」。作者如此描寫陳芸外貌的缺陷，並未損害她的形象，反而顯得更真實可愛。作者寫陳芸喜愛文學，通過自學能識文斷字，並「漸通吟詠」，寫出「秋侵人影瘦，霜染菊花肥」的佳句，但並不像才子佳人小說中描寫的才女，才思敏捷，出口成章，而是「有僅一聯或三四句，多未成篇者」。中國古代的文章，尤其是小說，描寫的人物多是性格單一的類型化人物，好人毫無缺陷，壞人一無是處，沈復筆下的陳芸，不是理想化的虛構人物，而是生活中的真實人物。作者所寫，都是親身經歷的事情，並無一點虛構幻想。即使寫陳芸回煞這樣帶有迷信色彩的事情，也只是如實記錄所見所聞，並無任何虛妄之詞。

《浮生六記》寫日常生活，以情貫串始終，突出描寫了沈復夫婦之間真摯的愛情，有很強的藝術感染力。沈復與陳芸的結合，擺脫了舊式婚姻「父母之命，媒妁之言」的模式，而是以愛情為基礎的自主選擇。沈復與陳芸「兩小無嫌」，「嘆其才思雋秀」，因而「心注不能釋」，於是向母親表示：「若為兒擇婦，非淑姊不娶」。沈復和陳芸有共同的生活理想和興趣愛好，是他們夫妻情愛日深的重要原因。他們一起賦詩論文，遨遊山水，嚮往擺脫世俗束縛，率性自適的生活方式。〈閨房記樂〉寫沈復夫婦移居金母橋避暑，陳芸說：「他年當與君卜築於此，買繞屋菜園十畝，課僕嫗植瓜蔬，以供薪水。君畫我繡，以為詩酒之需。布衣菜飯，可樂終身，不必作遠遊計也。」沈復夫婦不迷戀功名，不貪圖榮華，嚮往躬耕田園，布衣蔬食的簡樸生活，追求精神的自在和愉悅，表現出與主流社會不同的價值觀念。《浮生六記》以濃筆重彩描寫沈復夫婦在簡樸的生活中相濡以沫，患難與共，譜寫了一曲愛情的頌歌。在寧靜的生活中，他們共享生活的歡樂，夫唱婦隨，琴瑟和諧；在危難的時刻，他們不離不棄，協力同心，共度時艱。七夕之夜，沈復鐫刻「願生生世世為夫婦」的圖章，作為他們的愛情宣言。他們特地請人畫了月老的像，以求來世姻緣，充滿浪漫情調。陳芸臨終前，與丈夫訣別的場景，更感人至深。陳芸自知即將離世而去，卻放心不下丈夫，叮囑丈夫續娶，沈復當即表示：「卿果中道相舍，斷無再續之理，況『曾經滄海難為水，除卻巫山不是雲』耳。」陳芸抓住丈夫的手，已無力說話，只是反覆說「來世」兩字，她是用最後的生命與丈夫訂來生之約，真可謂為情而生，為情而死。《浮生六記》對於愛情的描寫，足可列於中國文學之上乘。

沈復與陳芸夫妻之間，是建立在愛情之上互相關愛、互相尊重的平等關係。沈復是這樣回顧他們幾十年夫妻生活的：「芸一女流，具男子之襟懷才識。歸吾門後，余日奔走衣食，中饋缺乏，芸能纖悉不介意。及余家居，惟以文字相辨析而已。卒之疾病顛連，齎恨以沒，誰致之耶？余有負閨中良友，又何可勝道哉？」沈復將陳芸視作閨中良友，他們崇尚自然，熱愛生活，不僅有相同的理想和追求，而且有類似的性格。他們率性豪放，不拘禮教，隨意談笑，肆意調謔，超越了傳統的相敬如賓的夫妻關係。作者在描寫他們的夫妻生活時，故意淡化陳芸作為妻子的身分和角色地位，甚至模糊了性別的界限，以至於沈復有此奇想：「來世卿當作男，我為女子相從。」沈復與陳芸亦妻（夫）亦友的新型家庭關係，蘊含著現代思想意識。

《浮生六記》除了愛情，還寫到親情、友情。沈復父親是個主觀武斷的封建家長，他輕信流言，剛愎自用，給沈復夫婦帶來極大的傷害，然而沈復得知父親去世的消息，悲痛欲絕。沈復夫婦對子女傾注了極大的關愛，在第二次被逐出家門時，煞費苦心地為子女安排了後路，給女兒青君尋找婆家，讓兒子逢森去當學徒。臨行之時，陳芸囑咐女兒道：「汝至汝家須盡婦道，勿似汝母。汝之翁姑以得汝為幸，必善視汝。所留箱籠什物，盡付汝帶去。汝弟年幼，故未令知，臨行時託言就醫，數日即歸，俟我去遠，告知其故，稟聞祖父可也。」這番語重心長的話，充滿母親的慈愛。沈復夫婦啟門將出，逢森忽大哭，曰「我母不歸矣」。「當是時，余兩人寸腸已斷，不能復作一語，但止以『勿哭』而已」，「解維後，芸始放聲痛哭。是行也，其母子已成永訣矣」。這一段生離死別的描寫，將母（父）子（女）之情渲染得淋漓盡致。書中還以較多篇幅描寫了友情。沈復自稱「多情重諾」，他為朋友借貸作保，結果朋友挾資而逃，他承擔了償還債務的責任，辛辛苦苦地賣書畫還債。他在揚州時，自己生活相當拮据，朋友張禹門度歲艱難，就將為移柩安葬妻子而積蓄的二十金傾囊借之。陳芸曾對女兒青君說：「汝母命苦，兼亦情癡，故遭此顛沛。」她自稱情癡，除了鍾情於丈夫，與憨園的友情，影響了她的一生。陳芸積極勸說憨園嫁給丈夫為妾，曾引起人們的非議。在一夫多妻制的封建社會，男人娶妾是合法且平常的事情。有人納妾，是為了滿足自己的色慾，有人則為延續香火考慮。在封建家庭中，妻為正室，有主持家政的權力，妾為側室，其地位處於妻子和奴婢之間。妾雖然地位低下，但往往年輕貌美，能得到丈夫的寵幸，因此引發了妻妾爭寵的家庭矛盾。若妻能善待妾，便是極賢惠女子，更不要說主動為丈夫納妾。古代也有不少妻子主動為丈夫納妾的事情，大多是為子嗣計，陳芸為丈夫納妾奔走時，已有一子一女，顯然不是為延續香火。書中未明言陳芸此舉之目的，但從情理推測，不外乎兩個原因：一是陳芸身患血疾，不能滿足丈夫正常的生理需求，因此尋找他人為自己盡妻子的義務；一是陳芸出於自身感情的需要，尋找一個閨中伴侶。沈復長年外出遊幕，陳芸獨守空房，不免感到寂寞，因此想覓一閨中密友，可以得到精神上的安慰和寄託。她與憨園一見如故，起勁地為憨園和丈夫撮合，沈復對此卻不以為然，說：「此非金屋不能貯，窮措大豈敢生此妄想哉！況我兩人伉儷正篤，何必外求？」陳芸回答說：「我自愛之，子姑待之。」由此可見，納妾一事，陳芸更多是從自己感情需要出發的。陳芸與憨園一見如故，是因為憨園亭亭玉立，如「一泓秋水照人寒」，且頗知文墨，符合她「美而韻」的標準，她對憨園的憐愛，是對美的欣賞和追求。陳芸結識憨園後，精神上有了寄託，心情也舒暢許多，血疾好幾年沒有復發，作者感歎道：憨園「真乃良藥也」。後來憨園被豪家奪去，陳芸感情上受到很大打擊，以致血疾大發。在封建社會中，婦女的行動受到嚴格限制，更不能結交異性朋友，只能在同性中尋找友誼，但像陳芸那樣用情之深之專，並將對方視作生死寄託，確實不多見。

陳寅恪在《元白詩箋證稿》中指出：「吾國文學，自來以禮法顧忌之故，不敢多言男女關係，而於正式男女關係如夫婦者，尤少涉及。蓋閨房燕昵之情景，家庭米鹽之瑣屑，大抵不列載於篇章，惟以籠統之詞，概括言之而已。此後來沈三白《浮生六記》之閨房記樂，所以為例外創作，然其時代已距今較近矣。」《浮生六記》真實細膩地描寫了夫妻生活和情愛，在中國文學史上有深遠的影響和獨特的地位。

二

《浮生六記》最成功處，是塑造了陳芸這樣一個獨特的女性形象。林語堂〈浮生六記新序〉說：「芸，我想，是中國文學上一個最可愛的女人。」她的可愛，並不在外貌，而是其風韻。聰明靈慧的天資，獨立自主的意識，率性豪放的個性，溫婉多情的氣質，構成她光彩照人的風采。

陳芸自小聰慧過人，牙牙學語時，便能背誦〈琵琶行〉，後來挨字而認，便能識字，而且漸通吟詠，能寫出「秋侵人影瘦，霜染菊花肥」富有詩情畫意的詩句。她與沈復討論古今詩文，發表對李、杜的評價，頗有見地，顯示她對中國文學有比較深切的了解。她的聰慧，還表現於日常生活各個方面。沈復喜歡盆栽，陳芸提出用昆蟲做標本，繫在盆花上，栩栩如生，見者無不稱絕。沈復家境窘迫，陳芸精心操持，器皿房舍，皆省儉而雅潔。沈復喜飲酒，陳芸製備了梅花盒，其形狀如同今日之果盒，既美觀，又方便。陳芸發明的活花屏，既可遮陽，又能美化庭院。沈復與朋友去南園賞花，苦於附近無酒家，自帶酒食，對花冷飲，殊無意味。陳芸租了一副餛飩擔，其中鍋竈具備，解決了花下宴飲的難題。陳芸的聰慧還表現於她的幽默。沈復與陳芸論詩時說：「李太白是知己，白樂天是啟蒙師，余適字三白為卿婿，卿與『白』字何其有緣耶！」陳芸笑曰：「『白』字有緣，將來恐白字（吳音呼別字為白字）連篇。」沈復夫婦與王二姑遊福壽山，陳芸愛地下石塊斑駁可觀，王二姑便為她撿了一麻袋，累得粉汗盈盈，陳芸隨口開玩笑道：「我聞山果收穫，必藉猴力，果然！」幽默是一種智慧，是心靈自由的表現，陳芸的幽默是她個性的流露。陳芸的聰明靈巧，不僅表現在操持家務上，更多體現了文人的雅趣，這便是陳芸不同於一般家庭主婦的獨特之處。

陳芸在自主意識支配下，追求個性自由，經常做出被當時人認為出格的事情。她在書櫥裡找到一本《西廂記》，讀到夜深而不知疲倦。《西廂記》描寫張生和鶯鶯衝破封建觀念的束縛和專制家長的阻擾，私下結合，並最終成為夫妻的故事，受到許多青年男女的喜愛。《紅樓夢》中就有寶玉和黛玉共讀《西廂》的情節，表現了他們對美好愛情的渴望。然而在衛道之士看來，《西廂記》是一部誨淫作品，在清代曾遭官府的禁毀。陳芸敢於衝破禁令，夜讀《西廂》，同樣出於對自由愛情和幸福婚姻的嚮往和追求。陳芸女扮男裝，參加水仙廟會。陳芸託言歸寧，私自與沈復相約於萬年橋下，遊覽太湖盡興而歸。陳芸初見太湖，對沈復說：「此即所謂太湖耶？今得見天地之寬，不虛此生矣，想閨中人有終身不能見此者。」陳芸不願像大多數女子那樣雌伏閨中，她要走出家門，投身自然，在山水之間釋放自己的心情。陳芸種種行為，不是一個恪守婦道，謹遵閨訓女子所應該做的，然而在陳芸看來，是很自然合理的舉動。

陳芸獨立的個性，還體現在她對於兩性關係的態度。中國古代婦女，大多缺乏獨立的人格，而是將自己的一切依附於丈夫，因而想方設法討取丈夫的歡心，把丈夫牢牢地握在自己手中。她們對丈夫與異性的交往抱有嚴重的戒心，生怕丈夫之心另有所屬，而忽略了自己。陳芸對兩性關係的態度則相當開放。他們寄居蕭爽樓時，沈復結交了一批朋友，經常在居處舉辦文會。陳芸努力籌備宴飲事宜，「拔釵沽酒，不動聲色」，並積極參與其間，與男士同場吟詩作對。她對丈夫與異性的交往，毫無妒忌之心，有時還與丈夫一同尋歡作樂。陳芸和沈復私遊太湖，書中有一段精彩的描寫：

船家女名素雲，與余有盃酒交，人頗不俗，招之與芸同坐。船頭不張燈火，待月快酌，射覆為令。素雲雙目閃閃，聽良久，曰：「觴政儂頗嫻習，從未聞有所令，願受教。」芸即譬其言而開導之，終茫然。余笑曰：「女先生且罷論，我有一言作譬，即瞭然矣。」芸曰：「君若何譬之？」余曰：「鶴善舞而不能耕，牛善耕而不能舞，物性然也。先生欲反而教之，無乃勞乎？」素雲笑捶余肩曰：「汝罵我耶！」芸出令曰：「祇許動口，不許動手，違者罰大觥。」素雲量豪，滿斟一觥，一吸而盡。余曰：「動手但准摸索，不准捶人。」芸笑挽素雲置余懷，曰：「請君摸索暢懷。」余笑曰：「卿非解人，摸索在有意無意間耳，擁而狂探，田舍郎之所為也。」

陳芸對沈復和素雲打情罵俏毫不介意，反而很享受這樣的場景。她認為男子與異性交往，甚至狎娼養妓，都是很平常的事情。日後魯夫人提起此事，說：「前日聞若婿挾兩妓飲於萬年橋中，子知之否？」陳芸坦然回答：「有之，其一即我也。」陳芸對兩性關係的開放態度，當今也不多見。

陳芸的思想和行為，明顯逾越了封建禮教，但她並不是一個自覺的封建家庭叛逆者。陳芸雖非出身名門的大家閨秀，但自幼接受傳統教育，在她身上留下了深刻的封建意識烙印。她嫁入沈家後，努力做一個賢妻良母，「芸作新婦，初甚緘默，終日無怒容。與之言，微笑而已。事上以敬，處下以和，井井然未嘗稍失。每見朝暾上窗，即披衣急起，如有人呼促者然」。陳芸事事小心，處處留意，就像林黛玉初進賈府，「都要步步留心，時時在意，不要多說一句話，不可多行一步路」，恐怕得罪家人，失歡於公婆。陳芸為代寫家信事，引起公公誤會，婆婆不滿，她「寧受責於翁，勿失歡於姑」，竟不申訴自白。陳芸受丈夫之託，為公公物色姬妾，卻失愛於婆婆，觸犯了公公，陳芸百口莫辯。陳芸忍辱負重，委曲求全，最終還是被逐出家門，客死他鄉。陳芸本無叛逆家庭之意，但她純真率直，渴望自由的個性不可避免地與封建家庭發生衝突，她的個性遭到嚴重的壓抑和摧殘，這就使她的命運悲劇帶有更深刻的社會意義。

三

《浮生六記》有極高的藝術成就和獨特的價值。

《浮生六記》在文體上有開創性意義。此書為自傳性記敘文，兼備各體，融會了散文、小說、筆記諸多因素。〈閨房記樂〉、〈坎坷記愁〉多由描寫日常生活的散文組成，能從細事中寫出生活樂趣和人情世態，頗具歸有光散文的餘韻，如敘述沈復幼時吃粥一節：

> 是夜送親城外，返已漏三下，腹飢索餌，婢嫗以棗脯進，余嫌其甜。芸暗牽余袖，隨至其室，見藏有煖粥并小菜焉。余欣然舉箸，忽聞芸堂兄玉衡呼曰：「淑妹速來！」芸急閉門曰：「已疲乏，將臥矣。」玉衡擠身而入，見余將吃粥，乃笑睨芸曰：「頃我索粥，汝曰盡矣，乃藏此專待汝婿耶！」芸大窘避去，上下譁笑之。余亦負氣，挈老僕先歸。

這一段文字，將情竇初開小兒女的神情心態刻畫得入木三分，雖然篇幅不長，卻寫得委婉曲折，玉衡闖入鬧場，原本平淡的情節頓起波瀾，增添了許多趣味。

沈復深受性靈文學影響，許多散文頗有晚明小品的韻趣，如寫南園賞花：

> 至南園，擇柳陰下團坐。先烹茗，飲畢，然後暖酒烹肴。是時風和日麗，遍地黃金，青衫紅袖，越阡度陌，蝶蜂亂飛，令人不飲自醉。既而酒肴俱熟，坐地大嚼。擔者頗不俗，拉與同飲。遊人見之，莫不羨為奇想。杯盤狼藉，各已陶然，或坐或臥，或歌或嘯。

描寫南園風光，遍地菜花金黃，遊人青衫紅袖，色彩濃麗，越阡度陌，蝶舞蜂飛，充滿勃勃生氣。沈復等人坐地大嚼，開懷暢飲，興致盎然。如果說這段文字的風格明朗俊爽，類似袁宏道，那麼寫鬼節賞月，孤峭幽深，又與鍾惺、譚元春相近：

正話間，漏已三滴，漸見風掃雲開，一輪湧出，乃大喜。倚窗對酌，酒未三盃，忽聞橋下鬨然一聲，如有人墮。就窗細矚，波明如鏡，不見一物，惟聞河灘有隻鴨急奔聲。余知滄浪亭畔素有溺鬼，恐芸膽怯，未敢即言。芸曰：「噫！此聲也，胡為乎來哉？」不禁毛骨皆栗，急閉窗攜酒歸房。一燈如豆，羅帳低垂，弓影盃蛇，驚神未定。

書中有些片段，有曲折的故事情節，鮮明的人物形象，個性化的語言和心理刻畫，生動的細節描寫，具備了小說的基本因素，其中最突出的是描寫沈復夫婦第二次被逐出家門，凌晨離家的情景，以及沈復在廣州寓所招妓宴飲，被無賴敲詐，冒險突圍的經歷。

沈復為朋友借款作保，朋友挾款潛逃，債主上門索討，引起父親不滿。陳芸閨密華夫人派人探視陳芸，沈復父親以為是憨園派來的，愈加震怒，認為陳芸不守閨訓，結盟娼妓，沈復不思上進，與小人為伍，第二次將沈復夫婦逐出家門。文章極力渲染沈復夫婦離家時的艱辛困苦，與親人離別的淒慘悲痛。為不驚動家人和鄰居，沈復夫婦只能凌晨悄然出門，陳芸久病體弱，冒嚴寒勉力而行，出巷十幾步，已疲不能行，沈復只得負之而行。路中遇見巡夜的隸卒，幸有隨行老嫗和華家船工解圍，才能順利上船。從沈家到碼頭，不遠的路途就有如許周折。整段描寫充滿悲痛惆悵，作者偏插入吃粥一事，「將交五鼓，暖粥共啜之。芸強顏笑曰：『昔一粥而聚，今一粥而散，若作傳奇，可名《吃粥記》矣。』」陳芸在極危難的時候，還能想起往日幸福的時光，故作輕鬆地開玩笑，表明她對愛情的珍惜，以及內心的堅強，在陰森的畫面中增添了一抹亮色。

沈復隨表妹夫徐秀峰往廣州經商，孤身在外，以他的風流稟性，難免拈花惹草，結識了妓女喜兒。一日，沈復等人與喜兒、翠姑在寓所飲酒，一幫無賴上門尋釁敲詐。沈復等人突圍而出，狼狽逃至喜兒船上。這一段情節緊張曲折，鋪敘跌宕起伏，在激烈的衝突中，生動地刻畫了人物的情態和性格。當沈復等人聽得樓下人聲嘈雜，似有人要衝上樓來，秀峰怨曰：「此皆三白一時高興，不合我亦從之。」沈復曰：「事已至此，應速思退兵之計，非鬪口時也。」懋老說：「我當先下說之。」危急時刻，秀峰膽小怕事，一味推諉埋怨，沈復沉著冷靜，顧全大局，懋老重義氣，首當其衝，通過三人不同的反應，顯示出不同的個性。沈復回到船上，見喜兒釵環俱無，以為被人搶去，喜兒笑曰：「聞此皆赤金，阿母物也，妾於下樓時已除去，藏於囊中。若被搶去，累君賠償耶？」表現出喜兒冷靜細緻和善解人意。

沈復夫婦第二次被驅逐出門和沈復寓所召妓宴飲兩節文字，都可看作上好的小說，然兩者筆法不同，前者具有濃厚的抒情色彩，後者情節更曲折，故事性更強。

〈浪遊記快〉由若干篇遊記連綴而成，卷首作者自言：「余凡事喜獨出己見，不屑隨人是非，即論詩品畫，莫不存人珍我棄、人棄我取之意，故名勝所在貴乎心得，有名勝而不覺其佳者，有非名勝而自以為妙者」，體現了作者獨特的審美觀念。沈復崇尚自然，反對人為雕飾，他所讚賞的景色都具有自然淳樸的特點，如寫上沙村之遊：「村在兩山夾道中，園依山而無石，老樹多極紆回盤鬱之勢，亭榭窗欄盡從樸素，竹籬茆舍，不愧隱者之居。中有皂莢亭，樹大可兩抱。余所歷園亭，此為第一。」又如西山無隱庵，荒廢已久，沈復和朋友不辭辛勞尋到此地，猶如入武陵源：「四山抱列如城，缺西南一角。遙見一水浸天，風帆隱隱，即太湖也。倚窗俯視，風動竹梢，如翻麥浪」，作者將人跡罕至的廢寺描繪為絕妙風景，可見其興趣所在。作者提出遊覽名勝貴乎心得，強調心靈與自然的和諧交融，如寫沈復和趙緝之同遊西湖：「旭日將升，朝霞映於柳外，盡態極妍。白蓮香裡，清風徐來，令人心骨皆清。」寫遊放鶴亭：「但見木犀香裡，一路霜林，月下長空，萬籟俱寂。星瀾彈〈梅花三弄〉，飄飄欲仙。憶香亦興發，袖出鐵笛，嗚嗚而吹之。」寫登黃鶴樓：「仰視長空，瓊花飛舞，遙指銀山玉樹，恍如身在瑤臺。江中往來小艇，縱橫掀播，如浪捲殘葉，名利之心，至此一冷。」沈復在優美寧靜的自然景色中，心靈得到釋放，感情得到淨化，達到了情景交融的境地。

〈閒情記趣〉主要寫瓶花盆栽，與高濂《瓶花三說》、張德謙《瓶花譜》、袁宏道《瓶史》等著作類似，但大多數筆記只是技術性地記載瓶花盆栽的佈置種植之法，〈閒情記趣〉並不就事論事，而能通過人物的行為舉止表現他們的性情和趣味，因此顯得更為靈巧生動。

如寫種蘭一節：

蘭坡臨終時，贈余荷瓣素心春蘭一盆，皆肩平心闊，莖細瓣淨，可以入譜者。余珍如拱璧。值余幕遊於外，芸能親為灌溉，花葉頗茂。不二年，一旦忽萎死，起根視之，皆白如玉，且蘭芽勃然。初不可解，以為無福消受，浩歎而已；事後始悉有人欲分不允，故用滾湯灌殺也。從此誓不植蘭。

又如沈復夫婦製作盆景：

至深秋，蔦蘿蔓延滿山，如藤蘿之懸石壁，花開正紅色，白蘋亦透水大放，紅白相間。神遊其中，如登蓬島。置之檐下與芸品題：此處宜設水閣，此處宜立茅亭，此處宜鑿六字，曰「落花流水之間」，此可以居，此可以釣，此可以眺。胸中丘壑，若將移居者然。一夕，貓奴爭食，自檐而墮，連盆與架頃刻碎之。余嘆曰：「即此小經營，尚干造物忌耶？」兩人不禁淚落。

這兩節文字表現了沈復夫婦對美的追求，對悠閒自適生活的嚮往，以及美好事物遭到摧殘的傷痛。

《浮生六記》的語言也很有特點，駢散兼容，雅俗串合，一般在敘事狀物時用白話或淺近的文言，寫景抒情時多用駢文對句，如寫遊太湖：

余登岸拜奠畢，歸視舟中洞然。急詢舟子，舟子指曰：「不見長橋柳影下，觀魚鷹捕魚者乎？」蓋芸已與船家女登岸矣。余至其後，芸猶粉汗盈盈，倚女而出神焉。余拍其肩曰：「羅衫汗透矣！」芸回首曰：「恐錢家有人到舟，故暫避之，君何回來之速也？」余笑曰：「欲捕逃耳。」於是相挽登舟，返棹至萬年橋下，陽烏猶未落也。舟牕盡落，清風徐來，紈扇羅衫，剖瓜解暑。少焉，霞映橋紅，煙籠柳暗，銀蟾欲上，漁火滿江矣。

又如寫中秋賞月：

是年七夕，芸設香燭瓜果，同拜天孫於我取軒中。……是夜月色頗佳，俯視河中，波光如練，輕羅小扇，并坐水牕，仰見飛雲過天，變態萬狀。芸曰：「宇宙之大，同此一月，不知今日世間，亦有如我兩人之情興否？」余曰：「納涼玩月，到處有之。若品論雲霞，或求之幽閨繡闥，慧心默證者固亦不少，若夫婦同觀，所品論者恐不在此雲霞耳。」

敘事狀物用白話或淺近的文言，描摹更為靈活生動，抒情寫景用駢文韻語，意境更為凝練深遠。駢文韻語多化用前人詩詞成句，可以調動讀者的想像，具有言有盡而意無窮的藝術效果。

《浮生六記》採用板塊結構，各卷按內容分類，都有明確的主題。每卷敘事以時間為序，而各卷的安排也大致按照時間的先後。〈閨房記樂〉從沈復夫婦幼年寫起，至乾隆六十年（西元一七九五年）陳芸與憨園結盟為止。〈閒情記趣〉時間線索不分明，主要寫乾隆五十七（西元一七九二年）、五十八年（西元一七九三年）寄居蕭爽樓情景。〈坎坷記愁〉從乾隆五十年（西元一七八五年）沈復夫婦新婚離別始，至嘉慶十年（西元一八〇五年）沈復入石琢堂幕止。〈浪遊記快〉從乾隆四十二年（西元一七七七年）沈復遊山陰開始，至嘉慶十一年（西元一八〇六年）沈復遊濟南結束。按照時間先後安排板塊結構，敘事集中而條理分明。全書採取板塊結構，內容有重複處，則學《史記》互見法，此簡彼詳，彼此互補。如〈閨房記樂〉提到「時余寄居友人魯半舫家蕭爽樓中」，而寄居蕭爽樓具體情形，則詳見於〈閒情記趣〉。〈閨房記樂〉寫陳芸與憨園結盟，最後說：「後憨為有力者奪去，不果。芸竟以之死。」憨園負情，嫁入豪門，陳芸因此血疾大發諸事，皆於〈坎坷記愁〉中補敘。此書記事頭緒繁多，但始終以陳芸為中心，圍繞「情」、「趣」二字展開。如寫南園之遊，從陳芸租借餛飩擔解決冷飲問題開始，最後以「非夫人之力不及此」結束。寫蕭爽樓文會，也以「惟芸議為官卷，準坐而構思」收結。寫星瀾月下畫蘭影，則落筆到「芸甚寶之，各有題詠」。如此結構，敘事形散而神不散，此為散文寫作之要領。

四

《浮生六記》起初以稿本流傳，楊引傳於書攤上購得沈復手稿，僅存〈閨房記樂〉、〈閒情記趣〉、〈坎坷記愁〉、〈浪遊記快〉四記，光緒四年（西元一八七八年）由上海申報館出版，收入《獨悟庵叢鈔》，為此書之初刻本。初刻本卷首有管貽蕚、潘麐生題詩，楊引傳序，王韜跋。此後各版本皆源於此本。民國二十四年（西元一九三五年）上海世界書局出版的《美化文學名著叢刊》收入《浮生六記足本》，其中除前四記，增補了〈中山記歷〉、〈養生記道〉後兩記。據此書所附趙苕狂〈浮生六記考〉云，是王均卿在冷攤上購得《浮生六記》鈔本，「竟是首尾俱全，連得這久已佚去的五、六兩卷，也都赫然在內。」趙苕狂對新發現的後兩記是否可靠不能確定，只是認為王均卿是個誠實君子，不至於作偽。此書還附有朱劍芒的〈浮生六記校讀後附記〉，提到〈中山記歷〉和〈坎坷記愁〉、〈浪遊記快〉所敘之事在時間上有衝突，但認為是作者晚年記憶不清所致。上世紀七、八十年代，臺灣學者吳幅員、楊仲揆，大陸學者陳毓羆等人，先後撰文考證《浮生六記足本》中後兩記是偽書，其主要理由如下：

一、〈中山記歷〉載沈復於嘉慶五年五月五日隨趙文楷出使琉球，同年十月二十五日揚帆返國。據〈坎坷記愁〉和〈浪遊記快〉，此年沈復在蘇州開設畫鋪，以售畫謀生，八月偕友人遊西山。沈復分身無術，不可能出使琉球。

二、沈復出使琉球，應在嘉慶十三年而非嘉慶五年。上世紀四十年代，葉德均在《古今》半月刊第三十九期發表〈沈三白與石琢堂〉一文，根據石韞玉（字琢堂）作於嘉慶十五年〈題沈三白琉球觀海圖〉詩，推斷沈復出使琉球時間為嘉慶十二年作幕山東之後，嘉慶十五年石韞玉題詩之前。後人考定沈復於嘉慶十三年作為冊封正使齊鯤的從客前往琉球。

三、〈中山記歷〉中許多文字乃抄錄嘉慶五年冊封副使李鼎元的《使琉球記》。

四、〈中山記歷〉確係偽作，與〈中山記歷〉同時發現的〈養生記道〉也令人懷疑。〈養生記道〉中許多文字與曾國藩《求闕齋日記類鈔》、張英《聰訓齋語》相同或類似，因此有人斷定〈養生記道〉是抄襲他人著作的偽作。〈養生記道〉屬筆記，筆記抄錄前人著作是很正常的事情，也可以說，摘錄他人的名言佳句是筆記的重要功能。〈養生記道〉坦言：「亦或採前賢之說以自廣」。書中即摘錄張英有關言論：「張敦復（張英字敦復）先生嘗言：『古人讀《文選》而悟養生之理，得力於兩句，曰石韞玉而山輝，水含珠而川媚。』」因此不能簡單地以〈養生記道〉抄錄他人著作而斷定其為偽作。問題在於，曾國藩出生於嘉慶十六年（西元一八一一年），卒於同治十一年（西元一八七二年），其年代遲於沈復，沈復不可能抄錄曾國藩的著作。反之，曾國藩也不可能抄錄沈復的《浮生六記》。《浮生六記》成書於嘉慶年間，起初以稿本形式在小範圍傳閱，長久不為人知。其初刻於光緒四年（西元一八七八年），此時曾國藩已作古，不可能看到此書。排除沈復和曾國藩互相抄襲的可能，〈養生記道〉就只能是年代晚於曾國藩，更晚於沈復的人抄錄張英、曾國藩等人著作拼湊而成的偽作，不可能是沈復所作。

〈中山記歷〉、〈養生記道〉係偽作，已成為當今學術界共識。西元二〇〇五年，大陸書商彭某在地攤上覓得一本錢泳手稿，其中有錢泳抄錄的〈冊封琉球國紀略〉，據有關人士考證，此為沈復原稿，海峽兩岸的一些學者興奮不已，一時鬧得沸沸揚揚，熱鬧非凡。西元二〇一〇年，人民文學出版社特地出了《浮生六記》新增補本，將〈冊封琉球國紀略〉作為卷五補入。陳毓羆為此特地撰寫〈〈琉球國紀略〉非沈復之作考辨〉，力證此篇同樣係偽作，其主要觀點為：〈冊封琉球國紀略〉開首說：「吳門有沈三白名復者，為太史司筆硯，亦同行」，顯然是第三者口吻，人民文學出版社的《浮生六記》新增補本，擅自改為「余為太史司筆硯，亦同行」。嘉慶十三年冊封琉球正使齊鯤、副使費錫章合著〈續琉球國志略〉，與〈冊封琉球國紀略〉比較，兩者記載的事實有很多出入，沈復作為冊封使團司筆硯的從客，很可能參與了〈續琉球國志略〉的寫作，如果〈冊封琉球國紀略〉亦為沈復所作，不可能出現自相矛盾的情況。〈冊封琉球國紀略〉詳細記錄了琉球戲曲的演出情形，可見作者對戲曲十分喜愛並很內行。在《浮生六記》前四卷中，看不到沈復對戲曲感興趣的跡象。筆者倒是發現沈復對戲曲不感興趣的例證。〈浪遊記快〉中寫到沈復父親在家中設宴，請戲班演出，沈復嫌吵鬧，約了鴻干去寒山登高。沈復在績溪赴花果會，「既而開場演劇，人如潮湧而至，余與廷策遂避去。」可見沈復與〈冊封琉球國紀略〉的作者興趣迥異。錢泳鈔本另有《浮生六記》六卷的目錄，卷五題為〈海國志〉，可是在抄錄文本時，卻題作〈琉球國紀略〉（「冊封」兩字顯為後加），對此並無絲毫說明，這也令人費解。目前尚無確鑿材料證明〈冊封琉球國紀略〉為沈復原稿，也無人撰文反駁陳毓羆的考辨，因此不能輕率作出〈冊封琉球國紀略〉即為沈復原稿的論斷。鑒於上述情況，本書正文只取前四記，而將〈中山記歷〉、〈養生記道〉，以及〈冊封琉球國紀略〉收入附錄。

馬美信

西元二〇一五年五月於滬上

卷一　閨房記樂

余生乾隆癸未冬十一月二十有二日，正值太平盛世，且在衣冠❶之家，居蘇州滄浪亭❷畔，天之厚我可謂至矣。東坡云：「事如春夢了無痕」❸，苟不記之筆墨，未免有辜彼蒼❹之厚。因思〈關雎〉❺冠三百篇❻之首，故列夫婦於卷首，餘以次遞及焉。所愧少年失學，稍識之無❼，不過記其實情實事而已。若必考訂其文法，是責明於垢鑑❽矣。

【注釋】❶衣冠　古代士以上戴冠，因以衣冠指士以上的服裝，也用以代稱縉紳、士大夫。❷滄浪亭　江蘇蘇州名園，原為五代吳越廣陵王錢元璙的花園，宋代蘇舜欽歸隱蘇州，在園內建亭曰「滄浪」，遂因亭名園。「滄浪」之名，取自《孟子・離婁上》：「有孺子歌曰：滄浪之水清兮，可以濯我纓；滄浪之水濁兮，可以濯我足。」❸事如春夢了無痕　出自蘇軾詩〈正月二十日與潘郭二生出郊尋春忽記去年是日同至女王城作詩乃和前韻〉：「人似秋鴻來有信，事如春夢了無痕。」意謂往事如煙，人的生平經歷猶如一場春夢，時過境遷，了無痕跡。❹彼蒼　指蒼天，出自《詩經．秦風．黃鳥》：「彼蒼者天，殲我良人。」❺關雎　《詩經》中第一篇，寫上層社會男女戀愛。《詩序》說：「〈關雎〉，后妃之德也。風之始也，所以風天下而正夫婦也。」後也以「關雎」指夫婦。❻三百篇　《詩經》的別稱。相傳《詩經》原有三千餘篇，經孔子刪定，存三百零五篇，舉其成數稱「三百篇」。❼稍識之無　略通文墨，識字不多。之無指簡單易識之字，白居易〈與元九書〉：「僕始生六七月時，乳母抱弄於書屏下，有指無字之字示僕者，僕雖口未能言，心已默識。」❽垢鑑　汙濁昏暗的鏡子。

【語　譯】我生於乾隆癸未冬十一月二十二日，適逢太平盛世，而且出身在士族之家，住在蘇州滄浪亭的旁邊，上天對我的眷顧可以說到極點了。蘇東坡說：「事如春夢了無痕」，如果不用文字把我的一生記錄下來，不免辜負蒼天對我的眷顧。因為想到〈關雎〉一詩列於三百篇之首，所以把寫夫婦情事的文字置於卷首，其餘文字按次序排列。感到慚愧的是少年失學，略通文墨，只是記錄那些真情實事而已。如果一定要從中考究文章的作法，等於要求昏暗的鏡子能照射出清晰的形象。

【研　析】這一段文字相當於全書的小序，說明此書的創作緣起、主要的內容，以及文體的特徵。作者自述出生於衣冠之家，適逢太平盛世，又住在風景如畫，且具深厚文化傳統的滄浪亭畔，優裕的家庭條件，良好的生活環境，使他的生活十分舒適悠閒。美好的回憶激發了作者的創作衝動，他要把自己的一生用筆墨記錄下來。他強調自己所述，都是實情實事，是帶有自傳性質的紀實文字，而非虛構的筆記小說。作者將記錄夫婦情事的文字置於卷首，說明他對家庭生活、夫婦情愛的重視，他與妻子的感情生活給他留下最深刻的印象，是他最珍貴的回憶。

一

余幼聘[1]金沙[2]于氏，八齡而夭；娶陳氏。陳名芸，字淑珍，舅氏心餘先生女也。生而穎慧，學語時，口授〈琵琶行〉，即能成誦。四齡失怙[3]，母金氏，弟克昌，家徒四壁[4]。芸既長，嫻女紅[5]，三口仰其十指供給，克昌從師，脩脯[6]無缺。一日，於書簏中得〈琵琶行〉，挨字而認，始識字。刺繡之暇，漸通吟詠，有「秋侵人影瘦，霜染菊花肥」之句。

余年十三，隨母歸寧[7]，兩小無嫌，得見所作，雖嘆其才思雋秀[8]，竊恐其福澤[9]不深；然心注[10]不能釋，告母曰：「若為兒擇婦，非淑姊不娶。」母亦愛其柔和，即脫金約指[11]締姻焉，此乾隆乙未七月十六日也。

是年冬，值其堂姊出閣[12]，余又隨母往。芸與余同齒而長余十月，自幼姊弟相呼，故仍呼之曰淑姊。時但見滿室鮮衣，芸獨通體素淡，僅新其鞋而已。見其繡製精巧，詢為己作，始知其慧心不僅在筆墨也。其形削肩長項，瘦不露骨，眉彎目秀，顧盼神飛，唯兩齒微露，似非佳相。一種纏綿之態，令人之意也消。索觀詩稿，有僅一聯[13]或三四句，多未成篇者。詢其故，笑曰：「無師之作，願得知己堪師者敲[14]成之耳。」余戲題其籤曰：「錦囊佳句」[15]，不知夭壽之機此已伏矣。

是夜送親城外，返已漏三下[16]，腹饑索餌[17]，婢嫗以棗脯進，余嫌其甜。芸暗牽余袖，隨至其室，見藏有煖粥并小菜[18]焉。余欣然舉箸，忽聞芸堂兄玉衡呼曰：「淑妹速來！」芸急閉門曰：「已疲乏，將臥矣。」玉衡擠身而入，見余將吃粥，乃笑睨芸曰：「頃我索粥，汝曰盡矣，乃藏此專待汝婿耶！」芸大窘避去，上下譁笑之。余亦負氣，挈老僕先歸。自吃粥被嘲，再往，芸即避匿，余知其恐貽人笑也。

至乾隆庚子正月廿二日花燭之夕，見瘦怯身材，依然如昔，頭巾既揭，相視嫣然。合巹[19]後，並肩夜膳，余暗於案下握其腕，暖尖滑膩，胸中不覺砰砰作跳。讓之食，適逢齋期[20]，已數年矣。暗記吃齋之初，正余出痘[21]之期，因笑謂曰：「今我光鮮無恙，姊可從此開齋否？」芸笑之以目，點之以首。廿四日為余姊于歸[22]，廿三國忌[23]不能作樂，故廿二之夜即為余姊款嫁[24]，芸出堂陪宴。余在洞房與伴娘對酌，拇戰[25]輒北[26]，大醉而臥，醒則芸正曉妝未竟也。是日親朋絡繹，上燈後始作樂。

廿四子正[27]，余作新舅送嫁，丑末歸來，業已燈殘人靜。悄然入室，伴嫗盹於床下，芸卸妝尚未臥，高燒銀燭，低垂粉頸，不知觀何書而出神若此。因撫其肩曰：「姊連日辛苦，何猶孜孜不倦耶？」芸忙回首起立曰：「頃正欲臥，開櫥得此書，不覺閱之忘倦。《西廂》之名聞之熟矣，今始得見，真不愧才子之名，但未免形容尖薄[28]耳。」余笑曰：「唯其才子筆墨方能尖薄。」伴嫗在旁促臥，令其閉門先去。遂與比肩調笑，恍同密友重逢，戲探其懷，亦砰砰作跳，因俯其耳曰：「姊何心舂㉙乃爾耶？」芸回眸微笑，便覺一縷情絲㉚搖人魂魄。擁之入帳，不知東方之既白。

【注釋】❶聘　正式娶人為妻。《禮記・內則》：「聘則為妻，奔則為妾。」此處指下聘禮定親。❷金沙　地名，今江蘇南通通州區金沙鎮。❸失怙　喪父，語出《詩經・小雅・蓼莪》：「無父何怙？無母何恃？」怙恃，依靠，後以怙恃指稱父母。❹家徒四壁　形容極其貧困，家中除了四堵牆壁，一無所有。❺女紅　古代指婦女從事的紡織、刺繡、縫紉等工作，亦作「女功」、「女工」。❻脩脯　乾肉，古代常用作餽贈的一般性禮物，後特指學生送給老師的酬金。❼歸寧　女子出嫁後回娘家看望父母。寧，請安問候。❽雋秀　優異出眾。❾福澤　福氣、好運；上天賜予的幸福。❿心注　關注、繫念。⓫約指　戒指。⓬出閣　女子出嫁。閣，舊指女子的閨房。⓭一聯　古代詩文每兩句為一聯，多為對偶的詞句。⓮敲　推敲，指寫詩作文反覆斟酌、修改。⓯錦囊佳句二句　陳芸專注於詩，作者將其比作李賀，李賀去世時年僅二十七，陳芸四十一歲早逝，故曰「夭壽之機此已伏矣」。錦囊佳句，指優美的文句，語出李商隱〈李長吉小傳〉：「(李賀)恒從小奚奴，騎距驢，背一古破錦囊，遇有所得，即書投囊中。及暮歸，太夫人使婢受囊出之，見所書多，輒曰：『是兒要當嘔出心乃已爾！』」⓰漏三下　古代用滴漏計時，根據滴水的多少來測量時間。漏三下，相當於深夜十一點至凌晨一點。⓱餌　糕餅，亦泛指食物。⓲小菜　吳語「小菜」既泛指下酒飯的菜餚，又特指非正餐所用簡單的菜蔬，如吃粥時用的醬瓜、鹹菜之類。⓳合巹　古代婚禮的一種儀式，剖一瓠為兩瓢，新婚夫婦各執一瓢飲酒，類似今日的交杯酒。《禮記・昏義》：「婦至，婿揖婦以入，共牢而食，合巹而酳。」孔穎達疏：「以一瓠分為兩瓢謂巹，婿之與婦各執一片以酳，故云『合巹而酳』。」後以「合巹」指結婚。⑳齋期　吃齋期間。在家信佛的人，在規定時間斷絕葷腥，稱為吃齋。㉑出痘　出天花，中醫稱作「痘瘡」。㉒于歸　女子出嫁，語出《詩經・周南・桃夭》：「之子于歸，宜其室家。」㉓國忌　古代帝、后的忌日，此日不能舉樂宴飲。乾隆生母孝聖憲皇后卒於乾隆四十三年正月二十三日。㉔款嫁　女子出嫁前夕，家人舉宴相送。㉕拇戰　喝酒時豁拳行令。㉖北　敗北；失敗。「北」通「背」，作戰時正面相對，失敗逃跑時則背向敵方，故將背敵而逃稱為敗北。㉗子正　午夜十二點。古代以十二地支計時，子時為晚上十一點到凌晨一點，丑時為凌晨一點到三點，以此類推。每一時辰分為初、正、末，晚上十一點為子初，十二點為子正，凌晨一點為子末丑初。㉘尖薄　猥巧輕薄。㉙心春　心跳如春米，形容心動過快。㉚情絲　指男女間互相愛悅的感情。李漁《閒情偶寄》：「〈驚夢〉首句云：『裊情絲，吹來閑庭院，搖漾春如線。』以游絲一縷，逗起情絲。」

【語　譯】我幼時與金沙的于氏定親，她八歲時夭亡，後來娶了陳氏。陳氏名芸，字淑珍，是我舅舅心餘先生的女兒。她天生聰明靈巧，牙牙學語的時候，給她念〈琵琶行〉，就能背誦。四歲時失去父親，尚有母親金氏，弟弟克昌，家裡窮得一無所有。芸長大後，對於女子從事的刺繡、縫紉等手工都很嫻熟，一家三口的生活都依靠她的雙手供給，克昌拜師學習，學費從不欠缺。有一天，在書箱中找到〈琵琶行〉，一個一個字認下去，才開始識字。在刺繡的空餘時間，不斷學習，逐漸能夠吟詠詩歌，寫有「秋侵人影瘦，霜染菊花肥」的詩句。

我十三歲時，跟隨母親回娘家，與芸兩小無猜，因此能見到她寫的詩句。雖然讚歎她才思出眾，私下又擔心她的福分不深，然而放不下對她的愛慕，稟告母親說：「如果要為兒子選擇媳婦，非淑姐不娶。」母親也喜歡她溫柔隨和，就脫下金戒指作為締結婚姻的信物，那天是乾隆乙未七月十六日。

這一年冬天，碰上她的堂姐出嫁，我又隨母親前往。芸與我同齡，大我十個月，從小以姐弟相稱，所以仍然叫她淑姐。當時只見滿房間的人都穿著鮮麗的衣服，唯獨芸一身素淨淡雅，只是換了一雙新鞋而已。看那鞋刺繡製作很精巧，問她說是自己做的，才知道她的聰慧不僅體現在筆墨上。她的形貌是雙肩坍斜，頭頸細長，清瘦而骨骼不外露，彎彎的眉毛，秀美的眼睛，左右環視，神采飛揚，只是稍微露出兩顆牙齒，似乎不是好面相。一種柔婉的樣子，讓人意迷神銷。向她索取詩稿看，有的只有兩句，或三四句，大多沒有成篇。詢問其原因，她笑著說：「這些是無師自通的作品，願有能做老師的知己幫我推敲完成。」我開玩笑地在她詩稿上題了「錦囊佳句」，不料這幾個字成了她壽數的徵兆。

這天晚上送新娘到城外夫家，回來時已經是三更，肚子餓了要些吃的，女僕送上棗脯，我嫌甜。芸暗地裡拉我的袖子，於是我跟隨到她的房間，看到藏有熱粥和小菜。我高興地拿起筷子，忽然聽到芸的堂兄玉衡喊道：「淑妹快來！」芸急忙關門，說：「已經很疲乏，就要睡了。」玉衡擠身進來，看到我正要吃粥，就笑嘻嘻斜視芸說：「方才我要粥，妳說沒有了，原來藏著專門等妳夫婿啊！」芸大為窘迫，逃避而去，全家上下放聲大笑。我也賭氣，帶著老僕先回去了。自從因吃粥遭嘲笑，再去時，芸就躲避，我知道她害怕被人嘲笑。

到乾隆庚子正月二十二日花燭之夜，見她瘦弱的身材，仍然和以往一樣，揭開蓋頭，相視嫣然一笑。喝過交杯酒，並肩而坐吃晚餐，我暗地裡在桌子底下握住她的手腕，她的手指纖細溫潤，胸中不覺砰砰直跳。讓她吃飯，適逢她在齋期之中，她吃齋已經幾年了。暗暗計算她開始吃齋時，正是我出天花期間，因此笑著說：「如今我的皮膚光滑鮮亮，毫無瑕疵，姐姐可以從此開戒嗎？」芸眼裡充滿笑意，點頭回應。二十四日是我姐姐出嫁的日子，二十三日是國家忌日，不能奏樂宴飲，因此在二十二日夜晚設宴歡送姐姐，芸從房中出來到廳堂作陪。我在洞房與伴娘對飲，豁拳總輸，喝得酩酊大醉躺下，醒來芸晨起妝還沒化完。這一天親朋絡繹不絕，上燈後才開始奏樂。

二十四日晚十二點，我作為新舅爺送姐姐出嫁，凌晨三點回來，已經是燈火昏暗寂無人聲。悄悄地進入房間，伴娘在床下打盹，芸已卸妝還沒有睡，燭光明亮，低頭露出潔白細膩的頸項，不知道看什麼書而如此出神。我扶著她的肩說：「姐姐連日辛苦，為什麼還如此勤奮不知疲倦呢？」芸連忙回頭起立，說：「方才正想睡覺，打開櫥門找到這本書，讀了不知不覺就忘卻疲倦了。《西廂》的名字聽得很熟悉了，如今才見到，真不愧才子的名聲，只是描寫未免猥巧輕薄。」我笑著說：「只有才子的筆墨才能做到猥巧輕薄。」伴娘在旁邊催促睡覺，讓她關上門先離去。於是兩人並肩而坐，戲謔取笑，好像親密的朋友久別重逢。調戲地用手摸她胸脯，也在砰砰地跳，因而俯在她耳邊說：「姐姐為何心跳如此呢？」芸回眸微笑，便覺得情意纏綿心動魂銷。把她抱入帳中，不知東方天色已白。

【研　析】此節文字寫作者和陳芸相識、相愛到結為夫妻的過程。起首一段寫陳芸的出身、經歷，是古代傳記文學的慣用筆法，突出陳芸的穎慧和才思雋秀，而共同的文學愛好成了他們的感情基礎。中國的傳統觀念是女子無才便是德，讚頌的多是賢妻良母類婦女。自明代以來，隨著文化的普及，更多的婦女參與文化活動，婦女的文藝才能日益受到人們的關注，並得到了社會的肯定。

作者對陳芸「心注不能釋」，也在於此。

文中對陳芸外貌的描寫，採用中國小說傳統的白描手法，「削肩長項，瘦不露骨，眉彎目秀，顧盼神飛」，皆是慣用套語，給讀者留下一個美女的空泛印象，然而筆鋒一轉，寫陳芸「唯兩齒微露，似非佳相」，美女的形象頓時失色，卻由空泛而具體，顯得真實而生動。明代李夢陽在〈論學上篇第五〉中批評宋代文章寫人，好則毫無缺點，壞則一無是處，都是不真實的假文章。古代小說描寫美女也是如此，不是沉魚落雁，就是羞花閉月，千人一面，缺乏個性。作者描寫深愛的女人，偏要寫她相貌的缺陷，體現了作者「記其實情實事」的寫實原則。文章雖然寫了女主人公的相貌缺陷，但讀者依然覺得這是一個很美的女性，因為作者更注重描寫她的神韻風度。堂姐出閣時，滿室鮮衣，唯獨陳芸通體素淡，突出她清麗脫俗的氣質，而「一種纏綿之態」，更增添了女子的魅力。李漁在《閒情偶寄》中論及女性美時，認為女子的魅力，主要體現在「媚態」，姿色尚在其次，一個只有三四分姿色的女子，如果有了媚態，便可抵六七分，有六七分姿色而無媚態的女子，與只有三四分姿色卻有媚態的女子在一起，「則人止愛三四分（姿色）而不愛六七分（姿色）」。李漁所謂「媚態」，是顯示精神氣質的內在修養，他舉了個例子說明媚態之動人：有一次春遊遇到下雨，遊人紛紛到亭子中避雨，許多女子美醜不一，踉踉蹌蹌地跑來，有一個穿白衣服的窮人家婦女，年紀已有三十多，看到亭子擠滿了人，獨自一人在亭簷下徘徊。雨水淋濕了衣服，她也任其自然，不像別人那樣使勁抖落衣上雨水，醜態百出。雨將停，亭中女子爭著往外走，唯獨白衣女子不慌不忙地跟在後面。忽然又下起雨來，眾人急忙奔回亭中，白衣女子已在亭中佔據一席之地，卻「絕無驕人之色」。後到的人反而立在亭簷下，衣服淋得濕透。白衣女子幫她們整理衣衫，「姿態百出，竟若天集眾醜，以形一人之媚者」。李漁感歎道：「其初之不動，似以鄭重而養態；其後之故動，似以徜徉而生態，然彼豈能必天復雨，先儲其才以俟用乎？其養也出之無心，其生也亦非有意，皆天機之自起自伏耳。」陳芸的「一種纏綿之態」，正是出於自然的內在精神氣質。

作者以細膩生動的筆墨描寫了男女主人公純真的愛情。吃粥一段，寫得饒有趣味。沈復深夜腹飢，芸早就準備好暖粥小菜，又不便明言，只能「暗牽余袖」，帶他到自己房內，卻被堂兄撞破，於是「大窘避去」，引得上下譁笑，小兒女情態躍然紙上。合巹後，夫妻並肩夜膳，「余暗於案下握其腕，暖尖滑膩，胸中不覺砰砰作跳」，夫妻新婚之夜，還不敢有明顯的親暱舉動，只能在桌子底下偷偷地握住對方的手，可見封建禮法對人們正常感情的束縛，而「胸中不覺砰砰作跳」，把情竇初開少年緊張、激動、新奇、膽怯的心情刻畫得很傳神。作者通過日常生活的細節，刻畫男女主人公的愛情生活，似受《紅樓夢》的影響，尤其是讀《西廂》一節，模仿的痕跡更明顯。《紅樓夢》第二十三回〈西廂記妙詞通戲語〉，寫寶玉和黛玉同讀《西廂》，互通情愫，表現了他們衝破傳統觀念束縛，對愛情的嚮往和追求。此書寫陳芸夜讀《西廂》，「不覺閱之忘倦」，張生與鶯鶯的愛情故事，深深打動了她。她認為《西廂》「真不愧才子之名」，自古才子多風流，陳芸對此十分讚賞，只是覺得「未免形容尖薄」。所謂「形容尖薄」，當指此劇第四本第一折寫張生和鶯鶯幽會時涉及色情的文字。作者卻說：「唯其才子筆墨方能尖薄」。作為一個年輕女子，對待愛情態度比較保守，正在情理之中。

作者深諳古文結構佈局之法。合巹之夜，兩人並肩夜膳，補敘陳芸因作者出痘而吃齋一節，寫出陳芸對沈復的深情，這段文字的插入自然而不突兀，行文有迂迴曲折之妙。此節以「擁之入帳，不知東方之既白」結束，點染兩人夫妻恩愛情深，與「芙蓉帳內度春宵，從此君王不早朝」有異曲同工之妙，文字極精煉，卻有不盡之意於言外。

二

芸作新婦，初甚緘默，終日無怒容。與之言，微笑而已。事上以敬，處下以和，井井然未嘗稍失。每見朝暾❶上窗，即披衣急起，如有人呼促者然。余笑曰：「今非吃粥比矣，何尚畏人嘲耶？」芸曰：「曩之藏粥待君，傳為話柄。今非畏嘲，恐堂上❷道新娘懶惰耳。」余雖戀其臥，而德其正，因亦隨之早起。自此耳鬢相磨，親同形影，愛戀之情有不可以言語形容者。而歡娛易過，轉睫彌月❸。時吾父稼夫公在會稽幕府，專役相迓❹，受業於武林❺趙省齋先生門下。先生循循善誘，余今日之尚能握管❻，先生力也。歸來完姻時，原訂隨侍到館，聞信之餘，心甚悵然。恐芸之對人墮淚，而芸反強顏勸勉，代整行裝，是晚但覺神色稍異而已。臨行，向余小語曰：「無人調護，自去經心。」及登舟借纜，正當桃李爭妍之候，而余則恍同林鳥失群，天地異色。

到館後，吾父即渡江東去。居三月如十年之隔。芸雖時有書來，必兩問一答，半多勉勵詞，餘皆浮套語，心殊怏怏。每當風生竹院，月上蕉窗，對景懷人，夢魂顛倒。先生知其情，即致書吾父，出十題而遣余暫歸，喜同戍人❼得赦。登舟後，反覺一刻❽如年。及抵家，吾母處問安畢，入房，芸起相迎，握手未通片語，而兩人魂魄恍恍然化煙成霧，覺耳中惺然❾一響，不知更有此身矣！

時當六月，內室炎蒸，幸居滄浪亭愛蓮居西間壁板橋內，一軒臨流，名曰「我取」，取「清斯濯纓，濁斯濯足❿」意也。檐前老樹一株，濃蔭覆窗，人面俱綠，隔岸遊人往來不絕。此吾父稼夫公垂簾⓫宴客處也，稟命⓬吾母，攜芸消夏於此，因暑罷繡，終日伴余課書論古，品月評花而已。芸不善飲，強之可三盃，教以射覆⓭為令。自以為人間之樂，無過於此矣。

【注釋】❶朝暾 朝陽，亦指清晨的陽光。❷堂上 父母。原指尊長居住之處，〈古詩為焦仲卿妻作〉：「堂上啟阿母」，即以堂上指父母所居正房。後因以為父母的代稱。❸彌月 滿月；整月。此處特指新婚滿一個月。❹迓 迎接。❺武林 古代杭州的別稱，以武林山而得名。❻握管 執筆作文寫字。管，筆管，亦指毛筆。❼戍人 防守邊關的官兵。有罪的人被發配到邊遠地方擔任守衛，也稱戍人。❽一刻 古人用日晷計時，在圓盤上分別劃出十二時辰和九十六刻度，依照太陽照射盤中時針產生的陰影所在位置確定時間。每一時辰相當於現在的兩小時，一刻度相當於現在的十五分鐘，即一刻鐘。❾惺然 象聲詞，形容聲音輕快。❿「清斯濯纓」二句 《孟子・離婁上》載：「孔子曰：小子聽之，清斯濯纓，濁斯濯足矣，自取之也。」意謂水清洗帽纓，水濁洗腳，這是自己選擇的。⓫垂簾 放下簾子，形容閒居無事。《南史・顧覬之傳》：「覬之御繁以約，縣用無事，晝日垂簾，門階閒寂。」⓬稟命 接受命令。⓭射覆 古代酒令之一，用字句隱寓事物，讓人猜度，類似猜謎。如出題為「春」、「漿」二字，有春酒、酒漿，謎底便為「酒」。

【語譯】芸做了新娘，起初沉默寡言，終日沒有生氣的樣子。與她說話，只是微笑。尊敬地侍奉長輩，和氣地對待下人，做事井井有條沒有一點過失。每天看到晨曦映照窗戶，就穿上衣服趕緊起床，好像有人在呼喚催促。我笑著說：「現在和吃粥時情形不同了，為什麼還怕人嘲笑呢？」芸說：「昔日藏粥等你來，被傳為話柄。如今不是怕人嘲笑，是害怕父母說新娘懶惰。」我雖然貪戀床笫之歡，然而敬佩她行為端正，因而也隨著早起。此後兩人耳鬢廝磨，親密無間，形影不離，愛戀的感情難以用語言形容。然而歡樂的時光很快流逝，轉眼新婚已滿月。當時我的父親稼夫公在會稽知府衙門做幕僚，專程派人來接我去，在杭州趙省齋先生門下學習。先生循循善誘，我如今能握筆寫文章，都是先生的功勞。我回家完婚時，原先約定婚後要去幕府侍奉父親，接到信後，心中很是失落。恐怕芸會對人落淚，可是芸反而強顏歡笑，勸導勉勵我，代我整理行裝，只是到了晚上，覺得她的神色稍有不同而已。臨行時，對我小聲說：「沒有人照顧你，自己去了當心。」等到上船解纜時，正是桃李爭艷的季節，而我恍惚如失群的林中鳥，天地也好像改變了顏色。

到幕府後，我父親就渡江往東而去。在幕府住了三個月，好像離家已有十年之久。芸雖然時常有信來，但問她兩句才回答一句，多半是勉勵的言詞，其餘都是客套話，心中很是不快。每當清風吹過有竹林的院子，明月映照長滿芭蕉的窗戶，觸景生情思念親人，心神恍惚坐立不安。先生知道這些情形，就寫信給我父親，給我出了十道題，讓我暫時回家，我高興得像戍守邊疆的犯人得到赦免。上船後，反而覺得一刻鐘猶如一年那麼漫長。到家後，在我母親處問安畢，進入房間，芸起身相迎，握著手沒有說一句話，兩人的魂魄已恍恍惚惚化作煙霧，只覺耳中嗡地一響，不知道還有自己的存在！

正當六月天，內室酷熱，幸好住在滄浪亭中愛蓮居西隔壁板橋內，有一間小屋面對流水，命名「我取」，取「水清洗纓，水濁洗足」的意思。屋前有一株老樹，茂密的樹蔭覆蓋窗戶，人面都映成了綠色，隔岸遊人往來不絕。這是我父親稼夫公休閒和宴客的地方，稟承我母親的指令，帶芸到這裡避暑。芸因天氣炎熱停止刺繡，整日陪我讀書學習，談論古代的事情，賞月觀花而已。芸不善於飲酒，強要她喝也能喝上三杯，我教她射覆作酒令。自以為人間的快樂，再沒有勝過這樣的。

【研　析】此節寫沈復和陳芸婚後幸福寧靜的生活，以及短暫離別的互相思念。〈閨房記樂〉主要寫沈復夫妻的生活情事，此節寫婚後生活卻用「愛戀之情有不可以言語形容者」一筆帶過，而以濃墨重彩寫夫妻離別之情。沈復遵父命赴會稽就學，陳芸雖然難捨新婚的丈夫，卻強忍心中的痛苦，反而「強顏勸勉」，只是到了晚上「但覺神色稍異而已」。她知道如果自己哭哭啼啼作悲痛狀，並不能挽留丈夫，反而會增加丈夫的精神負擔。她這種識大局顧大體的作法，表明她是個通情達理的女子，在柔弱的外表下有一顆堅強的心。沈復登舟解纜，見兩岸桃李爭妍，自己孤身獨行，如「林鳥失群，天地異色」，大好春光也變得淒涼起來。王夫之《薑齋詩話》說：「以樂景寫哀，以哀景寫樂，一倍增其哀樂。」以桃李爭妍的大好景色襯托心中的悲苦，即是以樂景寫哀的筆法。「每當風生竹院，月上蕉窗，對景懷人，夢魂顛倒」，寥寥幾筆寫出沈復對妻子深刻的思念。風、竹、月、蕉在古代詩文中常用以表現幽清的意象，適合抒寫孤獨悲涼的情緒。《玉臺新詠》所收〈詠春風〉詩云：「竹聲響蕉窗，月光照東壁。誰知獨夜覺，枕前雙淚滴。」明胡儼〈晚涼步月〉詩云：「芭蕉窗下流螢入，牽牛蔓上莎雞泣。八荒蕩蕩清無塵，獨望天河月中立。」明陳繼儒〈題蕉竹圖〉詩云：「虛心似修竹，無心似芭蕉。是誰寫竹復寫蕉，窗前秋思何蕭蕭。」作者選取典型的景物構成淒清幽深的場景，借以表達自己夢魂顛倒的相思之情，具有情景交融的藝術效果。寫回家與妻子相見的文字，更是神來之筆。「握手未通片語」，久別重逢，有太多思念要傾訴，卻激動得說不出話來，可謂「此時無聲勝有聲」。「兩人魂魄恍恍然化煙成霧，覺耳中惺然一響，不知更有此身矣」，兩人在情感的衝擊之下，忘卻了世間一切的存在，達到了身心兩忘的境地，非深於情者，絕寫不出此等文字。

作者還善於用曲筆寫出言外之意，須細心體認才能領會，有《春秋》筆法之妙。文中寫到「芸作新婦，初甚緘默，終日無怒容。與之言，微笑而已」。一個「初」字便包含了許多意思。陳芸本是性格爽朗活潑的率真之人，但慎言、溫婉是古代婦德的基本要求，陳芸不得不用封建道德規範自己的行為，努力做一個符合標準的賢惠妻子和媳婦。然而這樣做，是對個性的極大束縛，陳芸終於忍耐不住，恢復了率真的本性，因此後來鬧出許多家庭矛盾，經歷了許多坎坷。沈復離家赴會稽之際，陳芸心中不快，卻強作鎮定，只是到了晚上「但覺神色稍異」。陳芸生活在一個大家庭中，她時時刻刻要控制自己的情緒，以防招致他人的非議，只有到了晚間，身旁無人時，才能流露自己的真實感情。可見身處大家庭之中，做一個媳婦是多麼不易，在禮教的壓制之下，一個年輕女子的生活是多麼沉重。《紅樓夢》中薛寶釵是個善於控制自己感情，克己守禮之人，林黛玉是個鋒芒畢露，率真任性之人，陳芸起先想做薛寶釵，最終還是成為林黛玉，她悲慘的命運也與林黛玉相似。文中還提到，沈復在會稽時，陳芸「雖時有書來，必兩問一答，半多勉勵詞，餘皆浮套語」，初讀殊不解，夫妻間書信往來，或傾訴衷腸，或議論家事，陳芸為何如此謹慎，盡說些不著邊際的客套話，而兩問一答，似有難言之隱。後讀〈坎坷記愁〉，方知陳芸在沈家處境並不如意，「先起小人之議，漸招同室之譏」，她只能把委屈藏在心裡，不願告訴丈夫讓他擔憂。儘管陳芸如此小心謹慎，後來還是因為寫信一事導致婆媳失和、公公記恨。作者在此為日後的坎坷遭遇埋下了伏筆。

三

一日，芸問曰：「各種古文，宗❶何為是？」余曰：「《國策》❷、《南華》❸取其靈快，匡衡❹、劉向❺取其雅健，史遷❻、班固❼取其博大，昌黎❽取其渾，柳州❾取其峭，盧陵❿取其宕，三蘇⓫取其辯，他若賈⓬、董⓭策對⓮，庾⓯、徐⓰駢體，陸贄⓱奏議⓲，取資者不能盡舉，在人之慧心領會耳。」芸曰：「古文全在識高氣雄，女子學之恐難入彀⓳，唯詩之一道，妾稍有領悟耳。」余曰：「唐以詩取士，而詩之宗匠必推李、杜，卿愛宗何人？」芸發議曰：「杜詩錘煉精純，李詩瀟灑落拓，與其學杜之森嚴，不如學李之活潑。」余曰：「工部⓴為詩家之大成，學者多宗之，卿獨取李，何也？」芸曰：「格律謹嚴，詞旨老當，誠杜所獨擅，但李詩宛如姑射仙子㉑，有一種花落流水之趣，令人可愛。非杜亞於李，不過妾之私心宗杜心淺，愛李心深。」余笑曰：

「初不料陳淑珍乃李青蓮知己。」芸笑曰：「妾尚有啟蒙師白樂天先生，時感於懷，未嘗稍釋。」余曰：「何謂也？」芸曰：「彼非作〈琵琶行〉者耶？」余笑曰：「異哉！李太白是知己，白樂天是啟蒙師，余適字三白為卿婿，卿與『白』字何其有緣耶！」芸笑曰：「『白』字有緣，將來恐白字（吳音呼別字為白字）連篇耳。」相與大笑。余曰：「卿既知詩，亦當知賦之棄取。」芸曰：「《楚辭》為賦之祖，妾學淺費解，就漢、晉人中調高語鍊，似覺相如㉒為最。」余戲曰：「當日文君之從長卿㉓，或不在琴而在此乎？」復相與大笑而罷。

【注釋】❶宗　宗法；效法。❷國策　又名《戰國策》，主要記載戰國時期謀臣策士鬥爭縱橫捭闔，展現了戰國時期的歷史特點和社會風貌，文辭優美，語言生動，是中國古代的歷史學名著。❸南華　即《南華經》，《莊子》的別稱。❹匡衡　西漢經學家，尤精於《詩經》之學。❺劉向　西漢經學家、目錄學家、文學家，著有《新序》、《說苑》、《列女傳》等。❻史遷　即司馬遷，著有《史記》，後人尊稱他為史遷。❼班固　漢代歷史學家，著有《漢書》。❽昌黎　唐代文學家韓愈，其祖籍昌黎（今河北昌黎），自稱昌黎韓愈，世人稱之為韓昌黎。❾柳州　唐代文學家柳宗元，曾任柳州刺史，後人稱之為柳柳州。❿廬陵　宋代文學家歐陽脩，吉州廬陵（今江西永豐）人，自稱廬陵歐陽脩。❶三蘇　蘇洵及其子蘇軾、蘇轍皆為宋代著名文學家，合稱「三蘇」。❷賈　賈誼，漢代著名思想家、文學家，著有〈過秦論〉、〈論積貯疏〉、〈治安策〉等。❸董　董仲舒，漢代哲學家、經學大師，專治《春秋公羊傳》。❹策對　又名「對策」，文體之一種。原為漢代考察薦舉人才的方法，將題目寫在簡策上，由應試者據題作答，其內容多涉及政治、經義。隋唐後也應用於科舉考試。❺庾　庾信，南北朝時期文學家，以辭賦和駢文著稱。❻徐　徐陵，南朝後期著名文學家，擅長寫宮體詩和駢文，編有《玉臺新詠》。❼陸贄　唐代政治家、文學家，德宗時曾任宰相。❽奏議　文體的一種，是臣子向皇帝上書言事，條議是非文字的統稱，包括「章表」、「奏啟」、「議對」，「章以謝恩，奏以按劾，表以陳情，議以執異」。（《文心雕龍》）❾入彀　合乎一定的規範和程式，胡應麟《詩藪》：「趙秉文、楊雲翼號金巨擘，製作殊寡入彀。」❿工部　指杜甫，曾任檢校工部員外郎。⓫姑射仙子　中國古代傳說中的神話人物，最早見於《莊子・逍遙遊》：「藐姑射之山，有神人居焉。肌膚若冰雪，綽約若處子。不食五穀，吸風飲露，乘雲氣，御飛龍，而游乎四海之外。」⓬相如　司馬相如，漢代著名文學家。⓭文君之從長卿　指卓文君與司馬相如私奔事，傳說司馬相如在臨邛縣令王吉家作客，聽說王吉女兒卓文君貌美，便彈奏一曲〈鳳求凰〉，向文君表示愛慕之意。卓文君也愛其才，就與相如私奔。

【語　譯】有一天，芸問：「各種古文，效法哪一家才對？」我說：「《國策》、《南華》取其靈動暢快，匡衡、劉向取其雅緻雄健，史遷、班固取其淵博宏大，昌黎取其渾厚，柳州取其冷峭，廬陵取其跌宕，三蘇取其雄辯，其他如賈誼、董仲舒的對策，庾信、徐陵的駢文，陸贄的奏議，可以學習借鑒的不能一一列舉，在於用人的慧心去領會。」芸說：「古文全在見識高超氣勢雄偉，女子學習古文恐怕難以入門，只有作詩的道理，妾稍有領悟。」我說：「唐代用詩歌來錄取讀書人，而說起寫詩成就最高的人，必定推崇李白、杜甫，妳喜歡效法誰？」芸發議論說：「杜詩錘煉精良，李詩瀟灑豪放，與其學習杜的法度森嚴，不如學李的活潑生動。」我說：「工部是詩人中成就最全面傑出的，學詩的人大多效法他，唯獨妳效法李白，為什麼呢？」芸說：「格律森嚴，詞意穩妥，確實是杜詩所獨有的長處，但是李詩猶如姑射仙子，有一種落花流水的韻趣，讓人喜愛。不是杜不如李，只是我個人的心意，還是學杜的心思少，愛李的心思多。」我笑著說：「起先還不知道陳淑珍是李青蓮的知己。」芸笑著說：「我還有啟蒙老師白樂天先生，時刻銘記在心，從來沒有忘卻。」我說：「怎麼個說法？」芸說：「他不是〈琵琶行〉的作者嗎？」我笑著說：「奇特啊！李太白是知己，白樂天是啟蒙老師，我恰巧字三白，是妳的夫婿，妳與『白』字多麼有緣啊！」芸笑著說：「與『白』字有緣，將來恐怕白字連篇。」兩人一起大笑。我說：「妳既然懂詩，也應當知道賦的好壞。」芸說：「《楚辭》是賦的本源，我學識淺薄難以理解。就漢、晉人而言，其中格調高尚語言精練者，似乎覺得相如最好。」我開玩笑說：「當日文君跟隨長卿，也許不是因為琴，而是因為他的賦？」兩人再次一起大笑，結束了談話。

【研析】此節文字寫我取軒論文。明清時期，隨著經濟的發展，文化的普及，社會風氣的開放，愈來愈多的婦女參與到文學創作之中。尤其是江南地區，具有厚實的經濟基礎和文化傳統，人們的個性更加張揚，思想更加活躍，產生了許多具有文藝天賦的才女。據胡文楷《歷代婦女著作考》統計，歷代婦女有詩文傳世或見於著錄者，漢魏六朝三十三人，唐五代二十二人，宋遼四十六人，元代十六人，明代二百五十人，清代三千六百餘人。明清兩代眾多的才女，部分出自青樓，大多數是生活在士大夫家庭的閨閣女子。這些閨閣女子與丈夫有共同的文學愛好，談文論藝，唱和酬答成了日常生活必不可少的內容，也是夫妻間交流感情，互相溝通的重要渠道。如吳震生，安徽休寧人，客居海昌，康熙年間府學生員，入貲為刑部主事，善畫能詩，作有多種戲曲。他與妻子程瓊共同詮釋、箋注《牡丹亭》，廣徵博引，有許多驚人的見解。孫星衍，乾隆年間著名的詩人和學者，著有《澄清堂稿》，妻子王采薇也是享有盛譽的女詩人，著有《長離閣集》。兩人經常唱和，留下不少佳作。沈復夫婦受時代風尚感染，以談詩論文為樂事趣事。陳芸細數歷代古文名家，雖無甚高論，但由此可見她對中國古代文學的興趣和了解程度。值得注意的是陳芸對李、杜的評價和喜好。在中國詩歌史上，自宋代之後，李、杜便被認為是成就最傑出的詩人，是詩壇兩座不可逾越的高峰。但對李、杜孰優孰劣，歷來有不同的意見，有人喜歡李白的飄逸豪放，有人喜歡杜甫的雄渾深厚。唐元稹在為杜甫撰寫的墓誌銘中，讚揚杜甫「盡得古今之體勢，而兼人人之所獨專」，認為「李尚不能歷其藩翰，況堂奧乎」，開揚杜抑李之先聲。自宋至清，雖然大多數人充分肯定李白在詩歌創作上的成就，但比較李、杜優劣時，推崇杜甫的人佔了上風。李白受佛道影響較深，具有崇尚自然，個性張揚，率性而為，不受拘束的品格；杜甫思想中儒家成分濃重一些，有強烈的憂國憂民之心和正統的君臣觀念，在行為上更據守禮法。從文學層面看，李白輕靈飄逸的詩風，富有幻想的浪漫色彩，更迎合年輕女子的趣味，從更深層次探究，表現了陳芸的人生追求和價值取向。

四

余性爽直，落拓不羈❶，芸若腐儒，迂拘❷多禮，偶為披衣整袖，必連聲道「得罪」，或遞巾授扇，必起身來接。余始厭之，曰：「卿欲以禮縛我耶？語曰：『禮多必詐』。」芸兩頰發赤，曰：「恭而有禮，何反言詐？」余曰：「恭敬在心，不在虛文❸。」芸曰：「至親莫如父母，可內敬在心而外肆狂放耶？」余曰：「前言戲之耳。」芸曰：「世間反目，多由戲起，後勿冤妾，令人鬱死！」余乃挽之入懷，撫慰之，始解顏為笑。自此「豈敢」、「得罪」竟成語助詞矣。鴻案相莊❹廿有三年，愈久而情愈密。家庭之內，或暗室❺相逢，窄途邂逅，必握手問曰：「何處去？」私心忐忐，如恐旁人見之者。實則同行並坐，初猶避人，久則不以為意。芸或與人坐談，見余至，必起立，偏挪其身，余就而並焉，彼此皆不覺其所以然者，始以為慚，繼成不期而然。獨怪老年夫婦相視如仇者，不知何意。或曰：「非如是，焉得白頭偕老哉！」斯言誠然歟？

【注　釋】❶落拓不羈　放蕩不羈，行為放任，不受拘束。❷迂拘　迂腐固執。❸虛文　虛假而無意義的禮節。❹鴻案相莊　用梁鴻、孟光舉案齊眉的典故。《後漢書・逸民傳・梁鴻》：「每歸，妻為具食，不敢於鴻前仰視，舉案齊眉」，後泛指夫妻互相敬愛。❺暗室　昏暗無光的房間，也指別人看不見的地方。

【語　譯】我性格直爽，行為放任不受拘束，芸好像是個迂腐的讀書人，循規蹈矩注重禮節，偶爾為她披上衣服整理袖子，必定連聲道「得罪」，或者為她遞上手絹扇子，必定起身相接。我起初很厭煩，說：「妳要用禮節束縛我嗎？有句話說：『禮數多了，一定是作假騙人』。」芸滿臉通紅，說：「恭敬而有禮節，為什麼反而說是作假騙人？」我說：「恭敬存在心中，不體現在虛假的禮節上。」芸說：「父母是最親的人，可以心裡尊敬而外表狂放不守規矩嗎？」我說：「方才只是開玩笑罷了。」芸說：「世上反目為仇的事情，多由開玩笑而引起的，以後不要冤枉我，讓人鬱悶死了！」我於是把她抱入懷中，親撫安慰她，她才開顏而笑。從此「豈敢」、「得罪」竟然成為口頭禪了。夫妻相敬相愛二十三年，時間愈久感情愈親密。在家庭之內，有時在暗室相逢，在窄路偶遇，必定握手相問：「到什麼地方去？」內心忐忑不安，好像怕旁人看到。實則是兩人一起行走並肩而坐，起初還避開旁人，時間久了就不在乎了。芸坐著和人談話，看到我來了，必定要站起來，身子挪到邊上，我靠著她並排而坐，彼此都是無意識的，開始覺得有些難為情，接著就習慣成自然了。我只是奇怪老年夫婦互相把對方看作仇敵，不知是什麼意思。有人說：「不這樣，怎麼能白頭偕老啊！」此話是真的嗎？

【研　析】此節言沈復夫婦相敬如賓，恩愛情深。在男權至上的封建社會中，禮教對婦女的束縛更加沉重。男人狂放不羈，不拘行跡，可視作名士風度；婦女則要處處小心，稍有不慎便招致非議。禮教不僅限定人們的行為舉止，還要規範人們的思想感情，即使夫妻之間，感情的流露也要有所節制。若夫妻之間過於親暱，就被視作輕浮，引起長輩的不滿和旁人的責難。陸游和唐婉的悲劇就是典型的例子。陸游和唐婉從小青梅竹馬，婚後相敬如賓，可是唐婉與丈夫親密的舉動引起婆婆的不滿，最終迫使陸游和唐婉離異。陸游為此寫下了廣為傳唱的〈釵頭鳳〉詞。沈復夫婦在公眾場合的交往不得不小心，他們只能在「暗室相逢，窄途邂逅」時，匆匆握手問候，還「私心忐忐，如恐旁人見之」。夫妻並肩而坐，本是再平常不過的事情，作者偏特地寫出，說明在那樣的家庭環境中，年輕夫婦是多麼地不自由。

寫夫婦為執禮而口角一段文字，刻畫小兒女情態栩栩如生。因「禮多必詐」一語，引得陳芸生氣，「兩頰發赤」，經沈復一番勸慰，方解顏為笑，兩人感情日篤。這些描寫，令人想起《紅樓夢》中寶玉經常惹得黛玉生氣，經寶玉三番五次勸解，方言歸於好的場景，只是此書為自傳體記敘文，不能像小說那樣鋪敘得曲折詳盡。

五

是年七夕，芸設香燭瓜果，同拜天孫❶於我取軒中。余鐫「願生生世世為夫婦」圖章二方，余執朱文❷，芸執白文，以為往來書信之用。

是夜月色頗佳，俯視河中，波光如練，輕羅小扇，並坐水窗，仰見飛雲過天，變態萬狀。芸曰：「宇宙之大，同此一月，不知今日世間，亦有如我兩人之情興否？」余曰：「納涼玩月，到處有之。若品論雲霞，或求之幽閨繡闥，慧心默證者固亦不少，若夫婦同觀，所品論者恐不在此雲霞耳。」未幾，燭燼月沉，撤果歸臥。

七月望❸，俗謂之鬼節❹。芸備小酌，擬邀月暢飲，夜忽陰雲如晦，芸愀然❺曰：「妾能與君白頭偕老，月輪當出。」余亦索然❻。但見隔岸螢光明滅萬點，梳織於柳隄蓼渚❼間。余與芸聯句❽以遣悶懷，而兩韻之後，逾聯逾縱，想入非夷❾，隨口亂道。芸已漱涎涕淚，笑倒余懷，不能成聲矣。覺其鬢邊茉莉，濃香撲鼻，因拍其背以他詞解之曰：「想古人以茉莉形色如珠，故供助粧壓鬢，不知此花必沾油頭粉面之氣，其香更可愛，所供佛手當退三舍❿矣。」芸乃止笑曰：「佛手乃香中君子，只在有意無意間；茉莉是香中小人，故須借人之勢，其香也如脅肩諂笑[11]。」余曰：「卿何遠君子而近小人。」芸曰：「我笑君子愛小人耳。」正話間，漏已三滴，漸見風掃雲開，一輪湧出，乃大喜。倚窗對酌，酒未三盃，忽聞橋下鬨然一聲，如有人墮。就窗細矚，波明如鏡，不見一物，惟聞河灘有隻鴨急奔聲。余知滄浪亭畔素有溺鬼，恐芸膽怯，未敢即言。芸曰：「噫！此聲也，胡為乎來哉？」不禁毛骨皆慄，急閉牕攜酒歸房。一燈如豆[12]，羅帳低垂，弓影盃蛇[13]，驚神未定。剔燈入帳，芸已寒熱大作，余亦繼之，困頓兩旬。真所謂樂極災生，亦是白頭不終之兆。

中秋日，余病初愈，以芸半年新婦，未嘗一至間壁之滄浪亭，先令老僕約守者勿放閒人，於將晚時偕芸及余幼妹，一嫗一婢扶焉，老僕前導，過石橋，進門折東，曲逕而入。疊石成山，林木葱翠，亭在土山之顛，循級至亭心，周望極目可數里，炊煙四起，晚霞爛然。隔岸名「近山林」，為大憲[14]行臺[15]宴集之地，時正誼書院[16]猶未啟也。攜一毯設亭中，席地環坐，守者烹茶以進。少焉一輪明月已上林梢，漸覺風生袖底，月到波心，俗慮塵懷，爽然頓釋。芸曰：「今日之遊樂矣，若駕一葉扁舟，往來亭下，不更快哉！」時已上燈，憶及七月十五夜之驚，相扶下亭而歸。吳俗婦女是晚不拘大家小戶，皆出隊而遊，名曰「走月亮」。滄浪亭幽雅清曠，反無一人至者。

【注釋】❶天孫　織女星，在民間傳說中成為善於織造的仙女，為天帝之孫。❷朱文　圖章的字凸出，印文呈紅色，為朱文，也稱陽文。❸望　舊曆每月十五。❹鬼節　中國舊俗有四大鬼節：三月三、清明節、中元節、十月初一。七月十五的鬼節即中元節，源自佛教「盂蘭盆會」。相傳七月初一，閻王打開地獄的鬼門關，讓鬼出來自由活動，直至七月底才回歸地府。在此期間，民間拜祭死去的親人，燒冥錢元寶、紙衣蠟燭，放河燈，做法事，以祈求祖宗保佑，消災增福。❺愀然　憂愁的樣子。❻索然　毫無興致。❼渚　水中小洲，或水邊陸地。❽聯句　一種作詩的方法，由兩人或多人各出一句或幾句，合為一篇。❾想入非夷　想入非非。非夷，不合常規法度。❿退三舍　即退避三舍，表示退讓，不敢相爭。春秋時晉公子重耳出亡楚國，受到楚成王禮遇。楚成王問重耳：「公子若反晉國，則何以報不穀？」重耳對曰：「若以君之靈，得反晉國，晉楚治兵，遇於中原，其辟君三舍。」一舍為三十里。⓫脅肩諂笑　聳起肩膀，裝出笑臉，形容小人諂媚的樣子。⓬一燈如豆　一盞燈火如豆粒大小，形容燈光昏暗不明。⓭弓影盃蛇　即成語杯弓蛇影，比喻疑神疑鬼，自相驚擾。⓮大憲　清代對總督或巡撫的稱謂。⓯行臺　地方大吏的官署與居住的地方。⓰正誼書院　江蘇巡撫汪志伊創立於嘉慶年間。

【語　譯】這一年七夕，芸擺設了香燭瓜果，在我取軒中一起拜祭織女。我鐫刻了「願生生世世為夫婦」兩方圖章，我拿朱文，芸拿白文，用於往來的書信。此夜月色很好，俯視河中，月光映照在水波上如一條白練，我倆身穿薄絲衣，手執小紈扇，並坐在臨水的窗前，抬頭仰望漂浮的雲彩掠過天空，變幻出千姿百態。芸說：「宇宙如此大，天下共同擁有這一輪明月，不知道今日世上，也有像我們這樣有興致情趣的嗎？」我說：「乘涼賞月，到處都有。若說欣賞雲霞，在繡房閨閣中尋找，有智慧能領會其中妙處的女子也不少，如果說夫婦一同觀賞，所欣賞的恐怕不是這些雲霞了。」沒有多久，蠟燭燃盡月亮沉淪，於是撤掉瓜果回房睡覺。

七月十五，民間稱之為鬼節。芸準備了簡單的酒菜，準備在月光下暢飲，夜間忽然陰雲密佈昏暗陰森。芸憂愁地說：「妾若能與君白頭偕老，月亮就應當出來。」我也覺得毫無興致。只見對岸萬點螢火蟲般的光亮忽明忽暗，穿梭於長滿柳樹和蓼草的堤岸之間。我與芸聯句作詩，借以排遣愁悶，在聯了兩韻之後，愈聯愈隨意放縱，想入非非，隨口亂說。芸已經唾沫橫飛涕淚交集，笑著倒在我懷中，說不出話來。只覺得她鬢邊插的茉莉花，濃香撲鼻，因此拍著她的背用其他話來開解她，說：「想來古人因為茉莉的形狀顏色如珠子，所以用來插在鬢髮上作裝飾，不知此花定要沾染油頭粉面的氣息，它的香味更加可愛，供養的佛手也要讓它三分。」芸於是止住笑，說：「佛手是花香中的君子，香氣有意無意自然散發；茉莉是花香中的小人，因此必須假借人力，它的香氣如小人聳起肩膀滿臉諂笑。」我說：「妳為何遠離君子而親近小人。」芸說：「我笑君子愛小人啊。」正說話間，已是三更天，漸漸見風吹雲開，一輪明月湧出，於是非常高興。靠著窗對飲，還沒喝到三杯，忽然聽得橋下哄然一響，好像有人掉下來。靠窗細看，水波明淨如鏡，看不到一樣東西，只聽到河灘上一隻鴨子奔跑的聲音。我知道滄浪亭邊本來有淹死鬼，擔心芸膽小害怕，不敢當場說明。芸說：「唉！這聲音是怎麼來的啊？」不禁毛骨悚然，急忙關閉窗戶，帶著酒回到房中。燈光微弱，輕軟的絲帳低低放下，疑神疑鬼，驚魂未定。挑亮燈花進入帳子，芸已發燒得很厲害，我也接著發燒了，病痛乏力二十天。正所謂樂極生悲，亦是不能白頭到老的徵兆。

中秋節，我的病剛好，因為芸做了半年新娘，還沒有去過隔壁的滄浪亭，先讓老僕與守園人約好，不要放閒人進入。在傍晚時與芸及我的小妹，有一老婦一婢女攙扶，老僕在前帶路，過石橋進入園門往東，順著彎彎曲曲的小路進去，有石頭堆積的假山，樹木青翠茂密。亭子在土山頂上，沿著臺階走到亭子中心。極目眺望四周遠達數里，炊煙四處升起，晚霞燦爛奪目。對岸的地方叫「近山林」，是巡撫官署和宴會的地方，當時正誼書院還沒有創立。帶了一條毯子鋪設在亭中，在地上圍繞而坐，守園人燒了茶送來。過了不久，一輪明月升上樹梢，漸漸覺得風吹衣袖，明月映照在水波之中，世俗的念頭頓時消失，心情爽快舒暢。芸說：「今日出遊玩得很快樂！如果駕一艘小船，往來亭下，不是更痛快啊！」已到了上燈的時候，想到七月十五日夜晚受到的驚嚇，互相攙扶著下亭回家。吳地風俗，這天晚上，不論大家還是小戶的婦女，都出門結隊漫遊，稱為「走月亮」。滄浪亭幽靜雅緻清朗開闊，反而沒有一個人來。

【研　析】此節寫作者夫婦同度七夕、中元、中秋三個節日，情景各有不同，都極有情趣。

七月七日的七夕節，是個充滿浪漫情調的節日。七夕節源自牛郎、織女的傳說，成為未婚女子祈求愛情幸福，已婚夫婦祈求婚姻美滿的美好日子，白居易〈長恨歌〉云：「七月七日長生殿，夜半無人私語時。在天願作比翼鳥，在地願為連理枝。」唐玄宗與楊玉環在七夕立下相愛終身的誓約，作者則以二方「願生生世世為夫妻」的圖章，表明自己對愛情的忠貞不渝。文中寫到夫婦賞月觀雲的場景：「是夜月色頗佳，俯視河中，波光如練，輕羅小扇，並坐水窗，仰見飛雲過天，變態萬狀。」古詩十九首〈迢迢牽牛星〉云：「河漢清且淺，相去復幾許？盈盈一水間，脈脈不得語。」杜牧〈秋夕〉云：「銀燭秋光冷畫屏，輕羅小扇撲流螢。天階夜色涼如水，坐看牽牛織女星。」秦觀〈鵲橋仙〉云：「纖雲弄巧，飛星傳恨，銀漢迢迢暗渡。」作者的這段描寫，濃縮了前人詩詞的意境，頗具詩情畫意。

農曆七月十五，道教稱為「中元節」，祭祀亡靈；佛教稱為「盂蘭盆節」，超度孤魂野鬼，以報答父母養育之恩；民間稱為「鬼節」，將道教祭祀亡靈、佛教布施餓鬼、儒家祭祀祖先等活動相結合，構成中國乃至漢文化圈的一系列祭祀活動。盂蘭盆節與目連救母的故事有關：佛祖釋迦牟尼有個弟子名目犍連，簡稱目連。他母親生前不敬佛，做了許多惡事，死後被打入地獄，成了餓鬼。目連心疼母親，到地獄探視，餵飯給她吃，可是食物一到母親嘴邊就成為火焰。目連向釋迦牟尼求救，佛陀告訴他，必須在每年七月中旬以百味五果，置於盆中，供養十方僧人，以此般功德集合眾僧之力，方能濟度其母。目連依佛意行事，其母終得解脫。而地獄諸餓鬼，也在七月十五出地獄覓食，吃上一頓飽飯。盂蘭盆節一項重要活動是放水燈，用紙做成各種形狀的燈，內有蠟燭照明，放在水中任其飄流，以燈火為孤魂引路，邀來享受香火。文中寫到「隔岸螢光明滅萬點，梳織於柳隄蓼渚間」，當為所放之水燈。因是鬼節，描寫的場景有些淒涼幽清，如「忽聞橋下閧然一聲，如有人墮。就窗細矚，波明如鏡，不見一物，惟聞河灘有隻鴨急奔聲」，「不禁毛骨皆慄」，「一燈如豆，羅帳低垂，弓影盃蛇，驚神未定」。文中寫夫婦聯句，忽聽橋下聲響如有人墮等文字，與《紅樓夢》第七十六回〈凹晶館聯詩悲寂寞〉寫黛玉和湘雲聯句有幾分相似。

中秋賞月，是沿襲已久的習俗，月有陰晴圓缺，人有悲歡離合，一輪明月觸發人的思鄉戀親之情，清寒的月光使人心神寧靜，歷來以賞月為題材的詩文不知凡幾。作者並沒有用過多的筆墨描繪賞月的情景，而是詳述滄浪亭的形勢景色。作者住在滄浪亭旁，借賞月將滄浪亭的情形作一補敘，也是作者結構文章的匠心。高處賞月，天地遼闊，心曠神怡，令人有出塵之想。「風生袖底」寫出地形之高，有「我欲乘風歸去」之勢。水中賞月，水月渾然，另有一番景致，因此陳芸說：「若駕一葉扁舟，往來亭下，不更快哉！」賞月宜靜觀，或一人獨處，或三五知己好友結伴，切忌人多嘈雜。蘇州有中秋「走月亮」的習俗，不拘大家小戶，婦女結隊而出，明袁宏道〈虎丘記〉記述蘇州中秋賞月盛況：「每至是日，傾城闔戶，連臂而至。衣冠士女，下迨蔀屋，莫不靚妝麗服，重茵累席，置酒交衢間。從千人石上至山門，櫛比如鱗，檀板丘積，樽罍雲瀉，遠而望之，如雁落平沙，霞鋪江上，雷輥電霍，無得而狀。」中秋成了歡樂的聚會，失去了賞月的雅趣，無怪乎作者感歎：「滄浪亭幽雅清曠，反無一人至者。」

吾父稼夫公喜認義子，以故余異姓弟兄有二十六人，吾母亦有義女九人。九人中王二姑、俞六姑與芸最和好。王癡憨❶善飲，俞豪爽善談。每集，必逐余居外，而俾❷三女同榻，此俞六姑一人計也。余笑曰：「俟妹于歸後，我當邀妹丈來，一住必十日。」俞曰：「我亦來此，與嫂同榻，不大妙耶？」芸與王微笑而已。時為吾弟啟堂娶婦，遷居飲馬橋❸之倉米巷❹，屋雖宏暢，非復滄浪亭之幽雅矣。吾母誕辰演劇，芸初以為奇觀。吾父素無忌諱，點演《慘別》等劇，老伶刻畫，見者情動。余窺簾見芸忽起去，良久不出，入內探之，俞與王亦繼至。見芸一人支頤獨坐鏡奩❺之側。余曰：「何不快乃爾？」芸曰：「觀劇原以陶情，今日之戲徒令人腸斷耳。」俞與王皆笑之。余曰：「此深於情者也。」俞曰：「嫂將竟日獨坐於此耶？」芸曰：「俟有可觀者再往耳。」王聞言先出，請吾母點《刺梁》❻、《後索》❼等劇，勸芸出觀，始稱快。

余堂伯父素存公早亡，無後，吾父以余嗣焉。墓在西跨塘福壽山祖塋之側，每年春日必挈芸拜掃。王二姑聞其地有戈園❽之勝，請同往。芸見地下小亂石有苔紋，斑駁可觀，指示余曰：「以此疊盆山，較宣州白石為古致。」余曰：「若此者恐難多得。」王曰：「嫂果愛此，我為拾之。」即向守墳者借麻袋一，鶴步❾而拾之。每得一塊，余曰善，即收之，余曰否，即去之。未幾，粉汗盈盈，拽袋返曰：「再拾則力不勝矣。」芸且揀且言曰：「我聞山果收穫，必藉猴力，果然！」王憤撮十指作哈癢狀，余橫阻之，責芸曰：「人勞汝逸，猶作此語，無怪妹之動憤也。」歸途遊戈園，穉綠嬌紅，爭妍競媚。王素憨，逢花必折。芸叱曰：「既無瓶養，又不簪戴，多折何為？」王曰：「不知痛癢者，何害？」余笑曰：「將來罰嫁麻面多鬚郎，為花洩忿。」王怒余以目，擲花於地，以蓮鉤❿撥入池中，曰：「何欺侮我之甚也！」芸笑解之而罷。

【注　釋】❶癡憨　質樸愚鈍。❷俾　使；讓。❸飲馬橋　在蘇州市區，傳說東晉高僧支遁曾在此飲馬。❹倉米巷　位於飲馬橋北，《吳郡志》載：巷南在宋明時期為府倉。❺鏡奩　裝鏡子的盒子，泛指女子梳妝處，即今之梳妝臺。❻刺梁　昆劇《漁家樂》中一齣，演東漢時漁家女鄔飛霞為父報仇，刺殺鄭國公梁冀事。❼後索　清代折子戲，《後尋親》中一齣，見於《綴白裘》第一集。❽戈園　蘇州園林，在鳳凰山麓，今已不存。❾鶴步　形容步伐如鶴般輕盈。喻鳧〈懷鄉〉：「鼉鳴積雨窟，鶴步夕陽沙。」❿蓮鉤　指古代女子所纏小腳。古詩有「步步生蓮花」形容女子纖足，纏足形狀如鉤，故以蓮鉤形容女子所纏小腳。

【語　譯】我的父親稼夫公喜歡認義子，因此我的異姓兄弟有二十六人，我的母親也有義女九人。九人中王二姑、俞六姑與芸最為友好。王質樸愚鈍，能飲酒，俞性情豪爽，會說話。每次集會，必要把我趕到外邊住，而讓她們三個女人睡在一張床上，這是俞六姑一個人的主意。我笑著說：「等妹妹出嫁後，我當邀請妹夫來，定要住上十天。」俞說：「我也來這兒，與嫂嫂同床，不是很妙嗎？」芸與王只是微笑。當時因為我弟弟啟堂娶媳婦，我搬到飲馬橋的倉米巷，房屋雖然寬敞，但再沒有滄浪亭的幽雅了。我母親生日演戲，芸開始感到很新奇。我父親向來沒有忌諱，點了《慘別》等劇，老藝人演得很精彩，觀眾都很動情。我從門簾中窺見芸忽然起身離去，很久沒有出來，於是到內室去找她，俞與王也跟著來了。只見芸獨自一人手托下巴坐在妝臺前。我說：「為什麼如此不快樂？」芸說：「看戲本是怡悅性情，今日的戲只讓人傷心斷腸。」俞與王兩人都笑了。我說：「這是一個感情豐富的人。」俞說：「嫂嫂將獨自在這兒坐一整天嗎？」芸說：「等到有好看的戲再去。」王聽了先出去，請我母親點《刺梁》、《後索》等劇，勸芸出來看，芸才覺痛快。

我的堂伯父素存公很早就去世，沒有後人，我父親把我過繼給他。墓在西跨塘福壽山祖墳的旁邊，每年春天必定帶芸去拜祭掃墓。王二姑聽說那個地方有戈園勝景，請求同往。芸看到地下散亂的小石頭有苔蘚般紋路，色彩斑駁很好看，指著石頭對我說：「用這些石頭堆假山，比宣州的白石更古樸雅緻。」我說：「像這樣的石頭恐怕難以多得。」王說：「嫂嫂果真喜歡，我為妳拾。」她就向守墳人借一個麻袋，步履輕盈地拾石頭。每拾到一塊，我說好，就收起來，我說不好，就丟掉。沒多久，大汗淋漓，拽著袋子返回說：「再拾就沒有力氣了。」芸一邊揀一邊說：「我聽說收穫山果，定要假借猴子的力量，果然如此！」王生氣地收攏十指對芸做出呵癢的樣子，我橫在中間阻止，責備芸說：「別人辛勞妳安逸，還要說這樣的話，難怪妹妹生氣。」歸途中遊戈園，樹葉青翠花朵嬌豔，互相爭妍鬥艷，競相比美。王向來愚鈍，見花必折。芸訓斥她說：「妳既沒有瓶供養，又不插戴，多折有什麼用？」王說：「花不知痛癢，折了有什麼害處？」我笑著說：「罰妳將來嫁給一個麻面多鬚的男人，為花洩憤。」王生氣地瞪著我，把花扔在地上，用腳撥入水池中，說：「為什麼這樣欺負我！」芸笑著勸解才算了。

【研　析】此節寫沈復夫婦與義妹的交往，成功刻畫了俞六姑、王二姑兩個個性鮮明的人物形象。俞來沈家，要與陳芸、王二姑同榻而眠，「必逐余居外」，反客為主，毫不客氣。作者開玩笑地說：「俟妹于歸後，我當邀妹丈來，一住必十日。」欲以其人之道還治其人之身，俞答道：「我亦來此，與嫂同榻，不大妙耶？」兩句對話，如聞其聲，如見其人，俞六姑豪爽機敏的性格躍然紙上。俞六姑善談，故用人物語言表現其性格，王二姑憨厚，不善言辭，就用實際行動來表現。沈母誕辰演劇，陳芸不愛看悲劇，王二姑知道後，一言不發，請沈母另點《刺梁》、《後索》等帶有喜慶色彩的劇目，可見她的熱心。沈復夫婦與王二姑同遊戈園，陳芸愛園中石頭斑駁可觀，王二姑自告奮勇為她撿了一麻袋。陳芸取笑王二姑如收山果的猴子，王並不用語言反擊，而是「憤撮十指作哈癢狀」。王二姑看到園中鮮花嬌紅嫩綠，十分可愛，於是見花就折，被作者嘲笑後，「王怒余以目，擲花於地，以蓮鉤撥入池中」，這些富有生活情趣的場景，通過一系列個性化的動作描寫，把王二姑憨厚至誠的性格刻畫得入木三分。

七

芸初緘默，喜聽余議論。余調❶其言，如蟋蟀之用纖草，漸能發議。其每日飯必用茶泡，喜食芥滷乳腐（吳俗呼為臭乳腐），又喜食蝦滷瓜。此二物余生平所最惡者，因戲之曰：「狗無胃而食糞，以其不知臭穢；蜣螂❷團糞而化蟬，以其欲修高舉❸也。卿其狗耶？蟬耶？」芸曰：「腐取其價廉而可粥可飯，幼時食慣。今至君家已如蜣螂化蟬，猶喜食之者，不忘本也。至滷瓜之味，到此初嘗耳。」余曰：「然則我家係狗竇耶？」芸窘而強解曰：「夫糞，人家皆有之，要在食不食之別耳。然君喜食蒜，妾亦強啖❹之。腐不敢強，瓜可掩鼻略嘗，入咽當知其美。此猶無鹽❺貌醜而德美也。」余笑曰：「卿陷我作狗耶？」芸曰：「妾作狗久矣，君試嘗之。」以箸強塞余口，余掩鼻咀嚼之，似覺脆美，開鼻再嚼，竟成異味，從此亦喜食。芸以麻油加白糖少許拌滷腐，亦鮮美。以滷瓜搗爛拌滷腐，名之曰「雙鮮醬」，有異味。余曰：「始惡而終好之，理之不可解也。」芸曰：「情之所鍾，雖醜不嫌。」

【注釋】❶調　調弄；挑逗。❷蜣螂　俗名屎殼郎，以動物糞便為食，可以將糞便滾動成球狀，推行向前。❸高舉　高飛。❹啖　吃。❺無鹽　指醜女。戰國時女子鍾離春，相貌醜陋，但才智過人，後為齊宣王的王后。其為無鹽（今屬山東東平）人，故以無鹽代指鍾離春，亦泛指醜女。

【語譯】芸起初沉默寡言，喜歡聽我議論。我挑逗她開口說話，就像用草逗蟋蟀開牙，慢慢地能發些議論了。她每天吃飯一定要用茶泡，喜歡吃用芥菜醃製的乳腐，又喜歡吃用蝦醬醃製的滷瓜。這兩樣食物是我生平最厭惡的，因此與她開玩笑說：「狗沒有胃而吃糞，因為牠不知道糞便的惡臭；蜣螂結糞成團變為蟬，因為牠要蛻變高飛。妳是狗呢？蟬呢？」芸說：「喜歡乳腐，是因為便宜，而且吃粥吃飯都可以，小時候吃慣了。現在到你家，猶如蜣螂變化為蟬，還喜歡吃乳腐，是不忘本啊。至於滷瓜的味道，到這裡才初次嘗到。」我說：「然而我家是狗洞嗎？」芸窘迫地強作解釋：「糞家家都有，重要的是吃不吃的區別。然而你喜歡吃蒜，我亦勉強吃。乳腐不敢勉強你吃，滷瓜可以遮住鼻子略為嘗嘗，到了喉嚨才知道它的美味。猶如無鹽相貌醜陋而道德高尚。」我笑著說：「妳害我做狗嗎？」芸說：「我做狗很久了，你試著嘗嘗看。」用筷子硬塞到我嘴裡，我遮住鼻子咀嚼，似乎覺得又脆又美，放開鼻子再嚼，竟然成為異常鮮美的佳餚，從此亦喜愛吃滷瓜。芸用麻油，再加少許白糖拌乳腐，亦很鮮美。把滷瓜搗爛拌乳腐，稱之為「雙鮮醬」，有特別的味道。我說：「開始厭惡而最終喜好，這道理難以理解。」芸說：「感情專注，雖然醜陋也不會嫌棄。」

【研析】此節寫日常生活細事，因為有情貫穿其間，所以並不繁瑣枯燥。兩人為吃乳腐、滷瓜而互相調笑，顯示出小夫妻間濃情蜜意，最後陳芸說：「情之所鍾，雖醜不嫌。」更把日常細事上升到哲理的高度，也是陳芸為情而生、為情而死的一生寫照。

八

余啟堂弟婦，王虛舟先生孫女也。催妝❶時偶缺珠花，芸出其納采❷所受者呈吾母，婢嫗旁惜之。芸曰：「凡為婦人，已屬純陰，珠乃純陰之精，用為首飾，陽氣全克矣，何貴焉。」而於破書殘畫，反極珍惜。書之殘缺不全者，必搜集分門，彙訂成帙❸，統名之曰「斷簡殘編」；字畫之破損者，必覓故紙黏補成幅，有破缺處，倩予全好而捲之，名曰「棄餘集」。嘗於女紅中饋❹之暇，終日瑣瑣不憚煩倦。芸於破笥爛卷中，偶獲片紙可觀者，如得異寶。舊鄰馮嫗，每收亂卷賣之。其癖好與余同，且能察眼意，懂眉語，一舉一動，示之以色，無不頭頭是道。余嘗曰：「惜卿雌而伏，苟能化女為男，相與訪名山，搜勝跡，遨遊天下，不亦快哉。」芸曰：「此何難！俟妾鬢斑之後，雖不能遠遊五嶽，而近地之虎阜❺、靈巖❻，南至西湖❼，北至平山❽，儘可偕遊。」余曰：「恐卿鬢斑之日，步履已艱。」芸曰：「今世不能，期以來世。」余曰：「來世卿當作男，我為女子相從。」芸曰：「必得不昧今生，方覺有情趣。」余笑曰：「幼時一粥猶談不了，若來世不昧今生，合巹之夕，細談隔世，更無合眼時矣。」芸曰：「世傳月下老人專司人間婚姻事，今生夫婦已承牽合，來世姻緣亦須仰藉神力，盍繪一像祀之？」時有苕溪❾戚柳堤，名遵，善寫人物，倩繪一像，一手挽紅絲，一手攜杖懸姻緣簿，童顏鶴髮，奔馳於非煙非霧⑩中，此戚君得意筆也。友人石琢堂為題讚語於左。懸之內室，每逢朔望，余夫婦必焚香拜禱。後因家庭多故，此畫竟失所在，不知落誰家矣。「他生未卜此生休」⑪，兩人凝情，果邀神鑒耶？

【注釋】❶催妝　舊時女子出嫁，要多次催促，始梳妝啟行，名為催妝。❷納采　古代婚姻儀式之一，指男方向女方送求婚的禮物。❸帙　包裝書畫的套子，多以布帛製成，也指書畫的卷冊。❹中饋　指料理飲食等家務事。❺虎阜　虎丘，蘇州名勝。阜，土丘。❻靈巖　指蘇州靈巖山，相傳春秋時吳王夫差在此為西施建館娃宮。❼西湖　中國以西湖命名的地方很多，此處指杭州西湖，為著名風景區。❽平山　指揚州平山堂，歐陽脩任揚州太守時所建。❾苕溪　古地名，吳興郡別稱，今浙江湖州。❿非煙非霧　五色祥雲。《史記・天官書》：「若煙非煙，若雲非雲，郁郁紛紛，蕭索輪囷，是謂卿雲，卿雲見，喜氣也。」後以非煙非雲指慶雲。此處作非煙非霧。⓫他生未卜此生休　意為不知來世怎麼樣，今生的緣分已經了結。出自唐代李商隱〈馬嵬〉詩，詠唐明皇與楊貴妃愛情悲劇。

【語譯】我啟堂弟的媳婦，是王虛舟先生的孫女。出嫁化妝時缺少珠花，芸拿出她定親時作為聘禮的珠花呈交給我母親，婢女在一旁感到可惜。芸說：「作為婦女，已是純陰之人，珠是純陰的精華，用作首飾，陽氣全被克制，有什麼可貴的。」可是對於破舊的書籍和殘缺的畫頁，反而極其珍惜。殘缺不全的書，必定收集整理，分門別類，裝訂成冊，總名為「斷簡殘編」；破損的字畫，必定尋找舊紙粘補修復，有破缺的地方，請我補充完整，然後捲起來，命名為「棄餘集」。經常利用女紅家務的空餘時間，整日做這些瑣碎的事情而不嫌厭倦。芸在破書箱腐爛的卷冊中，偶爾找到值得一看的片紙斷簡，如同獲得奇珍異寶。老鄰居馮大娘，常收取雜亂廢棄的卷冊賣給芸。芸的癖好，與我相同，而且能察顏觀色，只要用眼色示意，她的一舉一動都做得很周到妥帖。我常說：「可惜妳是女子只能隱伏在家，若能變作男人，一起遊歷名山，搜尋勝跡，豈不痛快啊。」芸說：「這有什麼難的！等我鬢髮斑白之後，雖然不能遠遊五嶽，可是近處的虎丘、靈巖，南到西湖，北到平山堂，完全可以一同旅遊。」我說：「恐怕等到妳鬢髮斑白的那天，已經步履艱難，不便行走了。」芸說：「今世不能，等到來世。」我說：「來世妳應當做男人，我做女人跟隨你。」芸說：「一定要不忘卻今生，來世才覺得有情趣。」我笑著說：「小時候一碗粥還說個沒完，要是來世不忘卻今生，洞房那天晚上，細細訴說隔世的往事，更沒有合眼的時候了。」芸說：「世間傳說月下老人專門掌管人間的婚姻。今生結為夫婦已承蒙他撮合，來世的姻緣亦必須仗仰他的神力，為何不畫一張月下老人的像拜祭他？」當時有苕溪人戚柳堤，名遵，善畫人像。請他畫了一張像，一手牽引紅絲繩，一手拿拐杖懸掛姻緣簿，童顏鶴髮，奔馳在五色祥雲之中，這是戚君得意的作品。友人石琢堂在畫的左方題寫了讚語。像掛在內室，每逢初一十五，我夫婦兩人必定焚香祭拜。後來因為家庭多變故，這幅畫居然丟失，不知落到誰家去了。「他生未卜此生休」，兩人的癡情，神靈果然能看得分明嗎？

【研　析】此節寫閨房情事，雖無曲折離奇的情節，然而通過對生活素材的剪裁和佈置，將日常細事敘述得委婉多姿，極有情趣，且層次分明，自然順暢。文章先從陳芸落墨，寫她輕錢財重文墨。弟媳出嫁時缺少珠花，她將自己的通過婆婆轉送給弟媳。旁人為之可惜，她卻說珍珠是純陰之物，婦女戴珠花，陽氣全被克制，有什麼可貴的。陳芸如此解釋，是不願讓對方覺得欠了她多大人情，表現出寬宏大度，謙讓隨和的品格。她不是直接將珠花送給弟媳，而是讓婆婆轉交，一來珠花是沈復娶她的聘禮，本是沈家之物，二來是將此人情送給婆婆，由此可見她心思縝密，辦事周全。接著筆鋒一轉，寫陳芸不在乎錢財，對書籍字畫卻十分珍惜，表現她的文化和精神追求。正因為夫婦間有共同的癖好，所以兩人心靈相通，十分默契，這便是他們的愛情基礎。他們非常珍惜今生的愛情，而且期望來世再作夫婦，繼續他們的愛情，這與作者在七夕刻「願生生世世為夫婦」圖章相呼應。作者夫婦的婚姻，不是經濟或政治利益的交換，也不是才子佳人式的一見傾心，而是建立在精神默契、心靈溝通基礎上的純真愛情。沈復對妻子十分尊重，為她作為女性只能隱伏家中而不平，並提出「來世卿當作男，我為女子相從」，這些在當時顯得十分大膽出格的言論，包含著非常可貴的平等民主觀念。他們希望將婚姻延續到來世，於是特地請人畫月老像焚香祭拜，文章最終還是落到「情」上。

九

遷倉米巷，余顏❶其臥樓曰「賓香閣」，蓋以芸名而取如賓意也。院窄牆高，一無可取。後有廂樓，通藏書處，開窗對陸氏廢園，但有荒涼之象。滄浪風景，時切芸懷。有老嫗居金母橋❷之東，埂巷之北。繞屋皆菜圃，編籬為門，門外有池約畝許，花光樹影，錯雜籬邊，其地即元末張士誠王府廢基❸也。屋西數武❹，瓦礫堆成土山，登其巔可遠眺，地曠人稀，頗饒野趣。嫗言偶及，芸神往不置，謂余曰：「自別滄浪，夢魂常繞，今不得已而思其次，其老嫗之居乎？」余曰：「連朝秋暑灼人，正思得一清涼地以消長晝。卿若願往，我先觀其家，可居，即襆被❺而往，作一月盤桓何如？」芸曰：「恐堂上不許。」余曰：「我自請之。」越日至其地，屋僅二間，前後隔而為四，紙牕竹榻頗有幽趣。老嫗知余意，欣然出其臥室為賃，四壁糊以白紙，頓覺改觀。於是稟知吾母，挈芸居焉。鄰僅老夫婦二人，灌園為業，知余夫婦避暑於此，先來通殷勤❻，并釣池魚、摘園蔬為饋。償其價不受，芸作鞋報之，始謝而受。時方七月，綠樹陰濃，水面風來，蟬鳴聒耳。鄰老又為製魚竿，與芸垂釣於柳陰深處。日落時，登土山，觀晚霞夕照，隨意聯吟，有

「獸雲吞落日，弓月彈流星」之句。少焉，月印池中，蟲聲四起，設竹榻於籬下。老嫗報酒溫飯熟，遂就月光對酌，微醺而飯。浴罷，則涼鞵蕉扇，或坐或臥，聽鄰老談因果報應事。三鼓歸臥，周體清涼，幾不知身居城市矣。籬邊倩鄰老購菊遍植之。九月花開，又與芸居十日。吾母亦欣然來觀，持螯❼對菊，賞玩竟日。芸喜曰：「他年當與君卜築於此，買繞屋菜園十畝，課僕嫗種植瓜蔬，以供薪水❽。君畫我繡，以為詩酒之需。布衣菜飯，可樂終身，不必作遠遊計也。」余深然之。今即得有境地，而知己淪亡，可勝浩嘆！

【注釋】❶顏　指堂上或門楣上的匾額，也指在匾額上題字。❷金母橋　在蘇州市區，跨錦帆涇，西接通關坊。❸張士誠王府廢基　張士誠在元末起兵，據蘇州自稱吳王，王府在通關坊和錦帆路相交處一條現名皇廢基的小路上。❹武　半步的距離，《國語》：「夫目之察度也，不過步武尺寸之間。」韋昭注：「六尺為步，賈君以半步為武。」❺襆被　用布單巾帕包裹衣被，意為整理行裝。❻通殷勤　表示關切；表達心意。❼螯　螃蟹。❽薪水　柴和水，借指日常生活的必需品。

【語譯】搬遷到倉米巷，我為芸的臥室題詞「賓香閣」，是以芸的名字而取相敬如賓的意思。院子狹窄圍牆高聳，什麼都看不到。後邊有廂樓通往藏書處，開牕面對陸家的廢園，只有荒涼的景象。芸時時掛念滄浪亭的風景。有老婦住在金母橋東邊，埂巷的北面。房屋四周都是菜園，門是用竹籬編成的，門外有一畝多的池塘，花的色彩樹的影子，在竹籬邊交錯紛呈，那個地方就是元末張士誠王府的廢址。屋西幾步遠的地方，瓦礫堆成土山，登上土山頂可以看到遠處，地曠人稀，很有山野的情趣。老婦偶然提及，芸心中嚮往不已，對我說：「自從離開滄浪亭，夢牽魂繞，日夜思念，如今不得已而求其次，不就是那老婦的居處嗎？」我說：「連日秋老虎炎熱逼人，正想找一個清涼的地方來度過漫長的白天。妳如果願意去，我先去她家看看，可以住，就打點行裝前去，逗留一個月如何？」芸說：「恐怕父母不允許。」我說：「我自己去請求。」過一天到那個地方，只有兩間房屋，前後分隔為四間，紙窗竹榻很有幽雅的情趣。老婦得知我的來意，高興地將她的臥室出租，四面牆壁糊上白紙，馬上面貌一新。於是稟告母親，帶著芸去住了。鄰居只有老夫婦二人，以種植蔬菜為生計，知道我們夫婦在這裡避暑，先登門拜訪，並釣了池中的魚，摘了園中的蔬菜作為餽贈。給他們錢不收，芸就做了鞋子作為回報，才道謝接受。當時正是七月份，綠樹枝葉茂密蔭影濃密，水面涼風飄拂，蟬鳴聲聲入耳。鄰居老人又為我們製作了魚竿，與芸在柳蔭深處垂竿釣魚。日落時，登上土山，觀賞晚霞夕陽，隨意聯句吟詩，有「獸雲吞落日，弓月彈流星」的句子。不一會兒，月光映照在水池中，蟲兒鳴叫聲此起彼伏，在籬笆下放一竹榻休閒。老婦報告酒已溫好飯已熟，於是在月光下對酌，喝得稍有醉意，然後吃飯。洗完澡，穿著涼鞋拿著芭蕉扇，或坐或臥，聽鄰居老人說因果報應的事情。三更天回到房中睡覺，全身清涼，幾乎忘卻身居城市中了。請鄰居老人買來菊花，種滿了籬笆四周。九月花開，又與芸去住了十天。我母親亦很有興致地來看望，吃蟹賞菊，遊玩了一整天。芸開心地說：「將來要與你在此定居，在屋子周圍買十畝菜園，督促女僕種植瓜果蔬菜，供應日常生活所需。你繪畫我刺繡，作為寫詩喝酒的開銷。穿粗布衣服吃清淡的飯菜，可以獲得終身快樂，不必作外出遠遊的打算。」我非常贊同。如今即使有這樣的環境，可是知己已經亡故，忍不住浩然長歎！

【研析】此節寫借居金母橋王府廢基避暑事。沈復夫婦酷愛自然，尋求野趣。遷居倉米巷，「院窄墻高，一無可取」，使沈復的自由個性受到束縛。當他發現金母橋張士誠王府廢基「瓦礫堆成土山，登其顛可遠眺，地曠人稀，頗饒野趣」，便決定暫住那裡避暑。中國古代文人受「天人合一」觀念的影響，重視自然的生命力，體現在審美文化上，就是崇尚野趣。野趣表現為率真自在，樸實簡易，擺脫世俗的束縛，追求內心的自由與寧靜。沈復在金母橋的生活充分表現了野趣的悠閒和自在。他的居處「屋僅二間，前後隔而為四，紙牕竹榻頗有幽趣」，雖然簡樸，卻很舒適。或垂釣於柳蔭深處，或登土山觀晚霞夕照，或設竹榻於籬下聽蟲聲四起，或月下對酌微醺而飯，「幾不知身居城市矣」。這裡的景色是幽靜的，人們的心情是愉悅的，人與自然已經融為一體，恰如陶淵明詩所說：「結廬在人境，而無車馬喧。問君何能爾，心遠地自偏。」

沈復夫婦身居城市，卻遠離喧囂，沒有名利的追逐，沒有是非的糾紛，人與人之間的關係也變得平等、和諧。作者所居之地，「鄰僅老夫婦二人，灌園為業」，「知余夫婦避暑於此，先來通殷勤，并釣池魚、摘園蔬為饋」，陳芸則親手做鞋作為回報。納涼之時，「聽鄰老談因果報應事」。與鄉村野老和睦相處，親密交往，是田園詩中常見的題材，如杜甫〈遭田父泥飲美嚴中丞〉、〈寒

〈食〉，韋應物〈與村老對飲〉，陸游〈遊西山村〉，都描寫了詩人與村民的交往。此節雖是以敘述為主的散文，卻富有田園詩的意境。

作者弟弟啟堂成家後，作者作為長子，卻搬離滄浪亭邊的老宅，遷居倉米巷，是因為作者伯父早亡無後，作者被過繼給伯父延續香火。後來兄弟齟齬，家庭失和也與此有關。在倉米巷，作者題其臥室為「賓香閣」，是將妻子當作賓客的意思。明清以來，隨著社會風氣的開放和文化的普及，許多士人的家庭關係也相對開通，夫妻之間、父母和子女之間共同研習詩文，唱和酬答，以良師益友相處。吳江葉紹袁全家長於文學，他和妻子沈宜君將女兒葉小紈、葉小鸞稱作「小友」，這樣的例子在當時相當普遍。

十

離余家半里許醋庫巷，有洞庭君祠❶，俗呼水仙廟，迴廊曲折，小有園亭。每逢神誕，眾姓各認一落❷，密懸一式之玻璃燈，中設寶座❸，旁列瓶几，插花陳設，以較勝負。日惟演戲，夜則參差高下插燭於瓶花間，名曰「花照」。花光燈影，寶鼎❹香浮，若龍宮夜宴。司事❺者或笙簫歌唱，或煮茗清談，觀者如蟻集，簷下皆設欄為限。余為眾友邀去，插花布置，因得躬逢其盛。歸家向芸艷稱之，芸曰：「惜妾非男子，不能往。」余曰：「冠我冠，衣我衣，亦化女為男之法也。」於是散髻為辮，添掃蛾眉，加余冠，微露兩鬢，尚可掩飾。服余衣長一寸有半，於腰間折而縫之，外加馬褂。芸曰：「腳下將奈何？」余曰：「坊間有蝴蝶履，小大由之，購亦極易，且早晚可代睡鞋之用，不亦善乎？」芸欣然。及晚餐後，裝束既畢，效男子拱手闊步者良久，忽變卦曰：「妾不去矣，為人識出既不便，堂上聞之又不可。」余慫恿曰：「廟中司事者誰不知我？即識出亦不過付之一笑耳。吾母現在九妹丈家，密去密來，焉得知之？」芸攬鏡自照，狂笑不已。余強挽之，悄然徑去。遍遊廟中，無識出為女子者。或問何人，以表弟對，拱手而已。最後至一處，有少婦幼女坐於所設寶座後，乃楊姓司事者之眷屬也。芸忽趨彼通款曲❻，身一側而不覺一手按少婦之肩。旁有婢媼怒而起曰：「何物狂生不法乃爾！」余欲為措詞掩飾，芸見勢惡，即脫帽翹足示之，曰：「我亦女子耳。」相與愕然，轉怒為歡。留茶點，喚肩輿❼送歸。

【注釋】❶洞庭君祠　據《蘇州方志》載：洞庭君祠又叫水仙廟，在鳳凰街水仙弄，祭祀之神為唐傳奇《柳毅傳》中柳毅，清代柳毅被封為「德元匯利都水城隍洞庭君」。該祠堂毀於咸豐十年（西元一八六〇年），同治年間重建，現已廢棄。❷一落　數人相聚一處，稱為一落。❸寶座　帝王或神佛的座位，也泛指尊貴的位子。❹寶鼎　香爐。❺司事　在社團、會館等組織中掌管帳目和雜務的人員。❻款曲　衷情；誠摯的心意。❼肩輿　轎子。

【語譯】離我家半里多的醋庫巷，有一座洞庭君祠，俗稱水仙廟，廟中有曲折回環的走廊，不大的園亭。每逢神的誕辰，各家按姓氏聚在一起，掛滿同一樣式的玻璃燈，中間設有寶座，旁邊排列几案花瓶，插花擺設，爭奇鬥艷。白天只是演戲，晚上在瓶花間插上蠟燭，參差高下錯落有致，名為「花照」。花色嬌艷燈光搖曳，香爐中煙霧飄蕩，猶如龍宮中夜宴。管事的人或吹笙簫歌唱，或品茗閒聊，看客如螞蟻般簇擁在一起，房簷下設置了欄杆作為界限。我應眾位朋友之邀前去，插花佈置，因此能親身經歷那樣的盛會。回家對芸極力稱讚，芸說：「可惜我不是男子，不能去。」我說：「妳戴我的帽子，穿我的衣服，也是變女人為男子的辦法。」於是打開髮髻梳成辮子，再描眉毛，戴上我的帽子，稍為露出兩邊鬢髮，還能掩飾過去。穿我的衣服長了一寸半，在腰間折上去縫住，外面加了件馬褂。芸說：「腳下怎麼辦？」我說：「街上有蝴蝶鞋，可大可小，很容易買到，而且早晚可以作睡鞋用，不是很好嗎？」芸很高興。晚飯後，裝束完畢，模仿男子拱手行禮大步行走很久，忽然變卦說：「我不去了，被人認出既不方便，父母知道也不允許。」我慫恿說：「廟中管事的誰不知道我？即使認出妳，也不過一笑了之。我母親現在九妹夫家，我們悄悄地去悄悄地來，哪裡能知道？」芸拿過鏡子照自己，狂笑不止。我硬拉著她，悄悄地直接去了。遍遊廟中，沒有人認出她是女子。有人問她是什麼人，我回答是表弟，芸只是拱手而已。最後到一個地方，有少婦幼女坐在所設的寶座後面，是姓楊管事人的家屬。芸忽然走近她們打招呼，身體一側下意識地以一手按在少婦肩上。有婢女在旁邊惱怒地站起說：「什麼狂妄的男人這樣不守禮法！」我想用言辭來掩飾，芸見事態嚴重，就脫下帽子翹起腳給她們看，說：「我也是女子啊。」眾人都很驚愕，由憤怒轉為高興。留我們吃茶點，叫了轎子送芸回家。

【研　析】此節寫陳芸女扮男裝遊水仙廟之事。中國社會男尊女卑的觀念根深蒂固，男女有別，長幼有序是最基本的倫理。婦女的一言一行，都受到嚴重的束縛，《女論語》對婦女的要求是「行莫回頭，語莫掀唇」，「內行各處，男女異群，莫窺外壁，莫出外庭」，婦女只能在家中料理家務，相夫教子，被剝奪了參與社會活動的權力。男女服飾也有嚴格的區別，傅玄說：「夫衣裳之制，所以定上下，殊內外也。」若女子男裝，會出現牝雞司晨的事，是國之不幸，家之不幸。陳芸卻不甘寂寞，渴望走出家庭，與男子一樣去逛廟會，享受生活的歡樂，於是做出女扮男裝的大膽舉動。在中國歷史上，有不少女扮男裝的佳話，如〈木蘭辭〉中木蘭女扮男裝代父從軍，《女狀元》中黃崇嘏女扮男裝考中狀元，肯定了婦女的聰明才幹，是對男尊女卑傳統觀念的突破。然而，這是虛構的文學作品。也有史書載錄的真實事例，《南史．崔慧景傳》記載，有一女子名婁逞，女扮男裝外出遊學，出入公卿之間，後來做了官。最終，婁逞的女人身分被識破，官也做不成了。皇帝賞識妻逞的才能和膽識，沒有治她的罪，只是歎息：「如此一個有才能的人，竟然是個女人，真是太可惜了。」這樣的事情，是極個別的。明代後期，隨著經濟和文化的發展，啟蒙思潮的流行，封建禮教對婦女的束縛相對寬鬆些，婦女有了更多的行動自由，對社會活動的參與也逐漸增多，女扮男裝的事情不在少數。「三言」中〈劉小官雌雄兄弟〉、〈李秀卿義結黃貞女〉敘述了兩個女子扮男裝經商的故事，而黃貞女的故事是馮夢龍根據真實的事件改編的，更具有現實性。柳如是在吳江舟中初會錢謙益，就以男裝出現，與錢謙益談詩論文，深得當時文壇領袖錢謙益的讚賞。陳芸女扮男裝，與上述女子一樣，體現了豪放不羈，追求自由的個性，是對封建禮教的突破。

此節文字對陳芸參加廟會的描述十分細膩生動。陳芸接受沈復女扮男裝的建議，以「欣然」揭示其內心的喜悅，「及晚餐後，裝束既畢，效男子拱手闊步者良久」，可見其心情之激動。「忽變卦曰：『妾不去矣，為人識出既不便，堂上聞之又不可』」，寫出其內心的矛盾和不安。經作者勸說，陳芸打消了顧慮，「攬鏡自照，狂笑不已」，又顯示出天真活潑的一面。這段描寫揭示了陳芸在出遊前夕的心理變化，也是她衝破禮教的心路歷程，與《牡丹亭》中杜麗娘遊園有異曲同工之妙。杜麗娘聽說官衙有個後花園，便要遊園賞春。她對鏡梳妝，「沒揣菱花，偷人半面，迤逗的彩雲偏」，刻畫了杜麗娘嬌羞的心情，接著又說：「步香閨怎便把全身現。」表現出她猶豫遲疑，揭示禮教對其束縛之深。最終她還是來到園中，在欣賞大好春光同時，感歎青春易逝。兩者不同的是，杜麗娘帶有大家閨秀的羞澀和矜持，陳芸則表現出平民女子的豪爽和坦率。到了廟會，陳芸怕被人識破，對人「拱手而已」，最後遇到女眷，陳芸好不容易找到談話聊天的機會，「忽趨彼通款曲」，「忽趨」兩字寫出她當時迫切的心情。因為走得快，蝴蝶鞋類似睡鞋，不適合行走，才「身一側而不覺一手按少婦之肩」，由此引起一場誤會。這段描寫，說明陳芸雖然換了男裝，但其心理、行為依然是女性化的，刻畫人情世態可謂細緻入微。

十一

吳江錢師竹病故，吾父信歸，命余往弔。芸私謂余曰：「吳江必經太湖，妾欲偕往，一寬眼界。」余曰：「正慮獨行踽踽❶，得卿同行固妙，但無可託詞耳。」芸曰：「託言歸寧❷，君先登舟，妾當繼至。」余曰：「若然，歸途當泊舟萬年橋❸下，與卿待月乘涼，以續滄浪韻事。」時六月十八日也。

是日早涼，攜一僕先至胥江❹渡口，登舟而待。芸果肩輿至。解維❺出虎嘯橋❻，漸見風帆沙鳥，水天一色。芸曰：「此即所謂太湖耶？今得見天地之寬，不虛此生矣，想閨中人有終身不能見此者。」閒話未幾，風搖岸柳，已抵江城❼。

余登岸拜奠畢，歸視舟中洞然❽。急詢舟子，舟子指曰：「不見長橋⑨柳影下，觀魚鷹捕魚者乎？」蓋芸已與船家女登岸矣。余至其後，芸猶粉汗盈盈，倚女而出神焉。余拍其肩曰：「羅衫汗透矣！」芸回首曰：「恐錢家有人到舟，故暫避之，君何回來之速也？」余笑曰：「欲捕逃耳。」於是相挽登舟，返棹至萬年橋下，陽烏⑩猶未落也。舟窗盡落，清風徐來，紈扇羅衫，剖瓜解暑。少焉，霞映橋紅，煙籠柳暗，銀蟾欲上，漁火滿江矣。命僕至船梢，與舟子同飲。

船家女名素雲，與余有盃酒交⑪，人頗不俗，招之與芸同坐。船頭不張燈火，待月快酌，射覆為令。素雲雙目閃閃，聽良久，曰：「觴政⑫儂⑬頗嫻習，從未聞有所令，願受教。」芸即譬其言而開導之，終茫然。余笑曰：「女先生且罷論，我有一言作譬，即瞭然矣。」芸曰：「君若何譬之？」余曰：「鶴善舞而不能耕，牛善耕而不能舞，物性然也。先生欲反而教之，無乃勞乎？」素雲笑捶余肩曰：「汝罵我耶！」芸出令曰：「祇許動口，不許動手，違者罰大觥。」素雲量豪，滿斟一觥，一吸而盡。余曰：「動手但准摸索，不准捶人。」芸笑挽素雲置余懷，曰：「請君摸索暢懷。」余笑曰：「卿非解人⑭，摸索在有意無意間耳，擁而狂探，田舍郎之所為也。」時四鬢所簪茉莉，為酒氣所蒸，雜以粉汗油香，芳馨透鼻。余戲曰：「小人臭味充滿船頭，令人作惡。」素雲不禁握拳連捶曰：「誰教汝狂嗅耶？」芸呼曰：「違令罰兩大觥！」素雲曰：「彼又以小人罵我，不應捶耶？」芸曰：「彼之所謂小人，蓋有故也。請乾此，當告汝。」素雲乃連盡兩觥，芸乃告以滄浪舊居乘涼事。素雲曰：「若然，真錯怪矣，當再罰。」又乾一觥。芸曰：「久聞素娘善歌，可一聆妙音否？」素即以象箸擊小碟而歌。芸欣然暢飲，不覺酩酊，乃乘輿先歸。余又與素雲茶話片刻，步月而回。

時余寄居友人魯半舫家蕭爽樓中，越數日，魯夫人誤有所聞，私告芸曰：「前日聞若婿挾兩妓飲於萬年橋舟中，子知之否？」芸曰：「有之，其一即我也。」因以偕遊始末詳告之，魯大笑釋然而去。

【注釋】❶踽踽　孤獨的樣子。❷歸甯　已嫁女子回娘家看望父母。❸萬年橋　在蘇州胥江之上，建於明初，明嘉靖年間拆除，乾隆五年（西元一七四〇年）重建，現猶存。❹胥江　萬年橋下側是胥門，胥門前是胥江。《蘇州詞典》（西元一九九九年蘇州大學版）載：胥江「穿江南運河進入蘇州市區外城河，分兩路，一路經盤門外向東，在覓渡橋折向南流；另一路向北，經閶門外折向東流入婁江。」❺解維　解開纜繩，指開船。❻虎嘯橋　在蘇州市相城區三香路內，現猶存。❼江城　臨江的城市。吳江縣城松陵鎮位於古吳淞江之濱，故云江城。❽洞然　空虛的樣子。❾長橋　又名垂虹橋，位於吳江松陵鎮東門外，橫跨古吳淞江。始建於宋，歷代名人多有題詠，蘇舜欽「雲頭艷艷開金餅，水面沉沉臥彩虹」、楊蟠「八十丈晴虹臥影，一千頃碧玉無瑕」、鄭獬「插天螮蝀玉腰闊，跨海鯨鯢金背高」為長橋三名聯。❿陽烏　太陽。古代傳說太陽中有三足烏，故名。⓫盃酒交　謂一起飲酒，結為朋友。⓬觴政　酒令。⓭儂　我。儂本為第一人稱，現吳語用作第二人稱。⓮解人　見識高明，知情識趣的人。

【語譯】吳江錢師竹因病亡故，我父親寫信回來，命我前往弔唁。芸私下對我說：「去吳江一定要經過太湖，我想和你同往，開開眼界。」我說：「我正擔心一個人遠行感到孤獨，有妳同行固然很好，但是沒有藉口。」芸說：「藉口回娘家，你先上船，我會跟著來。」我說：「這樣的話，回來途中當在萬年橋停泊，與妳守著月亮乘涼，繼續滄浪亭的風雅之事。」當時是六月十八日。

這一天早晨天氣涼爽，帶一僕人先到胥江渡口，上船等候。芸果然坐著轎子來了。開船出虎嘯橋，漸漸看到船隻張帆乘風而行，沙洲上水鳥盤旋，水光天色渾然一片。芸說：「這就是所謂的太湖嗎？如今能見到天地的遼闊，也就不虛此生了，想那些身處深閨的女子有終身看不到如此景色的。」閒聊不久，只見岸邊柳樹在風中搖曳，已經到達江城。

我上岸祭奠完畢，回來看到船中無人。急忙詢問船家，船家指示說：「不見長橋柳樹蔭影下，觀看魚鷹捕魚的那人嗎？」原來芸已與船家女登岸了。我到她身後，芸大汗淋漓，依然靠著船家女在出神。我拍著她肩膀說：「汗已濕透衣衫了！」芸回頭說：「恐怕錢家有人來船上，因此暫時迴避，你怎麼回來得這麼快？」我笑著說：「要抓逃犯啊。」於是互相攙扶上船，回船到萬年橋下，太陽還沒有落下。船窗全都放下，清風緩緩吹來，手執團扇身披薄衫，切瓜解暑。一會兒，晚霞映紅長橋，煙霧籠罩柳影綽約，月亮將升，漁船的燈火佈滿江上。命令僕人到船梢，與船家一起喝酒。

船家女名素雲，與我有些交情，人也不俗氣，把她叫來與芸坐在一起。船頭不點燈，一邊暢飲一邊等待月亮升起，以猜謎為酒令。素雲目光閃爍不定，聽了很久，說：「酒令我很熟悉，從來沒有聽說有這樣的酒令，願意向你們學習。」芸就舉例開導她，她始終茫然不解。我笑著說：「女老師暫且停止妳的講論，我用一句話作比喻，就明白了。」芸說：「你用什麼來作比喻？」我說：「鶴善於跳舞而不能耕田，牛善於耕田而不能跳舞，事物的本性就是這樣的；老師教導她學習與本性相反的事情，不是勞而無功嗎？」素雲笑著捶我的肩，說：「你罵我耶！」芸出酒令說：「只許動口，不許動手，違背的人罰一大杯。」素雲酒量大，倒滿一杯，一飲而盡。我說：「動手只准摸索，不准捶人。」芸笑著把素雲拉到我懷中，說：「請你摸個痛快。」我笑著說：「妳不是知情識趣的人，摸索只在有意無意之間，抱著亂摸，是鄉巴佬的行為。」當時素雲鬢髮四周所插的茉莉，被酒氣熏蒸，夾雜著汗味頭油香，芬芳的氣息撲鼻。我開玩笑地說：「小人的臭味充滿船頭，令人噁心。」素雲不禁握拳連連捶我，說：「誰教你狂聞啊！」芸呼喊道：「違背酒令，罰兩大杯！」素雲說：「他又罵我小人，不應該打嗎？」芸說：「他所說的小人，是有來由的。請乾這一杯，會告訴妳。」素雲就連乾兩杯，芸於是告訴她在滄浪亭舊居乘涼的事。素雲說：「若是這樣，真是錯怪了，應當再罰。」又乾了一杯。芸說：「久聞素娘擅長歌唱，可以聆聽妳美妙的歌聲嗎？」素雲就用象牙筷敲擊小碟打節拍歌唱。芸高興地放懷暢飲，不覺酩酊大醉，於是乘轎子先回。我又與素雲喝茶聊天片刻，才踏著月光回家。

當時我寄居在朋友魯半舫家蕭爽樓中，過了幾天，魯夫人誤聽傳聞，私下告訴芸：「前日妳夫婿帶著兩個妓女在萬年橋船中喝酒，妳知道嗎？」芸說：「有的，其中一個就是我。」於是把我們同遊的經過詳細告訴她，魯夫人大笑，消除了疑慮離去。

【研　析】此節寫夫婦兩人遊太湖，在萬年橋下待月快酌的情形，描摹得活色生香，情趣盎然。陳芸在長橋柳影下，觀魚鷹捕魚，粉汗盈盈，倚女而出神，寥寥數筆，如入畫中。作者夫婦和船家女素雲船上飲酒一段，寫得極其熱鬧。浙江有遊船名「江山船」，除了搭載客人，船家女還接客，作者說「與余有盃酒交」，即指此而言。攜妓飲酒，被文人視作風流韻事，但帶妻子與妓女共飲，而且如此歡樂，在以往的作品似乎很少見到，由此反映沈復夫婦對男女交往持比較開放的態度。沈復和素雲的交往，儘管也打情罵俏，互相戲謔調笑，甚至有肢體的親密接觸，但「樂而不淫」，其筆法多有模仿《紅樓夢》處，格調要高出晚清的青樓小說。文章最後提到，魯夫人聽說作者「挾兩妓飲於萬年橋舟中」，陳芸坦率地承認：「有之，其一即我也。」突出了陳芸敢於挑戰封建禮教的個性。

文中寫到素雲四鬢所簪茉莉，為酒氣所蒸，雜以粉汗油香，芳馨透鼻。沈復開玩笑說：「小人臭味充滿船頭，令人作惡。」將茉莉比作小人，與作者夫婦七月十五乘涼時，關於佛手乃香中君子，茉莉乃香中小人一番議論相照應，可見作者結構文章針線之密。

十二

乾隆甲寅七月，余自粵東歸，有同伴攜妾回者，曰徐秀峰，余之表妹婿也，艷稱新人之美，邀芸往觀。芸他日謂秀峰曰：「美則美矣，韻❶猶未也。」秀峰曰：「然則若郎納妾，必美而韻者乎？」芸曰：「然。」從此凝心物色，而短於資。時有浙妓溫冷香者，寓於吳，有詠柳絮四律，沸傳❷吳下，好事者多和之。余友吳江張閑憨素賞冷香，攜柳絮詩索和，芸微其人而置之。余技癢而和其韻，中有「觸我春愁偏婉轉，撩他離緒更纏綿」之句，芸甚擊節❸。

明年己卯❹秋八月五日，吾母將挈芸遊虎丘。閑憨忽至曰：「余亦有虎丘之遊，今日特邀君作探花使者❺。」因請吾母先行，期於虎丘半塘相晤。拉余至冷香寓，見冷香已老，有女名憨園，瓜期未破❻，亭亭玉立，真如「一泓秋水照人寒」者也。款接❼間，頗知文墨。有妹文園，尚雛。余此時初無癡想，且念一盃之敘，非寒士所能酬，而既入箇中❽，私心忐忑，強為酬答。因私謂閑憨曰：「余貧士也，子以尤物玩我乎？」閑憨笑曰：「非也。今日有友人邀憨園答我，席主為尊客拉去，我代客轉邀者，毋煩他慮也。」余始釋然。

至半塘，兩舟相遇，令憨園過舟叩見吾母。芸、憨相見，歡同舊識，攜手登山，備覽名勝。芸獨愛千頃雲高曠，坐賞良久。返至野芳濱，暢飲甚歡，並舟而泊。及解維，芸謂余曰：「子陪張君，留憨陪妾可乎？」余諾之。返棹至都亭橋❾，始過船分袂，歸家已三鼓。芸曰：「今日得見美而韻者矣。頃已約憨園明日過我，當為子圖之。」余駭曰：「此非金屋不能貯，窮措大豈敢生此妄想哉！況我兩人伉儷正篤，何必外求？」芸笑曰：「我自愛之，子姑待之。」

明午，憨果至。芸殷勤款接，筵中以猜枚[10]贏吟輸飲為令，終席無一羅致[11]語。及憨園歸，芸曰：「頃又與密約，十八日來此結為姊妹。子宜備牲牢[12]以待。」笑指臂上翡翠釧曰：「若見此釧屬於憨，事必諧矣。頃已吐意，未深結其心也。」余姑聽之。十八日大雨，憨竟冒雨至。入室良久，始挽手出，見余有羞色，蓋翡翠釧已在憨臂矣。焚香結盟後，擬再續前飲，適憨有石湖[13]之遊，即別去。芸欣然告余曰：「麗人已得，君何以謝媒耶？」余詢其詳。芸曰：「向之秘言，恐憨意另有所屬也。頃探之無他，語之曰：『妹知今日之意否？』憨曰：『蒙夫人抬舉，真蓬蒿[14]倚玉樹[15]也，但吾母望我者，恐難自主耳，願彼此緩圖之。』脫釧上臂時，又語之曰：『玉取其堅，且有團圞不斷之意，妹試籠之以為先兆。』憨曰：『聚合之權總在夫人也。』即此觀之，憨心已得，所難必者冷香耳，當再圖之。」余笑曰：「卿將效笠翁之《憐香伴》⑯耶？」芸曰：「然。」自此無日不談憨園矣。後憨為有力者奪去，不果。芸竟以之死。

【注　釋】❶韻　風韻；氣質。❷沸傳　盛傳。❸擊節　打拍子，也表示讚賞。❹己卯　當為乙卯之誤。❺探花使者　指追求女性，尋找愛情的人。❻瓜期未破　指未滿十六歲。瓜期指十六歲，瓜由兩個八字組成，故以瓜期表示二八年華。❼款接　結交；交往。❽箇中　此中；這當中。❾都亭橋　在蘇州市區，今橋已不存，地名猶在。❿猜枚　一種遊戲，將錢幣、松子、瓜子等細物握於拳中，讓對方猜物件的單雙數或顏色等。⓫羅致　招攬人才，此處指納人為妾。⓬牲牢　牲畜，此處指用牛肉、羊肉、豬肉等做成的菜餚。⓭石湖　湖名，在蘇州市西南，吳縣與吳江縣之間，西南通太湖，風景優美。⓮蓬蒿　蓬草和蒿草，亦泛指野草。此處以蓬蒿比喻身分低賤。⓯玉樹　用珍寶製成的樹，亦用以形容儀表風致優異的男子。此處以玉樹比喻男子的高貴。⓰憐香伴　清代李漁的傳奇作品，寫揚州秀才范介夫與妻崔箋雲兩情相悅，曹介臣之女曹語花遇崔於庵中，一見如故，結為姐妹，願與崔同事一夫。經過一番曲折，范、崔破鏡重圓，曹也嫁入范家。最後范出使琉球歸，兩女不分妻妾，並封夫人。

【語　譯】乾隆甲寅七月，我從廣東回來，有同伴帶了小妾同歸的，名字叫徐秀峰，是我的表妹夫，極力稱讚新人的美貌，邀請芸去見她。芸過幾天對秀峰說：「漂亮是漂亮，風韻還差點。」秀峰說：「那麼妳的夫君納妾，一定是既漂亮又有風韻的嗎？」芸說：「是的。」從此專心物色合適的人，可是缺少資金。當時有個浙江妓女叫溫冷香，寄居在蘇州，有詠柳絮的律詩四首，在蘇中地區廣為流傳，很多好事的人作詩相和。我的朋友吳江人張閑憨向來賞識冷香，帶了她的柳絜詩來求和詩，芸看不起那個人，置之不理。我為了顯露文才，就按照原詩的韻相和，其中有「觸我春愁偏婉轉，撩他離緒更纏綿」的句子，芸很是讚賞。

明年己卯秋八月五日，我母親要帶芸遊虎丘。閑憨忽然來到，說：「我也有虎丘之遊，今天特地請你作探花使者。」因此請我母親先去，約好在虎丘的半塘相見。拉我到冷香的寓所，看到冷香已老，有女兒名憨園，還不滿十六歲，亭亭玉立，真如「一泓秋水照人寒」所描寫的那樣。交往之間，知道她很有文化修養。有個妹妹叫文園，還年幼。當時我本無非分之想，而且考慮與這樣的人結交，不是窮書生應酬得起的，可是已經身處其間，心中忐忑不安，只得勉強應付。私下對閑憨說：「我是窮書生，你用絕色佳人來戲弄我嗎？」閑憨說：「不是的。今天有友人約了憨園回請我，主人被尊貴的客人拉走，我就代他轉請客人，不要有其他的想法。」我才放心。

到半塘，兩船相遇，讓憨園過船拜見我母親。芸與憨園一見如故，高興得如老朋友重逢，手拉手一起登山，遊遍所有名勝。芸最喜歡千頃雲的高曠，坐著觀賞很久。回到野芳濱，開懷暢飲十分高興，兩條船並排停在一起。等到解纜開船，芸對我說：「你去陪張先生，留下憨園陪我好不好？」我答應了。回船到都亭橋，才過船告別，回到家已是三更天。芸說：「今日見到漂亮並有風韻的人了。方才已與憨園約好，明天到我這兒，必定為你設法納她為妾。」我驚駭地說：「這個人沒有金屋留不住她，窮書生哪裡敢有這樣的癡心夢想！何況我們兩人夫妻情深，何必再去追求其他的人？」芸笑著說：「我自己喜歡她，你姑且等著吧。」

明日中午，憨園果然來了。芸殷勤款待，宴席中以猜枚為酒令，贏的人吟詩，輸的人喝酒，直到吃完飯沒有一句話提到納她為妾的事。等到憨園回去，芸說：「方才我又與她秘密約定，十八日來這兒結為姐妹。你應準備好飯菜等候。」芸笑指手臂上的翡翠釧說：「如果看到這釧屬於憨園了，事情一定成了。方才已經露出一點意思，只是沒有深入了解她內心究竟怎麼想的。」我姑且聽她的。十八日下大雨，憨園居然冒雨來到。進入內室很久，才手拉手出來，憨園看到我露出害羞的表情，翡翠釧已戴在她的手臂上了。焚香結拜後，本打算再繼續上次的暢飲，碰巧憨園已有遊石湖的約定，就告別離去。芸欣喜地告訴我：「佳人已到手，你怎麼感謝媒人耶？」我詢問詳細情形，芸說：「以前沒有告訴你，恐怕憨園心中已有別人。方才探問她沒有別人，告訴她說：『妹妹知道今日約妳來的意思嗎？』憨園說：『承蒙夫人抬舉，真是蓬蒿依傍玉樹，只是我母親對我期望很高，恐怕難以自主，但願彼此從容處理此事。』脫下我的翡翠釧戴上她的手臂時，又對她說：『玉取它的堅硬，而且有團圓不斷的意思，妹妹戴上試試，作為親事的先兆。』憨園說：『能否結合，全在夫人。』由此看來，已經知道憨園的心意，難以肯定的是冷香的意思，應當再想辦法。」我笑著說：「妳想仿效笠翁的《憐香伴》嗎？」芸說：「是。」從此沒有一天不談起憨園。後來憨園被有權勢的人奪走，此事沒有辦成。芸竟然因為此事而去世。

【研　析】此節寫陳芸欲為沈復納妾，與憨園結交事。古代實行一夫多妻制，一個男人有三妻四妾是很平常的事情。妻為正室，有主持家政的權力，妾為側室，地位雖低下，卻能得到丈夫的寵幸，因此引發了妻妾爭寵的家庭矛盾，若妻能善待妾，便是極賢惠的女子，更不要說主動為丈夫納妾。妻為丈夫納妾，大多是自己沒有子女，為延續香火計而作出的無奈之舉。唐順之〈弟婦王氏墓誌銘〉云：「其始歸余弟，三歲而兩娠，皆半胎而墮，即以後嗣為急。偶余弟從余自宜興歸，入室見一女子，訝問之，知所置妾也。余弟靳靳以年始弱冠為辭，不御而遣之。後五六年竟無子，乃更為置妾，至親為膏髮整容，惟恐不當弟意。」陳芸為沈復納妾時，已育有一子一女，顯然不是為延續香火計。此節起首說：「乾隆甲寅七月，余自粵東歸，有同伴攜妾回者，曰徐秀峰，余之表妹婿也。」在〈浪遊記快〉中，作者詳細敘述了他在廣東狎妓，與喜兒兩情相悅，喜兒欲嫁他為妾的經歷，在此略而不提。然而作者與陳芸無所不談，狎妓尋歡之事也不隱瞞，這從在太湖船上與素雲飲酒作樂一事中可以想見，沈復也會談起他與喜兒的情事，因此觸動了陳芸為丈夫納妾的念頭。陳芸為丈夫納妾，也有自己的打算，她要覓一閨中知己，在沈復外出遊幕時，可以得到精神上的安慰和寄託。陳芸納妾的標準是「美而韻」，即美貌與神韻兼備，也是她擇友的標準。憨園亭亭玉立，如「一泓秋水照人寒」，且頗知文墨，正合陳芸標準，因此陳芸和憨園一見如故。作者對納妾一事並不起勁，說：「此非金屋不能貯，窮措大豈敢生此妄想哉！況我兩人伉儷正篤，何必外求？」陳芸答道：「我自愛之，子姑待之。」由此可見，納妾一事，陳芸更多是從自己的感情需要出發的。

陳芸為納憨園為妾事煞費苦心，作者卻若無其事，還調侃她說：「卿將效笠翁之《憐香伴》耶？」陳芸坦率地承認：「然。」李漁《憐香伴》寫崔箋雲與曹語花相見憐愛，約為來生夫妻，並勸語花嫁給自己的丈夫范介夫。經過一番曲折，范介夫與崔箋雲破鏡重圓，曹語花也嫁范介夫為妻，最後兩女同事一夫，不分妻妾。在《憐香伴》中，崔箋雲與曹語花是同性戀，有人認為陳芸也是同性戀。張靜《浮生六記》深層的秘密〉一文，著重分析了陳芸與憨園的交往，認為她對憨園的欣賞和憐愛，對納妾一事表現出來的主動和熱情，表現了陳芸對同性的癡情。作者在書中還提到，自結識憨園後，陳芸的血疾好幾年沒有復發，憨園「真乃良藥也」，最後因憨園被人奪去，陳芸血疾大發，竟然一病而亡。這些描寫，說明陳芸與憨園的關係，超出了一般閨蜜間的友情，具有同性戀的特徵。張文對陳芸形象的解讀，可備一說。在封建社會，婦女的行動受到嚴格的限制，更不能結交異性的朋友，只能在同性中尋找友誼。她們來往密切，結為同盟姐妹，這是很常見的事情，但像陳芸這樣癡情，並將對方視作生死寄託的確實不多見。然而陳芸是否為同性戀，還值得商榷。憨園的出現，對作者的家庭生活產生了很大的影響。作者曾兩次被逐出家門，第一次是為弟弟向鄰婦借貸事，加上陳芸為公公娶妾物色人選事；第二次即為陳芸與憨園結拜，公公說她「不守閨訓，結盟娼妓」。作者夫婦第二次被逐出家門後，生活陷入絕境，陳芸的血疾加劇，因此她在臨終前還怨恨憨園負情，也在情理之中。若憨園嫁入沈家，陳芸就不會背上結盟娼妓的罪名而被逐出家門。陳芸對丈夫始終情深意篤，若說陳芸有同性戀傾向，也是個雙性戀者。

卷二 閒情記趣

一

余憶童稚時，能張目對日，明察秋毫。見藐小微物，必細察其紋理❶，故時有物外之趣。夏蚊成雷，私擬作群鶴舞空，心之所向，則或千或百，果然鶴也。昂首觀之，項❷為之強❸。又留蚊於素帳❹中，徐噴以煙，使其沖煙飛鳴，作青雲白鶴觀，果如鶴唳❺雲端，怡然稱快。於土墻凹凸處，花臺小草叢雜處，常蹲其身，使與臺齊；定神細視，以叢草為林，以蟲蟻為獸，以土礫凸者為丘，凹者為壑，神遊其中，怡然自得。一日，見二蟲鬥草間，觀之正濃，忽有龐然大物拔山倒樹而來，蓋一癩蝦蟆也，舌一吐而二蟲盡為所吞。余年幼方出神，不覺呀然❻驚恐。神定，捉蝦蟆，鞭數十，驅之別院。年長思之，二蟲之鬥，蓋圖姦不從也。古語云：「姦近殺❼」，蟲亦然耶？貪此生涯，卵（吳俗呼陽曰卵）為蚯蚓所哈❽，腫不能便，捉鴨開口哈之。婢嫗偶釋手，鴨顛其頸作吞噬狀，驚而大哭，傳為話柄。此皆幼時閑情也。

【注釋】❶紋理　物體表面的花紋和線條。❷項　頸項。❸強　僵硬。❹素帳　白色的帳子。❺鶴唳　鶴鳴，沈佺期〈峽山賦〉：「夢斷曉鐘，聽雲間之鶴唳。」❻呀然　因驚恐害怕而合不攏嘴的樣子。❼姦近殺　意為做姦淫之事容易招致殺身之禍。❽哈　呵氣。

【語譯】我回憶起幼年時，能夠對著太陽張開眼睛，可以辨別極其細小的事物。看到渺小細微的事物必定仔細觀察它的紋理，所以時常能得到事物本身之外的樂趣。夏天蚊子成群，嗡嗡的聲響如雷，心中把牠們當作群鶴在空中飛舞，心裡這樣想，成千成百的蚊子，果然變成為鶴。抬頭看蚊子，看得脖子都僵直了。又把蚊子留在白色的帳中，用煙慢慢地噴去，使蚊子沖著煙飛舞鳴叫，將此情景看作青雲白鶴，果然像鶴在雲端鳴叫，高興地連聲叫好。在土牆凹凸不平的地方，花臺中雜草叢生的地方，時常蹲下身子，與花臺一般齊，聚精會神仔細觀察，把草叢當作森林，把小蟲螞蟻當作猛獸，把突出的土塊當作山丘，把凹陷的土塊當作溝壑，假想遊歷在山林丘壑之中，感到愉悅而滿足。有一天，看見二條小蟲在草間爭鬥，正看得興致勃勃，忽然有龐然大物排山倒樹而來，原來是一隻癩蛤蟆，伸出舌頭一口就把兩條小蟲吞下去。我年紀小，正聚精會神觀看兩蟲相鬥，冷不防受到驚嚇，不禁呀然失聲驚恐萬狀。等到鎮定下來，捉住癩蛤蟆，鞭打數十下，把牠趕到別的院子裡。年紀大了回想起來，二條小蟲爭鬥，大概是有一條小蟲起了姦淫之心，而另一條小蟲不願順從。古話說：「做姦淫之事，離身亡就不遠了。」蟲也是如此嗎？因為貪戀這樣的遊戲，經常蹲在地上，卵泡因蚯蚓哈氣而腫脹得不能小便，抓了一隻鴨子哈氣消腫，老女僕無意間鬆開手，鴨子伸長脖頸作出要吃卵泡的樣子，嚇得我放聲大哭，這件事被當作笑話流傳。這都是我兒時的閒情趣事。

【研　析】此節寫沈復兒時閒情。沈復小時候即熱愛自然，喜歡尋求物外之趣。沈復具有敏銳的觀察力和豐富的想像力，極其平常的物象，在他眼裡就成了富有詩情畫意的景色。他把飛鳴的蚊子想像成群鶴舞空，把牆壁凹凸處、花草叢雜處視作山壑幽林，幼小的心靈中充滿浪漫的奇思妙想。在帳中煙熏蚊子，「作青雲白鶴觀，果如鶴唳雲端，怡然稱快」，如此調皮的行為，充滿了童趣。沈復觀看兩蟲相鬥，「忽有龐然大物拔山倒樹而來」，原來是癩蛤蟆。一隻小小的癩蛤蟆，被描繪成「龐然大物」，全從小兒眼中寫出，出人意料之外，又在情理之中。接著寫「余年幼方出神，不覺呀然驚恐。神定，捉蝦蟆，鞭數十，驅之別院」，也很符合兒童的心理和行為方式。沈復兒時的閒情逸趣，對他成年後的審美情趣、價值取向和生活方式都有重要的影響。

二

及長，愛花成癖，喜剪盆樹。識張蘭坡，始精剪枝養節之法，繼悟接花疊石之法。花以蘭為最，取其幽香韻致也，而瓣品之稍堪入譜❶者不可多得。蘭坡臨終時，贈余荷瓣素心春蘭一盆，皆肩平心闊，莖細瓣淨，可以入譜者，余珍如拱璧❷。值余幕遊❸於外，芸能親為灌溉，花葉頗茂。不二年，一旦忽萎死，起根視之，皆白如玉，且蘭芽勃然❹。初不可解，以為無福消受，浩歎而已；事後始悉有人欲分不允，故用滾湯❺灌殺也。從此誓不植蘭。次取杜鵑，雖無香而可久玩，且易剪裁。以芸惜枝憐葉，不忍暢剪，故難成樹。其他盆玩皆然。

惟每年籬東❻菊綻，秋興成癖。喜摘插瓶，不愛盆玩❼。非盆玩不足觀，以家無園圃，不能自植，貨於市者，俱叢雜無致，故不取耳。其插花朵，數宜單，不宜雙。每瓶取一種不取二色。瓶口取闊大不取窄小，闊大者舒展不拘。自五七花至三四十花，必於瓶口中一叢怒起，以不散漫、不擠軋，不靠瓶口為妙，所謂「起把宜緊」也。或亭亭玉立，或飛舞橫斜。花取參差，間以花蕊，以免飛鈸耍盤❽之病。葉取不亂，梗取不強。用針宜藏，針長寧斷之，毋令針針露梗，所謂「瓶口宜清」也。視桌之大小，一桌三瓶至七瓶而止，多則眉目不分，即同市井之菊屏矣。几之高低，自三四寸至二尺五六寸而止，必須參差高下互相照應，以氣勢聯絡為上。若中高兩低，後高前低，成排對列，又犯俗所謂「錦灰堆」❾矣。或疏或密，或進或出，全在會心者得畫意乃可。若盆碗盤洗❿，用漂青⓫、松香、榆皮麵和油，先熬以稻灰收成膠，以銅片按釘向上，將膏火化粘銅片於盤碗盆洗中。俟冷，將花用鐵絲紮把，插於釘上，宜偏斜取勢，不可居中，更宜枝疏葉清，不可擁擠；然後加水，用碗沙少許掩銅片，使觀者疑叢花生於碗底方妙。

若以木本⓬花果插瓶，剪裁之法（不能色色自覓，倩人攀折者每不合意），必先執在手中，橫斜以觀其勢，反側以取其態。相定之後，剪去雜枝，以疏瘦古怪為佳。再思其梗如何入瓶，或折或曲，插入瓶口，方免背葉側花之患。若一枝到手，先拘定其梗之直者插瓶中，勢必枝亂梗強，花側葉背，既難取態，更無韻致矣。折梗打曲之法，鋸其梗之半而嵌以磚石，則直者曲矣。如患梗倒，敲一二釘以筦[13]之，即倒葉竹枝，亂草荊棘，均堪入選。或綠竹一竿配以枸杞數粒，幾莖細草伴以荊棘兩枝，苟位置得宜，另有世外之趣。若新栽花木，不妨歪斜取勢，聽其葉側，一年後枝葉自能向上。如樹樹直栽即難取勢矣。

至剪栽盆樹，先取根露雞爪者，左右剪成三節，然後起枝。一枝一節，七枝到頂，或九枝到頂。枝忌對節如肩臂，節忌臃腫如鶴膝。須盤旋出枝，不可光留左右，以避赤胸露背之病。又不可前後直出。有名「雙起」、「三起」者，一根而起兩三樹也。如根爪無形，便成插樹，故不取。然一樹剪成，至少得三四十年。余生平僅見吾鄉萬翁名彩章者，一生剪成數樹。又在揚州商家見有虞山遊客攜送黃楊翠柏各一盆，惜乎明珠暗投[14]，余未見其可也。若留枝盤如寶塔，紮枝曲如蚯蚓者，便成匠氣⑮矣。

點綴盆中花石，小景可以入畫，大景可以入神。一甌⑯清茗，神能趨入其中，方可供幽齋之玩。種水仙無靈璧石⑰，余嘗以炭之有石意者代之，黃芽菜心其白如玉，取大小五七枝，用沙土植長方盆內，以炭代石，黑白分明，頗有意思。以此類推，幽趣無窮，難以枚舉。如石菖蒲⑱結子，用冷米湯同嚼噴炭上，置陰濕地，能長細菖蒲，隨意移養盆碗中，茸茸可愛。以老蓮子磨薄兩頭，入蛋殼使雞翼之，俟雛成取出，用久年燕巢泥加天門冬⑲十分之二，搗爛拌勻，植於小器中，灌以河水，曬以朝陽，花發大如酒杯，葉縮如碗口，亭亭可愛。

【注釋】❶譜　指花譜，載錄各種花卉名稱、特性、栽培方法，以及與花卉相關的文獻資料、詩詞歌賦的著作，如宋陳景沂《全芳備祖》、明張謙德《瓶花譜》、宋王觀《芍藥譜》等。❷拱璧　兩手拱抱之璧，即大璧，比喻極其珍貴之物。❸幕遊　即遊幕，外出作幕僚。❹勃然　充滿生氣。❺滾湯　開水。❻籬東　即東籬。陶淵明〈飲酒〉詩云：「采菊東籬下，悠然見南山」，後以東籬指種菊之處，菊圃。❼盆玩　盆景。❽飛鈸耍盤　古代流傳下來的雜技。飛鈸，是具有蘇州地方特色的道教技藝，以鈸為道具，表演揮舞拋擲等動作。耍盤，以盤子為道具的雜技。❾錦灰堆　又名「拾破畫」、「八破圖」、「打翻字紙簍」等，是帶有遊戲性質的繪畫，通常是對書房一角的隨意勾勒，如翻開的字帖、廢棄的畫稿、參差的禿筆，以及舊書畫、廢拓片，這些雜物呈現破舊殘缺的形狀，構圖也雜亂無章，具有古樸典雅的風格。❿盤洗　用來洗筆的陶瓷盤子。⓫漂青　用於繪畫的顏料。⓬木本　有木質莖的堅固植物。⓭筦　同「管」。約束、固定。⓮明珠暗投　原意是暗地將明珠投在路上，看到的人都很驚奇，卻沒人上前拾取。語出《史記‧魯仲連鄒陽列傳》：「臣聞明月之珠，夜光之璧，以暗投於道路，人無不按劍相眄者。何則？無因而至前也。」後以此比喻有才能的人得不到重視，或好東西落在不識貨的人手中。⓯匠氣　工匠習氣，指藝術創作缺乏個性和特色。⓰甌　杯子。⓱靈璧石　產於安徽靈璧浮磬山的石頭，又名「磬石」，石質細潤，有很高的觀賞性。⓲石菖蒲　一種觀賞植物，葉細長，莖可入藥。⓳天門冬　百合科植物，莖細長，塊根呈紡錘形，可以入藥，有潤肺止咳的功效。

【語　譯】等到長大，愛花成了癖好，喜歡修剪盆栽小樹。認識了張蘭坡，才精通剪裁枝葉培育節幹的方法，接著領會到嫁接花卉堆疊石頭的方法。花以蘭花最佳，讚賞它的幽香風韻，花瓣的品相稍可載入花譜的已不可多得，更不用說那些精品了。蘭坡臨終時，送給我荷瓣素心的春蘭一盆，株株形狀齊整有序疏朗開闊，根莖細長花瓣潔淨，是可以載入花譜的，我視若珍寶。在我外出當幕僚的時候，芸親自澆灌，在她悉心照料下，春蘭長得花茂葉盛。不到二年，春蘭忽然枯萎而死，拔出根細看，都潔白如玉，而且蘭芽充滿生氣，起初大惑不解，以為自己沒有福氣賞玩如此珍貴的蘭花，只是大聲歎息而已。事後才知道有人想分幾株蘭花，沒有答應，因此那人懷恨在心，用開水把蘭花澆死了。從此發誓不再種蘭花。其次選擇杜鵑，雖然沒有香氣，但花色艷麗，花期又長，可以觀賞很久，而且容易剪裁。因為芸憐惜枝葉，不忍放手修剪，所以難以長成盆景中的好樹。其他盆景也都如此。

每年花圃菊花綻放，觀賞秋色成為我的癖好。賞菊喜歡摘菊插在瓶中，不喜歡栽成盆景。不是盆景不足以觀賞，因為家中沒有花圃，不能自己種植，從市場上買，都雜亂沒有風致，所以不選擇盆景。插瓶的花朵，宜單數不宜雙數。每瓶只取一種，不用兩種顏色的花。瓶口要寬大，不用窄小的，用瓶口寬大的瓶插花，花舒展不受拘束。從五七朵花到三四十朵花，一定要綁成一束從瓶口突起，以不散漫、不擠壓、不靠瓶口為妙，這就是所謂的「起把宜緊」。瓶插的菊花或亭亭玉立，或飛舞橫斜。枝葉要錯落有致，中間用花蕊點綴，避免像飛鈸、耍盤那樣緊迫雜亂。葉子要不亂，梗子要不僵硬。用針固定花的枝葉，應該藏而不露，針長了寧可折斷，不要讓一根針從梗葉中露出，這就是所謂的「瓶口宜清」。根據桌子的大小，每張桌子放三至七瓶，最多不超過七瓶，太多了眉目不清，就同市井中的菊花屏障一樣了。几案的高低，從三四寸到二尺五六寸為止，必須高下參差互相照應，以氣勢連貫為好。若是中間高兩邊低，後面高前面低，或擺成一排兩兩相對，又犯了俗稱「錦灰堆」的毛病。瓶花的擺設，或疏朗或密集，或縮進或伸出，要有鑒賞能力的人從中領悟到圖畫的韻致才可。如果用盆碗盤洗插花，用漂青、松香、榆樹皮磨成的麵加油調和，先攙入稻灰熬成膠，再將帶釘的銅片放在盆碗盤洗中，釘子朝上，用融化的膠汁把銅片粘住。冷卻之後，將花用鐵絲紮成把，插在釘子上，要有偏斜的態勢，不可放在正中間，更為重要的是，花枝要疏朗，葉子要清亮，不可擁擠，然後加水，放少許沙遮蓋銅片，使觀賞者誤認叢花是從碗底生長出來才妙。

如果用木本花果插瓶，剪裁的方法（不能每種花果都自己去尋找，請人攀折往往不合意，因此要加以剪裁）是，必定要先拿在手中，或橫或斜觀察它的長勢，翻來覆去研究它的姿態。心中有了主意後，剪去雜亂的枝條，修成清瘦奇特的形狀為佳。其次考慮它的枝梗怎樣放入瓶中，或折疊或彎曲插入瓶口，才能避免枝葉背離花朵偏斜的毛病。如果一枝在手，先固定枝幹筆直插入瓶中，勢必枝條淩亂梗節僵硬，花朵偏斜枝葉背離，既難取得好的姿態，更沒有韻致了。拗折枝幹使之彎曲的方法是，鋸開枝幹的一半，在斷裂處嵌上磚石，筆直的枝幹就彎曲了。如果怕枝幹會倒下，可以敲一兩根釘子加固。楓葉竹枝，亂草荊棘，都可以用來插瓶。或者一竿綠竹配上幾粒枸杞，幾株細草加上兩枝荊棘，只要佈置得當，另有一種超塵脫俗的韻趣。新栽的花木，不妨取其歪斜的態勢，聽任它的葉子歪斜不正，一年後枝葉自然能向上生長。如果每棵樹都直立栽種，就難以形成好的態勢。

至於剪裁盆栽的樹木，先取樹根暴露呈雞爪狀的，左右剪成三節，然後修整樹枝，一節留一枝，七枝到頂，或九枝到頂。枝條和節幹的對接，不可像手臂連接肩膀那樣左右對稱，節幹不能臃腫得如同鶴的膝蓋。枝條必須彎曲盤旋而出，不可只留左右而前後無枝，以避免袒胸露背的弊病。前後枝也不能平直地生長出去。有稱作「雙起」、「三起」的，一個樹根可以長出二三枝樹椏。如樹根沒有雞爪的形狀，就像把樹直接插在盆中，而不是培植了，因此棄而不用。然而一棵盆樹修剪成型，至少要三四十年。我平生只見到我家鄉姓萬名彩章的老者，一生修剪成幾棵盆樹。又在揚州商人家看到常熟遊客送來的黃楊、翠柏各一盆，然而樹再好，放在不知風雅的商人家，就如明珠暗投。我認為這樣（將盆樹置放在平庸人家）不合適。如果選留的樹枝盤旋像寶塔，綁紮的樹枝彎曲如蚯蚓，就盡顯匠氣了。

點綴盆中的花石，景致小的可以入畫，大的令人神往。猶如一杯清茶，能使人沉醉於其間，才可以放在幽雅的室內供人賞玩。種水仙花沒有靈璧石，我曾用形狀如石頭的炭代替。黃芽菜心潔白如玉，取大小不等的五、七枚，用沙土移植在長方形的盆內，用炭代替石頭，黑白分明，很有意趣。以此類推，幽雅的趣味無窮盡，難以一一列舉。如石菖蒲結子，用冷米湯一起嚼爛噴在炭上，放在陰濕的地方，能長出細密的菖蒲，隨意移栽在盆碗中，毛茸茸的很可愛。用老蓮子磨薄兩頭，放入蛋殼中讓雞孵化，等雞雛成形後取出，用陳年燕巢中泥，加上十分之二的天門冬，搗爛拌勻，放在小器皿中，灌入河水，在朝陽下曬，花開大如酒杯，葉子蜷縮成一圈像碗口，亭亭玉立的很可愛。

【研析】此節言插花與盆栽。插花藝術在中國有悠久的歷史，始於南北朝佛前供養之花，唐代傳入宮廷，並推廣到士大夫家庭。至明代插花日漸普及，萬曆年間相繼刊行了高濂的《瓶花三說》、張謙德《瓶花譜》、袁宏道《瓶史》，對花和瓶的選擇、插花的技巧、養花的方法、花瓶的佈置等作了具體而精當的闡述。沈復在吸取前人經驗的基礎上，根據自身實踐的心得，對插花藝術有進一步的發揮。在插花技巧方面，前人強調花的天然之姿，要疏密相間，呈現不同的層次，《瓶花三說》云：「折花須擇大枝，或上茸下瘦，或左高右低，右高左低，或兩蟠臺接，偃亞偏曲，或挺露一幹中出，上簇下蕃，鋪蓋瓶口，令俯仰高下，疏密斜正，各具意態，得畫家寫生折枝之妙，方有天趣。」《瓶史》云：「插花不可太繁，亦不可太瘦，多不過二種三種。高低疏密如畫苑佈置方妙。」「夫花之所謂整齊者，正以參差不倫，意態天然，如子瞻之文，隨意斷續，青蓮之詩，不拘對偶，此真整齊也。若夫枝葉相當，紅白相配，此省曹墀下樹，墓門華表也，惡得為整齊哉。」沈復的作法與前人有同有不同，他說：「其插花朵，數宜單，不宜雙。每瓶取一種不取二色。瓶口取闊大不取窄小，闊大者舒展不拘。自五七花至三四十花，必於瓶口中一叢怒起，以不散漫、不擠軋，不靠瓶口為妙，所謂『起把宜緊』也。或亭亭玉立，或飛舞橫斜。花取參差，間以花蕊，以免飛鈸耍盤之病。」重視瓶花的自然之態，要有參差橫斜之美，沈復與前人的觀點是一致的，但他在強調自然之美的同時，指出這種自然之美是通過插花者精心佈置而形成的，並不是順其自然的原生狀態。在具體作法上，他與前人也有所不同，高濂等人強調插花不可太繁，最多二三種，沈復則主張「取一種不取二色」；高濂等人認為花瓶大小皆可，視所插之花品類而定，沈復則主張「瓶口取闊大不取窄小」。這些不同，體現了各人不同的愛好和審美觀念，並無對錯之分。

書中所述製作盆栽的方法，都是作者經驗的積累，有些至今仍在沿用。沈復指出，盆栽首先要選別樹形，「先取根露雞爪者」，現在製作盆栽，對樹根的要求如此：「盆景的樹木的基部應三邊或四邊長根，裸露土面生長。樹根的走向為向心輻射，成風車形，向各自方向自然伸展，互不交搭在一起」。對於枝幹，沈復認為「枝忌對節如肩臂，節忌臃腫如鶴膝」，今人也提出「忌樹幹中部突然隆起，中部一粗，像腫瘤一樣，使樹形變得臃腫不自然。」花樹、盆瓶和几架是盆景藝術三要素，沈復對几架的尺寸和排列都有具體的介紹。書中談到花托的製作方法，用松香、榆樹皮製成的油麵等熬成膠，將銅片固定在底部，上面插鐵釘，用以插花，與現在做花托的工藝大同小異。種碗蓮的方法，據陳毓羆先生介紹，西元一九八六年上海《新民晚報》刊登夏中誼〈種碗蓮〉一文，所述栽培碗蓮的方法，與沈復大致相同。

三

若夫園亭樓閣，套室迴廊，疊石成山，栽花取勢❶，又在大中見小、小中見大，虛中有實，實中有虛，或藏或露，或淺或深，不僅在周迴❷曲折四字，又不在地廣石多徒煩工費。或掘地堆土成山，間以塊石，雜以花草，籬用梅編，墻以藤引，則無山而成山矣。大中見小者，散漫處植易長之竹，編易茂之梅以屏之。小中見大者，窄院之墻宜凹凸其形，飾以綠色，引以藤蔓，嵌大石，鑿字作碑記形。推窗如臨石壁，便覺峻峭無窮。虛中有實者，或山窮水盡處，一折而豁然開朗；或軒閣設廚❸處，一開而可通別院。實中有虛者，開門於不通之院，映以竹石，如有實無也；設矮欄杆墻頭，如上有月臺❹，而實虛也。

貧士屋少人多，當仿吾鄉太平船❺後梢之位置，再加轉移其間。臺級❻為床，前後借湊，可作三榻，間以板而裱以紙，則前後上下皆越絕❼，譬之如行長路，即不覺其窄矣。余夫婦喬寓揚州時，曾仿此法，屋僅兩椽❽，上下臥房，廚竈客座皆越絕，而綽然有餘。芸曾笑曰：「位置雖精，終非富貴氣象也。」是誠然歟？

【注　釋】❶取勢　獲得好的姿勢，此處指營造好的景致。❷周迴　環繞；回環。❸廚　櫥櫃。❹月臺　賞月的露天平臺。❺太平船　帶捲棚的遊船，清李斗《揚州畫舫錄》：「沙飛重檐飛艫，有小捲棚者謂之『太平船』。」❻臺級　臺階。❼越絕　隔開。❽椽　本為架在屋梁上承載屋頂的條木，也指房屋的間數。

【語　譯】至於園亭樓閣，套室迴廊，疊石成山，栽花造景，構建園林的原則又在大中見小、小中見大，虛中有實、實中有虛，或露、或淺或深，不僅在「周迴曲折」四個字，也不在地廣石多，白白地耗費工程和費用。或掘地取土堆積成山，夾雜一些成形的料石，種上花草作點綴，用梅花編成籬笆，用牽引的藤蔓作牆壁，本來沒有山的園子就有了山。大中見小的方法，是在空曠處種植生命力強的竹子，把容易茂盛的梅花排成屏障作為間隔。小中見大的方法，是把小院的牆做成凹凸不平的形狀，用綠色作裝飾，種植一些爬牆的藤蔓，中間鑲嵌大石，鑿上字作碑記述形勝。推開窗戶好像面臨石壁，頓時產生無窮峻峭的感覺。虛中有實的方法，或在山窮水盡的盡頭，轉個彎便豁然開朗；或在軒閣樓臺擺放櫥櫃，一開櫥櫃門就可以通到別的院子。實中有虛的方法，是在與外界隔絕的院子開一扇門，與竹石互相掩映，好像門外另有天地，實際上什麼也沒有。在牆頭上架設矮欄杆，好像上面還有個平臺，其實是虛的。

貧寒的讀書人家房屋少人口多，應當仿效家鄉太平船船尾的結構，在此基礎上加以轉換改變。船上以臺階為床，前後拼湊，可當三張床，中間用板隔開，再糊上紙，前後上下全都隔絕。即使在船上作長途旅行，也不覺得逼仄狹窄了。我們夫婦寄寓揚州時，曾仿效這樣的辦法，只有兩間屋，上下兩間臥房，廚房客廳都是獨立的，地方綽綽有餘。芸曾笑著說：「雖然設計得精妙，終究不是富貴人家的氣象。」真的如此嗎？

【研　析】此節言園林藝術。中國園林藝術強調順應自然，因地制宜，通過對整體藝術形象的把握，構思出情景交融，虛實結合，顯現自然的生機勃勃景象，具有「雖由人作，宛然天成」的特色。園林藝術是處理空間的藝術，運用各種手段將景區分隔為不同的單元，形成忽高忽低，時敞時閉，層次豐富，曲折多趣的小園，創造咫尺山林中開闊空間的優異效果。沈復由此提出「大中見小、小中見大，虛中有實，實中有虛，或藏或露，或淺或深」的建園原則，繼承和發揚了中國園林美學思想。所謂「小中見大」，指通過較小的有限空間表達廣大幽深的審美境界，沈復舉例說：「窄院之墻宜凹凸其形，飾以綠色，引以藤蔓，嵌大石，鑿字作碑記形。推窗如臨石壁，便覺峻峭無窮。」將牆做成凹凸不平的形狀，既形成生動的曲線美，又擴大了空間，飾以綠色的藤蔓，不僅增添山林之趣，視線也更開朗，使小小的院落既有婉轉之姿，又不乏峻峭之意。「虛中有實者，或山窮水盡處，一折而豁然開朗；或軒閣設廚處，一開而可通別院。實中有虛者，開門於不通之院，映以竹石，如有實無也；設矮欄杆墻頭，如上有月臺，而實虛也」。虛中有實，使景物有紆回曲折之妙，具有「山窮水盡疑無路，柳暗花明又一村」的藝術效果。實中有虛，是通過巧妙的設計，引發人們的想像，並形成視覺的錯位，以曲盡變化的思維創造出人意料的空間藝術效果。沈復的居處面積不大，所述建園原則，來自本人的實踐，適用於面積較小的私家園林，且都切實可行，很有實際意義。

四

余掃墓山中，撿有巒紋❶可觀之石，歸與芸商曰：「用油灰疊宣州石❷於白石盆，取色勻也。本山黃石雖古樸，亦用油灰，則黃白相間，鑿痕畢露，將奈何？」芸曰：「擇石之頑劣者，搗末於灰痕處，乘濕糝之，乾或色同也。」乃如其言，用宜興窯❸長方盆疊起一峰，偏於左而凸於右，背作橫方紋，如雲林❹石法，巉巖凹凸，若臨江石磯❺狀；虛一角，用河泥種千瓣白蘋；石上植蔦蘿❻，俗呼雲松。經營數日乃成。至深秋，蔦蘿蔓延滿山，如藤蘿之懸石壁，花開正紅色❼，白蘋亦透水大放，紅白相間。神遊其中，如登蓬島❽。置之簷下與芸品題：此處宜設水閣，此處宜立茅亭，此處宜鑿六字，曰「落花流水之間」，此可以居，此可以釣，此可以眺。胸中丘壑，若將移居者然。一夕，貓奴❾爭食，自簷而墮，連盆與架頃刻碎之。余嘆曰：「即此小經營，尚干造物忌耶？」兩人不禁淚落。

【注釋】❶巒紋　山巒狀紋理。❷宣州石　宣州（今安徽宣城）出產的石頭，質堅色白，古樸典雅，以宣州石製成的硯臺更為名貴，李白〈草書歌行〉贊曰：「宣州石硯墨色光。」❸宜興窰　在今江蘇宜興鼎蜀鎮。宜興地區燒瓷歷史悠久，秦漢時期陶窰密佈，晚唐、五代成為民間著名青瓷窰，明代以來以紫砂器聞名於世。❹雲林　倪瓚，號雲林，無錫人，元代著名畫家。❺石磯　江邊巨大岩石。❻蔦蘿　一年生草本植物，夏季開花，花色有紅有白。❼正紅色　即大紅色，又稱絳色。❽蓬島　即蓬萊山，古代傳說中仙人所居的神山。❾貓奴　即貍奴，貓的別稱。《采蘭雜志》曰：「貓一名女奴」，陸游〈贈貓詩〉云：「裹鹽迎得小貍（一作貓）奴，盡護山房萬卷書。」

【語譯】我去山中掃墓，撿到有巒紋可以觀賞的石頭，回來與芸商量：「用油灰將宣州石粘合在一起，放在白色的石盆中，石頭、油灰、石盆都是白的，顏色很勻稱。本地山上的黃石，雖然古樸，也用油灰粘合，石頭是黃的，油灰是白的，黃白相間，人工斧鑿的痕跡很明顯，怎麼辦呢？」芸說：「挑選質地差的石頭，粉碎成細末抹在油灰粘合留下痕跡的地方，趁濕的時候混合在一起，乾後顏色就一致了。」於是按照她的說法，在宜興窰出產的長方盆中，用撿來的山石疊成一座假山，山在偏左的位置，向右方凸出，背後是橫向的紋路，如同雲林畫石的筆意，山勢險峻，凹凸嶙峋，就像臨江的石磯。盆中空出一角，用河泥種上千瓣白色的浮萍，山石上種植俗稱雲松的蔦蘿。經營了好幾天才完工。時至深秋，蔦蘿蔓延遍佈山石，猶如藤蘿懸掛在石壁上，開的花是正紅色，白色的浮萍也透過水面茂盛地開放，紅白相間，色彩鮮麗。想像著遊歷其中，猶如登上蓬萊仙境。將此盆景放置在房簷之下，與芸一起觀賞品論，此處可設水閣，此處可建茅亭，此處可鑿上「落花流水之間」六個字，此處可居住，此處可垂釣，此處可遠眺，心中嚮往的山川溝壑勝景，好像全體現於盆景之中。一天傍晚，有貓爭食從房簷墜落，將花盆連架子一下子砸得粉碎。我歎息道：「營造這樣的小玩意，還觸犯上天的禁忌嗎？」兩人情不自禁地流下淚來。

【研　析】此節寫盆景雅趣。盆景起源於中國，西元一九七二年在陝西乾陵發掘的唐代章懷太子墓，甬道東壁繪有侍女手托盆景的壁畫，是迄今所知世界上最早的盆景實錄。宋代盆景已發展到較高水平，文人曾對此作過細緻的描述。明清時代盆景更加興盛，有許多關於盆景的著述問世。盆景分為樹樁盆景和山水盆景兩類，此卷第二節論及樹樁盆景的製作，此處所論為山水盆景。山水盆景壘石成山，蓄水為湖，栽植草木花卉而成，景物佈局須主次分明，層次豐富，有變化而不亂。沈復夫婦製作的盆景，以山石為主，虛一角種植白蘋，是為點綴；巉巖凹凸，若臨江石磯，則高低參差，層次分明，正符合有變化而不亂的原則，具有小中見大，咫尺千里的效果。山水盆景以山石為主題材料，同一盆中宜石種相同，石色相近，紋理相順。沈復說：「用油灰疊宣州石於白石盆，取色勻也。本山黃石雖古樸，亦用油灰，則黃白相間，鑿痕畢露。」也是盆景山石顏色應一致的意思。盆景中景物的佈置，與繪畫書法相通，也稱為章法，沈復壘石為山，用倪雲林畫石的筆法，他製作的盆景，即是一幅立體的山水圖。「至深秋，蔦蘿蔓延滿山，如藤蘿之懸石壁，花開正紅色，白蘋亦透水大放，紅白相間。神遊其中，如登蓬島」，觀此盆景，如人在畫中，身入仙境矣。沈復夫婦設想盆景中某處可居，某處可眺，某處可釣，表現出他們熱愛自然，追求閒適的情趣。行文最後忽然逆轉，盆景被貓砸碎，「余嘆曰：『即此小經營，尚干造物忌耶？』兩人不禁淚落。」「世間好物不堅牢，彩雲易散琉璃脆」，他們不僅為美好事物遭毀滅而傷心，也是為自己的身世而感歎。此卷論及插花、盆景、園林等多種工藝，但並未停留在技術層面，而是以情和趣貫穿其間，因此行文靈動多姿，饒有意趣。

五

靜室焚香，閑中雅趣。芸曾以沉速❶等香，於飯鑊❷蒸透，在爐上設一銅絲架，離火半寸許，徐徐烘之，其香幽韻而無煙。佛手忌醉鼻嗅，嗅則易爛。木瓜忌出汗，汗出，用水洗之。惟香圓❸無忌。佛手木瓜亦有供法，不能筆宣。每有人將供妥者隨手取嗅，隨手置之，即不知供法者也。

【注釋】❶沉速　檀香。❷飯鑊　飯鍋。❸香圓　即「香櫞」，一種常綠喬木，花白色，果實有香氣。

【語譯】在幽靜的室內燒香，是閒暇中的雅趣。芸曾用沉速等香料，放在飯鍋內蒸透，在爐子上放一銅絲架子，離開火焰半寸多，慢慢地烘烤，那種香氣韻味幽深，而且沒有煙霧。佛手不能喝醉了用鼻子聞，聞了容易爛。木瓜不能用帶汗的手觸摸，沾上汗水，要用水洗淨。只有香櫞沒有禁忌。佛手、木瓜也有供養的方法，不能一一介紹。常有人將供養妥當的果品隨手拿來聞聞，然後又隨手放下，這是不懂供養的方法。

【研析】中國古代文人，與香結下了不解之緣，讀書以香為友，獨處以香為伴；靜室焚香更顯雅潔，月夜焚香助其清幽。焚香不僅滿足嗅覺的享受，更能涵養性情。明代屠隆在《考槃餘事》中詳盡地論述了香的作用：「香之為用，其利最溥。物外高隱，坐語道德，焚之可以清心悅神。四更殘月，興味蕭騷，焚之可以暢懷舒嘯。晴窗榻帖，揮麈閒吟，篝燈夜讀，焚以遠辟睡魔。謂古伴月可也。紅袖在側，密語談私，執手擁爐，焚以薰一熱意。謂古助情可也。坐雨閉窗，午睡初足，就案學書，啜茗味淡，一爐初熱，香靄馥馥撩人。更宜醉筵醒客，皓月清宵，冰絃曳指，長嘯空樓，蒼山極目，未殘爐熱，香霧隱隱遶簾。又可祛邪辟穢，隨其所適，無施不可。」沈復以靜室焚香為閒中雅趣，不脫文人習氣。陳芸在爐上設一銅絲架，離火半寸許，徐徐烘烤沉香，其香幽韻而無煙。此隔火薰香之法，源自明高濂《遵生八箋》。

六

余閒居，案頭瓶花不絕。芸曰：「子之插花能備風晴雨露，可謂精妙入神，而畫中有草蟲一法，盍仿而效之。」余曰：「蟲躑躅❶不受制，焉能仿效？」芸曰：「有一法，恐作俑❷罪過耳。」余曰：「試言之。」曰：「蟲死色不變，覓螳螂蟬蝶之屬，以針刺死，用細絲扣蟲項繫花草間，整其足，或抱梗，或踏葉，宛然如生，不亦善乎？」余喜，如其法行之，見者無不稱絕。求之閨中，今恐未必有此會心者矣。

余與芸寄居錫山❸華氏，時華夫人以兩女從芸識字。鄉居院曠，夏日逼人。芸教其家作活花屏，法甚妙。每屏一扇，用木梢二枝，約長四五寸，作矮條凳式，虛其中，橫四檔，寬一尺許，四角鑿圓眼，插竹編方眼屏，約高六七尺。用砂盆種扁豆置屏風中，盤延屏上，兩人可移動。多編數屏，隨意遮攔，恍如綠陰滿牕，透風蔽日。紆迴曲折，隨時可更，故曰活花屏。有此一法，即一切藤本香草隨地可用。此真鄉居之良法也。

【注釋】❶躑躅　徘徊不前，此處意為蠕動爬行。❷作俑　語本《孟子・梁惠王上》：「仲尼曰：『始作俑者，其無後乎！』為其像人而用之」，意為最早用俑人來代替真人進行殉葬的人，會斷子絕孫、沒有後代，因為俑人太像真人了。宋朱熹《孟子集註》曰：「古之葬者，束草為人以為從衛，謂之芻靈，略似人形而已。中古易之以俑，則有面目機發，而大似人矣。故孔子惡其不仁，而言其必無後也。」後以始作俑者比喻首先做某件壞事的人。俑，用木或陶瓷製成用於墓中陪葬的偶人。❸錫山　在今江蘇無錫西。

【語譯】我閒居在家的時候，桌子上始終放著瓶花，從不短缺。芸說：「你插的花具備風晴雨露各種氣候下的姿態韻致，可說是精妙入神，繪畫中花草間總有昆蟲點綴其間，為何不仿效一下。」我說：「昆蟲蠕動爬行不受約束，怎麼能仿效？」芸說：「我有一個辦法，以前沒人試過，恐怕我是始作俑者，會有罪過。」我說：「妳說來聽聽。」芸說：「蟲死了顏色不變，尋找螳螂、蟬、蝴蝶之類的昆蟲，用針刺死，再用細絲繩綁住蟲的頸項，繫在花草間，把牠們的腳做成或抱梗或踏葉的樣子，栩栩如生，豈不妙哉？」我聽了很高興，按照她的辦法去做，看到的人無不稱絕。現在的閨房之中，恐怕未必會有如此聰慧的女子了。

　我與芸寄居在錫山姓華的家中，當時華夫人讓兩個女兒跟芸學識字。鄉村的住所院子寬曠，夏天陽光灼人。芸教華家做活動花屏，方法很是巧妙。每一扇屏風，用兩枝木梢，大約四五寸長，做成矮條凳的樣子，中間是空的，橫向有四檔，寬一尺多，在四個角上鑿個圓孔，插上竹子編成方格子屏風，大約六七尺高。在沙盆裡種上扁豆，放在屏風中，扁豆的枝蔓盤延到屏風上，兩個人就可以移動。多編幾扇這樣的屏風，隨意放置遮攔，彷彿綠色的樹蔭佈滿窗戶，透風遮陽。這樣的屏風紆回曲折，可以隨時更改擺放的位置，因此稱為活花屏。有這樣的辦法，一切藤蘿香草等植物隨地可以取用，這真是住在鄉村的絕好辦法。

【研析】此節寫陳芸以昆蟲點綴瓶花，製作可移動的活花屏，奇思妙想，聰慧過人。作者感歎道：「求之閨中，今恐未必有此會心者矣。」陳芸於嘉慶八年（西元一八〇三年）病逝於揚州，沈復是否續娶不得而知，嘉慶十一年（西元一八〇六年）石琢堂贈其一妾，其才能與修養當與陳芸相差遠矣。

七

友人魯半舫名璋，字春山，善寫松柏或梅菊，工隸書，兼工鐵筆❶。余寄居其家之蕭爽樓一年有半。樓共五椽，東向，余居其三。晦明風雨，可以遠眺。庭中木犀❷一株，清香撩人。有廊有廂，地極幽靜。移居時，有一僕一嫗，并挈其小女來。僕能成衣❸，嫗能紡績，於是芸繡嫗績，僕則成衣，以供薪水。余素愛客，小酌必行令。芸善不費之烹庖，瓜蔬魚蝦，一經芸手，便有意外味。同人知余貧，每出杖頭錢❹，作竟日❺敘。余又好潔，地無纖塵，且無拘束，不嫌放縱。時有楊補凡，名昌緒，善人物寫真；袁少迂，名沛，工山水；王星瀾，名巖，工花卉翎毛，愛蕭爽樓幽雅，皆攜畫具來。余則從之學畫，寫草篆❻，鐫圖章，加以潤筆❼，交芸備茶酒供客，終日品詩論畫而已。更有夏淡安、揖山兩昆季❽，并繆山音、知白兩昆季，及蔣韻香、陸橘香、周嘯霞、郭小愚、華杏帆、張閑憨諸君子，如梁上之燕，自去自來。芸則拔釵沽酒，不動聲色，良辰美景，不放輕過。今則天各一方，風流雲散，兼之玉碎香埋❾，不堪回首矣！

蕭爽樓有四忌：談官宦陞遷，公廨❿時事，八股時文⓫，看牌擲色⓬，有犯必罰酒五斤。有四取：慷慨豪爽，風流蘊藉⓭，落拓不羈⓮，澄靜緘默。長夏⓯無事，考對為會⓰。每會八人，每人各攜青蚨⓱二百。

先拈鬮，得第一者為主考，關防[18]別座，第二者為謄錄，亦就座，餘作舉子[19]，各於謄錄處取紙一條，蓋用印章。主考出五七言各一句，刻香為限[20]，行立構思，不准交頭私語。對就後投入一匣，方許就座。各人交卷畢，謄錄啟匣，并錄一冊，轉呈主考，以杜徇私。十六對中取七言三聯，五言三聯。六聯中取第一者即為後任主考，第二者為謄錄。每人有兩聯不取者罰錢二十文，取一聯者免罰十文，過限者倍罰。一場，主考得香錢百文。一日可十場，積錢千文，酒資大暢矣。惟芸議為官卷，准坐而構思[21]。

楊補凡為余夫婦寫栽花小影[22]，神情畢肖。是夜月色頗佳，蘭影上粉牆，別有幽致。星瀾酒後興發曰：「補凡能為君寫真，我能為花圖影。」余笑曰：「花影能如人影否？」星瀾取素紙鋪於墻，即就蘭影，用墨濃淡圖之。日間取視，雖不成畫，而花葉蕭疏，自有月下之趣。芸甚寶之，各有題詠。

【注　釋】❶鐵筆　雕刻印章，以刀為筆，故稱鐵筆。❷木犀　桂花樹，也指桂花。❸成衣　裁製衣服。❹杖頭錢　買酒錢。《世說新語．任誕》載：「阮宣子常步行，以百錢掛杖頭，至酒店，便獨酣暢。」❺竟日　從早到晚；整天。❻草篆　書法的一種字體，篆貌隸骨，剛勁有力。❼潤筆　為人作詩文書畫所得的報酬。❽昆季　兄弟。長為昆，季為弟。❾玉碎香埋　比喻年輕美貌女子死亡。❿公廨　官署；衙門。⓫時文　與古文相對應，指科舉應試之文，明清時特指八股文。⓬擲色　擲骰子。骰子為六面正方塊，分刻一至六點，一、四點塗以紅色，餘塗黑色，擲之視點數或顏色定勝負，故又稱色子。⓭蘊藉　深沉而有涵養。⓮落拓不羈　即放蕩不羈，隨心所欲而不受拘束。⓯長夏　夏日。夏天白晝較長，故稱長夏。⓰會　集會；聚會，專指詩會、文會，文人在一起吟詩作文的聚會。⓱青蚨　銅錢。《搜神記》卷十三載：青蚨本是傳說中的蟲名，用青蚨血塗在錢上，購物後錢能飛回。後以青蚨指錢。⓲關防　防範；監視。⓳舉子　指科舉考試的應試人。⓴刻香為限　截取一定長度的香，以香燃盡計算限定的時間。㉑惟芸議為官卷二句　此處指陳芸享有特殊待遇，其他人立著應對，陳芸可以坐著。官卷，清代科舉考試，高級官員子弟參加鄉試，另外編號，以人數多寡，定額取中。因其試卷皆編為「官」字號，故名。㉒小影　指小幅的人物肖像。

【語　譯】友人魯半舫名璋，字春山，善於畫松柏和梅菊，精於隸書，並精於篆刻。我寄居在他家的蕭爽樓一年半。樓共有五間房，朝東，我住其中的三間，無論天氣陰沉或晴朗，颳風或下雨，都可以遠眺。庭中有一株桂花樹，清香動人。樓外有圍牆，樓內有迴廊廂房，地方極其幽靜。移居蕭爽樓時，有一個僕人一個婢女，並帶了他們的小女兒同往。男僕能做衣服，婢女能紡織，於是芸刺繡，婢女紡織，男僕做衣服，以此獲取家庭日常生活的費用。我向來好客，即便隨意喝些小酒，也定要行令喝個痛快。芸善於烹飪不費錢的菜餚，瓜果蔬菜和魚蝦，一經芸手調理，便有令人意外的佳味。朋友知道我貧困，經常拿出酒錢，作整天的聚會。我又愛清潔，地上沒有一絲灰塵，而且我自己沒有拘束，也不嫌別人不守規矩。當時有楊補凡，名昌緒，善於畫人物肖像；袁少迂，名沛，擅長畫山水；王星瀾，名巖，精通畫花鳥。他們喜歡蕭爽樓的幽雅，都帶著繪畫的器具來。我向他們學繪畫，寫草篆，刻圖章，以此賺取潤筆，交給芸作為準備茶酒招待客人的費用，終日只是品詩論畫而已。還有夏淡安、揖山兩兄弟，繆山音、知白兩兄弟，及蔣韻香、陸橘香、周嘯霞、郭小愚、華杏帆、張閑憨諸君子，如梁上的燕子，自由地來來去去。芸為了招待客人，用首飾換酒，沒有一點不快的神色，美好的時光和景色，不能輕易放過。如今朋友們遠隔異地，各在一方，就如風吹雲散，加上美人香消玉殞，往事不堪回首啊！

蕭爽樓有四忌：談論官場的陞遷，公務時事，八股時文，打牌擲色子，有觸犯禁忌者，必罰喝酒五斤。有四取：慷慨豪爽，風流蘊藉，落拓不羈，寧靜沉默。夏日空閒無事，以考試應對為文會。每次聚會有八個人，每人各帶二百文銅錢。先拈鬮，拈得第一名的人為主考，坐在另外的位子上監督考試；拈得第二名的人為謄錄，也有座位；其他人是應試人員，各人在謄錄處領取一張紙條，上面蓋有印章。主考出題，五言七言各一句，以燃香作為時限，各人或走動或站立構思，不准交頭接耳，竊竊私語。應對完後投入一匣中，才能就座。各人交卷完畢，謄錄打開匣子，將各人做的對子謄寫在一個本子上，轉交給主考，這樣可以杜絕徇私舞弊。十六個對句中選取七言三聯、五言三聯。六聯中評為第一者即為下一任主考，第二者為下一任謄錄。若一個人兩聯未入選，罰錢二十文，入選一聯者少罰十文，超過時間者加倍罰錢。每一場，主考得香錢一百文，一天有十場考試，便能積攢一千文，用作酒資很充裕了。只有芸受特別優待，可以坐著構思。

楊補凡為我夫婦畫栽花的肖像，神情惟妙惟肖。當夜月色很好，白色的牆上映照著蘭花的影子，別有一番幽雅的韻致。星瀾喝醉酒興致大發，說：「補凡能為你畫像，我能為花畫影。」我笑著說：「花影能和人影一樣嗎？」星瀾取白紙鋪在牆上，就著蘭花的投影，用或濃或淡的墨畫出。次日白天拿出來看，雖然構不成一幅完整的畫，而花葉飄拂疏朗，自有月下賞花的韻趣。芸很珍惜這幅畫。各人分別在畫上題寫詩詞以誌紀念。

【研 析】此節寫沈復夫婦寄居蕭爽樓，與友人往來的情形。乾隆五十七年，陳芸無意間得罪公公遭驅逐，夫婦遷居友人魯璋（半舫）之蕭爽樓，反而因禍得福，過了一段輕鬆愉快的日子。蕭爽樓地極幽靜，樓高可以遠眺，是適合閒居的地方。作者在樓中廣交朋友，終日品詩論畫，客人如梁上之燕，自去自來，不受禮節束縛，沒有虛浮的客套，正如作者所說「且無拘束，不嫌放縱」，也符合蕭爽樓「四忌四取」的規矩，由此可見沈復及其友人的性情和胸襟。明清時期，蘇州文人生活在經濟發達、文化繁榮的地區，山青水秀的自然環境熏陶了浪漫情懷，優裕的生活條件培養了追求享樂的情趣，深厚的文化傳統造就了博學多識的才子。他們蔑視功名利祿，擺脫禮教的束縛，徜徉在山水之間，追尋悠閒自適的生活。明清時期，蘇州地區考取舉人、進士的人數最多，但大多數文人只是把八股時文當作敲門磚，取得功名，登上仕途後便致力於古文創作，而將八股時文置之腦後。他們認為八股時文僅是應制文字，只有古文才能體現作者的學問和才思，因此在編文集時，大多棄時文而僅取古文。許多蘇州文人，在內心深處是厭惡八股時文的，如文徵明說徐禎卿「排俗違時，蹈古陷癖」，祝允明說唐寅「一意望古豪傑，殊不屑場屋事」，徐禎卿也說唐寅「雅資疏朗，任逸不羈，喜玩古書，多所博通，不為章句」。文徵明〈上守谿先生書〉談到他鄙棄時文、鍾情於古文詞的情形：「年十九還吳，得同志者數人，相與賦詩綴文。于時年盛氣銳，不自度量，倜然欲追古人及之。未幾，數人者或死或去，其在者亦或叛盟改習。而某亦以親命選隸學官，於是有文法之拘，日唯章句是循，程式之文是習，而中心竊鄙焉。稍稍以其間隙，諷讀《左氏》《史記》兩《漢書》及古今人文集，若有所得，亦時時竊為古文詞。一時曹耦莫不非笑之，以為狂，其不以為狂者，則以為矯、為迂。」

文徵明說年輕時與幾個志同道合的朋友在一起吟詩寫文章。後來因為聽從父親的命令入學，於是寫文章就受到文法的拘束，每天揣摩章法句法，學習被作為標準的範文，可是心裡卻看不起這些文章。稍為有空餘的時間，就去閱讀《左傳》、《史記》和古今文人的作品。好像有所收穫，也時常偷偷地寫一些古文詞。明代中期蘇州四才子（祝允明、唐寅、文徵明、徐禎卿）風流蘊藉，慷慨豪爽，其遺風所及，深刻影響了明清兩代蘇州文人，沈復也不例外。

沈復和他的朋友，以吟詩作文為風流逸事，純粹出於興趣愛好和精神生活的需要，而無任何功利目的，既不打算應舉出仕，也沒有走終南捷徑的念頭，正如吉川幸次郎《元明詩概說》所云：「因為以藝術為至上，所以在日常言行上主張藝術家的特權，而不為常識俗規所拘束。」文人集會成為他們生活的重要方式和內容。中國文人自古有以文會友的傳統，明清兩代文人雅集更為普遍，著名的如元末明初的玉山雅集。顧瑛在昆山建玉山草堂，專門接待文人集會，當時著名文人如楊維楨、高啟、倪瓚等皆參預其間。他們飲酒作詩，並仿照科舉之法，設主考和閱卷官，評定高下，並取前三名給予獎賞。清代文人集會很多，尤以揚州為盛，最著名的則是小玲瓏山館雅集。文人集會時，飲酒聽曲，詩成之後，立即刻板印發全城。陳章〈沙河逸老小稿序〉云：「嶰谷性好交游，四方名士過邗上者，必造廬相訪，縞佇之投，殆無虛日，賓朋酬唱，與昔時圭塘、玉山相埒。」蕭爽樓雅集，雖不如玉山草堂、小玲瓏山館盛大，卻也頗具規模。尤其值得注意的是，陳芸作為唯一的女性，正式參加了蕭爽樓的聚會，只有坐著作詩與眾不同而已。由此可見蕭爽樓風氣之開明，陳芸之豪放不羈。

此節寫沈復夫婦與友人往來情形，最終卻落筆在陳芸身上。寫蕭爽樓聚飲，插入「芸善不費之烹庖，瓜蔬魚蝦，一經芸手，便有意外味」，表現其精明能幹。最後以陳芸拔釵沽酒結束。拔釵沽酒，典出元稹〈遣悲懷〉詩：「顧我無衣搜藎篋，泥他沽酒拔金釵。」描寫生活的貧苦和夫妻情愛。陳芸「拔釵沽酒，不動聲色」，除了表達生活貧苦和夫妻情愛，還突出了陳芸的涵養肚量。寫蕭爽樓詩會，以「惟芸議為官卷，准坐而構思」結束，寫星瀾月下畫蘭影，以「芸甚寶之，各有題詠」結束。此書前兩卷，敘事頭緒繁多，但始終以陳芸為中心，圍繞「情」、「趣」二字展開，故形散而神不散，此為散文之要領。

八

蘇城有南園❶、北園❷二處，菜花黃時，苦無酒家小飲，攜盒而往，對花冷飲，殊無意味。或議就近覓飲者，或議看花歸飲者，終不如對花熱飲為快。眾議未定，芸笑曰：「明日但各出杖頭錢，我自擔爐火來。」眾笑曰：「諾。」眾去，余問曰：「卿果自往乎？」芸曰：「非也。妾見市中賣餛飩者，其擔鍋竈無不備，盍雇之而往。妾先烹調端正，到彼處再一下鍋，茶酒兩便。」余曰：「酒菜固便矣，茶乏烹具。」芸曰：「攜一砂罐去，以鐵叉串罐柄，去其鍋，懸於行竈❸中，加柴火煎茶，不亦便乎？」余鼓掌稱善。街頭有鮑姓者，賣餛飩為業，以百錢雇其擔，約以明日午後。鮑欣然允議。

明日看花者至，余告以故，眾咸歎服。飯後同往，并帶席墊，至南園，擇柳陰下團坐。先烹茗，飲畢，然後暖酒烹肴。是時風和日麗，遍地黃金，青衫紅袖，越阡❹度陌❺，蝶蜂亂飛，令人不飲自醉。既而酒肴俱熟，坐地大嚼。擔者頗不俗，拉與同飲。遊人見之，莫不羨為奇想。杯盤狼藉❻，各已陶然❼，或坐或臥，或歌或嘯❽。紅日將頹，余思粥，擔者即為買米煮之，果腹❾而歸。芸問曰：「今日之遊樂乎？」眾曰：「非夫人之力不及此。」大笑而散。

【注　釋】❶南園　在今蘇州人民路、十全街附近。❷北園　在今蘇州拙政園附近。❸行竈　可以移動的爐灶。❹阡　田間南北向的小路，亦泛指田間小路。❺陌　田間小路。應劭《風俗通》：「南北曰阡，東西曰陌。河東以東西為阡，南北為陌。」❻杯盤狼藉　杯盤放得亂七八糟，形容飲宴將畢或已畢的情景。狼藉，散亂堆積的樣子。❼陶然　喜悅快樂的樣子，特指醉酒的愉悅狀態。❽嘯　大聲呼叫，亦指吹口哨。❾果腹　填飽肚子。

【語　譯】蘇州城內有南園、北園兩個地方，油菜花黃的時候，前去賞花，苦於沒有酒家小飲幾杯。帶著食盒前往，酒菜都涼了，對著花喝冷酒，實在沒有味道。有人建議就近找喝酒的地方，有人建議看花後回家喝酒，終究不如對著花喝熱酒快樂。眾人議論紛紛，難以抉擇，芸笑著說：「明天各人只要出酒錢，我自會挑著爐火來。」眾人高興地說：「好。」眾人離去，我問道：「妳當真自己帶著爐火去嗎？」芸說：「不是啊，我看到集市中賣餛飩的，他的擔子裡鍋竈無所不備，何不雇他前往？我先把酒菜準備停當，到那裡一下鍋就齊全了，茶酒都很方便。」我說：「酒菜固然方便，煮茶缺少器具。」芸說：「帶一個砂罐去，用鐵叉串著罐柄，取走鍋，把砂罐懸掛在行竈上，加柴火煎茶，不是也很方便嗎？」我拍手稱好。街頭有個姓鮑的人，以賣餛飩為職業，用一百文錢租用他的擔子，約定明天午後去南園，姓鮑的很高興地答應了。

明日看花的人到了，我告訴他們出遊的準備情況，眾人讚歎不已。飯後同往賞花，都帶了座墊，到南園挑選有柳蔭的地方，圍成一圈席地而坐。先煮茶，喝畢茶再熱酒燒菜。當時風和日麗，遍地金光燦爛，身著青衫紅袖的遊人，穿梭往來於田間小路，蝴蝶蜜蜂毫無拘束地飛舞，使人不喝酒也陶醉了。一會酒菜都熟了，坐在地上大吃大喝，挑擔的人不俗氣，就拉他一起喝酒。其他遊人看到，無不歎服稱奇。飲宴畢，杯盤狼藉，每個人都很愉悅，有的坐有的臥，有的高歌有的長嘯。紅日將落，我想吃粥，挑擔人就為我買米煮粥，吃得飽飽地回家。芸說：「今日出遊快樂嗎？」眾人說：「不是夫人操勞，不會這樣快樂。」眾人大笑散去。

【研析】此節寫南園踏青賞花，是一篇絕妙的小品文。描繪景色形象鮮明；刻畫人情栩栩如生，敘事狀物婉轉生動。「是時風和日麗，遍地黃金，青衫紅袖，越阡度陌，蝶蜂亂飛，令人不飲自醉」，將一幅色彩鮮艷，生意盎然的春景圖呈現在讀者眼前，令人身臨其境。「杯盤狼藉，各已陶然，或坐或臥，或歌或嘯」，描寫人物情態，極具意趣，很有晚明小品神韻。此段文字的重點，則是寫陳芸用一副餛飩擔解決賞花時喝酒飲茶的難題，突出她的蕙心蘭質。最後寫到：「芸問曰：『今日之遊樂乎？』眾曰：『非夫人之力不及此。』大笑而散。」「非夫人之力不及此」，語出《左傳》。魯僖公三十年，晉大夫令狐偃請晉文公進攻秦軍，文公過去流亡時，得秦國之助才得以返國為君，因此拒絕了這一建議，說：「不可。微夫人之力不及此。」此處「微」作「無」解，「夫」為指示詞，「夫人」即「此人」。此句原意為沒有這個人的力量，我就沒有今天。沈復友人故意將此句讀破，以「夫人」指陳芸，在未改動原句的情況下有了新意，因此引得眾人大笑。

蘇州南北園是賞油菜花的勝地，清顧祿《清嘉錄》載：「南園、北園，菜花遍放，而北園為尤盛。暖風爛漫，一望黃金。」「青衫白袷，錯雜其中，夕陽在山，猶聞笑語。」古代文人賞花，似無賞油菜花的，到清代油菜花才以其燦爛的金色引起人們的注意，至今則成為人們賞春的美景。

九

貧士起居服食，以及器皿房舍，宜省儉而雅潔。省儉之法曰「就事論事」。余愛小飲，不喜多菜。芸為置一梅花盒，用二寸白磁深碟六隻，中置一隻，外置五隻，用灰漆就，其形如梅花。底蓋均起凹楞，蓋之上有柄如花蒂。置之案頭，如一朵墨梅覆桌，啟蓋視之，如菜裝於花瓣中。一盒六色，二三知己可以隨意取食，食完再添。另做矮邊圓盤一隻，以便放杯箸酒壺之類，隨處可擺，移掇❶亦便。即食物省儉之一端也。余之小帽領❷襪，皆芸自做。衣之破者移東補西，必整必潔，色取闇淡，以免垢跡，既可出客，又可家常。此又服飾省儉之一端也。初至蕭爽樓中嫌其暗，以白紙糊壁，遂亮。夏月樓下去窗，無闌干，覺空洞無遮攔。芸曰：「有舊竹簾在，何不以簾代欄？」余曰：「如何？」芸曰：「用竹數根，黝黑色，一豎一橫，留出走路。截半簾搭在橫竹上，垂至地，高與桌齊。中豎短竹四根，用麻線紮定，然後於橫竹搭簾處，尋舊黑布條，連橫竹裹縫之，既可遮攔飾觀，又不費錢。」此「就事論事」之一法也。以此推之，古人所謂竹頭木屑皆有用❸，良有以也。

夏日荷花初開時，晚含而曉放，芸用小紗囊撮茶葉少許，置花心。明早取出，烹天泉水❹泡之，香韻尤絕。

【注釋】❶移掇　移動收拾。掇，拾掇。❷領　領衣。清代禮服無衣領，另於袍子上加硬領連接於硬領之下的前後兩長片，稱作領衣。❸古人所謂句　《世說新語・政事》載：「陶公（侃）性儉厲，勤於事。作荊州時，敕船官悉錄鋸木屑，不限多少。咸不解此意。後正會，值積雪始晴，聽事前除雪後猶濕，於是悉用木屑覆之，都無所妨。官用竹，皆令錄厚頭，積之如山。後桓宣武伐蜀，裝船，悉以作釘。」❹天泉水　雨水，俗稱天落水。

【語譯】貧窮讀書人的衣食住行，以及器皿、房舍，應儉樸節約，並雅緻整潔，省儉的辦法是「就事論事」，根據實際情況安排一切。我喜歡喝些小酒，不喜歡有很多菜。芸為此做了一個梅花盒：用六隻兩寸大的白磁深碟，中間放一隻，外面一圈放五隻，菜盒用灰漆上色，形狀如梅花，盒底盒蓋都有凹槽，盒蓋上有花蒂狀把柄。菜盒放在案頭，就像一朵墨梅覆蓋桌子。打開蓋子看，好像菜裝在花瓣之中，一盒中有六種菜，兩三個知己朋友可以隨意取食，吃完再添。另做一隻矮邊圓盤，以便擺放杯筷酒壺之類器具，圓盤可以隨處安置，搬移收拾也很方便。這是食物省儉的一個例子。我的小帽衣領襪子，都是芸親手做的，衣服破了，拆東補西，務必整齊乾淨。衣服顏色用暗淡的，看不出污垢的痕跡，既可出門會客穿，也可家常穿。這又是服飾省儉的一個例子。

初到蕭爽樓時，嫌樓中光線太暗，用白紙糊壁，才變得明亮。夏天，樓下卸去窗戶，沒有欄杆覺得空蕩蕩毫無遮攔。芸說：「有舊竹簾，何不用竹簾代替欄杆？」我說：「怎麼做？」芸說：「用竹子數根，取黝黑色的，豎一根橫一根地搭起來，留出進出的空間，截一半竹簾搭在橫竹上，一直垂到地上，高與桌子平。中間豎四根短竹子，用麻線綁住，然後在橫竹搭簾子的地方，用舊黑布條將橫竹包起來縫好，既起到遮攔的作用，而且美觀，又不費錢。」這是「就事論事」的方法之一。以此類推，古人所說竹頭木屑都有用，確實是有道理的。

夏天荷花初綻時，晚上合攏清晨開放。芸用小紗囊包上少許茶葉，放在荷花心裡，第二天早晨取出，用燒開的雨水泡茶，香氣悠遠，味道甘醇，妙不可言。

【研　析】此節寫陳芸節儉度日，用聰慧的構思和靈巧的雙手創造出生活的樂趣。生活的樂趣並不在財富的多少，揮金如土，奢靡淫樂的生活並不能帶來真正的樂趣。樂趣存在於平凡的日常生活中，就看你能不能去發現，去創造。一個人的樂趣體現了他的生活態度和精神境界，不同的人有不同的樂趣，陳芸的樂趣則表現了文人的雅致。

卷三 坎坷記愁

人生坎坷，何為乎來哉？往往皆自作孽耳。余則非也。多情重諾，爽直不羈，轉因之為累。況吾父稼夫公，慷慨豪俠，急人之難，成人之事，嫁人之女，撫人之兒，指不勝屈❶，揮金如土，多為他人。余夫婦居家，偶有需用，不免典質❷，始則移東補西，繼則左支右絀❸。諺云：「處家人情，非錢不行。」先起小人之議，漸招同室之譏。「女子無才便是德」，真千古至言也！

余雖居長而行三，故上下呼芸為「三娘」，後忽呼為「三太太」。始而戲呼，繼成習慣，甚至尊卑長幼，皆以「三太太」呼之。此家庭之變機❹歟？

【注　釋】❶指不勝屈　扳著手指數不過來，形容數量之多。❷典質　典當；抵押。❸左支右絀　指財力或能力不足，窮於應付。絀，短缺；不足。❹機　先兆；徵兆。

【語　譯】人生的坎坷，怎麼會發生的呢？往往是自己作孽形成的。我卻不是這樣的。我感情豐富注重承諾，性格直爽不受拘束，反而因此受累。況且我父親稼夫公，慷慨豪俠，濟貧扶困，解救別人的危難，熱心幫別人辦事，為他人的女兒出嫁籌備聘禮、嫁妝，撫養他人的子女，這樣的事情不勝枚舉，揮金如土，大多是為了別人。我夫婦居家過日子，偶爾急需用錢，不免典押家中財產，開始拆東牆補西牆尚可敷衍，到後來就難以應付了。諺語說：「居家過日子和外出交際應酬，沒有錢不行。」我們的坎坷，起先由小人的議論引起，逐漸招致家人的譏諷。「女子無才便是德」，真是千古名言！

我雖然是家中的長子，但在家族中排行第三，因此上下都稱芸為「三娘」，後來忽然稱「三太太」，開始是開玩笑地叫叫，後來成了習慣，甚至不分尊卑長幼，都稱她為「三太太」。這是家庭發生變故的徵兆嗎？

【研　析】此為〈坎坷記愁〉的小序，概述沈復夫婦遭遇坎坷的原因。沈復夫婦與父母失和，被逐出家門，以致生計匱乏，陳芸貧病而亡，究其原因有三：一是個性所致，多情重諾，反遭小人算計，爽直不羈，為世俗所不容。二是經濟原因，父親揮金如土，又不善理家，家境日益沒落，於是激化了家庭矛盾。三是陳芸遭人妒忌毀謗，「先起小人之議，漸招同室之譏」，遂為父母驅逐。作者的坎坷遭遇，出自社會和家庭的原因，而非自己的過失，因此感歎道：「人生坎坷，何為乎來哉？往往皆自作孽耳。余則非也。」『女子無才便是德』，真千古至言也！」字裡行間，充滿了憤懣不平。

沈家起初稱呼陳芸為「三娘」，後戲稱「三太太」，沈復認為這是家庭變故的徵兆。「三娘」是尊稱，而「三太太」相對「大太太」而言，是地位低下的側室。沈家上下皆以「三太太」稱呼陳芸，說明沈家尊卑顛倒，缺乏禮教，是「家庭之變機」。

一

乾隆乙巳，隨侍吾父於海寧官舍。芸於吾家書中附寄小函。吾父曰：「媳婦既能筆墨，汝母家信付彼司之。」後家庭偶有閒言，吾母疑其述事不當，乃不令代筆。吾父見信非芸手筆，詢余曰：「汝婦病耶？」余即作札問之，亦不答。久之，吾父怒曰：「想汝婦不屑代筆耳。」迨[1]余歸，探知委曲，欲為婉剖[2]。芸急止之曰：「寧受責於翁，勿失歡於姑也。」竟不自白。

庚戌之春，予又隨侍吾父於邗江[3]幕中。有同事俞孚亭者，挈眷居焉。吾父謂孚亭曰：「一生辛苦常在客中，欲覓一起居服役之人而不可得。兒輩果能仰體親意，當於家鄉覓一人來，庶語音相合。」孚亭轉述於余，密札致芸，倩媒物色，得姚氏女。芸以成否未定，未即稟知吾母。其來也，託言鄰女之嬉遊❹者。及吾父命余接取至署，芸又聽旁人意見，託言吾父素所合意者。吾母見之曰：「此鄰女之嬉遊者也，何娶之乎？」芸遂并失愛於姑矣。

壬子春，余館真州❺。吾父病於邗江，余往省，亦病焉。余弟啟堂時亦隨侍。芸來書曰：「啟堂弟曾向鄰婦借貸，倩芸作保，現追索甚急。」余詢啟堂，啟堂轉以嫂為多事，余遂批紙尾曰：「父子皆病，無錢可償，俟啟弟歸時，自行打算可也。」未幾病皆愈，余仍往真州。芸覆書來，吾父拆視之，中述啟弟鄰項事，且云：「令堂以老人之病皆由姚姬而起，翁病稍痊，宜密囑姚託言思家，妾當令其家父母到揚接取，實彼此卸責之計也。」吾父見書怒甚，詢啟堂以鄰項事，答言不知，遂札飭❻余曰：「汝婦背夫借債，讒謗小叔，且稱姑曰令堂，翁曰老人，悖謬之甚！我已專人持札回蘇斥逐，汝若有人心，亦當知過！」余接此札，如聞青天霹靂，即肅❼書認罪，覓騎遄❽歸，恐芸之短見也。到家述其本末，而家人乃持逐書至，厲斥多過，言甚決絕。芸泣曰：「妾固不合妄言，但阿翁當恕婦女無知耳。」越數日，吾父又有手諭至，曰：「我不為已甚，汝攜婦別居，勿使我見，免我生氣足矣。」乃寄芸於外家❾，而芸以母亡弟出，不願往依族中，幸友人魯半舫聞而憐之，招余夫婦往居其家蕭爽樓。越兩載，吾父漸知始末，適余自嶺南❿歸，吾父自至蕭爽樓謂芸曰：「前事我已盡知，汝盍歸乎？」余夫婦欣然，仍歸故宅，骨肉重圓。豈料又有憨園之孽障⓫耶！

【注釋】❶迨　等到。❷剖　分辯；剖析。❸邗江　地名，今屬江蘇揚州。❹嬉遊　遊玩。❺真州　今江蘇儀徵。❻飭　告誡；訓斥。❼肅　用於餽贈或書信，表示尊敬。❽遄　迅速。❾外家　指母親和妻子的娘家。❿嶺南　五嶺以南地區，泛指廣東、廣西一帶。⓫孽障　罪惡。

【語　譯】乾隆乙巳年，我在海寧的官府館舍隨從侍奉父親。每當家中來信，芸便附寄一紙便函給我，父親說：「媳婦既然能寫字，你母親的家信，就交給她負責。」後來家中偶爾有些閒話，母親懷疑芸沒有把事情說清楚，就不讓她代筆。父親見來信不是芸的手筆，問我說：「你媳婦病了嗎？」我當即寫信問她，也沒有回答。時間久了，父親生氣地說：「想來你媳婦不願意代筆。」等到我回家，打聽到其中的緣由，想為芸在父親前婉言辯解。芸急忙制止，說：「寧可受公公的責備，也不能失去婆婆的歡心。」最終也沒有自我表白。

庚戌年的春天，我又隨父親去邗江的幕府，有個名俞孚亭的同事，帶著家眷同住。父親對孚亭說：「一生辛苦，經常客居他鄉，想要找一個照顧我生活起居的人，卻找不到合適的。兒女們如果能體察長輩的心意，應當從家鄉找一個人來，說話口音相同，做事更妥帖。」孚亭將父親的話轉告我，我私自寫信給芸，讓她請媒人物色，找到一個姓姚的女子。芸認為還不能肯定事情能否辦成，沒有立即稟告母親。姚氏女來時，謊稱是鄰居家女孩，過來遊玩的。等到父親讓我把姚氏女接到官署，芸又聽了旁人的意見，謊稱此女是父親早就看中的人。母親看到姚氏女，說：「這是來遊玩的鄰居女孩，為什麼要娶她？」於是芸又失去了婆婆的歡心。

壬子年春天，我住在真州。父親在邗江生病，我去探視，也生病了。弟弟啟堂也在邗江隨從侍奉。芸來信說：「啟堂弟曾向鄰居婦人借債，請芸做保人，現在追討得很急。」我向啟堂詢問此事，啟堂反而覺得嫂子多事，我就在回信中附上一句：「父子都病了，沒有錢還債，等啟堂弟回家時，讓他自己處理就行了。」沒有多久，父親和我的病都好了，我仍然回到真州。芸回信到邗江，父親打開看了，信中說到啟堂弟與鄰居的糾紛，並且說：「令堂認為老人的病都是由姚姬引起的，老人病稍有好轉，應當秘密囑咐姚氏謊稱想家，我會讓她家中父母到揚州接她回去。這是彼此推卸責任的辦法。」父親看到信大怒，問啟堂與鄰居糾紛的事情，啟堂回答不知道有此事，父親就寫信訓斥我：「你媳婦背著丈夫借債，還毀謗小叔，並且稱婆婆為令堂，公公為老人，荒唐至極！我已派專人送信回蘇州，將她趕出家門，你如果稍微有點人心，也應當承認自己的過錯！」我收到這封信，猶如晴天霹靂，當即寫信認罪，雇了坐騎急速趕回，恐怕芸自尋短見。回到家中講述事情的經過，家人帶著父親的逐書也到了，逐書歷訴芸的諸多過失，言辭十分激烈。芸哭著說：「我確實不應該亂說話，可是公公應該寬恕小女子的無知。」過了幾天，父親的親筆信又到了，說：「我也不想把事情做得太過分，你帶著媳婦住到別處，不要讓我看到，不讓我生氣就夠了。」於是把芸送到娘家住，可是芸因為母親已過世，弟弟外出不在家，不願意投靠族人，幸得友人魯半舫聽說此事，同情我們的遭遇，讓我們夫婦住在他家的蕭爽樓。過了兩年，父親逐漸知道事情的原委，正好我從嶺南回來，父親親自到蕭爽樓對芸說：「以前的事情我都清楚了，妳為什麼不回家呢？」我們夫婦很高興，仍然搬回舊居，與家人重新團圓。誰知又有憨園造成的災難！

【研　析】此節寫沈復夫婦第一次被逐出家門。這次被逐，起因有三件事：陳芸因寫信引起公婆誤會；為公公物色小妾失歡於婆婆；公公因啟堂借債事遷怒陳芸。陳芸識文斷字，公公讓她為婆婆代筆書寫家信，婆婆聽信閒言，懷疑她述事不當，不讓她代筆。公公誤認為陳芸不願代筆而大怒。若陳芸沒有文化，寫不成書信，就不會有這些麻煩，無怪乎沈復感歎：『女子無才便是德』，真千古至言也！」陳芸受到莫大委屈，自己不申訴，也不讓丈夫辯白，「寧受責於翁，勿失歡於姑」。這種逆來順受的性格，就像《琵琶記》中的趙五娘，是傳統觀念推崇的賢惠女子的美德。儘管陳芸努力踐行傳統道德，還是不容於封建家庭，陳芸的個人悲劇便具有了歷史和倫理的內涵。

沈復父親客居邗江，孤身寂寞，便動了娶妾的念頭。陳芸受丈夫之託，替公公物色小妾，將姚氏女叫到家中考察。陳芸為謹慎起見，在事情決定之前，沒有向婆婆說明尋妾之事，託言姚氏是來玩耍的鄰家女，及至姚氏臨行之時，「又聽旁人意見，託言吾父素所合意者」，由此引起婆婆的誤會和不滿。作者不經意地插入一句「又聽旁人意見」，說明此事責任不在陳芸，並暗示家庭關係的複雜。

沈復父母對陳芸的不滿由來已久，他們被逐出家門的導火線則是啟堂借貸事。啟堂向鄰婦借貸，陳芸作保，啟堂隨父居邗江，鄰婦索債，找到保人陳芸，陳芸寫信告訴丈夫，本是很正常的事情。可是啟堂卻矢口否認借債的事，引得沈復父親震怒，痛斥陳芸背夫借債，讒謗小叔，都是很嚴重的罪名。沈復夫婦與父母失和，最終被逐出家門，啟堂起了很大的作用，其根由則是經濟糾紛，因此沈復說「處家人情，非錢不行」。

二

芸素有血疾❶，以其弟克昌出亡❷不返，母金氏復念子病沒，悲傷過甚所致。自識憨園，年餘未發。余方幸其得良藥，而憨為有力者奪去，以千金作聘，且許養其母，佳人已屬沙叱利❸矣。余知之而未敢言也。及芸往探始知之，歸而嗚咽，謂余曰：「初不料憨之薄情乃爾也！」余曰：「卿自情癡耳，此中人何情之有哉！況錦衣玉食者未必能安於荊釵布裙也，與其後悔莫若無成。」因撫慰之再三。而芸終以受愚為恨，血疾大發，床席支離❹，刀圭❺無效，時發時止，骨瘦形銷。不數年而逋負❻日增，物議❼日起。老親又以盟妓一端，憎惡日甚。余則調停中立，已非生人之境矣。

芸生一女名青君，時年十四，頗知書，且極賢能，質釵典服，幸賴辛勞。子名逢森，時年十二，從師讀書。余連年無館，設一書畫鋪於家門之內，三日所進，不敷一日所出，焦勞困苦，竭蹶❽時形。隆冬無裘，挺身而過，青君亦衣單股栗，猶強曰不寒。因是芸誓不醫藥。偶能起床，適余有友人周春煦自福郡王幕中歸，倩人繡《心經》❾一部，芸念繡經可以消災降福，且利其繡價之豐，竟繡矣。而春煦行色匆匆，不能久待，十日告成，弱者驟勞，致增腰酸頭暈之疾。豈知命薄者，佛亦不能發慈悲也！

【注釋】❶血疾　指吐血、咳血、便血等出血的疾病。❷出亡　逃亡在外。❸沙叱利　唐傳奇《柳氏傳》載：柳氏與書生韓翃結為夫妻，十分恩愛，後柳氏被蕃將沙叱利奪去，經黃衫客仗義相救，柳氏與韓翃破鏡重圓。❹支離　衰弱；憔悴。❺刀圭　中藥的量器名，也指藥物。❻逋負　債務。❼物議　眾人的議論。❽竭蹶　枯竭；匱乏。❾心經　佛經，全名為《般若波羅蜜多心經》，是大乘佛教出家及在家佛教徒日常背誦的佛經之一。

【語譯】芸向來有血疾，因為她弟弟克昌出逃不回，母親金氏思念兒子生病而亡，她悲傷過度因而得病。自從認識憨園，一年多沒有發病。我正慶幸她的病有了良藥，可是憨園被強勢者奪去，此人以千金作聘禮，並許諾贍養她母親，佳人已歸屬沙叱利了。我知道後未敢對芸明說。等到芸去探望憨園才知道詳情，回家後低聲哭泣，對我說：「當初想不到憨園如此薄情！」我說：「妳自己是情癡，青樓中人有什麼情意啊！何況過慣錦衣玉食日子的人，未必能安心於荊釵布裙的清貧生活，與其事後悔恨，不如當初事情不成。」因此再三安慰勸解。芸始終覺得受到愚弄而痛心，血疾很嚴重地發作，身體衰弱纏綿床榻，吃藥也沒有效果，病情時好時壞，人瘦得變了形。沒有幾年，債務日增，眾人的議論紛紛而起，老母親又因為芸與妓女憨園結盟的事情，對芸更加憎惡。我在中間調停勸解，左右為難，身處難以做人的境地了。

芸生有一女名青君，當時十四歲，讀了不少書，而且極為賢能，為維持生計，典當首飾衣服，全靠她辛勤操勞。兒子名逢森，當時十二歲，正拜師讀書。我多年沒有做幕僚，在家門之內開了一家書畫鋪，三天的收入，不夠一天的支出，辛勞困苦，時露窘困之相。嚴冬沒有皮衣，只能挺身熬過，青君也是衣服單薄，凍得打顫，還硬撐著說不冷。為節約開支，芸發誓不再延醫吃藥。偶爾能起床，恰巧我的朋友周春煦從福郡王幕府回來，要請人繡一部《心經》，芸想繡佛經可以消災降福，而且貪圖繡經報酬的豐厚，居然應承了。春煦行程匆忙，不能久待，芸用了十天繡成《心經》。芸身體本就虛弱，突然如此勞累，又增添了腰酸頭暈的毛病。哪裡知道薄命人，菩薩也不能發慈悲保佑她！

【研　析】此節寫陳芸因憨園負約而血疾大發，家庭生活陷於困境。陳芸因弟克昌出亡不返，母金氏念子病歿，悲痛過甚，遂罹血疾。陳毓羆《浮生六記》研究》據芸臨終前，沈復說「卿病八年」，芸卒於嘉慶八年（西元一八〇三年），上推八年，為乾隆六十年（西元一七九五年），遂考定陳芸於此年得血疾。然上文說到沈復夫婦被逐出家門，「乃寄芸於外家，而芸以母亡弟出，不願往依族中」。沈復夫婦首次遭逐在乾隆五十七年（西元一七九二年），陳芸因母亡弟出而得血疾，當在乾隆五十七年遷居蕭爽樓之前。

寫沈復夫婦身陷絕境，「三日所進，不敷一日所出，焦勞困苦，竭蹶時形。隆冬無裘，挺身而過」，筆調極其淒苦。寫「青君亦衣單股栗，猶強曰不寒」，一個小女孩如此解事，如此堅強，更見酸楚。

陳芸重病在身，因家中經濟入不敷出，「誓不醫藥」，還抱病繡佛經，以此補貼家用，可見其自尊自立的倔強性格，令人聯想到《紅樓夢》中晴雯抱病為寶玉補孔雀裘的場景。

陳芸因憨園事血疾大作，吃藥調理，花了很多錢，沒有幾年便債臺高築，家人議論紛紛。與憨園結交和債務日增，為沈復夫婦第二次遭逐設下伏筆，可見作者行文之細密。

三

繡經之後，芸病轉增，喚水索湯，上下厭之。有西人❶賃屋於余畫鋪之左，放利債為業，時倩余作畫，因識之。友人某向渠借五十金，乞余作保，余以情有難卻，允焉，而某竟挾資遠遁。西人惟保是問，時來饒舌，初以筆墨為抵，漸至無物可償。歲底，吾父家居，西人索債，咆哮於門。吾父聞之，召余呵斥曰：「我輩衣冠之家，何得負此小人之債。」正剖訴間，適芸有自幼同盟姊適錫山華氏，知其病，遣人問訊。堂上誤以為憨園之使，因愈怒曰：「汝婦不守閨訓❷，結盟娼妓；汝亦不思習上，濫伍小人。若置汝死地，情有不忍，姑寬三日限，速自為計，遲必首❸汝逆❹矣。」芸聞而泣曰：「親怒如此，皆我罪孽。妾死君行，君必不忍；妾留君去，君必不捨。姑密喚華家人來，我強起問之。」因令青君扶至房外，呼華使問曰：「汝主母特遣來耶？抑便道來耶？」曰：「主母久聞夫人臥病，本欲親來探望，因從未登門，不敢造次，臨行囑咐：『儻夫人不嫌鄉居簡褻❺，不妨到鄉調養，踐幼時燈下之言。』」蓋芸與同繡日，曾有疾病相扶之誓也。因囑之曰：「煩汝速歸，稟知主母，於兩日後放舟密來。」

其人既退，謂余曰：「華家盟姐，情逾骨肉，君若肯至其家，不妨同行，但兒女攜之同往既不便，留之累親又不可，必於兩日內安頓之。」時余有表兄王藎臣一子名韞石，願得青君為媳婦。芸曰：「聞王郎懦弱無能，不過守成❻之子，而王又無成可守。幸詩禮之家，且又獨子，許之可也。」余謂藎臣曰：「吾父與君有渭陽❼之誼，欲媳青君，諒無不允。但待長而嫁，勢所不能。余夫婦往錫山後，君即稟知堂上，先為童媳，何如？」蓋臣喜曰：「謹如命。」逢森亦託友人夏揖山轉薦學貿易。

安頓已定，華舟適至，時庚申之臘⑧廿五日也。芸曰：「孑然⑨出門，不惟招鄰里笑，且西人之項無著，恐亦不放，必於明日五鼓悄然而去。」余曰：「卿病中能冒曉寒耶？」芸曰：「死生有命，無多慮也。」密稟吾父，亦以為然。是夜，先將半肩行李挑下船，令逢森先臥。青君泣於母側，芸囑曰：「汝母命苦，兼亦情癡，故遭此顛沛。幸汝父待我厚，此去可無他慮。兩三年內，必當佈置重圓。汝至汝家須盡婦道，勿似汝母。汝之翁姑以得汝為幸，必善視汝。所留箱籠什物，盡付汝帶去。汝弟年幼，故未令知，臨行時託言就醫，數日即歸，俟我去遠，告知其故，稟聞祖父可也。」旁有舊嫗，即前卷中曾賃其家消暑者，願送之鄉，故是時陪侍在側，拭淚不已。

將交五鼓，暖粥共啜之。芸強顏笑曰：「昔一粥而聚，今一粥而散，若作傳奇，可名《吃粥記》矣。」逢森聞聲亦起，呻曰：「母何為？」芸曰：「將出門就醫耳。」逢森曰：「起何早？」曰：「路遠耳。汝與姊相安在家，毋討祖母嫌。我與汝父同往，數日即歸。」雞聲三唱，芸含淚扶嫗，啟後門將出，逢森忽大哭曰：「噫，我母不歸矣！」青君恐驚人，急掩其口而慰之。當是時，余兩人寸腸已斷，不能復作一語，但止以「勿哭」而已。青君閉門後，芸出巷十數步，已疲不能行，使嫗提燈，余背負之而行。將至舟次⑩，幾為邏者所執，幸老嫗認芸為病女，余為婿，且得舟子皆華氏工人，聞聲接應，相扶下船。解維後，芸始放聲痛哭。是行也，其母子已成永訣矣。

【注釋】❶西人　古時對山西、陝西人的稱呼。❷閨訓　舊時女子應該遵守的禮儀。❸首　告發。❹逆忤逆不孝。❺簡褻　怠慢。❻守成　保持前人的成就和業績。❼渭陽　舅父的代稱。《詩經・秦風・渭陽》：「我送舅氏，曰至渭陽」，後以渭陽代稱舅父。❽臘　臘月，農曆十二月。❾孑然　孤單。❿舟次　停船的地方；碼頭。

【語譯】繡經之後，芸的病情加劇，索要湯水，全靠人服侍，惹得家中上下都厭煩她。有個西人在我畫鋪左邊租了間房，以放高利貸為生，經常請我作畫，因此與他結識。朋友某人向他借了五十兩銀子，求我做保人，我情面難卻，就答應了，誰知某人居然拿了錢逃跑了。西人只追究保人的責任，常來吵鬧，起初用字畫作抵償，漸漸地無物可償。年底，父親住在家中，西人來討債，在門口大吵大鬧。父親聽到，把我叫去責問：「我們是書香門第，怎麼會欠這種小人的債。」我正在辯解的時候，恰巧芸幼時的結拜姐妹，後來嫁給錫山華氏，知道芸生病，派人前來問候。父親誤以為是憨園派來的人，因而愈加憤怒，說：「你媳婦不守閨訓，與娼妓結拜，你也不想上進，濫交朋友，與小人為伍。如果將你置於死地，又不忍心，姑且寬限你三天，趕緊搬家，自謀生計，若延遲不搬，必定告發你忤逆不孝。」芸聽說此事，哭著說：「父親如此憤怒，都是我的罪孽。若我死你活著，你一定不忍心；若我留下你離開，你一定捨不得。姑且悄悄地把華家來人叫過來，我掙扎起來問問他。」於是讓青君攙扶到房外，叫華家來人問道：「你主母是特地派你來呢？還是順道而來？」華家來人說：「主母早就聽說夫人生病，本打算親自來探望，因為從來沒有上過門，不敢貿然行事，臨行囑咐：『倘若夫人不嫌住到鄉下受怠慢，不妨到鄉下調養，也可履行幼時在燈下的盟言。』」芸當年與華夫人一起做女紅的時候，曾有這樣的誓言：若有人生病，一定要互相幫助扶持。芸因此囑咐道：「麻煩你速速回去，稟告主母，兩天後秘密地放船過來。」

華家來人走後，芸對我說：「華家的結拜姐姐，與我的感情超越親生骨肉，你若肯去她家，不妨同行，但是帶著兒女同去不方便，又不能留在家裡拖累雙親，必須在兩日之內把他們安頓好。」當時我的表兄王藎臣有一子名韞石，願娶青君做媳婦。芸說：「聽說王郎懦弱無能，不過是個守著家業過日子的人，可是王家又無家業可守。幸虧王家是知詩識禮的人家，王郎又是獨子，可以答應這門親事。」於是我對藎臣說：「我父親與你有舅甥之誼，你要青君做兒媳，想來不會不應允。但是要等到青君長大了再嫁過門，按照現在的情形是不可能的。我夫婦去錫山後，你就稟告我父親，先讓青君去你家做童養媳，你看如何？」藎臣高興地說：「遵命。」逢森也託友人夏揖山介紹去學生意。

安頓妥當，華府的船也到了，這天是庚申臘月廿五日。芸說：「我們這樣冷冷清清地出門，不僅會招鄰居嘲笑，而且西人的債務尚無著落，恐怕也不會放我們離開，必須在明天五更時分悄然離去。」我說：「妳在病中，能禁得住拂曉的寒冷嗎？」芸說：「死生有命，不必考慮太多。」悄悄地稟告父親，父親也認為這樣比較妥當。這天夜裡，先將半擔行李挑下船，讓逢森先去睡覺。青君在母親身旁哭泣，芸囑咐道：「妳母親命苦，又是個癡情的人，所以遭受這樣的顛沛流離，幸虧妳父親待我很好，這次外出再沒有什麼可擔心的。兩三年內，必當努力安排，讓全家重新團圓。妳到婆家後，必須恪守婦道，不要像妳母親那樣。妳的公公、婆婆以有妳這樣的兒媳而感到慶幸，必定會好好待妳。留下的箱籠什物，全給妳帶去。妳弟弟年幼，因此不能讓他知道我們離家出走的事情，臨走時說去看醫生，過幾天就回來，等我走遠了，再告訴他事情的真相，然後稟告祖父我們已去，這樣就可以了。」旁邊有一老婦，就是前卷中提到租她家房屋避暑的，願意送我們到錫山鄉下，因此當時陪伴在身邊，見此情形也很傷感，不停地擦著眼淚。

將近五更天，熱了粥一起喝。芸勉強地笑著說：「往日相聚時喝粥，今日離別時也喝粥，如果寫一本傳奇，可用《吃粥記》作戲名。」逢森聽到聲音也起來了，哼哼唧唧地說：「母親要做什麼？」芸說：「將出門看醫生。」逢森說：「為什麼起來得這麼早？」芸說：「路遠啊。你和姐姐好好地待在家裡，不要讓祖母討厭。我與你父親一起去，幾天就回來。」雞叫三聲，芸含著眼淚，在老婦的攙扶下，開了後門正要出去，逢森忽然大哭，說：「唉，我的母親不回來了！」青君恐怕驚動別人，急忙捂住他的嘴，一邊安慰他。當時，我夫婦兩人悲傷得肝腸寸斷，再也說不出話來，只是勸阻逢森「不要哭」罷了。青君關門後，芸走出巷子十幾步，已經累得走不動，於是讓老婦提燈，我背著芸走。將到碼頭的時候，幾乎被巡邏的人抓住，幸得老婦說芸是她生病的女兒，我是她的女婿，才放我們過去。船夫都是華家的工人，聽到動靜前來接應，攙扶我們下船。開船後，芸才放聲痛哭。這一走，竟成了母子的永別。

【研　析】 此節寫沈復夫婦第二次被逐出家門。這次被逐起因於債務糾紛。友人借債，讓沈復作保，友人躲債遠遁，債主找到沈復門上吵鬧，沈復父親誤認沈復欠債，有辱門風，大為惱火。陳芸盟姐華氏派下人探望陳芸，又被誤認為是憨園派來的，指責陳芸不守閨訓，與娼妓結盟。這兩件事，被沈復父親認為忤逆不孝，顯示出封建家長的主觀武斷，不通人情。沈復夫婦遭驅逐，還有一個作者沒有明說的原因，即「繡經之後，芸病轉增，喚水索湯，上下厭之」。由此可見世態炎涼，人情澆薄。

沈復夫婦離家情形，極為淒涼悲慘。沈復離家時，先要安頓好子女。陳芸明知王韞石懦弱無能，但在無奈之下，只能將青君送到王家做童養媳。在封建社會，只有貧窮人家迫於生計，才將女兒送給別人當童養媳，其在家中地位與丫鬟無異。沈復出身於衣冠之族，也算個讀書人，卻讓女兒去做童養媳，也是潦倒之極了。兒子逢森則去學生意，有個安身之處。在古代，萬般皆下品，唯有讀書高，士農工商，商居末位。明清時期，商人的地位有所提高，出現了一些出入於上層社會，與官紳往來周旋的富商巨賈，但像逢森這樣去當學徒，依然處於社會最底層。

陳芸臨行之際，諄諄囑咐青君：「汝母命苦，兼亦情癡，故遭此顛沛。」「汝至汝家須盡婦道，勿似汝母」，語言何等沉痛。陳芸直截了當地聲稱，自己不為沈家所容，是不守婦道，顯示出她的叛逆精神。她的不守婦道，主要體現在「情癡」。所謂情癡，是對包括愛情、友情在內一切美好事物的執著追求，是率性而行，不受羈縛的行為方式。她敢說敢做，敢愛敢恨，只是順著自己的心意行事，並不顧及他人的感受。然而，她張揚的個性並不能衝破禮教的銅牆鐵壁，長期受到的傳統教育與叛逆精神的碰撞，使她內心充滿矛盾和痛苦，這就註定了她的命運悲劇。她不願女兒重蹈覆轍，用自己慘痛的生活經驗教導女兒，要恪守婦道，孝順公婆，這樣才能過上安穩的日子。

陳芸因不守婦道被逐出家門，是不光彩的事情，為避免驚動家人和鄰居，只能在五更夜色未盡時倉皇出走。為防止臨走時逢森哭鬧，騙他外出就醫，數日即回，並乘他睡著時離去。逢森忽然驚醒，大哭曰：「噫，我母不歸矣！」青君恐驚動旁人，急掩其口而慰之。作者通過人物語言和行為的描寫，將沈復一家人沉痛悲戚的內心和驚惶不安的神情刻畫得入木三分。生離死別的場景，不僅使沈復夫婦寸腸已斷，也讓讀者酸楚不已。

作者描寫沈復一家人離別，滿篇悲風愁霧，卻在其中插入一段吃粥趣事，在陰冷的畫面中抹上一道亮色。芸在吃粥時，強顏笑曰：「昔一粥而聚，今一粥而散，若作傳奇，可名《吃粥記》矣。」在如此傷痛的時刻，陳芸還有心情開玩笑，足見其內心之堅強，以及對往昔歡樂時光的留戀。然而插入的玩笑，更襯托出離別的苦楚，陳芸強顏歡笑，比哭更令人傷心，這便是作者高明之處。

四

華名大成，居無錫之東高山，面山而居，躬耕為業，人極樸誠。其妻夏氏，即芸之盟姊也。是日午未之交❶，始抵其家。華夫人已倚門而待❷，率兩小女至舟，相見甚歡。扶芸登岸，款待殷勤。四鄰婦人孺子哄然入室，將芸環視，有相問訊者，有相憐惜者，交頭接耳，滿屋啾啾❸。芸謂華夫人曰：「今日真如漁父入桃源❹矣。」華曰：「妹莫笑，鄉人少所見多所怪耳。」自此相安度歲。

【注釋】❶午未之交　古代以十二地支計時，午時相當於十一點至十三點，未時相當於十三點至十五點，午未之交為十三點，即下午一點。❷倚門而待　形容父母盼望子女歸家的迫切心情，此處指華夫人盼芸到來之心殷切。❸啾啾　形容聲音嘈雜。❹漁父入桃源　陶淵明〈桃花源記〉寫漁夫誤入桃花源，桃花源中人都是祖先為避秦亂而來到這個與世隔絕的地方，他們不知有漢，無論魏晉，見到外面來的漁夫，都感到十分驚奇。

【語譯】華夫人的丈夫名大成，住在無錫的東高山，住處面臨山峰，以躬耕務農為業，人極為樸實誠懇。他的妻子夏氏，就是芸的結拜姐妹。當天下午一點，才抵達她家。華夫人已在門上等候，帶了兩個小女兒到船上迎接，兩人相見十分高興。華夫人扶芸上岸，殷勤地款待我們。周圍鄰居的女人和小孩鬧哄哄地湧進房內，圍著芸不住打量，有人好奇地提出各種問題，有人對芸的遭遇表示憐惜，竊竊私語，滿屋子一片嘈雜聲。芸對華夫人說：「今日真如漁夫進入桃花源了。」華夫人說：「妹妹不要笑話，鄉下人少見多怪罷了。」從此安逸地過了年。

【研析】此節是過渡性文字，沈復夫婦在無錫華氏家中生活情況，以「相安度歲」一筆帶過。沈復夫婦初到華氏家中，鄰居婦人都來探望，交頭接耳，滿屋啾啾，煞是熱鬧。文章開頭交代，華氏居無錫東高山，面山而居，躬耕為業，則地處農村，鄰居婦人皆是村婦，因此對從蘇州城裡來的陳芸充滿了好奇，毫無顧忌地追根問底，並對她的遭遇表示同情。寥寥幾筆，勾勒出鄉村婦女魯樸好奇、豪爽熱情的本色，饒有情趣。

五

至元宵，僅隔兩旬而芸漸能起步。是夜觀龍燈於打麥場中，神情態度，漸可復元。余乃心安，與之私議曰：「我居此非計，欲他適而短於資，奈何？」芸曰：「妾亦籌之矣。君姊丈范惠來現於靖江❶鹽公堂❷司會計，十年前曾借君十金，適數不敷，妾典釵湊之，君憶之耶？」余曰：「忘之矣。」芸曰：「聞靖江去此不遠，君盍一往？」余如其言。

時天頗暖，織絨❸袍、嗶嘰❹短褂猶覺其熱，此辛酉正月十六日也。是夜宿錫山客旅，賃被而臥。晨起，趁江陰❺航船，一路逆風，繼以微雨。夜至江陰江口，春寒徹骨，沽酒禦寒，囊為之罄。躊躇終夜，擬卸襯衣，質錢而渡。十九日，北風更烈，雪勢猶濃，不禁慘然淚落。暗計房資、渡費，不敢再飲。正心寒股栗間，忽見一老翁，草鞋氈笠，負黃包，入店，以目視余，似相識者。余曰：「翁非泰州❻曹姓耶？」答曰：「然。我非公，死填溝壑矣。今小女無恙，時誦公德。不意今日相逢。何逗留於此？」蓋余幕泰州時，有曹姓，本微賤，一女有姿色，已許婿家，有勢力者放債謀其女，致涉訟。余從中調護，仍歸所許。曹即投入公門為隸，叩首作謝，故識之。余告以投親遇雪之由，曹曰：「明日天晴，我當順途相送。」出錢沽酒，備極款洽❼。二十日，曉鐘初動，即聞江口喚渡聲。余驚起，呼曹同濟❽。曹曰：「勿急，宜飽食登舟。」乃代償房飯錢，拉余出沽。余以連日逗留，急欲趕渡，食不下咽，強啖麻餅兩枚。及登舟，江風如箭，四肢發戰。曹曰：「聞江陰有人縊於靖，其妻雇是舟而往，必俟雇者來始渡耳。」枵腹⑨忍寒，午始解纜。

至靖，暮煙四合矣。曹曰：「靖有公堂兩處，所訪者城內耶？城外耶？」余踉蹌隨其後，且行且對曰：「實不知其內外也。」曹曰：「然則且止宿，明日往訪耳。」進旅店，鞋襪已為泥淤濕透，索火烘之。草草飲食，疲極酣睡。晨起，襪燒其半。曹又代償房飯錢。訪至城中，惠來尚未起，聞余至，披衣出，見余狀驚曰：「舅何狼狽至此？」余曰：「姑勿問。有銀乞借二金，先遣送我者。」惠來以番餅⑩二圓授余，即以贈曹。曹力卻，受一圓而去。余乃歷述所遭，并言來意。惠來曰：「郎舅至戚，即無宿逋，亦應竭盡綿力，無如航海鹽船新被盜，正當盤賬之時，不能挪移豐贈，當勉措番銀二十圓，以償舊欠，何如？」余本無奢望，遂諾之。留住兩日，天已晴暖，即作歸計。

二十五日，仍回華宅。芸曰：「君遇雪乎？」余告以所苦。因慘然曰：「雪時，妾以君為抵靖，乃尚逗留江口。幸遇曹老，絕處逢生，亦可謂吉人天相⓫矣。」越數日，得青君信，知逢森已為揖山薦引入店。蓋臣請命於吾父，擇正月二十四日將伊接去。兒女之事粗能了了，但分離至此，令人終覺慘傷耳。

【注釋】❶靖江　今江蘇靖江市。❷鹽公堂　管理鹽務的衙門。❸織絨　用羊毛織成的衣料。❹嗶嘰　一種有斜紋的衣料，有毛織和棉織兩種。❺江陰　今江蘇江陰，在長江南岸。❻泰州　今江蘇泰州市。❼款洽　親熱；親切。❽濟　渡河。❾枵腹　空著肚子。❿番餅　洋錢，舊時對流入中國的外國銀元的俗稱。⓫吉人天相　謂善人自有上天保佑。

【語譯】到了元宵節，僅過了二十天，芸就慢慢地能下床行走了。這天晚上在打麥場上觀看龍燈，從她的神情態度看，正在逐漸復元。我放心了，與芸私下商議：「我住在這裡不是長久之計，想去別的地方卻沒有錢，怎麼辦？」芸說：「我也考慮到了。你的姐夫范惠來現在靖江的鹽公堂做會計，十年前曾向你借過十兩銀子，當時我們的錢不足，我典賣了釵子才湊夠數，你還記得嗎？」我說：「忘了。」芸說：「聽說靖江離這兒不遠，你何不去一次？」我就照她的話辦。

當時天氣很暖和，穿織絨袍、嗶嘰短褂還覺得熱，這天是辛酉年（西元一八〇一年）的正月十六日。當天晚上住在錫山旅店，租了床被子睡下。早晨起來，趁江陰的客船，一路逆風而行，接著下起細雨。夜晚到達江陰渡口，春寒刺骨，喝酒禦寒，錢都買了酒，囊中羞澀，一文不名了。盤算終夜，打算脫下襯衣，換錢渡江。十九日，北風更加猛烈，雪花飛舞紛紛揚揚，身處其境，不禁傷心落淚。手中只有典當襯衣換來的一些錢，心中計算住店和渡江的費用，不敢再買酒喝了。正當心中淒苦，身打冷戰的時候，忽然看到一個老漢，腳穿草鞋，頭戴氈帽，身背黃包裹，進入店內，注視著我，似乎與我相識。我說：「老漢不是泰州姓曹的嗎？」老漢回答說：「是啊。沒有您，我早就橫屍荒野了。如今小女安好，經常念誦您的恩德。想不到今日能夠相逢，您為何逗留於此？」當年我在泰州幕府時，有個姓曹的，出身微賤，有一個女兒頗有姿色，已經許配給人家。一個有勢力的人放債給曹老漢，要用他女兒抵債，因此打起官司。我從中調解，曹家女兒仍然嫁給原有婚約的人家。曹老漢就投身公門當衙役，見到我磕頭作謝，因此我認識他。我告訴他去靖江投親，遇雪滯留的經過，曹說：「明日天晴，我當順路護送您。」曹出錢買酒，十分熱情地款待我。二十日，清晨的鐘聲剛響，就聽到江邊呼喊開船的聲音。我趕緊起來，叫曹一同過江。曹說：「不要急，應當吃飽了再上船。」曹代我付清房錢和飯費，拉我出去喝酒。我因為逗留了好幾天，急於渡江，無心吃飯，勉強吃了兩個麻餅。上船時，江風如箭強勁刺骨，冷得四肢打戰。曹說：「聽說有個江陰人在靖江上吊自殺，他的妻子雇了這條船去料理喪事，一定要等雇船的人到了才能渡江。」我饑寒交迫，直到中午才解纜開船。

到了靖江已是傍晚，煙靄四處瀰漫。曹說：「靖江有兩處公堂，您造訪的公堂在城內？還是城外？」我踉踉蹌蹌地跟在他後面，一邊走一邊說：「我不知道到底是在城內還是城外。」曹說：「那就暫且住一晚，到明天再去尋訪。」進入旅店，鞋襪已被淤泥濕透，找火烘乾，匆忙吃過飯，因為疲勞至極，酣然入睡。早晨起來，才發現襪子被燒掉一半，曹又代我付了房錢飯費。尋訪到城中，惠來還未起床，聽說我到了，披著衣服就出來，看到我落拓的樣子，驚訝地問：「阿舅為何如此狼狽？」我說：「你暫且別問，有銀子借我二兩，先打發送我來的人。」惠來給我兩圓番銀，我就送給曹老漢。曹極力推卻，最終收了一圓離開。待曹走後，我就向惠來細細訴說自己的遭遇，並說明來意。惠來說：「郎舅是最近的親戚，即使沒有舊債，亦應當盡我所能幫助你。無奈最近航海的鹽船被盜，正在清理賬目的當口，我無法挪用更多的銀兩給你，就勉強籌措二十圓番銀，用來償還舊債，怎麼樣？」我本來沒有什麼奢望，就答應了。留在靖江住了兩天，天已放晴轉暖，就打算回家。

二十五日，仍然回到華宅。芸說：「你在路途中遇到雪了嗎？」我告訴她旅途所遭受的困苦，芸淒慘地說：「下雪時，我以為你已經到靖江，誰知還滯留在江口。幸虧碰見曹老，絕處逢生，也可說是吉人天相了。」過了幾天，收到青君的信，知道逢森已由揖山介紹到店中學生意，蓋臣向我父親請示定於正月二十四日將她接去。兒女的事情，大致安排妥當，但家人離散，終究令人悲傷。

【研　析】此節寫初赴靖江索債。江陰遇雪，極言路途之艱苦。因囊中羞澀，盤纏短缺，只能典衣渡江，飢寒交加。「正心寒股栗間，忽見一老翁，草鞋氈笠，負黃包，入店，以目視余，似相識者」，曹某的出現，使事情的發展有了逆轉。文章於此補敘昔日沈復在泰州作幕僚時，曾有恩於曹某，因此曹某自願護送沈復前往靖江，並代他償付房錢飯費。敘事委曲詳盡，且多有細節描寫，如曹某「以目視余，似相識者」，把曹某覺得沈復面熟，卻不敢貿然相認的情態刻畫得很生動。又如「進旅店，鞋襪已為泥淤濕透，索火烘之。草草飲食，疲極酣睡。晨起，襪燒其半」，鞋襪為淤泥濕透，可見旅途的艱辛，與前文「余踉蹌隨其後」相照應；草草飲食，疲極酣睡，以致襪燒其半尚未覺，寫奔走數日，疲憊已極。曹某突如其來，悄然而去，落墨雖不多，形象卻很鮮明。曹某護送沈復至靖江，兩次代付房錢飯費，到靖江後，沈復借了兩圓番銀酬謝曹某，「曹力卻，受一圓而去」，刻畫了一個知恩圖報，慷慨豪爽的小人物形象。曲折的情節，生動的細節，鮮明的人物，便有了小說的意味。

六

二月初，日暖風和，以靖江之項薄備行裝，訪故人胡肯堂於邗江鹽署❶。有貢局❷眾司事公延❸入局，代司筆墨，身心稍定。至明年壬戌八月，接芸書曰：「病體全瘳，惟寄食於非親非友之家，終覺非久長之策，願亦來邗，一睹平山❹之勝。」余乃賃屋於邗江先春門❺外，臨河兩椽。自至華氏接芸同行，華夫人贈一小奚奴❻曰阿雙，幫司炊爨，并訂他年結鄰之約。時已十月，平山淒冷，期以春遊。滿望散心調攝⑦，徐圖骨肉重圓。不滿月，而貢局司事忽裁十有五人，余係友中之友，遂亦散閒。芸始猶百計代余籌劃，強顏慰藉，未嘗稍涉怨尤。

至癸亥仲春，血疾大發，余欲再至靖江，作「將伯」之呼⑧。芸曰：「求親不如求友。」余曰：「此言雖是，奈友雖關切，現皆閒處，自顧不遑⑨。」芸曰：「幸天時已暖，前途可無阻雪之慮。願君速去速回，勿以病人為念。君或體有不安，妾罪更重矣。」時已薪水不繼，余佯為雇騾以安其心，實則囊餅徒步，且食且行。向東南，兩渡叉河⑩，約八九十里，四望無村落。至更許，但見黃沙漠漠，明星閃閃，得一土地祠，高約五尺許，環以短牆，植以雙柏。因向神叩首，祝曰：「蘇州沈某投親失路至此，欲借神祠一宿，幸神憐佑。」於是移小石香爐於旁，以身探之，僅容半體。以風帽反戴掩面，坐半身於中，出膝於外。閉目靜聽，微風蕭蕭而已。足疲神倦，昏然睡去。及醒，東方已白。短墻外忽有步語聲，急出探視，蓋土人⓫趕集經此也。問以途，曰：「南行十里，即泰興縣城，穿城向東南，十里一土墩，過八墩即靖江，皆康莊也。」余乃反身，移爐於原位，叩首作謝而行。過泰興，即有小車可附。

申刻抵靖，投刺⓬焉，良久，司閽者⓭曰：「范爺因公往常州去矣。」察其辭色，似有推託。余詰之曰：「何日可歸？」曰：「不知也。」余曰：「雖一年亦將待之。」閽者會余意，私問曰：「公與范爺嫡郎舅耶？」余曰：「苟非嫡者，不待其歸矣。」閽者曰：「公姑待之。」越三日，乃以回靖告，共挪⓮二十五金。

【注釋】❶鹽署　管理鹽務的衙門。❷貢局　管理鹽稅的機構。❸公延　共同推薦。延，延請；邀請。❹平山　在今揚州北城區平山鄉。❺先春門　即海寧門，又稱大東門，位於揚州城西。❻奚奴　奴僕。❼調攝　調理保養。❽將伯之呼　《詩經・小雅・正月》：「將伯助予」，意謂請長者助我，後以將伯之呼表示請求別人的幫助。❾自顧不遑　即自顧不暇，自己顧自己還來不及。遑，閒暇；空閒。❿叉河　支流；小河。⓫土人　當地人。⓬投刺　遞上名帖。刺，名片。⓭司閽者　看門人。閽，《說文》：「常以昏閉門隸也」。⓮挪　挪借；借用。

【語　譯】二月初，天氣暖和，微風和暢，因為有了靖江所得款項，就準備了簡單的行裝，到邗江鹽署拜訪老朋友胡肯堂，有貢局眾位管事的人共同邀請我到局裡辦事，代他們負責起草文書，身心稍為安定。到明年壬戌年八月，接到芸的來信，說：「病已痊癒，只是寄居在非親非友的人家，終究覺得不是長久之計，想也來邗江，看一看平山的優美風景。」我就在邗江的先春門外租了一所住宅，是臨河的兩間房，親自到華氏家中，接芸一起去邗江。華夫人送了一個名叫阿雙的小僕人，幫我們燒飯，並約定過幾年再做鄰居。當時已是十月份，平山淒清寒冷，就期待春遊。滿心指望在邗江散心調養，從容籌劃骨肉重新團聚的事情。誰知不到一個月，貢局的辦事員忽然裁減十五人，我本是通過朋友的朋友推薦到貢局做事的，於是也失去了工作，成了一個閒散之人。芸起初還千方百計地為我籌劃，故作鎮定地安慰我，從未有埋怨不滿的意思。

癸亥年二月，芸的血疾發作得非常厲害。我想再去靖江尋求援助。芸說：「求親戚不如求朋友。」我說：「這話雖然不錯，無奈朋友雖然關係密切，但現在都沒有工作，閒居在家，自己顧自己還來不及呢。」芸說：「幸好現在天氣已經暖和，行進途中沒有大雪封路的憂慮，願你速去速回，不要掛念病人。你外出多保重，如果身染疾病，我的罪孽更重了。」當時日常生活費用已經難以為繼，我假裝雇頭騾子上路，可以讓她安心，其實在行囊中裝些麵餅，徒步上路，邊吃邊走。向東南方行進，渡過兩條小河，大約走了八九十里，眺望四方沒有一處村落。走到一更時分，只見黃沙無際，星光閃爍，找到一個土地祠，五尺多高，四周矮牆環繞，祠前種了兩棵柏樹。我就向土地神磕頭禱告，說：「蘇州沈某投親，迷路來到這兒，想借神祠住宿一晚，請神靈可憐保佑我。」於是把祠前的石頭小香爐移到邊上，把身子伸進去，只能容納一半身子。反戴風帽遮住面孔，一半身體靠坐在祠中，膝蓋伸出祠外。閉目靜聽，只有微風的蕭蕭聲。腳走累了，精神困倦，便酣然入睡。等到醒來，東方的天色已亮，短牆外忽傳來腳步聲和說話聲，急忙出來探視，原來是當地人趕集經過這裡。向他們問路，說：「往南走十里，就是泰興縣城，穿過城向東南，十里一個土墩，過八個土墩就是靖江，都是平坦的大路。」於是我回過身來，把香爐移到原位，磕頭謝神，然後出發。過了泰興，就有小車可以搭乘。

申時抵達靖江，遞上我的名片，過了很久，看門人說：「范爺因公務去常州了。」觀察他的言辭神色，似乎有意推託。我問看門人：「他什麼時候可以回來？」看門人說：「不知道。」我說：「就是一年才回來，我也要等他。」看門人明白了我的心意，悄悄地問：「你與范爺是嫡親的郎舅嗎？」我說：「如果不是嫡親的，就不等他回來了。」看門人說：「你姑且等著。」過了三天，告訴我范已回靖江，我總共向他挪借了二十五兩銀子。

【研析】此節寫沈復二度往靖江借貸事。

沈復夫婦不願寄人籬下，遷居邗江。沈復好不容易在鹽署謀了份差事，卻因裁員而失業，陳芸以帶病之身操心家務，還要「強顏慰藉」，顯示陳芸的精明能幹和內心的堅強，反襯出沈復的無能和軟弱。從書中描述的情形看，沈復是個詩酒風流的文人，不諳世務，不善治家，一切全靠妻子籌劃安排。然而在古代，這並不算缺點，而是清高脫俗的表現。陳芸勉強維持到癸亥仲春，血疾大發，沈復束手無策，不得不再往靖江向親戚借貸。原文「芸始猶百計代余籌劃」至「余欲再至靖江，作『將伯』之呼」，「始猶」後當有「繼則」相呼應，中間文字似有省略，在血疾大發之後，應加上陳芸無力視事，生活更為艱難這樣意思的話，語意才完整。書中文字多有類似的省略，須讀者細心體會。

沈復第二次去靖江，比第一次去時情形更為窘迫。為省盤纏，捨不得花錢雇騾代步，帶了乾糧且食且行。夜晚宿在土地祠，半個身子露在外面，坐靠著睡到天明。一個出身於大家的讀書人，淪落到如此地步，只能感歎命運不濟。

沈復到靖江，姐夫范惠來開始避而不見，因沈復堅持不肯離去，等了三天，才借到二十五兩銀子。作者在客觀的敘述中，隱約露出對范惠來的不滿，「良久，司閽者曰：『范爺因公往常州去矣。』察其辭色，似有推託」。世態炎涼，嫌貧愛富人之常情，范惠來最終看在親戚分上，借了二十五兩銀子，在當時也不是個小數，因此作者的語氣還是相當克制的。

陳芸離開無錫時，作者特地交代華夫人贈一小奚奴曰阿雙，幫同炊爨，為下文阿雙捲逃張本。

七

雇騾急返，芸正形容慘變，咻咻❶涕泣。見余歸，卒❷然曰：「君知昨午阿雙捲逃❸乎？倩人大索，今猶不得。失物小事，人係伊母臨行再三交託，今若逃歸，中有大江之阻，已覺堪虞，儻其父母匿子圖詐，將奈之何？且有何顏見我盟姊？」余曰：「請勿急，卿慮過深矣。匿子圖詐，詐其富有也，我夫婦兩肩擔一口耳。況攜來半載，授衣分食，從未稍加扑責，鄰里咸知。此實小奴喪良❹，乘危竊逃。華家盟姊贈以匪人❺，彼無顏見卿，卿何反謂無顏見彼耶？今當一面❻呈縣立案，以杜後患可也。」芸聞余言，意似稍釋。然自此夢中囈語，時呼「阿雙逃矣」，或呼「憨何負我」，病勢日以增矣。

余欲延醫診治，芸阻曰：「妾病始因弟亡母喪，悲痛過甚，繼為情感，後由忿激，而平素又多過慮，滿望努力做一好媳婦，而不能得，以至頭眩、怔忡❼諸症畢備，所謂病入膏肓，良醫束手，請勿為無益之費。憶妾唱隨二十三年，蒙君錯愛❽，百凡體恤，不以頑劣見棄。知己如君，得婿如此，妾已此生無憾。若布衣暖，菜飯飽，一室雍雍❾，優遊泉石，如滄浪亭、蕭爽樓之處境，真成煙火神仙❿矣。神仙幾世才能修到，我輩何人敢望神仙耶！強而求之，致干造物之忌，即有情魔之擾。總因君太多情，妾生薄命耳！」因又嗚咽而言曰：「人生百年，終歸一死。今中道相離，忽焉長別，不能終奉箕帚⑪，目睹逢森娶婦，此心實覺耿耿。」言已，淚落如豆。余勉強慰之曰：「卿病八年，懨懨⑫欲絕者屢矣，今何忽作斷腸語耶？」芸曰：「連日夢我父母放舟來接，閉目即飄然上下，如行雲霧中，殆魂離而軀殼存乎？」余曰：「此神不收舍⑬，服以補劑，靜心調養，自能安痊。」芸又唏噓曰：「妾若稍有生機一線，斷不敢驚君聽聞。今冥路已近，苟再不言，言無日矣。君之不得親心，流離顛沛，皆由妾故。妾死則親心自可挽回，君亦可免牽掛。堂上春秋⑭高矣，妾死，君宜早歸。如無力攜妾骸骨歸，不妨暫厝⑮於此，待君將來可耳。願君另續德容兼備者，以奉雙親，撫我遺子，妾亦瞑目矣。」言至此，痛腸欲裂，不覺慘然大慟。余曰：「卿果中道相舍，斷無再續之理，況『曾經滄海難為水，除卻巫山不是雲』⑯

耳。」芸乃執余手而更欲有言，僅斷續疊言「來世」二字，忽發喘口噤，兩目瞪視，千呼萬喚，已不能言。痛淚兩行，涔涔⑰流溢。既而喘漸微，淚漸乾，一靈縹緲，竟爾長逝。時嘉慶癸亥三月三十日也。當是時，孤燈一盞，舉目無親，兩手空拳，寸心欲碎。綿綿此恨，曷其有極！

承吾友胡肯堂以十金為助，余盡室中所有，變賣一空，親為成殮⑱。嗚呼！芸一女流，具男子之襟懷才識。歸吾門後，余日奔走衣食，中饋⑲缺乏，芸能纖悉不介意。及余家居，惟以文字相辨析而已。卒之疾病顛連⑳，賷恨㉑以沒，誰致之耶？余有負閨中良友，又何可勝道哉？奉勸世間夫婦，固不可彼此相仇，亦不可過於情篤。語云：「恩愛夫妻不到頭」，如余者，可作前車之鑒也。

【注釋】 ❶咻咻　氣息微弱。❷卒　同「猝」。突然。❸捲逃　席捲金錢細軟等物逃跑。❹喪良　喪盡天良；沒有良心。❺匪人　行為不端之人。❻一面　自行；主動。❼怔忡　心跳加速的症狀。❽錯愛　過分的憐惜愛護。❾雍雍　和洽、歡樂的樣子。❿煙火神仙　人間神仙。神仙不食煙火，煙火神仙即凡人中的神仙。⓫箕帚　簸箕和掃帚，指操持家內雜務，侍奉丈夫。⓬懨懨　精神萎靡，氣息微弱。⓭神不收舍　亦作「神不守舍」，形容心神不定。⓮春秋　年齡。⓯厝　安放棺木等待安葬。⓰曾經滄海難為水二句　此兩句詩出自元積悼念亡妻的〈離思〉，形容夫妻之間感情的深厚。滄海水，天下水之大也，巫山雲，天下雲之美也，其他地方的水雲皆比不上滄海、巫山，逝去的刻骨銘心愛情無法追回。⓱涔涔　淚流不止的樣子。⓲成殮　入殮；大殮。將死者裝裹放入棺材。⓳中饋　指家中所需膳食諸事。⓴顛連　困苦。㉑賷恨　帶著憾恨。賷，懷著；帶著。

【語　譯】雇了騾子急忙返回，芸的面色變得很壞，咻咻地哭泣。她看到我回來，突然問道：「你知道昨天午時阿雙席捲了所有的財物逃跑了嗎？請人大規模搜索，至今還沒有找到。損失財物還是小事，這個人是她母親臨行時再三囑託的，如今若是逃回去，途中有大江阻隔，已讓人十分擔心，倘若她的父母藏起女兒圖謀敲詐，那怎麼辦？而且有何顏面見我的結拜姐姐華夫人？」我說：「請不要著急，妳考慮得太深了。她父母藏起女兒企圖敲詐，也應該敲詐富有的人，我們夫婦窮得一無所用，只剩下兩個肩膀扛一張嘴，他們圖什麼呢？何況帶阿雙到此半年，給她穿衣吃飯，並沒有虧待她，也從來沒有打罵過她，這一切鄰里都知道的。這實在是小奴才喪失天良，乘我們危難之際偷了東西逃走。華家結拜姐姐把行為不端的人送給我們，應該是她無顏見妳，妳怎麼反而說無顏見她呢？如今應當自行去縣衙報官立案，以此杜絕後患。」芸聽我如此說，似乎稍微放心。然而自此經常說夢話，有時叫「阿雙逃走了」，或者叫「憨園為什麼對不起我」，病情日益加劇。

我要請醫生給芸治病，芸阻止說：「我得病開始因為弟弟逃亡母親去世，悲痛過度，接著為情所困，後來由於激憤，平時又考慮過多，滿希望努力做一個好媳婦，卻沒有做到，以致頭暈、心慌等症狀都有了，所謂病入膏肓，良醫也束手無策，請不要再為我花冤枉錢。回想我夫唱婦隨二十三年，承蒙你過分憐愛，百般體恤，不因為我的頑劣而嫌棄我，有你這樣的知己，有你這樣的夫婿，我這一生已經沒有遺憾了。若是粗布衣服能穿得暖和，簡單的飯菜能吃飽，一家人和睦融洽，悠閒地徜徉於山水泉石之間，就如滄浪亭、蕭爽樓那樣的生活處境，就真成了人間神仙了。神仙要好幾世才能修成，我們這些人，敢和神仙相比嗎！勉強追求神仙的生活，以致觸犯上天的禁忌，便有了情魔的困擾。總是因為你太多情，我天生薄命，才有今日的困境！」接著又嗚咽著說：「人生百年，終歸一死。如今半路分離，很快就成永別，不能侍奉你終身，親眼看到逢森娶媳婦，心中實在放不下。」說完，豆大的淚珠滴落下來。我強作鎮定地安慰她：「妳病了八年，像這樣奄奄一息有好幾次了，現在為何忽然說這些令人悲痛欲絕的話呢？」芸說：「連日夢見我父母派船來接我，閉上眼睛就覺得上下飄蕩，好像行走在雲霧之中，該是靈魂已經離去，而只剩下一副軀殼吧？」我說：「這是神不守舍，服些補藥，靜心調養，自然能痊癒。」芸又抽泣著說：「我若是稍有一絲生機，斷不敢說這些讓你震驚的話。如今黃泉路近，如果再不說，就沒有說的日子了。你得不到父母的歡心，顛沛流離，都是我的緣故。我死了，父母自然回心轉意，你也可以不再牽掛父母。父母年歲已高，我死後，你應當及早回家。如果沒有能力帶我的骸骨回去，不妨將棺材暫時寄放在這兒，等你日後另行安置。願你續娶德容兼備的女子，侍奉雙親，撫養我留下的孩子，我死也瞑目了。」說到此，悲痛得肝腸寸斷，不禁傷心地大哭。我說：「妳果真半路離我而去，我決沒有再續娶的道理，何況『曾經滄海難為水，除卻巫山不是雲』。」芸拉著我的手還想說話，只能斷斷續續地重複說「來世」兩個字，忽然激烈喘息不能開口，睜大雙眼注視著我，千呼萬喚已不能說話應答。兩行傷心的淚，涔涔地流淌。不一會喘息逐漸變得細微，眼淚逐漸乾枯，一靈縹緲，竟然長逝而去。這天是嘉慶癸亥三月三十日。當時孤燈一盞，舉目無親，兩手空空，心痛欲碎。這種持續不斷的遺恨，哪裡有盡頭！

承蒙友人胡肯堂資助十兩銀子，我把家中所有財產變賣一空，才能料理芸的喪事，我親自為芸穿衣入殮。嗚呼！芸雖然是一女子，但具有男子的襟懷和才識。嫁到我家後，我每日為衣食奔走，家中飲食短缺，芸絲毫不放在心上。我住在家中時，只是互相研討文章而已。最終身染疾病困苦不堪，抱恨去世，是誰導致的啊？我對不起閨中好友，這些事情又怎麼能說得清呢？奉勸世間的夫婦，固然不可互相仇恨，也不可過於情深。俗話說：「恩愛夫妻不到頭」，我就是前車之鑒。

【研　析】此節寫陳芸病逝，場景極為淒慘。陳芸的臨終遺言，有對一生的回顧，對美好生活的留戀，對親人的關切，對殘酷現實的不滿，纏綿悱惻，有很強的藝術感染力。

陳芸病情加劇，起因是阿雙捲逃，她深感自責，既怕阿雙父母匿子圖詐，又覺得對不起華氏。阿雙出逃後，陳芸首先擔憂她的安全：「失物小事，人係伊母臨行再三交託，今若逃歸，中有大江之阻，已覺堪虞」，可見陳芸心地善良，考慮事情十分細密。

陳芸自述其病情說：「妾病始因弟亡母喪，悲痛過甚，繼為情感，後由忿激，而平素又多過慮，滿望努力做一好媳婦，而不能得，以至頭眩、怔忡諸症畢備，所謂病入膏肓，良醫束手。」「情感」指憨園負約，「忿激」指阿雙捲逃，這些是加重陳芸病情的重要原因，而使她病入膏肓，良醫束手的根本原因是「平素又多過慮，滿望努力做一好媳婦，而不能得」，是專制的家長扼殺了陳芸活潑的個性，嚴酷的禮教奪走了她充滿青春活力的生命。如果生活在寬鬆自由的環境中，保持愉悅的心情，陳芸的病是可以治癒的，書中說到「自識憨園，年餘未發，余方幸其得良藥」。陳芸寄居蕭爽樓，是她生活中最悠閒自在的時刻，用她自己的話講，是「煙火神仙」；結識憨園，使她覓得閨中密友，精神有了慰藉和寄託，因此她的病情得到控制。封建家長的冷酷無情，將身染痼疾的陳芸逼上絕境，最終奪走了她的生命。陳芸的悲劇，是中國封建社會在禮教壓迫下廣大婦女命運的寫照，從〈古詩為焦仲卿妻作〉（〈孔雀東南飛〉）中的劉蘭芝，到《紅樓夢》中的林黛玉，都是封建禮教的犧牲品。

陳芸病入膏肓，形疲神散，「連日夢我父母放舟來接，閉目即飄然上下，如行雲霧中，殆魂離而軀殼存乎？」她在即將離開人世之時，有太多的牽掛要交代，有太多的感情要傾訴，因此掙扎著說了一大篇話，待說完這些話，精力已經耗盡，生命已如枯燈將滅。當陳芸聽到丈夫說：「卿果中道相舍，斷無再續之理，況『曾經滄海難為水，除卻巫山不是雲』耳」，她抓住丈夫的手，已經無力說話，「僅斷續疊言『來世』二字。」此時她也許想起當年在我取軒中秋賞月時，沈復刻的「願生生世世為夫婦」的圖章，又想起請人畫月下老人像，仰藉神力續來世姻緣的往事，她反覆說「來世」兩字，是用最後的生命與丈夫訂來生之約，真可謂「為情而生，為情而死」。「忽發喘口噤，兩目瞪視，千呼萬喚，已不能言。痛淚兩行，涔涔流溢。既而喘漸微，淚漸乾，一靈縹緲，竟爾長逝」，文章寫陳芸之死，可與《紅樓夢》寫黛玉之死媲美，將臨危病人的語言動作、神情心理真實而藝術地呈現在讀者面前，非親身經歷者寫不出如此真切的文字，非夫妻情深者寫不出如此沉痛的文字，非精於筆墨者寫不出如此絕妙的文字。

此節最後一段文字，是對陳芸一生的總結和評價。作者對陳芸的定位是「閨中良友」，沈復與陳芸是平等的互敬互愛的新型夫妻關係，沈復對妻子極為尊重，毫無男權至上的觀念。歷代有許多記述去世女子的記傳文，如墓誌銘、傳記，在追述女子生前事跡時，都是從孝順公婆、敬愛丈夫、撫養子女等日常事落筆，讚揚她們的賢惠淑嫻，恪守三從四德的品德。沈復對陳芸的評價，是「具男子之襟懷才識」，具體表現為「中饋缺乏」，家庭經濟困難，「纖悉不介意」，兩人相處，「惟以文字相辨析而已」。這樣的女子，為封建家庭所不取，也為社會所不容。作者憤慨地詰問：「卒之疾病顛連，賚恨以沒，誰致之耶？」是封建家庭和社會扼殺了沈復夫婦純真的愛情，奪走了陳芸寶貴的生命，作者雖未明言，但矛頭指向是很清楚的。作者最後說，夫妻不可過於情篤，恩愛夫妻不到頭，他們的遭遇可為世間夫妻作前車之鑒，這是憤極而致的反話，是對封建禮教的控訴。

八

回煞❶之期，俗傳是日魂必隨煞而歸，故房中鋪設一如生前，且須鋪生前舊衣於床上，置舊鞋於床下，以待魂歸瞻顧，吳下相傳謂之「收眼光」。延羽士❷作法，先召於床而後遣之，謂之「接眚❸」。邗江俗例，設酒肴於死者之室，一家盡出，謂之「避眚」。以故有因避被竊者。芸娘眚期，房東因同居而出避，鄰家囑余亦設肴遠避。余冀魂歸一見，姑漫應之。同鄉張禹門諫余曰：「因邪入邪，宜信其有，勿嘗試也。」余曰：「所以不避而待之者，正信其有也。」張曰：「回煞犯煞，不利生人。夫人即或魂歸，業已陰陽有間，竊恐欲見者無形可接，應避者反犯其鋒耳。」時余癡心不昧❹，強對曰：「死生有命，君果關切，伴我何如？」張曰：「我當於門外守之，君有異見，一呼即入可也。」余乃張燈入室，見鋪設宛然，而音容已杳，不禁心傷淚湧。又恐淚眼模糊，失所欲見，忍淚睜目，坐床而待。撫其所遺舊服，香澤❺猶存，不覺柔腸寸斷，冥然昏去。轉念待魂而來，何遽睡耶！開目四視，見席上雙燭，青焰熒熒❻，縮光如豆，毛骨悚然，通體寒栗。因摩兩手擦額，細矚之，雙焰漸起高至尺許，紙裱頂格❼幾被所焚。余正得借光四顧間，光忽又縮如前。此時心舂❽股栗，欲呼守者進觀，而轉念柔魂弱魄，恐為盛陽所逼，悄呼芸名而祝之，滿室寂然，一無所見。既而燭焰復明，不復騰起矣。出告禹門，服余膽壯，不知余實一時情癡耳。

【注釋】❶回煞　古人認為人死後在一定時間靈魂會回到原來的家中，並有兇煞出現，因此稱回煞，也叫歸煞。❷羽士　道士。傳說神仙以鳥羽為衣，道士所穿衣服也稱羽衣，故道士也稱羽士。❸眚　災難。❹不昧　不忘；不改。❺香澤　香氣。❻熒熒　燈火閃爍的樣子。❼頂格　頂棚；天花板。❽心舂　心跳如舂米，形容心動過快。

【語譯】到了回煞的日期，民俗相傳這天死者的靈魂一定會隨著兇煞回到家中，所以房中的鋪設與死者生前一樣，並且要將死者生前的舊衣服鋪在床上，將舊鞋放在床下，等待靈魂歸來觀看，這就是蘇州地區傳說的「收眼光」。請道士來作法，先把靈魂招到床上，然後送走，稱之為「接眚」。邗江的風俗，在死者的房中擺設酒餚，全家人都要外出，稱之為「避眚」。因此有為避眚而失竊的。芸娘的眚期，房東因為與我們住在一起也外出避眚，鄰居吩咐我也要在房中擺設酒餚遠出躲避。我期待芸的靈魂回家能見上一面，就敷衍著答應了。同鄉張禹門勸我說：「信從妖異之事，就會墮入邪道迷而不悟，但寧可信其有，也不要嘗試留在家中。」我說：「所以不迴避而等待芸靈魂的到來，正是相信確有其事。」張說：「回煞時觸犯了兇煞，對活人不利，夫人的靈魂即便回家，已經陰陽相隔，恐怕想見也看不到無形的靈魂，本應迴避，卻觸犯兇煞的鋒芒。」當時我癡心不改，堅持說：「死生有命。你如果真的關心我，與我作伴如何？」張說：「我還是在門外守著，你如果看到異常的情形，叫一聲我就進來。」於是我點燈進入房中，看到鋪設和以往一模一樣，可是芸的音容笑貌已經杳不可見，不禁傷心淚如泉湧。又恐眼淚模糊了視線，看不到想見的芸，強忍淚水，睜大雙眼，坐在床上等待。撫摸著她遺留的舊衣服，香氣猶存，不覺柔腸寸斷，昏昏欲睡。轉念一想，我等待芸魂歸來，怎麼能突然睡去！張開眼睛環顧四周，只見供奉芸娘牌位几桌上的兩支蠟燭，青藍色的火焰閃爍不定，燭光微弱如豆粒，令人毛骨悚然，渾身打戰。為了清醒，我搓摩雙手，擦拭額頭，仔細觀看，兩支蠟燭的火焰逐漸升起，有一尺多高，紙糊的頂棚差點被燒著。我借著蠟燭的光亮，環顧四周，燭光又蹉縮到原來樣子。此時心跳體顫，想叫守在門外的人進來看，轉念一想，芸娘柔弱的魂魄，會受到陽氣的逼迫傷害，就沒有叫門外人進來，只是輕聲呼叫芸的名字為她禱告，整個房間寂然無聲，什麼也沒有看見。過一會燭焰恢復了明亮，也不再像剛才那樣突然升騰而起。出來告訴禹門，他佩服我膽子大，不知道我只是一時為情所困，才有如此舉動。

【研　析】此節寫回煞之期沈復思念亡妻的情形，表現沈復對妻子感情之深，思念之切。舊俗人死後，在一定日期靈魂回到舊居，要在室內擺設香燭供物和黃紙錢款待亡靈，稱為「回煞」。回煞時，亡靈由「眚神」牛頭馬面使者押送，生人必須迴避，既怕有生人鬼魂不敢進入，又怕眚神衝犯生人，會招致災禍。沈復卻不信邪，為見亡妻一面，堅守室內不願離去，可見沈復癡心不改，色（情）膽包天，作者自己也說：「出告禹門，服余膽壯，不知余實一時情癡耳。」沈復張燈入室，「見鋪設宛然，而音容已杳，不禁心傷淚湧」，「撫其所遺舊服，香澤猶存，不覺柔腸寸斷」，睹物思人，更添傷感。潘岳〈悼亡詩〉云：「望廬思其人，入室想所歷。帷屏無彷彿，翰墨有餘跡。流芳未及歇，遺掛猶在壁。悵恍如或存，回遑忡驚惕。」潘岳首創悼亡詩，寫睹物思人，物是人非，從舊物中尋找往昔美好的生活，傾訴對亡妻的思念，抒寫內心的悲傷，成為悼亡詩最常用的表現手法。作者的描寫，明顯受到歷代悼亡詩的影響。文章通過一系列生動的細節描寫，表現了沈復豐富複雜的內心活動。沈復睹物思人，喪妻之痛刻骨銘心，不禁淚眼模糊，又怕眼淚遮擋視線，看不見陳芸的歸魂，於是強忍淚水，睜大雙眼，等待陳芸靈魂到來。可是看到陳芸留下的衣服，香澤猶存，又昏昏欲睡，只得搓手擦額，強打精神。這一段文字，把沈復失去妻子的悲傷，思念妻子的沉痛，盼望與妻子重逢的迫切，刻畫得淋漓盡致。

九

芸沒後，憶和靖❶「妻梅子鶴」語，自號梅逸。權葬芸於揚州西門外之金桂山❷，俗呼郝家寶塔。買一棺之地，從遺言寄於此。攜木主❸還鄉，吾母亦為悲悼。青君、逢森歸來，痛哭成服❹。啟堂進言曰：「嚴君怒猶未息，兄宜仍往揚州，俟嚴君歸里，婉言勸解，再當專札相招。」余遂拜母，別子女，痛哭一場，復至揚州，賣畫度日。因得常哭於芸娘之墓，影單形隻，備極淒涼。且偶經故居，傷心慘目。重陽日，鄰冢皆黃，芸墓獨青。守墳者曰：「此好穴場❺，故地氣旺也。」余暗祝曰：「秋風已緊，身尚衣單，卿若有靈，佑我圖得一館，度此殘年，以待家鄉信息。」未幾，江都幕客章馭庵先生欲回浙江葬親，倩余代庖❻三月，得備禦寒之具。封篆❼出署，張禹門招寓其家。張亦失館，度歲艱難，商於余，即以余貲二十金傾囊借之，且告曰：「此本留為亡荊扶柩❽之費，一俟得有鄉音，償我可也。」是年即寓張度歲。晨占夜卜，鄉音殊杳。

【注釋】❶和靖　林逋，字君復，人稱和靖先生，北宋詩人。錢塘人，曾隱居西湖孤山，終身未娶，以梅鶴相伴，自稱「以梅為妻，以鶴為子」。❷金桂山　又稱金匱山、金龜山，俗稱郝家寶塔，在今揚州邗江北路與平山堂西路交界處，是一處較大的墓地，有不少名人墓葬。❸木主　木製的神位，俗稱牌位，上書死者姓名以供祭祀。❹成服　穿上喪服。❺穴場　墓地。❻代庖　出自成語越俎代庖，後用以比喻代人行事或代理他人的職務。❼封篆　封印，停止辦公。古代官印多為篆文，故以篆指稱官印。❽扶柩　護送靈柩。

【語譯】芸去世後，回憶林和靖「妻梅子鶴」的話，自號梅逸。暫且將芸埋葬在揚州西門外的金桂山，俗稱郝家寶塔。買了能葬一副棺材的墓地，按照芸的遺言，臨時寄放於此。我帶了芸的牌位回鄉，母親也為之悲痛傷感。青君、逢森回家，痛哭著穿上喪服。啟堂建議說：「父親的怒氣還未平息，兄長應該仍去揚州，等父親回家後，婉言勸解，再專程寫信叫你回來。」我於是拜別母親，告別子女，痛哭一場，重返揚州，靠賣畫過日子。由此可以經常在芸娘墓前哭訴祭奠，孤單無依，形影相弔，淒涼到了極點。偶爾經過故居，觸景生情，令人悲傷。重陽節去上墳，旁邊墳墓上的草已經枯黃，只有芸墓上的草依然青翠。守墓的人說：「這塊墓地風水好，所以地氣旺。」我暗暗禱告說：「秋風已緊，身上的衣服還很單薄，妳若有靈，保佑我謀得一個幕僚的職位，可以度過今年剩下的日子，等待家鄉召我回去的消息。」沒有多久，江都幕客章馭庵先生要回浙江安葬親人，請我代理三個月，因此能添置禦寒的衣服。等到封印停止辦公，張禹門叫我借住在他家。張也失去了館職，日子過得很艱難，與我商量，我傾其所有，借給他二十兩銀子，告訴他說：「這些錢本來留作護送亡妻靈柩回家的費用，一旦得到家鄉的消息，你再還我。」這一年就在張家過年。早晚占卜，盼望家鄉的消息，可是杳無音信。

【研　析】此節寫沈復揚州賣畫，常哭於陳芸之墓。

陳芸辭世，沈復回家報喪，啟堂以父親怒猶未息為藉口逼迫沈復離家，可見啟堂心術不正。沈復在揚州影單形隻，更加思念亡妻，常去陳芸墓哭弔。沈復之哭，既為陳芸早逝而傷心，也是發洩自己心中憤懣不平之氣。沈復獨自流浪在外，以賣畫謀生日子艱難，心中的傷感和悲痛，只能向死去的妻子傾訴。

重陽日，鄰冢皆黃，芸墓獨青，與昭君墓情形類似。王昭君出塞和親，死後葬在匈奴，眾墓皆黃，昭君墓獨青，後以青冢指昭君墓。昭君的故事感動了歷代諸多文人，創作了許多以青冢為題材悼念昭君的詩文和小說戲曲，有的認為昭君為保漢室和平，孤身犯險，上天為表彰她忠君愛國的精神而使其墓長青，有的認為昭君作為一個弱女子，卻要承擔維護國家安寧的重任，最終客死異鄉，是她的冤屈感動了上蒼。作者借守墳者之口以風水好地氣旺解釋芸墓獨青的現象，但他行文至此，勢必會聯想起昭君青冢的故實。

十

至甲子三月，接青君信，知吾父有病，即欲歸蘇，又恐觸舊忿。正趑趄❶觀望間，復接青君信，始痛悉吾父業已辭世。刺骨痛心，呼天莫及，無暇他計，即星夜馳歸。觸首靈前，哀號流血。嗚呼！吾父一生辛苦，奔走於外。生余不肖，既少承歡膝下，又未侍藥床前，不孝之罪，何可逭❷哉！吾母見余哭，曰：「汝何此日始歸耶？」余曰：「兒之歸，幸得青君孫女信也。」吾母目余弟婦，遂嘿然❸。余入幕守靈，至七終❹，無一人以家事告、以喪事商者。余自問人子之道已缺，故亦無顏詢問。一日，忽有向余索逋者登門饒舌，余出應曰：「欠債不還，固應追索，然吾父骨肉未寒，乘凶追呼，未免太甚。」中有一人私謂余曰：「我等皆有人招之使來，公且避出，當向招我者索償也。」余曰：「我欠我償，公等速退。」皆唯唯而去。余因呼啟堂諭之曰：「兄雖不肖，並未作惡不端，若言出嗣降服❺，從未得過纖毫嗣產。此次奔喪歸來，本人子之道，豈為爭產故耶？大丈夫貴乎自立，我既一身歸，仍以一身去耳。」言已，返身入幕，不覺大慟。叩辭吾母，走告青君，行將出走深山，求赤松子❻於世外矣。

青君正勸阻間，友人夏南薰字淡安、夏逢泰字揖山兩昆季尋蹤而至，抗聲❼諫余曰：「家庭若此，固堪動忿，但足下父死而母尚存，妻喪而子未立，乃竟飄然出世，於心安乎？」余曰：「然則如之何？」淡安曰：「奉屈暫居寒舍，聞石琢堂殿撰❽有告假回籍之信，盍俟其歸而往謁之，其必有以位置君也。」余曰：「凶喪未滿百日，兄等有老親在堂，恐多未便。」揖山曰：「愚兄弟之相邀，亦家君意也。足下如執以為不便，西鄰有禪寺，方丈僧與余交最善，足下設榻於寺中，何如？」余諾之。青君曰：「祖父所遺房產，不下三四千金，既已分毫不取，豈自己行囊亦舍去耶？我往取之，徑送禪寺父親處可也。」因是於行囊之外，轉得吾父所遺圖書、硯臺、筆筒數件。

寺僧安置余於大悲閣。閣南向，向東設神像，隔西首一間，設月窗，緊對佛龕，本作為佛事者齋食之地，余即設榻其中。臨門有關聖⑨提刀立像，極威武。院中有銀杏一株，大三抱，蔭覆滿閣，夜靜風雨如吼。揖山常攜酒果來對酌，曰：「足下一人獨處，夜深不寐，得無畏怖耶？」余曰：「僕一生坦直，胸無穢念，何怖之有？」居未幾，大雨傾盆，連宵達旦三十餘天。時慮銀杏折枝，壓梁傾屋，賴神默祐，竟得無恙。而外之墻坍屋倒者，不可勝計，近處田禾俱被漂沒。余則日與僧人作畫，不見不聞。七月初，天始霽。揖山尊人號蒓薌，有交易赴崇明，偕余往，代筆書券，得二十金。歸，值吾父將安葬，啟堂命逢森向余曰：「叔因葬事乏用，欲助一二十金。」余擬傾囊與之，揖山不允，分幫其半。余即攜青君先至墓所。葬既畢，仍至大悲閣。九月杪，揖山有田在東海永泰沙❿，又偕余往收其息。盤桓兩月，歸已殘冬，移寓其家雪鴻草堂度歲。真異姓骨肉也。

【注釋】 ❶趑趄　猶豫不決；徘徊觀望。❷逭　逃避。❸嘿然　默然。嘿，同「默」。❹七終　風俗人死後每隔七天祭奠一次，俗稱做七，至七七四十九日止，共為七七。❺出嗣降服　古代子女為父母服孝三年，如過繼給他人，為親生父母服孝降一級，改三年為一年。❻赤松子　傳說中的神仙。❼抗聲　大聲。❽殿撰　明清時狀元的通稱。❾關聖　即關羽，明代萬曆年間冊封關羽為「三界伏魔大帝威遠鎮天尊關聖帝君」，清順治年間封關羽為「忠義神武關聖大帝」。❿東海永泰沙　在今江蘇啟東久隆鎮。

【語譯】 到甲子年三月，接到青君來信，知道父親有病，就想回到蘇州，又恐怕觸發父親的舊恨。正在猶豫觀望之間，又接到青君的信，才悲痛地知道父親已經辭世。喪父的悲痛刻骨銘心，呼天搶地追悔莫及。顧不上考慮別的，星夜奔馳回家，在靈前磕頭，哀號痛哭，淚盡血出。嗚呼！父親一生辛苦，奔走在外。生下我這個不肖子，既很少在父親身邊侍奉，又沒有在病床前端湯送藥，不孝的罪名，怎麼能逃避！母親見我哭得悲傷，說：「你為什麼今天才回來呀？」我說：「我回來，幸虧接到妳孫女青君的來信。」母親看著弟婦，就不再作聲。我進入帳幕守靈，到做七結束，沒有一人告知我家事，與我商量喪事。我自問沒有盡到人子的義務，所以也沒臉面詢問。有一天，忽然有向我討債的人上門吵鬧，我出來應對說：「欠債不還，理應催討，然而我父親屍骨未寒，你們趁我家辦喪事來追討，未免太過分了。」其中有一人私下對我說：「我們都是有人叫來的，你暫且外出躲避，我們會向召我們來的人討債。」我說：「我欠的債我還，你們快快回去。」眾人順從地離開了。我因此把啟堂叫來告訴他：「兄長雖然不肖，但並沒有做壞事，或行為不端。如果說我過繼給人家，與親生父母關係疏遠了些，但我從未得到過繼人家的一絲一毫財產。這次奔喪歸來，本來是盡兒子的孝道，豈是為爭奪財產而來？大丈夫貴在自立，我既然空身而來，仍然空身回去。」說完，回身進入帳幕，不覺大為悲慟。叩頭辭別母親，又去向青君告別，將要出走深山，遠離人世，去追尋赤松子。

青君正在勸阻我離家出走，友人夏南薰字淡安、夏逢泰字揖山兩兄弟找來了，大聲勸我說：「家庭成了這個樣子，固然很讓人氣憤，但足下父親死了，可母親還在，妻子去世，可兒子還未自立，你竟然要超脫地遠離人世，能夠安心嗎？」我說：「我該怎麼辦呢？」淡安說：「委曲你暫時住在寒舍，聽說石琢堂狀元來信說他要告假回鄉，何不等他回來去拜訪他，他一定會安排你的。」我說：「父親的喪事不滿一百天，兄臺有年老的雙親在家，恐怕多有不便。」揖山說：「我們兄弟邀請你，也是家父的意見。足下如果一定認為不方便，我家西面鄰近禪寺，方丈和尚和我的交情最好，足下住在寺中，怎麼樣？」我答應了。青君說：「祖父留下的房產，不下三四千兩銀子，既然父親分毫不取，難道自己的行李也捨棄不要嗎？我去拿，直接送到禪寺父親那裡。」

於是除了行李，還得到父親留下的幾件圖書、硯臺、筆筒。

寺中的僧人把我安置在大悲閣。閣面向南，閣內東邊設立神像，西邊隔成一個房間，開有透光的窗戶，正對著佛龕，本來是做佛事的人吃齋飯的地方，我就住在那裡。臨門有關聖提刀而立的塑像，極其威武。庭院中有一株銀杏樹，粗壯的樹幹，三個人手拉手才能把它圍住，樹蔭覆蓋整個閣樓，夜晚寂靜，風雨聲如野獸咆哮。揖山經常帶著酒和瓜果來對飲，說：「足下孤身一人住在這兒，深夜睡不著，不覺得害怕嗎？」我說：「我一生坦白正直，胸無邪念，有什麼可怕的？」住了不久，下起傾盆大雨，三十多天通宵達旦下個不停，我總是擔心銀杏樹的枝幹會折斷，壓斷房梁毀壞房屋。幸得神靈暗中保佑，竟然安全無恙。寺院外面的房舍，牆塌屋倒的不計其數，附近的田地莊稼全被淹沒。我則每天與僧人一起作畫，對外面的事情不見不聞。七月初，天才放晴。揖山的父親號蒓薌，去崇明做生意，帶著我一同前往，為他代筆書寫契約，得到二十兩銀子的酬金。回來時，正值我父親即將安葬，啟堂讓逢森對我說：「叔父缺乏安葬的費用，要你資助一二十兩銀子。」我打算把自己所得酬金全部給他，揖山不讓，幫我出了一半。我當即帶著青君先到墓地。安葬完畢，仍然返回大悲閣。九月底，揖山在東海永泰沙有田產，與我一起去收田租。逗留兩個月，回來已是殘冬，移居到揖山家的雪鴻草堂過年。我們雖然不同姓，卻親如骨肉。

【研　析】此節寫沈父亡故，兄弟鬩牆，沈復寄居佛寺大悲閣。

沈復接到父親病逝的來信，星夜馳歸家中，其母說「汝何此日始歸耶？」意為責怪他回來遲了。沈復說：「兒之歸，幸得青君孫女信也。」作者接著寫道：「吾母目余弟婦，遂嘿然。」作者暗示弟啟堂有意隱瞞父親死訊，其目的是怕他回來瓜分家產。沈復作為長子，理應主持父親的喪禮，可是直到滿七，「無一人以家事告、以喪事商者」，沈復已被剝奪主持家政的權力。啟堂招集一批人上門索債，其目的是逼沈復離家出走。沈復看穿了啟堂的陰謀，正告啟堂：「此次奔喪歸來，本人子之道，豈為爭產故耶？大丈夫貴乎自立，我既一身歸，仍以一身去耳。」結果父親留下的三四千金遺產，沈復分文不取，可是父親的喪葬費用，卻要沈復分擔。沈復經歷了家庭激烈的紛爭，痛感人情險惡，決意入山修道，遠離塵世的紛爭。文章在描述啟堂的行為時，未作任何評論，只是通過客觀敘述事實，揭露了啟堂的貪婪自私和陰險狡詐。

沈復寄居大悲閣，得到夏淡安兄弟的關懷和照顧，日子倒也清淨安逸，親兄弟視作仇人，朋友卻親如手足，沈復說夏氏兄弟「真異姓骨肉也」，是由衷發出的感歎。

十一

乙丑七月，琢堂始自都門❶回籍。琢堂名韞玉，字執如，琢堂其號也，與余為總角❷交。乾隆庚戌殿元，出為四川重慶守。白蓮教之亂❸，三年戎馬，極著勞績。及歸，相見甚歡，旋於重九日挈眷重赴四川重慶之任，邀余同往。余即叩別吾母於九妹倩❹陸尚吾家，蓋先君故居已屬他人矣。吾母囑曰：「汝弟不足恃，汝行須努力，重振家聲，全望汝也。」逢森送余至半途，忽落淚不已，因囑勿送而返。舟出京口❺，琢堂有舊交王惕夫孝廉❻在淮揚鹽署，繞道往晤，余與偕往，又得一顧芸娘之墓。返舟，由長江溯流而上，一路遊覽名勝。至湖北之荊州，得陞潼關觀察❼之信，遂留余與其嗣君敦夫眷屬等暫寓荊州，琢堂輕騎減從❽，至重慶度歲，遂由成都歷棧道❾之任。丙寅二月，川眷始由水路往，至樊城❿登陸。途長費巨，車重人多，斃馬折輪，備嘗辛苦。抵潼關甫三月，琢堂又陞山左⓫廉訪⓬。清風兩袖，眷屬不能偕行，暫借潼川書院作寓。十月杪，始支山左廉俸，專人接眷。附有青君之書，駭悉逢森於四月間夭亡。始憶前之送余墮淚者，蓋父子永訣也。嗚呼！芸僅一子，不得延其嗣續耶。琢堂聞之，亦為之浩歎，贈余一妾，重入春夢⓭。從此擾擾攘攘，又不知夢醒何時耳。

【注釋】❶都門　京城；首都。❷總角　幼年。古代兒童束髮為兩結，向上分開，形狀如角，故稱總角，後以總角稱幼童。總，將頭髮結為一束。❸白蓮教之亂　白蓮教是秘密民間宗教組織，起源於宋紹興年間茅子元創立的淨土宗分支白蓮宗，被歷來統治者視為邪教。清嘉慶元年（西元一七九六年）至九年（西元一八〇四年），湖北、四川、陝西三省爆發了大規模的白蓮教起事，使清王朝元氣大傷。❹妹倩　妹夫。倩，女婿。❺京口　古地名，今江蘇鎮江市。❻孝廉　孝指孝悌，廉指清廉，為漢代選拔人才的科目，明清時為舉人的別稱。❼潼關觀察　當為潼商道道員。清代在省與州、府之間設分守道，道設道員。觀察當為觀察使簡稱，是古代官職，元代廢除，至民國初將分守道改稱觀察使。❽輕騎減從　帶著少量的行李，減少隨從的人員，常作「輕車簡從」。❾棧道　在險絕處傍山架木而成的道路。❿樊城　今湖北襄樊樊城區。⓫山左　山東。⓬廉訪　按察使，宋稱廉訪使者，元稱肅政廉訪使，明清稱按察使，負責一省的刑法。⓭春夢　喻指男女情事。

【語譯】乙丑年七月，琢堂才從京城回到原籍地。琢堂名韞玉，字執如，琢堂是他的號，與我是幼年時代的朋友。他是乾隆庚戌科的狀元，外放為四川重慶府太守。白蓮教作亂，行兵打仗三年，建立很大的功績。他回到家鄉，兩人相見很是高興，隨即在九月初九攜帶家眷再次前去重慶赴任，邀請我與他同往。我就到九妹夫陸尚吾家拜別母親，因父親的故居已經歸屬他人，母親只能寄居在九妹夫家。母親囑咐說：「你弟弟不足依靠，你此行必須努力，重振家聲的希望，全靠你了。」逢森送我到半路，忽然不停地落淚，因此讓他回家，不要再送。船過了鎮江，琢堂有故交王惕夫舉人在淮揚鹽署任職，便繞道去會見他，我也一起去，又能看一下芸娘的墓。乘船返回，由長江溯流而上，一路遊覽風景名勝。抵達湖北的荊州，琢堂得到升遷潼關觀察的消息，於是留下我和他兒子敦夫家眷等人，暫時寄寓荊州，琢堂輕車簡從，到重慶過了年，由成都通過棧道上任。丙寅年二月，在四川的眷屬才從水路去琢堂的任所，到樊城登陸。路途遙遠開銷巨大，車上帶的行李重，人又多，馬死了，車輪也折斷了，嘗盡艱難困苦。到潼關才三個月，琢堂又陞任山東按察使，他兩袖清風，眷屬不能同行，暫時借住在潼川書院。十月底，才領取山東按察使的俸祿，於是派專人帶著信來接取眷屬。來信附有青君的家書，才驚駭地知道逢森已於四月份夭亡。這才回想起前日逢森送我半途落淚，竟然是父子永別。嗚呼！芸只有一個兒子，卻少年夭折，不能延續她的血脈。琢堂聽說，也為此事長歎痛惜，贈我一女子為妾，使我重入春夢。從此紛紛擾擾，又不知什麼時候夢才能醒。

【研 析】此節寫沈復入石琢堂幕，隨行至潼關。沈復離家時，父親故居已屬他人，母親只能寄居九妹夫家。沈父遺產由啟堂繼承，不久故居即屬他人，正是人算不如天算，費盡心機，到頭還是一場空。啟堂真乃敗家子，因此沈母說「汝弟不足恃」。

逢森夭亡，為續嗣計，沈復接受了石琢堂贈予的女子為妾，在當時納妾與再婚不同，因此也不算辜負與陳芸的來生之約，然而「曾經滄海難為水，除卻巫山不是雲」，沈復並無與陳芸結合的幸福感，反而覺得紛紛擾擾，盼望早日擺脫男女情事的困擾。

卷四　浪遊記快

余遊幕三十年來，天下所未到者，蜀中、黔中與滇南耳。惜乎輪蹄徵逐❶，處處隨人，山水怡情，雲煙過眼，不過領略其大概，不能探僻尋幽也。余凡事喜獨出己見，不屑隨人是非，即論詩品畫，莫不存人珍我棄、人棄我取之意，故名勝所在貴乎心得，有名勝而不覺其佳者，有非名勝而自以為妙者，聊以平生所歷者記之。

【注釋】❶輪蹄徵逐　車馬往來。輪指車輪，蹄指乘馬。徵逐，謂交往過從。

【語譯】我遊歷各地，入幕府任職三十年來，天下所沒到過的地方，只有四川、貴州和雲南。可惜車馬奔波，處處聽人支使，山水怡悅性情，雲煙漂浮變幻，也只能領略大概，不能探尋清淨幽雅的勝景。我不論什麼事都喜歡獨出己見，不屑於人云亦云，即便品評詩畫，無不是他人視為珍寶，我卻棄若敝屣，他人棄之不顧，我卻取之珍藏，所以對於名勝的認識，全在於自己的心得體會，有名勝卻不覺得好的，有不是名勝而自以為妙的，姑且將平生所經歷的地方，一一記錄下來。

【研 析】〈浪遊記快〉記述沈復遊覽各地名勝的經歷，作者在此小序中提出了一個很重要的問題，即人要有獨立思考的精神，不可流俗盲從。人文精神的核心就是發揚理性，破除對神性的屈從，明代李贄提出不能迷信聖賢經傳，不以孔子之是非為是非，要根據自己的知識積累和人生經驗確定是非標準。古人強調做人要本色，不可刻意效仿別人，東施效顰、邯鄲學步，便喪失了自我。徐渭指出，婢學夫人，即使滿頭珠翠，也沒有夫人的氣象。學習要善於思考，才能獲得真正的知識，孔子說「學而不思則罔」，孟子說「盡信書不如無書」，都是強調學習要有獨立思考的精神，不可盲從書本。文藝創作和批評都貴在獨創，要有鮮明的個性，因此韓愈主張「惟陳言之務去」，袁宏道提出「不拘一格，獨抒性靈」，李贄則從「童心說」出發，認為四書五經皆不是天下之至文，而《西廂》、《水滸》等被正統文人鄙視的小說戲曲才是天下之至文。在書畫方面，則強調師法古人、變化在我，在學習的基礎上力求創新。沈復認為遊覽名勝也要有獨特的眼光，山川風物是客觀存在，但各人的審美觀念不同，只要自己覺得美，能使自己精神愉悅的山水風光，就值得去，並不在乎這個地方的名聲大小。沈復提出「人珍我棄、人棄我取」，「名勝所在貴乎心得」的原則，對於今日之旅遊也很有參考價值。現在喜歡旅遊的人越來越多，許多人慕名而來，一些著名的景點人滿為患，肩摩踵接，揮袂成雨，如何能欣賞大自然的美景？去那些人跡罕至的深山幽林，才能發現獨特的景致，享受到旅遊的快樂。在確定旅遊路線時，「人珍我棄、人棄我取」，確實是有效的方法。

一

余年十五時，吾父稼夫公館於山陰❶趙明府❷幕中，有趙省齋先生名傳者，杭之宿儒❸也，趙明府延教其子，吾父命余亦拜投門下。暇日出遊，得至吼山❹，離城約十餘里，不通陸路。近山見一石洞，上有片石，橫裂欲墮，即從其下蕩舟入。豁然空其中，四面皆峭壁，俗名之曰「水園」。臨流建石閣五椽，對面石壁有「觀魚躍」三字。水深不測，相傳有巨鱗潛伏，余投餌試之，僅見不盈尺者出而唼❺食焉。閣後有道通「旱園」，拳石亂矗，有橫闊如掌者，有柱石平其頂而上加大石者，鑿痕猶在，一無可取。遊覽既畢，宴於水閣，命從者放爆竹，轟然一響，萬山齊應，如聞霹靂聲。此幼時快遊之始。惜乎蘭亭❻、禹陵❼未能一到，至今以為憾。

【注　釋】❶山陰　今浙江紹興。❷明府　指縣令。❸宿儒　有很高修養的儒士。❹吼山　原名「犬亭山」，又名「狗山」，相傳春秋時越王句踐養狗於此而得名。紹興方言「狗」與「吼」音近，因狗山之名不雅，遂以吼山稱之。地處紹興皋埠鎮，現為旅遊景點。❺唼　魚吃食。❻蘭亭　位於紹興西南蘭渚山。東晉永和九年（西元三五三年），王羲之與謝安、王獻之等名士在此聚會，王羲之作〈蘭亭集序〉，蘭亭因此而著名，成為紹興重要的文化古跡和旅遊勝地。❼禹陵　大禹的陵墓，地處紹興城東南會稽山麓。

【語　譯】我十五歲時，父親稼夫公在山陰趙縣令處當幕僚，有趙省齋先生，名傳，是杭州很有修養的儒士，趙縣令請他教兒子讀書，我父親也讓我拜趙先生為師。空閒的日子外出遊玩，到了離城十多里的吼山，那裡沒有陸地通行的道路。近山處有一石洞，上面有一塊石頭，橫在空中已經龜裂，好像隨時會掉落下來，於是從石頭下面划船而入。洞中開闊空曠，四面都是峭壁，俗稱「水園」。臨河有五間石頭砌成的樓閣，對面石壁上有「觀魚躍」三個字。水深不可測，傳說有大魚潛伏在水中。我投放魚食試探，只見不到一尺長的小魚出水吃食。石閣後面有路通往「旱園」，園內散亂地矗立著假山，有的如手掌般闊大，有的將支柱的頂部削平，再加上一塊大石頭，斧鑿的痕跡還在，沒有可取之處。遊覽完畢，在水閣宴飲。讓隨從燃放爆竹，轟然一響，群山齊聲回應，好像聽到霹靂的聲響。這是我幼年最早的開心旅遊。可惜沒能去蘭亭、禹陵，至今引為憾事。

【研　析】此節寫幼時遊紹興吼山。吼山風光獨特，自漢以來鑿山開石，經過千百年的刀砍斧削和自然風化，形成了山奇、石怪、洞幽、水深的奇特自然景觀。吼山最著名的景觀是「棋盤石」，位於半山腰，孤兀獨立，上有橫石三塊，崔巍離奇。另有「雲臺」，上粗下細，凌空而立，橫架一塊橢圓形巨石，似天外飛來之雲。吼山東面有水石宕，石梁橫跨巖間，中有洞，可通舟，巖壁有

「觀魚躍」、「放生池」、「武陵源」等題刻。山頂原有樓閣數楹，為明萬曆間陶望齡讀書處，名曰「石匱山房」，今已不存。作者描述的景觀，即為此處。

二

至山陰之明年，先生以親老不遠遊，設帳❶於家。余遂從至杭，西湖之勝因得暢遊。結構之妙，予以龍井❷為最，小有天園❸次之。石取天竺❹之飛來峰❺，城隍山❻之瑞石古洞。水取玉泉❼，以水清多魚，有活潑趣也。大約至不堪者，葛嶺❽之瑪瑙寺❾。其餘湖心亭❿、六一泉⓫諸景，各有妙處，不能盡述，然皆不脫脂粉氣，反不如小靜室之幽僻，雅近天然。

蘇小墓⓬在西泠橋側，土人指示，初僅半丘黃土而已。乾隆庚子，聖駕南巡，曾一詢及，甲辰春復舉南巡盛典，則蘇小墓已石築，其墳作八角形，上立一碑，大書曰「錢塘蘇小小之墓」。從此吊古騷人，不須徘徊探訪矣。余思古來烈魄真魂，湮沒不傳者固不可勝數，即傳而不久者亦不為少，小小一名妓耳，自南齊至今，盡人而知之，此殆靈氣所鍾，為湖山點綴耶？

橋北數武，有崇文書院[13]，余曾與同學趙緝之投考其中。時值長夏，起極早，出錢塘門，過昭慶寺[14]，上斷橋[15]，坐石欄上。旭日將昇，朝霞映於柳外，盡態極妍。白蓮香裡，清風徐來，令人心骨皆清。步至書院，題猶未出也。午後繳卷，偕緝之納涼於紫雲洞，大可容數十人，石竅上透日光。有人設短几矮凳，賣酒於此。解衣小酌，嘗鹿脯甚妙，佐以鮮菱雪藕。微酣出洞，緝之曰：「上有朝陽臺頗高曠，盍往一遊？」余亦興發，奮勇登其巔，覺西湖如鏡，杭城如丸，錢塘江如帶，極目可數百里，此生平第一大觀也。坐良久，陽烏將落，相攜下山，南屏[16]晚鐘動矣。韜光[17]、雲棲[18]路遠未到。其紅門局之梅花，姑姑廟之鐵樹，不過爾爾。紫陽洞[19]予以為必可觀，而訪尋得之，洞口僅容一指，涓涓流水而已。相傳中有洞天，恨不能抉門而入。

清明日，先生春祭掃墓，挈余同遊。墓在東嶽⑳，是鄉多竹，墳丁掘未出土之毛筍，形如梨而尖，作羹供客。余甘之，盡其兩碗。先生曰：「噫！是雖味美而剋心血，宜多食肉以解之。」余素不貪屠門之嚼㉑，至是飯量且因筍而減。歸途覺煩躁，唇舌幾裂。過石屋洞㉒，不甚可觀。水樂洞峭壁多藤蘿，入洞如斗室，有泉流甚急，其聲琅琅。池廣僅三尺，深五寸許，不溢亦不竭。余俯流就飲，煩躁頓解。洞外二小亭，坐其中可聽泉聲。衲子請觀萬年缸，缸在香積廚㉓，形甚巨，以竹引泉灌其內，聽其滿溢，年久結苔厚尺許，冬日不冰，故不損也。

【注釋】❶設帳　《漢書・馬融傳》：「(融)常坐高堂，施絳紗帳，前授生徒，後列女樂，弟子以次相傳，鮮有入其室者。」後以設帳指開設書館教授生徒。❷龍井　在杭州西湖西面鳳篁嶺上，有泉水四時不絕，水味甘洌，與玉泉、虎跑並稱杭州三大名泉。所產茶葉具有色翠、香郁、味醇、形美「四絕」，以西湖龍井而著稱於世。❸小有天園　在杭州南屏山麓，舊名壑庵，乾隆皇帝南巡題為「小有天園」。❹天竺　即天竺山，在杭州西面，有上、中、下三天竺之分，上天竺的法喜寺、中天竺的法淨寺、下天竺的法鏡寺，分別建於五代、隋代、東晉年間，為著名的佛教寺院。❺飛來峰　一名靈鷲峰，在杭州靈隱寺前。相傳東晉高僧慧理登此山，說「此乃天竺國靈鷲山之小嶺，不知何以飛來」，故名飛來峰。❻城隍山　又名吳山，在杭州錢塘江北岸，西湖東南。❼玉泉　在杭州棲霞山和靈隱山之間，泉水晶瑩明淨，原在清漣寺內，今寺已廢，改建為具有江南園林特色的庭院。❽葛嶺　在杭州西湖北寶石山西，相傳為東晉時著名道士葛洪修煉處，故名葛嶺。❾瑪瑙寺　位於杭州孤山瑪瑙坡，始建於五代，現存建築為清同治間重建。❿湖心亭　又名振鷺亭、清喜閣，在西湖中央，始建於明嘉靖年間，萬曆後才稱為湖心亭。⓫六一泉　在杭州孤山西南麓，宋代蘇軾任杭州知州時，為紀念歐陽脩而命名。⓬蘇小墓　即蘇小小墓，在杭州西泠橋邊慕才亭中。蘇小小，南齊時名妓，傳說死後葬於西泠橋畔，後人仰慕其容貌文采，在此建蘇小小墓，西元一九六四年墓被平毀，現按原樣修復。⓭崇文書院　在西湖跨虹橋西，始建於明萬曆二十七年（西元一五九九年），原名「紫陽崇文書院」，康熙南巡，題榜「崇文」，遂改名崇文書院。⓮昭慶寺　在杭州寶石山東邊，南臨西湖，始建於五代，今已不存。⓯斷橋　一名段橋，據說白堤到此而斷，故名。斷橋殘雪為西湖十景之一。⓰南屏　南屏山，在西湖南岸。⓱韜光　在杭州靈隱寺西北，有韜光寺。⓲雲棲　位於西湖西南十公里處的五雲山南麓。⓳紫陽洞　又名瑞石古洞、雪風洞，在杭州紫陽山。⓴東嶽　在杭州北高峰。㉑屠門之嚼　吃肉。屠門，肉市。㉒石屋洞　在杭州南高峰煙霞嶺，與水樂洞、煙霞洞並稱煙霞三洞。㉓香積廚　寺院中的廚房。

【語　譯】到山陰的第二年，先生因為雙親年老不再出遠門，在家設館授徒，我也就跟隨到杭州，因而得以暢遊西湖的名勝。景物佈置的巧妙，我認為龍井最好，小有天園其次。山石之佳，當推天竺山的飛來峰，城隍山的瑞石古洞，泉水之美，首選玉泉，因為水清多魚，有活潑的生趣。最不堪入目的，大概要算葛嶺的瑪瑙寺。其餘湖心亭、六一泉等景色，各有妙處，不能一一細說，然而都不脫脂粉氣，反而不如小靜室的幽雅僻靜，很有天然之趣。

蘇小小的墓在西泠橋邊，當地人介紹，起初蘇小小墓只是半丘黃土，乾隆庚子年，皇上車駕南巡，曾經問及此墓。甲辰年春天，再次舉行皇上南巡的盛大典禮，蘇小小墓已用石頭砌成，呈八角形，墳上立有一碑，刻有「錢塘蘇小小之墓」幾個大字。從此前來憑弔思古的文人不須來回尋找探訪了。我想自古至今忠烈之士死後被人遺忘，淹沒不傳的固然數不勝數，即便他們的姓名和事跡能夠流傳一時，也不長久，這樣的情況也不在少數。蘇小小只是一個名妓，卻自南齊流傳到如今，人人皆知，這難道是大自然的靈氣集中在她身上，為湖光山色作點綴嗎？

西泠橋北邊幾步路遠處，有崇文書院，我曾與同學趙緝之在這裡參加考試。當時正是夏天，我們很早就起床，出錢塘門，過昭慶寺，上斷橋，坐在石欄上。遙望東方，旭日即將升起，朝霞映照著柳樹外的天空，呈現出變幻無窮的絢麗色彩。放眼湖中，白蓮盛開，香氣撲鼻，清風徐徐拂過，令人神清氣爽，筋骨舒暢。步行到書院，考試的題目還未公佈。午後繳上考卷，與緝之在紫雲洞納涼，這個洞大得可以容納幾十人，石縫中透過縷縷陽光，有人擺設了小桌子矮板凳，在這裡賣酒。我們解開衣服，隨意小酌，品嘗鹿肉乾，其味極佳，配上新鮮的菱角、潔白的嫩藕，喝到微醺才出洞。緝之說：「上面有朝陽臺，很是高曠，何不前往一遊？」我也遊興大發，奮勇登上山頂，俯瞰山下，覺得西湖就像一面鏡子，杭州城成了彈丸之地，錢塘江猶如一條帶子，放眼可以看到幾百里遠處，這是我平生第一次見到如此宏偉壯觀的景象。坐了很久，太陽將落，我們才互相攙扶著下山，此時南屏晚鐘已經敲響。韜光、雲棲路遠未到，其中紅門局的梅花、姑姑廟的鐵樹，不過如此。我以為紫陽洞必定值得一看，找到這個地方，洞口狹小僅能插進一根手指，涓涓細流從洞中流出，相傳洞中別有景致，恨不能推門而入。

清明那天，先生祭祖掃墓，帶我同往一遊。墓地在東嶽，這個地方竹子很多，看墳人挖尚未出土的毛筍，形狀像梨而略尖，做成羹招待客人。我覺得味道很好，吃了兩碗。先生說：「哎呀！竹筍雖然味美，但是損傷心血，宜多吃肉來緩解。」我向來不愛吃肉，此時飯量因筍吃多了而減少，歸途中覺得煩躁，嘴唇、舌頭乾燥得似要裂開。經過石屋洞，沒有什麼可看的。水樂洞峭壁上長滿藤蘿，進入洞內，窄小如斗室，有山泉水流很急，聲音清朗響亮。泉水匯入水池，只有三尺見方，深有五寸多，池中水既不溢出，也不枯竭。我俯身湊近山泉喝水，煩躁頓時消解。洞外有兩座小亭子，坐在裡面可以聽到泉水聲。和尚請我們觀看萬年缸。缸在寺院的廚房，形狀十分巨大，用竹筒接引泉水灌入其中，聽任泉水滿溢，年代久了，結了一尺多厚的青苔，因此冬天不結冰，水缸不會破裂，至今完好無損。

【研析】此節寫暢遊杭州情形。俗話說：「上有天堂，下有蘇杭。」蘇州、杭州不僅經濟繁榮，生活優裕，而且山青水秀，風光旖旎，是中國著名的旅遊城市。蘇州風景以園林為主，精巧雅緻；杭州風景以山水為主，靈動秀麗。沈復借從師讀書的機會，遊遍了杭州的山山水水，作者所記，似乎可當作杭州的導遊手冊。

杭州的景點眾多，作者的記述點面結合，有詳有略。龍井、小有天園、飛來峰、瑞石古洞、玉泉等地，皆一筆帶過，文字雖簡略，卻能道出其妙處所在，如龍井、小有天園之結構，飛來峰、瑞石古洞之石，玉泉之水。小有天園為清初汪之萼別墅，面湖背山，絕佳的山水環境和精緻的亭臺花木互相映襯，此即結構之妙。飛來峰山體由石灰岩構成，由於長期受地下水溶蝕作用，形成了許多奇幻多變的洞壑，具有無石不奇，無樹不古，無洞不幽的特色，此即山石之奇。玉泉泉水清冽，匯成一長方形水池，池中養著許多魚，「玉泉魚躍」成為西湖十八景之一，明人董其昌題有一聯：「魚有化機參活潑，人無俗慮悟清涼」。具體寫斷橋之綠柳白蓮，富有詩意；寫紫雲洞納涼飲酒，很有情趣；登山頂俯瞰杭州全景，視野開闊，心曠神怡，皆各具特色。作者寫景，注意到不同色調的搭配，視角遠近高低的變化，景物的動靜結合，呈現出一幅色彩絢麗，具有立體感的圖畫。

杭州不僅有美麗的自然風光，還有許多人文景觀，如岳墳、于謙祠、張蒼水墓、蘇小小墓等，作者不提精忠報國、建功立業的名臣良將，卻在一個妓女墓上花了許多筆墨，作者的興趣，乃在普通人的悲歡離合，顯示出風流文人的「情癡」本色。

三

辛丑秋八月，吾父病瘧返里，寒索火，熱索冰。余諫不聽，竟轉傷寒，病勢日重。余侍奉湯藥，晝夜不交睫者幾一月。吾婦芸娘亦大病，懨懨在床。心境惡劣，莫可名狀。吾父呼余囑之曰：「我病恐不起，汝守數本書，終非糊口計。我託汝於盟弟蔣思齋，仍繼吾業可耳。」越日，思齋來，即於榻前命拜為師。未幾，得名醫徐觀蓮先生診治，父病漸痊，芸亦得徐力起床，而余則從此習幕矣。此非快事，何記於此？曰：此拋書浪遊之始，故記之。思齋先生名襄。是年冬，即相隨習幕於奉賢官舍。

有同習幕者，顧姓名金鑑，字鴻干，號紫霞，亦蘇州人也。為人慷慨剛毅，直諒不阿❶，長余一歲，呼之為兄。鴻干即毅然呼余為弟，傾心相交。此余第一知己交也，惜以二十二歲卒。余即落落寡交，今年且四十有六矣，茫茫滄海，不知此生再遇知己如鴻干者否？憶與鴻干訂交，襟懷高曠，時興山居之想。

重九日，余與鴻干俱在蘇，有前輩王小俠與吾父稼夫公喚女伶演劇，宴客吾家。余患其擾，先一日約鴻干赴寒山❷登高，借訪他日結廬❸之地，芸為整理小酒榼。

越日，天將曉，鴻干已登門相邀。遂攜榼出胥門❹，入麵肆，各飽食。渡胥江，步至橫塘❺棗市橋❻，雇一葉扁舟，到山日猶未午。舟子頗循良，今其糴米煮飯。余兩人上岸，先至中峰寺❼。寺在支硎❽古剎之南，循道而上，寺藏深樹，山門寂靜，地僻僧閒。見余兩人不衫不履，不甚接待，余等志不在此，未深入。歸舟飯已熟，飯畢，舟子攜榼相隨，囑其子守船，由寒山至高義園❾之白雲精舍❿。軒臨峭壁，下鑿小池，圍以石樹，一泓秋水，崖懸薜荔，墻積莓苔。坐軒下，惟聞落葉蕭蕭，悄無人跡。出門有一亭，囑舟子坐此相候，余兩人從石罅中入，名「一線天」，循級盤旋，直造其巔，曰「上白雲」⓫。有庵已坍頹，存一危樓，僅可遠眺。

小憩片刻，即相扶而下，舟子曰：「登高忘攜酒榼矣。」鴻干曰：「我等之遊，欲覓偕隱地耳，非專為登高也。」舟子曰：「離此南行二三里，有上沙村，多人家，有隙地，我有表戚范姓居是村，盍往一遊？」余喜曰：「此明末徐俟齋⓬先生隱居處也，有園聞極幽雅，從未一遊。」於是舟子導往。村在兩山夾道中，園依山而無石，老樹多極紆回盤鬱之勢，亭榭窗欄盡從樸素，竹籬茆舍⑬，不愧隱者之居。中有皂莢亭，樹大可兩抱。余所歷園亭，此為第一。園左有山，俗呼雞籠山⑭，山峰直豎，上加大石，如杭城之瑞石古洞，而不及其玲瓏。旁一青石如榻，鴻干臥其上曰：「此處仰觀峰嶺，俯視園亭，既曠且幽，可以開樽矣。」因拉舟子同飲，或歌或嘯，大暢胸懷。土人知余等覓地而來，誤以為堪輿⑮，以某處有好風水相告。鴻干曰：「但期合意，不論風水。」豈意竟成讖語。酒瓶既罄，各採野菊，插滿兩鬢。

歸舟，日已將沒。更許抵家，客猶未散。芸私告余曰：「女伶中有蘭官者，端莊可取。」余假傳母命，呼之入內，握其腕而睨之，果豐頤白膩。余顧芸曰：「美則美矣，終嫌名不稱實。」芸曰：「肥者有福相。」余曰：「馬嵬之禍⑯，玉環⑰之福安在？」芸以他辭遣之出，謂余曰：「今日君又大醉耶？」余乃歷述所遊，芸亦神往者久之。

【注　釋】❶直諒不阿　正直、誠信，不曲從、不逢迎。❷寒山　以寒山寺而得名，在蘇州城西閶門外楓橋附近，處於天平山和虎丘山之間。❸結廬　構築房舍。陶淵明〈飲酒〉詩：「結廬在人境，而無車馬喧。」後常以結廬表示隱居。❹胥門　又名姑胥門，位於蘇州城西萬年橋南，春秋時吳國所建都門之一。❺橫塘　古堤名，在蘇州西南。❻棗市橋　胥江上的一座橋，現名蟠龍橋。❼中峰寺　在蘇州西部觀音山，原為觀音寺，因寺南北各有一峰，名曰南峰、北峰，遂將觀音寺稱為中峰寺。❽支硎　支硎山，在蘇州西面，與天平山和寒山前後相連。相傳晉代名僧支遁在此隱居修行。五代時在支硎山東麓報恩寺舊址建造觀音寺，香火鼎盛，民間習慣將支硎山稱為觀音山。❾高義園　位於蘇州天平山南麓，始建於唐代，後為宋范仲淹祠堂。❿白雲精舍　在天平山腰，創建於宋代。⓫上白雲　天平山高峻奇險，白雲繚繞，故又稱白雲山。自山麓至白雲精舍為下白雲，自白雲精舍至山頂為上白雲。⓬徐俟齋　徐枋，字昭法，吳縣人，明末清初畫家。崇禎十五年（西元一六四二年）舉人，入清不仕，隱居天平山麓。⓭茆舍　茅舍。茆，同「茅」。⓮雞籠山　在蘇州靈巖山和天平山之間，山頂有五塊直立的巨石支撐著一塊橫臥的大盤石，名曰五人撐傘。⓯堪輿　看風水。⓰馬嵬之禍　唐代安史之亂，安祿山攻佔長安，唐明皇倉皇出逃四川，在馬嵬護駕的軍隊譁變，逼唐明皇誅殺楊國忠和楊貴妃，楊貴妃被迫自縊，史稱馬嵬之變或馬嵬之禍。馬嵬，在陝西興平。⓱玉環　楊貴妃，名玉環，唐玄宗寵妃，身材豐滿，膚如凝脂，中國古代四大美人之一。

【語　譯】辛丑年秋天八月，父親得了瘧疾，我返回鄉里。父親發病時忽冷忽熱，冷了要火取暖，熱了要冰降溫，我勸阻不聽，竟轉成傷寒，病情日益嚴重。我端湯送藥侍奉父親，幾乎一個月沒有合眼。我的媳婦芸娘也生大病，精神萎靡臥床不起。我心境惡劣無法形容。父親把我叫到身邊囑咐道：「我的病恐怕好不了，你守著幾本書，終究不是糊口謀生的辦法。我把你託付給結拜兄弟蔣思齋，繼承我的事業就行了。」過了一天，思齋來了，就在父親床前讓我拜他為師。不久，經名醫徐觀蓮先生診治，父親的病漸漸好了，芸也有力氣慢慢地下床。我從此就開始學做幕僚。這不是愉快的事情，為什麼還要記下來呢？因為這是我拋開書本漫遊四方的開始，所以記錄於此。思齋先生名襄。這年冬天，就隨他到奉賢官署學做幕僚。

有個一起學做幕僚的人，姓顧，名金鑑，字鴻干，號紫霞，也是蘇州人。他為人慷慨剛強，正直坦誠，不逢迎，比我大一歲，我稱他為兄，鴻干也爽快地稱我為弟，兩人真心相交。這是我的第一個知己朋友，可惜二十二歲就死了。從此我孤單落寞很少與人交往，今年四十六歲了，茫茫滄海的人世間，不知此生還能再遇到像鴻干這樣的知己嗎？回憶起與鴻干結交時，襟懷高遠，時常產生隱居深山的念頭。

九月初九，我和鴻干都在蘇州，有前輩王小俠與我父親稼夫公叫女戲子來演戲，在我家設宴招待客人。我害怕喧鬧嘈雜，前一天就約鴻干去寒山登高，借此機會探尋他日隱居的地方，芸為我們準備了隨身攜帶的小酒具。

第二天拂曉，鴻干已經登門催我。於是帶了酒具出胥門，進入一家麵店，兩人吃飽上路。渡過胥江，步行至橫塘棗市橋，雇了一條小船，到寒山時還未到中午。船家很忠厚善良，就讓他買米做飯。我倆上岸，先到中峰寺。寺在支硎古剎的南面，順著道路往上走。寺院藏在茂密的樹叢之中，山門寂靜，因為地方偏僻，人跡罕至，僧人都很悠閒，看到我倆衣著不整，不太願意接待。我們的興趣也不在這兒，就沒有進去。回到船上，飯已熟。吃完飯，船家拿著酒具跟隨，吩咐他的兒子看守船隻，從寒山到高義園的白雲精舍。精舍中長廊面臨峭壁，下面鑿了一個小水池，四周圍著石柱，一潭清澈的秋水，峭壁懸掛薜荔，牆上積滿青苔。坐在廊下，只聽到落葉的蕭蕭聲，悄無人跡。出門有一亭子，囑咐船家坐在亭子裡等候。我倆從石縫中進去，那地方名為「一線天」。順著臺階盤旋而上，一直攀登到山頂，這一段路叫「上白雲」，有座庵堂已經坍塌，保存了一座高樓，也只能遠遠地觀望。

歇息片刻，就互相攙扶著下山。船家說：「你們登高時忘了帶酒具了。」鴻干說：「我們出遊，想尋找兩人一同隱居的地方，不是專為登高而來。」船家說：「離開此地往南走二三里，有個上沙村，人家很多，有空餘的地方。我有個表親姓范，就住在這個村裡，何不前往一遊？」我高興地說：「這是明末徐俟齋先生隱居的地方，有個園子極幽雅，從來沒有遊玩過。」於是船家領著我們前往。村莊在兩山之間的夾道之中，園林依山而建，園中卻沒有山石，很多老樹極有虬曲盤旋的姿態，亭子、樓臺、窗戶、欄杆都追求樸素，竹籬茅屋，不愧是隱士的住所。園中有皂莢亭，樹幹有兩人合抱那麼大。我所遊歷過的園亭，這個數第一。園子左邊有座山，俗稱雞籠山，山峰直立，上面覆蓋一塊大石，就像杭州的瑞石古洞，但不及瑞石古洞的精細玲瓏。旁邊有一塊青石，如同床榻，鴻干躺在上面說：「這裡仰觀山峰，俯視園亭，既空曠又幽靜，可以喝酒了。」於是拉船家同飲，或高歌或長嘯，心中非常暢快。當地人知道我們為尋找空地而來，誤以為要看風水，就告訴我們某個地方有好風水。鴻干說：「只求合意，不論風水。」誰知道一語成讖，鴻干英年早逝。喝完瓶中酒，各人去採野菊花，插滿雙鬢。

回到船上，太陽已快落山。一更多回到家中，客人還未散去。芸私下告訴我：「女戲子中有個蘭官，長相端莊令人讚許。」我假傳母命，把她叫進來，握著她的手腕細看，果然體態豐滿，皮膚白淨細膩。我回顧芸說：「漂亮是漂亮，終覺得名不副實，缺乏蘭花的幽雅風韻。」芸說：

「胖人有福相。」我說：「馬嵬之禍，楊玉環的福氣在哪裡？」芸找了個藉口把她打發走了，對我說：「你今天又喝酒大醉了？」我就細述遊覽的過程，芸聽了神往不已。

【研　析】此節寫與顧鴻干同遊蘇州。沈復乾隆四十六年（西元一七八一年）之前，以讀書為業，所到之處有限，之後，迫於生計，丟棄學業，以習幕謀生，四處漂泊，故作者說：「此拋書浪遊之始」。

沈復與鴻干遊蘇州，出胥門渡江，在棗市橋登舟到寒山，然後去高義園之白雲精舍，再往上沙村雞籠山。作者行文與上節有所不同，重點不在「景」而在「遊」，主要寫遊人的行動。如寫舟子忠厚淳樸，不僅為客人糴米煮飯，還攜帶酒具跟隨登山，並主動帶他們前往上沙村。在雞籠山，鴻干臥於青石之上，說：「此處仰觀峰嶺，俯視園亭，既曠且幽，可以開樽矣。」因拉舟子同飲，或歌或嘯，大暢胸懷，刻畫了沈復等人豪邁的性情。酒瓶告罄，酒興已濃，於是各採野菊插滿雙鬢而歸。沈復等人出遊在重陽節，文人都喜歡在此日賞菊飲酒。明代楊慎被貶雲南，重陽日挾妓登高，傳粉插菊，酒醉後便在妓女衣袖上寫詩，妓女奉若珍寶，成為文人的風流佳話。沈復等人採菊插滿雙鬢，也顯示了狂放不羈的風度。

作者曾遊覽蘇杭許多著名園林，卻盛讚少人問津的徐園為第一，因為此園「依山而無石，老樹多極紆回盤鬱之勢，亭榭窗欄盡從樸素，竹籬茆舍，不愧隱者之居」，崇尚自然，反對雕琢，崇尚質樸，反對奢華，這就是沈復的審美觀，也是他「人珍我棄、人棄我取」，貴在獨創，不流俗盲從原則的體現。

四

癸卯春，余從思齋先生就維揚❶之聘，始見金❷、焦❸面目。金山宜遠觀，焦山宜近視，惜余往來其間，未嘗登眺。渡江而北，漁洋❹所謂「綠楊城郭是揚州」❺一語，已活現矣。平山堂離城約三四里，行其途有八九里，雖全是人工，而奇思幻想，點綴天然，即閬苑瑤池❻，瓊樓玉宇❼，諒不過此。其妙處在十餘家之園亭合而為一，聯絡至山，氣勢俱貫。其最難位置處，出城入景，有一里許緊沿城郭。夫城綴於曠遠重山間，方可入畫，園林有此，蠢笨絕倫。而觀其或亭或臺，或墻或石，或竹或樹，半隱半露間，使遊人不覺其觸目，此非胸有丘壑者斷難下手。

城盡，以虹園❽為首，折而向北，有石梁曰「虹橋❾」。不知園以橋名乎？橋以園名乎？蕩舟過，曰「長堤春柳❿」，此景不綴城腳而綴於此，更見佈置之妙。再折而西，壘土立廟，曰「小金山⑪」。有此一擋，便覺氣勢緊湊，亦非俗筆。聞此地本沙土，屢築不成，用木排若干，層疊加土，費數萬金乃成，若非商家，烏能如是。過此有勝概樓⑫，年年觀競渡於此。河面較寬，南北跨一蓮花橋⑬，橋門通八面，橋面設五亭，揚人呼為「四盤一暖鍋」，此思窮力竭之為，不甚可取。橋南有蓮心寺⑭，寺中突起喇嘛白塔，金頂纓絡⑮，高矗雲霄，殿角紅牆，松柏掩映，鐘磬時聞，此天下園亭所未有者。過橋見三層高閣，畫棟飛檐，五彩絢爛，疊以太湖石，圍以白石欄，名曰「五雲多處⑯」，如作文中間之大結構也。

過此名「蜀岡⑰朝旭」，平坦無奇，且屬附會。將及山，河面漸束，堆土植竹樹，作四五曲。似已山窮水盡，而忽豁然開朗，平山之萬松林已列於前矣。「平山堂」為歐陽文忠公所書。所謂淮東第五泉，真者在假山石洞中，不過一井耳，味與天泉同。其荷亭中之六孔鐵井欄者，乃係假設，水不堪飲。

九峰園⑱另在南門幽靜處，別饒天趣，余以為諸園之冠。康山⑲未到，不識如何。此皆言其大概，其工巧處、精美處，不能盡述，大約宜以艷妝美人目之，不可作浣紗溪上觀也。余適恭逢南巡盛典，各工告竣，敬演接駕點綴⑳，因得暢其大觀，亦人生難遇者也。

【注釋】❶維揚　揚州的別稱。❷金　指金山，在江蘇鎮江市西北，上有著名佛寺金山寺，為風景名勝區。❸焦　指焦山，在鎮江市東北，聳峙於長江之中，以山水天成、古樸幽雅聞名。❹漁洋　王士禎，字子真、貽上，號阮亭、漁洋山人，人稱王漁洋，新城人，清代著名詩人。順治十五年（西元一六五八年）進士，次年任揚州推官。❺綠楊城郭是揚州　語出王士禎〈浣溪沙・虹橋〉詞。❻閬苑瑤池　傳說中神仙居住之地。❼瓊樓玉宇　指神話中月宮裡的亭臺樓閣。❽虹園　又名倚虹園，在虹橋東南，為清代鹽商洪氏私家花園。❾虹橋　在揚州瘦西湖上，初建於明崇禎年間，原為木橋，圍以紅色欄杆，故名「紅橋」。王士禎在揚州做官時，曾修繕紅橋，並在橋上建亭。乾隆元年（西元一七三六年），改建為石橋，因其形如彩虹，遂改名「虹橋」。❿長堤春柳　虹橋至徐園有一長堤，路邊三步一桃、五步一柳，故名「長堤春柳」。⓫小金山　原名「長春嶺」，瘦西湖中一小島，為瘦西湖二十四景之一。⓬勝概樓　在瘦西湖水雲勝概景點內，在長春橋西。⓭蓮花橋　又名「五亭橋」，在瘦西湖上，建於乾隆二十二年（西元一七五七年）。⓮蓮心寺　當為蓮性寺，原名法海寺，康熙南巡賜名蓮性寺，因寺內有白塔，又名白塔寺，位於瘦西湖鳧莊西南的小島上。⓯纓絡　用珠玉串成的裝飾物。

⑯五雲多處　即熙春臺，與蓮花橋相對。臺上有方閣，上下三層。上層匾額題為「五雲多處」。⑰蜀岡　在揚州西北。⑱九峰園　在今揚州蓮花池公園，園內有太湖九峰，康熙時鹽商汪長馨所建。⑲康山　在揚州東南，明永樂間疏浚運河，挖土堆積而成。明正德間康海曾居於此，故名康山。⑳點綴　此處意為安排、佈置。

【語　譯】癸卯年春天，我跟隨思齋先生接受揚州的聘請，才見到金山、焦山的面目。金山適宜遠觀，焦山適宜近看，可惜我往來於金山、焦山之間，不曾登山遠眺。渡過長江往北走，漁洋所說「綠楊城郭是揚州」，已經活靈活現地呈現在眼前。平山堂離城約三四里，因為道路迂迴曲折，有八九里的路程，兩旁園林雖然全是人工營造，但有奇妙的構思，佈置得渾然天成，即便閬苑瑤池、瓊樓玉宇，想來也不過如此。其中的妙處在十幾家園亭合而為一，互相呼應延伸到山中，氣勢連貫而無間斷。其中最難安排的地方，是出城市進入景區，有一里多路緊挨著城牆。城牆點綴在曠遠的重山之中，才能入畫，園林中放一段城牆，愚蠢到極點了。可是看這些園子，或亭子或臺閣，或土牆或山石，或竹林或樹叢，城牆半隱半露，使遊人不覺得顯眼，不是胸有丘壑，具深厚修養的人，決不能建造得如此自然妥帖。

城牆盡頭，起首就是虹園，折向北面，有座石橋名「虹橋」，不知是虹園因虹橋而得名？還是虹橋因虹園而得名？駕船過虹橋，是「長堤春柳」，此景不放在城腳而放在這裡，更見佈置的巧妙。再折向西，在湖中小島壘土建廟，稱為「小金山」。湖面有小金山阻擋，就覺得氣勢緊湊，具有意想不到的效果，設計不落俗套。聽說此地本是沙土，屢次堆土造山都沒成功，於是用木排若干，在木排上鋪上土，再放一層木排鋪上土，這樣層層疊加起來，花費了幾萬兩銀子才造成小金山，如果不是富有的商家，怎麼能這樣做。過了小金山有勝概樓，每年在這裡看划船比賽。河面較寬，一座蓮花橋橫跨南北，橋門通往四面八方，橋面上建有五座亭子，揚州人稱為「四盤一暖鍋」，這樣的設計是才思窮竭的表現，很不可取。橋南有蓮心寺，寺中有一座喇嘛教的白塔，金色的頂，以珠玉裝飾，巍然屹立直插雲霄，大殿四角飛簷凌空，紅色的牆壁，掩映在松柏之中，不時傳來鐘磬之聲，這是天下園林亭閣所沒有的。過橋看到三層高閣，彩繪的棟梁，飛舉的屋簷，五彩繽紛，閣前有太湖石疊成的假山，四周圍著白色的石欄杆，閣樓名為「五雲多處」，此處為整個景區最突出的部分，就像作文中間最為關鍵的段落。

過了此地是「蜀岡朝旭」，平坦無奇，取名也是牽強附會。將到山中，河面逐漸變窄，在水邊堆土種植竹子和樹木，河道曲折蜿蜒轉了四五個彎，似已山窮水盡，卻豁然開朗，平山的萬松林已呈現在眼前了。「平山堂」的匾額是歐陽文忠公書寫的。所謂淮東第五泉，真泉在假山的石洞中，不過是個水井而已，水味與雨水相同。荷亭中那六孔鐵欄杆圍著的井，只是擺設，井水並不能飲用。

九峰園另在南門幽靜處，富有獨特的自然意趣，我認為是諸多園林中最好的。康山沒有去，不知道如何。這裡只是說個大概，其中工巧處、精美處，不能一一細說，這些景致，大約只能看作艷妝的美人，不能看作浣紗溪邊清麗的農家女。我在揚州時，正巧碰上皇上南巡的盛典，各項工程都已完成，於是演習接駕的儀式，因而能飽覽慶典盛大壯觀的景象，這也是人生難得遇見的。

【研析】此節圍繞平山堂和瘦西湖寫揚州景致。

瘦西湖原是揚州護城河，南起北城河，北抵蜀岡山腳。明清時期，富甲天下的鹽商在沿河兩岸構築園林，形成了虹橋覽勝、長堤春柳、四橋煙雨、水雲勝概、白塔晴雲、蜀岡晚照等二十四景，被譽為「兩堤花柳全依水，一路樓臺直到山」。文中所說「平山堂離城約三四里，行其途有八九里，雖全是人工，而奇思幻想，點綴天然，即閬苑瑤池，瓊樓玉宇，諒不過此。其妙處在十餘家之園亭合而為一，聯絡至山，氣勢俱貫」，即言瘦西湖沿岸景色。

虹橋原名紅橋，因橋形似彩虹臥波，改名虹橋，是瘦西湖離揚州城最近的景點，也是瘦西湖景區的開端。清人吳綺〈鼓吹詞序〉描寫虹橋說：「彩虹臥波，丹蛟截水，不足以喻，而荷香柳色，雕楹曲檻，鱗次環繞，綿亙十餘里，春夏之交，繁弦急管，金勒畫船掩映出沒於其間，誠一郡之麗觀也。」虹橋風景美麗，成了文人雅集之地，清代揚州文人多次在此舉行修禊盛會，創作了大量描寫虹橋風光的詩文，其中最著名的是王士禎《冶春絕句十二首》其三：「紅橋飛跨水當中，一字欄杆九曲紅。日午畫船橋下過，衣香人影太匆匆。」清人費軒〈望江南〉詞也是描寫虹橋的佳作：「揚州好，第一是虹橋，楊柳綠齊三尺雨，櫻桃紅破一聲簫，處處住蘭橈。」

小金山是瘦西湖中最大的島嶼，為疏浚瘦西湖河道的積土所壘，是湖上建築最密集的地方。登上山頂的風亭，可以俯瞰瘦西湖全景，亭上有楹聯道：「風月無邊，到此胸懷何以；亭臺依舊，羨他煙水全收」。朱自清說「瘦西湖看水最好，看月也頗得宜」，風亭是看水觀月最佳處。

勝概樓為水雲勝概一景。水雲勝概是從長春橋至五亭橋之間的一段風光，原來屬於清人黃履暹所建之私家園林，園內有隨喜庵、春水廊、勝概樓、小南屏諸勝。李斗《揚州畫舫錄》記述勝概樓曰：「樓前面湖空闊，樓後苦竹參天，沿堤豐草匝地，對岸樹木如昏壁畫。登樓四望，天水無際，五橋峙中，諸橋羅列，景物之勝，俱在目前。」沈復在揚州期間，每年到勝概樓觀競渡，即賽龍舟。揚州賽龍舟規模盛大，內容豐富，除了比賽划船的速度，還有各種競技表演，如小孩在船頭扮演「紅孩兒拜觀音」、「楊妃春睡」等節目，有投物於水中，船上人下水搶奪，等等。揚州每年五月的龍舟節，既是祭奠水神和屈原的儀式，也是百姓歡樂的節日。

蓮花橋又名五亭橋，因其最早建於蓮花埂上。橋上建有五座風亭，從空中看就像盛開的蓮花。五亭橋有十五個橋洞，洞洞相連，「每當清風月滿之時，每洞各銜一月。金色蕩漾，眾月爭輝，莫可名狀」。

蓮性寺原名法海寺，建於元至元間，康熙南巡，賜名蓮性寺。寺內有白塔，仿北京北海白塔形制。傳說乾隆遊揚州，從水上看到五亭橋一帶的景色，說：「只可惜少了一座白塔，不然這兒與北海『瓊島春陰』像極了。」說者無心，聽者有意，揚州鹽商花十萬銀子從太監處買來北海白塔的圖紙，連夜用白色的鹽包堆積成一座白塔。《清代野史大觀》記載造塔者為揚州鹽商總領江春，白塔一夜而成，乾隆看到，以為是假的，近觀果為磚石砌成，不禁感歎「鹽商之財力偉哉」。《揚州畫舫錄》於蓮性寺和白塔皆有記載：「寺中多柏樹，門殿廊舍皆在樹隙，故樹多穿廊拂煙」，「中建臺五十三級，臺上造白塔。塔身中空，供白衣大士像。其外層級而上，加青銅纓鎏金塔鈴，最上簇鎏金頂。」《揚州畫舫錄》的記載，與此書所述「寺中突起喇嘛白塔，金頂纓絡，高矗雲霄，殿角紅牆，松柏掩映，鐘磬時聞」，十分契合。

「五雲多處」即熙春臺，是揚州二十四橋景區的主體建築。熙春臺建有三層樓閣，下一層題額曰「熙春臺」，上一層題額原為「小李將軍畫本」，後改為「五雲多處」。熙春臺綠瓦朱棟，飛簷玉欄，體現出皇家園林富麗堂皇的宏大氣派。

蜀岡在揚州城西北，三峰突起，中峰有萬松嶺、平山堂、法淨寺，西峰有五烈墓、司徒廟，東峰有觀音閣、功德山。平山堂在大明寺內，宋代慶曆年間揚州太守歐陽脩所建。平山堂地處揚州最高點，坐堂上江南諸山歷歷在目，似與堂平，平山堂因此得名。淮東第五泉在大明寺內，唐人張又新《煎茶水記》曰：「揚子江南冷水第一（鎮江的中冷泉），無錫惠山寺石泉水第二，蘇州虎丘寺水第三，丹陽縣觀音寺水第四，揚州大明寺水第五，吳松江水第六，淮水最下，第七。」淮東第五泉之名由此而來。大明寺稱為第五泉的泉水有兩處，一處在東岸，一處在西側池中。西側池中泉水為雍正年間鑿池時發現，當時人認為此處是真正第五泉，並在上面建一座無蓋之井亭。沈復則認為東岸山洞中泉水是真，有井亭之泉為假。

瘦西湖之景，皆鹽商所建之園林，沈復多從園林藝術的角度觀賞揚州的景色。他稱讚揚州之景「雖全是人工，而奇思幻想，點綴天然」，指出園林修建的兩大原則：一是要有奇妙的構思，不落俗套，這樣才能令人耳目一新；二是點綴天然，人工修建的景色要有自然之趣，與自然景色融為一體，契合無間。他特別讚賞揚州園林雖依城牆而建，但或亭或臺，或牆或石，或竹或樹，使城牆或隱或露，不僅沒有破壞園林的景致，反而更增添園林的意趣。沈復還特別注重園林的整體佈局，認為長堤春柳「不綴城腳而綴於此，更見佈置之妙」。在平坦的湖面上，突然矗立一座小金山，可以俯瞰瘦西湖全景，在湖上遊船至此，則有紆回曲折之妙，沈復認為「有此一擋，便覺氣勢緊湊，亦非俗筆。」熙春臺處在瘦西湖轉折處，與小金山遙遙相對，東可見五亭橋和白塔，北可望蜀岡，因此沈復說此處「如作文中間之大結構也」。

五

甲辰之春，余隨侍吾父於吳江何明府幕中，與山陰章蘋江、武林章映牧、苕溪❶顧靄泉諸公同事，恭辦南斗圩行宮❷，得第二次瞻仰天顏❸。一日，天將晚矣，忽動歸興。有辦差小快船，雙艣兩槳，於太湖飛棹疾馳，吳俗呼為「出水轡頭❹」，轉瞬已至吳門橋❺。即跨鶴騰空，無此神爽。抵家，晚餐未熟也。

吾鄉素尚繁華，至此日之爭奇奪勝，較昔尤奢。燈彩眩眸，笙歌聒耳，古人所謂「畫棟雕甍」、「珠簾繡幕」、「玉欄杆」、「錦步障❻」，不啻過之。余為友人東拉西扯，助其插花結彩，閒則呼朋引類，劇飲狂歌，暢懷遊覽，少年豪興，不倦不疲。苟生於盛世而仍居僻壤，安得此遊觀哉？

是年，何明府因事被議，吾父即就海寧王明府之聘。嘉興有劉蕙階者，長齋佞佛❼，來拜吾父。其家在煙雨樓❽側，一閣臨河，曰「水月居」，其誦經處也，潔淨如僧舍。煙雨樓在鏡湖❾之中，四岸皆綠楊，惜無多竹。有平臺可遠眺，漁舟星列，漠漠平波，似宜月夜。衲子備素齋甚佳。

至海寧，與白門❿史心月、山陰俞午橋同事。心月一子名燭衡，澄靜緘默，彬彬儒雅，與余莫逆，此生平第二知心交也。惜萍水相逢，聚首無多日耳。遊陳氏安瀾園⓫，地占百畝，重樓⓬複閣⓭，夾道迴廊。池甚廣，橋作六曲形。石滿藤蘿，鑿痕全掩。古木千章，皆有參天之勢。鳥啼花落，如入深山。此人工而歸於天然者。余所歷平地之假石園亭，此為第一。曾於桂花樓中張宴，諸味盡為花氣所奪，惟醬薑味不變。薑桂之性，老而愈辣，以喻忠節之臣，洵不虛也。出南門，即大海，一日兩潮，如萬丈銀堤，破海而過。船有迎潮者，潮至，反棹相向，於船頭設一木招，狀如長柄大刀，招一捺，潮即分破，船即隨招而入。俄頃始浮起，撥轉船頭，頃刻百里。塘上有塔院⑭，中秋夜曾隨吾父觀潮於此。循塘東約三十里，名尖山⑮，一峰突起，撲入海中。山頂有閣，匾曰「海闊天空」，一望無際，但見怒濤接天而已。

【注釋】❶苕溪　古地名，吳興郡（今浙江湖州）別稱。❷南斗圩行宮　南斗圩，在吳江境內。乾隆南巡，從蘇州到杭州修建吳江、嘉興、石門、塘西四個大營，作為臨時居處。❸天顏　天子的容顏。❹出水轡頭　形容船速之快。轡頭，駕馭馬匹的嚼子和韁繩，出水轡頭意為船就像馬匹在陸地奔馳。❺吳門橋　位於蘇州城西南盤門外，橫跨古運河，為陸路出入盤門的通道。❻錦步障　用錦製成的遮擋風塵或視線的屏障。《世說新語・汰侈》：「君夫作紫絲布步障碧綾裡四十里，石崇作錦步障五十里以敵之」，後常以錦步障形容裝飾之豪華和生活之奢侈。❼佞佛　迷信佛教。❽煙雨樓　在浙江嘉興南湖湖心島上。此樓始建於五代，位於南湖之濱，後毀，遺址無存。明嘉靖間疏浚河道，將所挖河泥填入南湖中，遂成湖心小島，仿煙雨樓舊貌，建樓於島上。❾鏡湖　此處指南湖。鏡湖在今浙江紹興會稽山麓，南湖無鏡湖之別稱，當為作者誤記。❿白門　南京的別名。⓫安瀾園　原名「遂初園」，在海寧鹽官鎮西北，為南宋安化郡王王沆故園。明萬曆間陳與郊（號隅陽）重建此園，名為「隅園」，後傳於清代文淵閣大學士陳元龍，當地俗稱陳園。乾隆下江南，以此為行宮，題額「安瀾園」。咸豐之後，此園漸廢，遺址尚存。⓬重樓　層樓。⓭複閣　即複道，樓閣間架空的通道，也稱閣道。⓮塔院　建有佛塔的院子。⓯尖山　在海寧市黃灣鎮。

【語譯】甲辰年春天，我跟隨父親到吳江何明府幕中，與山陰章蘋江、杭州章映牧、湖州顧靄泉諸公同事，辦理南斗圩行宮的事務，得以第二次瞻仰皇上的容顏。有一天，天色將晚，忽然動了回家的念頭，於是坐了辦公差的小快船，小船雙櫓雙槳，在太湖上飛快地划槳疾馳，蘇州人俗稱為「出水轡頭」，轉瞬間已到吳門橋，即便騎鶴騰空飛翔，也沒有這樣精神爽快，心神開豁。到家時，晚飯尚未煮熟。

我家鄉向來崇尚繁華，到如今爭奇鬥勝，比往日更加奢華。到處張燈結彩令人眼花繚亂，奏樂唱歌的聲響充斥耳邊，與古人所謂「畫棟雕甍」、「珠簾繡幕」、「玉欄杆」、「錦步障」相比，無異要超過許多。我也被朋友一會兒拉到東一會兒拉到西，幫助他們插花結彩，閒下來就和朋友聚在一起，豪飲狂歌，盡興遊覽，少年人性情豪放，不知道有疲倦的時候。如果生於盛世，卻仍然居住在窮鄉僻壤，怎麼能有這樣遊玩觀覽的機會呢？

這一年，何明府因犯事被議處，我父親就接受了海寧王明府的聘請。嘉興有個劉蕙階，吃長素虔心向佛，來拜訪父親。他的家在煙雨樓旁，一間屋子靠著河，名為「水月居」，是他誦經的地方，潔淨得像僧人的房間。煙雨樓在南湖之中，四岸都是綠色的楊柳，可惜竹子不多。有平臺可以遠眺，湖中漁船星羅棋佈，湖水平靜，煙霧迷蒙，似乎適宜在月夜觀賞。僧人準備的素齋很好。

到海寧，與南京史心月、山陰俞午橋同事。心月有一子名燭衡，文靜寡言，風度溫文爾雅，與我志同道合，是我一生中第二個知心朋友。可惜兩人萍水相逢，在一起的日子不多。遊覽陳氏的安瀾園，此園佔地百畝，高高的層樓有閣道相通，狹窄的夾道紆回的長廊。水池很大，池上的橋成六曲形。山石佈滿藤蘿，斧鑿的痕跡全被掩蓋。有古樹千株，皆有直插雲霄的氣勢。鳥兒鳴叫，花兒飄落，好像進入深山。這個園子雖是人工建造，合乎自然而無雕琢的痕跡。我所遊歷過的假山園亭中，安瀾園是最好的。曾在桂花樓中設宴，菜餚的味道全被花香所掩蓋，只有醬和薑的味道不變。生薑和桂皮的藥性，愈老愈辛辣，用來比喻忠貞有氣節的官員，確實不錯。出了南門就是大海，一日漲兩次潮，潮來時如萬丈銀堤，破海而過。有逆潮流而上的船隻，潮水來了，反轉船頭對著浪潮，在船頭設置一木招，形狀如長柄的大刀，一按木招，潮水就被劈開，船隨著木招的揮舞衝入潮水之中，過一會兒才浮起來，撥轉船頭，隨潮水而去，頃刻間行駛至百里之外。塘上有座塔院，中秋夜我曾隨父親在此觀潮。順著塘岸向東走約三十里是尖山，一峰突起，撲向海中。山頂有座閣樓，匾額題「海闊天空」，遠眺大海，一望無際，只見怒濤洶湧，與天相接。

【研析】此節寫乾隆四十九年（西元一七八四年）沈復在吳江接駕，以及遊嘉興、海寧事。

乾隆在位六十年，六次南巡，乾隆四十九年為最後一次。其路線從北京到揚州，渡江至鎮江，取道蘇州，經嘉興、海寧，然後到杭州。從杭州取道南京，祭祀明太祖陵，回到北京。乾隆南巡，興師動眾，窮奢極侈，每次耗銀百萬兩，成為乾隆中葉國勢漸衰的原因之一。乾隆曾說：「予臨御五十年，凡舉二大事，一曰西師，二曰南巡。」又說：「朕臨御六十年，並無失德，惟六次南巡，勞民傷財，作無益，害有益。」作者寫道：「吾鄉素尚繁華，至此日之爭奇奪勝，較昔尤奢。燈彩眩眸，笙歌聒耳，古人所謂『畫棟雕甍』、『珠簾繡幕』、『玉欄杆』、『錦步障』，不啻過之。」描繪了乾隆南巡的奢華景象。

乾隆四十九年，沈復在南斗圩籌備接駕事宜，然後遊嘉興、海寧，是乾隆南巡必經之地。嘉興煙雨樓，因杜牧「南朝四百八十寺，多少樓臺煙雨中」詩句而得名，始建於五代，位於南湖之濱，後毀於兵火，遺址無存。明代嘉靖年間，在湖中填土築島，在湖心島上重修煙雨樓，成遊覽名勝。登煙雨樓憑欄望南湖景色，夏日湖中荷花映日，爭妍鬥艷；春天細雨霏霏，湖面煙霧朦朧，別有一番景色。乾隆六次南巡，八上煙雨樓，作詩二十餘首，並按照此樓樣式在熱河避暑山莊的青蓮島上仿建一所樓閣，亦名煙雨樓，可見乾隆對嘉興煙雨樓情有獨鍾。安瀾園是海寧陳氏私家園林，以幽雅古樸見稱，是典型的明代園林風格。乾隆南巡，以安瀾園為行宮，陳氏對園中景物作精心修整，增建一些亭臺樓榭，但依然保持了原有的典雅風格。乾隆時，安瀾園佔地百餘畝，亭臺樓榭三十餘所，有「和風皎月」、「滄波浴景」、「石湖賞月」、「煙波風月」、「竹深荷靜」等景點四十餘處，與南京瞻園、蘇州獅子林、杭州小有天園並稱江南四大名園。如今安瀾園已成遺址，但通過歷史記載，可知此園泉石深邃，古木參天，正如沈復所言，「此人工而歸於天然者。余所歷平地之假石園亭，此為第一」。

六

余年二十有五，應徽州績溪❶克明府之召，由武林下「江山船❷」，過富春山❸，登子陵釣臺❹。臺在山腰，一峰突起，離水十餘丈，豈漢時之水竟與峰齊耶？月夜泊界口，有巡檢署❺。「山高月小，水落石出❻」，此景宛然。黃山僅見其腳，惜未一瞻面目。

績溪城處於萬山之中，彈丸小邑，民情淳樸。近城有石鏡山❼，由山彎中曲折一里許，懸崖急湍，濕翠欲滴。漸高至山腰，有一方石亭，四面皆陡壁。亭左石削如屏，青色光潤，可鑑人形，俗傳能照前生。黃巢❽至此，照為猿猴形，縱火焚之，故不復現。

離城十里有火雲洞天，石紋盤結，凹凸巉巖，如黃鶴山樵❾筆意，而雜亂無章，洞石皆深絳色。旁有一庵❿，甚幽靜，鹽商程虛谷曾招遊設宴於此。席中有肉饅頭，小沙彌眈眈旁觀，授以四枚。臨行以番銀二圓為酬，山僧不識，推不受。告以一枚可易青錢七百餘文，僧以近無易處，仍不受。乃攢湊青蚨⓫六百文付之，始欣然作謝。他日，余邀同人攜榼再往，老僧囑曰：「曩者小徒不知食何物而腹瀉，今勿再與。」可知藜藿⓬之腹，不受肉味，良可嘆也。余謂同人曰：「作和尚者，必居此等僻地，終身不見不聞，或可修真養靜。若吾鄉之虎丘山，終日目所見者妖童⓭艷妓，耳所聽者弦索笙歌，鼻所聞者佳餚美酒，安得身如枯木，心如死灰哉？」

又去城三十里，名曰仁里⑭，有花果會，十二年一舉，每舉各出盆花為賽。余在績溪，適逢其會，欣然欲往，苦無轎馬，乃教以斷竹為杠，縛椅為轎，雇人肩之而去。同遊者惟同事許策廷，見者無不訝笑。至其地，有廟，不知供何神。廟前曠處高搭戲臺，畫梁方柱，極其巍煥⑮，近視則紙紮彩畫，抹以油漆者。鑼聲忽至，四人抬對燭，大如斷柱，八人抬一豬，大若牯牛，蓋公養十二年，始宰以獻神。策廷笑曰：「豬固壽長，神亦齒利。我若為神，烏能享此。」余曰：「亦足見其愚誠也。」入廟，殿廊軒院所設花果盆玩，并不剪枝拗節，盡以蒼老古怪為佳，大半皆黃山松。既而開場演劇，人如潮湧而至，余與策廷遂避去。

未兩載，余與同事不合，拂衣⑯歸里。

【注釋】❶績溪　今安徽宣城績溪縣，在安徽省東南部，古代屬於徽州。❷江山船　亦稱江山九姓船，往來於浙東錢塘江上，除載客運貨，也以船娘為妓，招徠客人。❸富春山　位於浙江桐廬，景色優美，是旅遊勝地。❹子陵釣臺　在富春山麓，相傳為嚴子陵隱居垂釣處。子陵，姓嚴名光，字子陵，本姓莊，後人為避漢明帝劉莊諱，改其姓。嚴光是漢光武帝劉秀同學，劉秀即位後，不受徵召，隱居富春山耕讀垂釣。❺巡檢署　即巡檢司，明清時在鎮市、關隘要處設巡檢司，負責地方治安。❻山高月小二句　語出蘇軾〈後赤壁賦〉。❼石鏡山　在安徽績溪縣華陽鎮東。❽黃巢　唐末率眾反唐，曾攻佔長安，自立為王，國號大齊。黃巢起事歷時九載，波及大半個中國，史稱黃巢之亂。❾黃鶴山樵　王蒙，字叔明，號黃鶴山樵，吳興人，元末明初畫家，擅畫山水，工詩文、書法。❿庵　寺院，多指尼姑所居。據下文，此處指一般寺院，非尼姑庵。⓫青蚨　銅錢。⓬藜藿　藜、藿皆為野菜，泛指粗劣的飯菜。⓭妖童　美貌少年，多指男色。⓮仁里　今安徽績溪縣瀛洲鄉仁里村，現離城五公里，是千年古村落，保存了大量元、明、清時期的古建築，為著名旅遊景點。⓯巍煥　巍峨高大。⓰拂衣　振衣而去，表示憤怒不滿，也指辭官歸隱。

【語譯】我二十五歲那年，應徽州績溪克明府的召請，從武林下「江山船」，經過富春山，登臨子陵釣臺。臺在山腰，一峰突起，離開水面有十多丈。嚴子陵在此釣魚，難道漢代河水竟然與山峰相齊嗎？月夜停泊在浙江和徽州的交界處，此地設有巡檢司官署，「山高月小，水落石出」，眼前的景色就是如此。黃山只看到山腳，可惜未能一睹全貌。

績溪城地處萬山之中，是個彈丸之地的小城，民情淳樸。近城有石鏡山，從山灣中經過一里多蜿蜒曲折的山路，有懸崖和湍急的河流，山上一片嫩綠，好像要滴下水來。慢慢地向上走到山腰，有一個方形石亭，四面都是陡壁。亭子左面的石壁平整如屏障，青色，光亮潤澤，可以照出人的模樣。民間傳說能映照前生的景象。黃巢到這兒，在石壁上照出一個猿猴的形象，於是縱火焚燒，所以石壁再也照不出人形。

離城十里有火雲洞天，山石紋路回環交錯，形狀凹凸險峻，如黃鶴山樵畫中的筆意，而顯得雜亂無章，洞中石頭都是深紅色。洞旁有一座寺院，很幽靜，鹽商程虛谷曾帶我們遊覽，並在此設宴招待。宴席上有肉饅頭，小和尚在旁瞪眼注視，就給了他四個饅頭。臨行時給僧人兩圓番銀作為酬謝，山中僧人不識番銀，推辭不受。告訴他一圓番銀可以換七百多文銅錢，僧人因為附近沒有換錢的地方，仍然不接受。於是湊了六百文銅錢給他，他才欣然接受，並表示感謝。過了幾天，我邀請同事帶著酒具再去寺院，老和尚吩咐說：「日前小徒弟不知道吃了什麼食物而腹瀉，今天不要再給他了。」由此可知，吃慣了粗茶淡飯的腸胃，不適應肉的味道，正是讓人感歎。我對同事說：「做和尚，一定要住在這樣偏僻的地方，終身看不見聽不到世俗的繁華聲色，或許可以修身養性。像我家鄉的虎丘山，終日眼中見到的是妖艷的男色女妓，耳中聽到的是樂曲歌舞之聲，鼻子聞到的是佳餚美酒的香味，怎麼能身如枯木，心如死灰呢？」

此外，離城三十里，有個地方叫仁里，有花果會，十二年舉辦一次。每當舉辦花果會時，各家拿出盆花參加比賽。我在績溪的時候，正好碰上舉辦花果會，就高興地準備前去，苦於沒有轎子和乘馬，就教人劈斷竹子做杠棒，綁上椅子當轎子，雇人抬著就去了，同遊的人只有同事許策廷，旁人看到無不驚奇地大笑。到了集會的地方，有座廟，不知道供奉的是什麼神靈。廟前空曠處搭起一座高高的戲臺，彩繪的棟梁，方形的柱子，極其巍峨壯觀，到近處細看，原來是用紙紮成，畫上彩色的圖案，再抹上油漆。忽然傳來一陣鑼聲，四人抬著對燭，大得像斷了的柱子，八人抬一頭豬，大得像牯牛，是大家共同飼養了十二年，才宰了供奉神靈的。策廷笑著說：「這豬固然壽命長，神靈的牙齒也一定很鋒利，不然這樣的老豬，怎麼咬得動呢？假若我是神靈，沒有如此鋒利的牙齒，怎能享受這頭豬。」我說：「足見他們對神靈的敬仰，迷信到了愚蠢的地步。」進入廟中，大殿、迴廊、軒亭、院子中到處擺放著花果盆景，並不修剪枝節，都以蒼老古怪為佳，其中大半是黃山松。不久開場演劇，人如潮湧而至，我和策廷怕擁擠喧鬧，就躲避離去。

不到兩年，因為與同事不合，拂袖離去，回到家鄉。

【研析】乾隆五十二年（西元一七八七年），沈復遊幕績溪，得以遊覽當地名勝。沈復從杭州下船，經過富春山，山麓有子陵釣臺。子陵釣臺在山腰，離富春江尚遠，因此沈復有此疑問：「臺在山腰，一峰突起，離水十餘丈，豈漢時之水竟與峰齊耶？」沈復此問，大有滄海桑田的感歎。

績溪地處萬山之中，西部為黃山支脈，與黃山、歙縣接壤，東部為西天目山脈，與臨安相鄰。績溪是「七山一水」的山區，自然景色以奇石險峰為主，有「奇、險、美、秀、曠、絕」之特色。石鏡山是績溪名勝，又名石照山。山中丹崖翠壁，林木蔥蘢，風景幽麗，有峭石壁立，平滑晶瑩，光可鑒物，人稱石鏡，又有石照亭、普照寺等景點。寺旁有白泉，從石罅瀉出，四時不竭，清涼甘冽。有關石鏡的傳說很多，相傳此石為女媧補天所遺落，古人有「女媧補罷情天漏，墮向人間作鏡石」的詩句。又有石鏡照人三生之說，不僅能照出外形美醜，還能透視心靈善惡。

績溪在群山環繞之中，環境相對封閉，因而民風淳樸，保留了許多歷史悠久的習俗，集中體現了徽文化的地域特色。至今吸引人們前往績溪的，不是高山大川，而是明清兩代的古老建築，以及具有深厚文化內涵的人文景觀。沈復在績溪一年多，更關注的是當地的風土人情。書中描寫山僧的醇厚愚樸，十分形象生動。鹽商程虛谷在山寺設宴招待沈復，席中有肉饅頭，「小沙彌眈眈旁觀」，將久居深山的小和尚好奇、貪饞刻畫得形相畢露。沈復等人給了小和尚四個肉饅頭，結果吃了腹瀉，老和尚還說不知食何物而腹瀉，這樣的描寫，頗有喜劇意味。寫花果會也很有趣，鄉民各出盆花為賽，所設花果盆玩，並不修剪，盡以蒼老古怪為佳，這樣的欣賞趣味，反映出民風的古樸。花果會用大豬祭神，同行的許策廷調侃說：「豬固壽長，神亦齒利。我若為神，烏能享此。」沈復評論道：「亦足見其愚誠也。」佛門戒絕葷腥，沈復等人卻在寺中吃肉飲酒，還讓小和尚破了戒，鄉人祭神，沈復卻說他們愚誠，可見他們不信神佛，玩世不恭的態度。

七

余自績溪之遊，見熱鬧場中卑鄙之狀不堪入目，因易儒為賈。余有姑丈袁萬九，在盤溪❶之仙人塘作釀酒生涯，余與施心耕附資合夥。袁酒本海販，不一載，值臺灣林爽文之亂❷，海道阻隔，貨積本折，不得已，仍為馮婦❸。館江北四年，一無快遊可記。

迨居蕭爽樓，正作煙火神仙，有表妹倩徐秀峰自粵東歸，見余閒居，慨然曰：「足下待露而爨，筆耕而炊，終非久計，盍偕我作嶺南遊？當不僅獲蠅頭利也。」芸亦勸余曰：「乘此老親尚健，子尚壯年，與其商柴計米而尋歡，不如一勞而永逸。」余乃商諸交遊者，集資作本。芸亦自辦繡貨及嶺南所無之蘇酒、醉蟹等物。稟知堂上，於小春❹十日，偕秀峰由東壩❺出蕪湖口。

長江初歷，大暢襟懷。每晚泊舟後，必小酌船頭。見捕魚者罾冪❻不滿三尺，孔大約有四寸，鐵箍四角，似取易沉。余笑曰：「聖人之教，雖曰『罟不用數❼』，而如此之大孔小罾，焉能有獲？」秀峰曰：「此專為網鯾魚❽設也。」見其繫以長綆，忽起忽落，似探魚之有無。未幾，急挽出水，已有鯾魚枷罾孔而起矣。余始喟然曰：「可知一己之見，未可測其奧妙。」一日，見江心中一峰突起，四無依倚。秀峰曰：「此小孤山❾也。」霜林中，殿閣參差。乘風徑過，惜未一遊。

至滕王閣❿，猶吾蘇府學之尊經閣⓫移於胥門之大馬頭，王子安⓬序中所云不足信也。即於閣下換高尾昂首船，名「三板子」，由贛關⓭至南安⓮登陸。值余三十誕辰，秀峰備麵為壽。越日，過大庾嶺⓯。山巔一亭，匾曰「舉頭日近⑯」，言其高也。山頭分為二，兩邊峭壁，中留一道如石巷。口列兩碑，一曰「急流勇退」，一曰「得意不可再往」。山頂有梅將軍祠，未考為何朝人。所謂嶺上梅花，并無一樹，意者以梅將軍得名梅嶺耶？余所帶送禮盆梅，至此將交臘月，已花落而葉黃矣。過嶺出口，山川風物便覺頓殊。嶺西一山，石竅玲瓏，已忘其名，輿夫曰：「中有仙人床榻。」匆匆竟過，以未得遊為悵。至南雄⑰，雇老龍船，過佛山鎮⑱，見人家墻頂多列盆花，葉如冬青，花如牡丹，有大紅、粉白、粉紅三種，蓋山茶花也。

【注釋】❶盤溪　今浙江縉雲舒洪鎮。❷林爽文之亂　林爽文，福建漳州平和縣人。乾隆三十八年（西元一七七三年）隨父赴臺灣，後加入天地會。乾隆五十一年（西元一七八六年）率眾起事，乾隆五十三年兵敗被俘，就地處斬。❸馮婦　春秋時晉國人，善搏虎，後棄武從文，不再搏虎。有一次在野外見到老虎，不由技癢，又與老虎搏鬥。後以此指重操舊業之人。❹小春　農曆十月。❺東壩　今江蘇高淳東壩村。❻罾冪　漁網。❼罟不用數　語出《孟子・梁惠王》：「數罟不入洿池，魚鱉不可勝食也。」罟，漁網。數，細密。❽鯿魚　即鯿魚，一種淡水魚，肉質鮮美。❾小孤山　又名「小姑山」，在安徽宿松復興鎮內長江之中，素有「海門天柱」

之稱。因形如婦女頭上髮髻，也稱「髻山」。❿滕王閣　位於江西南昌贛江畔，始建於唐代，後屢毀屢建。⓫尊經閣　古代存放圖書之處，以供學宮生員閱讀研習。⓬王子安　王勃，字子安，初唐詩人，年輕時以作〈滕王閣序〉而聞名於世。⓭贛關　在今江西贛州市贛縣區，明清在此地設立負責稅收的關卡。⓮南安　今江西南安鎮。⓯大庾嶺　又稱「梅嶺」，在今江西大余南，為江西、廣東交界處。⓰舉頭日近　語出宋寇準〈登華山〉詩：「舉頭紅日近。」⓱南雄　今廣東南雄，在大庾嶺南麓。⓲佛山鎮　今廣東佛山市，東接廣州，南鄰香港、澳門。

【語　譯】我自從遊幕績溪，見到紛紛擾擾的官場中種種不堪入目的卑鄙情狀，因而放棄了讀書人的本業，轉而去做生意。我有個姑父名叫袁萬九，在盤溪的仙人塘做釀酒的生意，我和施心耕就投資入夥。袁釀的酒本是從海上販運，入夥不到一年，就碰上臺灣林爽文之亂，海上航道阻隔不通，貨物堆積賣不出去，虧損了本錢。我不得已重操舊業。在江北做幕僚四年，沒有一次值得記錄的暢快旅遊。

等到我寄居蕭爽樓，正在做人間神仙的時候，有表妹夫徐秀峰從廣東歸來，看我閒居無事，感歎地說：「你生活困窘，要用露水做飯，靠寫字賣畫維持生活，終究不是長久之計，何不與我同往嶺南一遊？收穫的不僅僅是蠅頭小利。」芸也勸我說：「趁現在年邁的雙親還健在，兒子也長大了，與其為了尋歡作樂而不得已精打細算節省日常開支，還不如一勞永逸，外出賺點錢。」我就與平日交往的朋友商量，籌集資金做本錢。芸也自己準備了一些刺繡和嶺南沒有的蘇酒、醉蟹等物，讓我帶去交易。稟告過堂上雙親，在十月十日，和秀峰一起從東壩出蕪湖口。

初次遊歷長江，心情大為爽快。每晚停泊之後，總要在船頭小酌。看到捕魚人的漁網不到三尺，網眼大約有四寸，用鐵固定在四角，似乎是增加分量使漁網容易沉入水中。我笑著說：「聖人雖然教導我們『罟不用數』，可是像這樣小網大眼，豈能有所收穫？」秀峰說：「這是專門用來捕撈鯾魚的。」只見漁網上繫著長繩，漁網忽起忽落，似乎在探測有沒有魚。沒有多久，急忙把漁網拉出水面，已有鯾魚掛在網眼上。我這才感慨地說：「可知光憑自己有限的見識，難以探測事物的無窮奧妙。」有一天，看到江心中一峰突起，四周毫無依傍。秀峰說：「這是小孤山。」霜染的樹林中，殿閣錯落其間。船隻乘風駛過，可惜未能登臨一遊。

到滕王閣，猶如我們蘇州府學的尊經閣搬到胥門的大碼頭，王勃在〈滕王閣序〉中描寫的壯麗景色不可信。我們在滕王閣下換了一艘尾高頭翹的船，名為「三板子」，由贛關到南安登陸。那天正是我三十歲生日，秀峰準備了麵條為我慶生。過了一天，翻越大庾嶺，山頂有一座亭子，匾額上寫「舉頭日近」，形容此山之高。山頭一分為二，兩邊是峭壁，中間留一通道如同石頭小巷。山口立有兩塊石碑，一塊寫「急流勇退」，一塊寫「得意不可再往」。山頂有梅將軍祠，不知是哪個朝代的人。所說的嶺上梅花，並沒有一株梅樹，我猜想是因為有梅將軍祠而將此山命名為梅嶺的嗎？我所帶送禮的梅花盆栽，到此地將近臘月，已經花落葉黃了。翻過梅嶺出山口，便覺得山川景色立刻不一樣。嶺西有一山，山石靈秀，已忘記它的名字。轎夫說：「山中有仙人的床榻。」匆匆經過，因為未能遊覽而感到遺憾。到南雄，雇一艘老龍船，經過佛山鎮，看到住家牆頂大多擺放盆花，葉子像冬青，花朵像牡丹，有大紅、粉白、粉紅三種，原來是山茶花。

【研　析】此節寫沈復棄儒經商，從蘇州往廣州途中所見。沈復沿長江而下，經蕪湖、南昌，取道贛江，至南安登陸，翻越大庾嶺，至南雄走水路，經佛山鎮抵達廣州。沈復雖初歷長江，因急於趕路，無暇賞玩沿途景色，惟對江中捕魚頗感興趣。沈復見魚網小網眼大，懷疑能否捕到魚，看到漁民饒有收穫，感歎道：「可知一己之見，未可測其奧妙。」世界事物千變萬化，個人的知識是有限的，人們對世界的認識，猶如管窺蠡測，難免局限。對於自己不了解的事物，不能妄下結論，輕易否定。《西林清話》載：宋代王安石曾寫過一首〈殘菊〉詩：「黃昏風雨瞑園林，殘菊飄零滿地金。」歐陽脩見後，說「百花盡落，獨菊枝上枯」，認為菊花是在枝頭上枯萎，不會凋落，於是續了兩句詩：「秋英不比春花落，為報詩人仔細看。」王安石說歐陽脩不讀書，《楚辭》中就有「餐秋菊之落英」的詩句。《警世通言》卷三〈王安石三難蘇學士〉將此事按到蘇軾頭上，並說王安石將蘇軾貶到黃州任團練使。時值重陽，蘇軾去後花園賞菊，發現遍地灑落黃燦燦的菊花，枝上一朵全無，才明白菊花有不同的品種，黃州的菊花遇秋風便落，王安石將他貶至黃州，是讓他來看菊花落英的。沈復看捕魚，與蘇軾看菊花落英，都領悟了同樣的道理。

滕王閣是歷史名樓，因王勃〈滕王閣序〉而聞名於世，然在沈復眼中並無出奇之處，猶如將蘇州府學的尊經閣移置於江邊碼頭，他對景觀的評價，全憑自己的眼光，而不為虛名所惑。

大庾嶺山口有兩塊石碑，分別刻有「急流勇退」、「得意不可再往」幾個字，頗具人生哲理。嶺南是古時官員貶謫流放之地，許多著名的文人，如張九齡、韓愈、蘇軾等人，都曾被貶嶺南，他們大多是捲入當時的政治鬥爭而受處罰的，「急流勇退」警示官員不要貪戀權勢，應該把握時機抽身引退，保全身家性命。「得意不可再往」則告誡人們不可得意忘形，在順利的時候要保持清醒的頭腦，做任何事情要適可而止。

八

臘月望，始抵省城，寓靖海門❶內，賃王姓臨街樓屋三椽。秀峰貨物皆銷於當道❷，余亦隨其開單拜客，即有配禮者，絡繹取貨，不旬日而余物已盡。除夕蚊聲如雷。歲朝賀節，有棉袍、紗套者，不惟氣候迥別，即土著人物，同一五官而神情迥異。

正月既望，有署中同鄉三友拉余遊河觀妓，名曰「打水圍」，妓名「老舉」。於是同出靖海門，下小艇，如剖分之半蛋而加篷焉。先至沙面❸，妓船名「花艇」，皆對頭分排，中留水巷，以通小艇往來。每幫約一二十號，橫木綁定，以防海風。兩船之間，釘以木樁，套以藤圈，以便隨潮長落。鴇兒呼為「梳頭婆」，頭用銀絲為架，高約四寸許，空其中而蟠髮於外，以長耳挖❹插一朵花於鬢，身披元青❺短襖，著元青長褲，管拖腳背，腰束汗巾，或紅或綠，赤足撒鞋，式如梨園旦腳。登其艇，即躬身笑迎，搴❻幃入艙。旁列椅杌，中設大炕，一門通艄後。婦呼有客，即聞履聲雜沓而出，有挽髻者，有盤辮者，傅粉如粉墻，搽脂如榴火，或紅襖綠褲，或綠襖紅褲，有著短襪而撮繡花蝴蝶履者，有赤足而套銀腳鐲者，或蹲於炕，或倚於門，雙瞳閃閃，一言不發。余顧秀峰曰：「此何為者也？」秀峰曰：「目成之後，招之始相就耳。」余試招之，果即歡容至前，袖出檳榔為敬。入口大嚼，澀不可耐，急吐之，以紙擦脣，其吐如血，合艇皆大笑。又到軍工廠，妝束亦相等，惟長幼皆能琵琶而已。與之言，對曰「𠵣」。「𠵣」者，何也。余曰：「少不入廣者，以其銷魂耳，若此野蠻語，誰為動心哉？」

一友曰：「潮幫妝束如仙，可往一遊。」至其幫，排舟亦如沙面。有著名鴇兒素娘者，妝束如花鼓婦❼。其粉頭衣皆長領，頸套項鎖，前髮齊眉，後髮垂肩，中挽一鬏❽似丫髻❾，裹足者著裙，不裹足者短襪，亦著蝴蝶履，長拖褲管，語音可辨。而余終嫌為異服，興趣索然。

秀峰曰：「靖海門對渡有揚幫，皆吳妝，君往，必有合意者。」一友曰：「所謂揚幫者，僅一鴇兒，呼曰邵寡婦，攜一媳曰大姑，係來自揚州，餘皆湖廣、江西人也。」因至揚幫，對面兩排僅十餘艇，其中人物皆雲鬟霧鬢，脂粉薄施，闊袖長裙，語音了了。所謂邵寡婦者，殷勤相接。遂有一友另喚酒船，大者曰「恒艛」，小者曰「沙姑艇」，作東道相邀，請余擇妓。余擇一雛年者，身材狀貌，有類余婦芸娘，而足極尖細，名喜兒。秀峰喚一妓名翠姑。餘皆各有舊交。放艇中流，開懷暢飲。至更許，余恐不能自持，堅欲回寓，而城已下鑰久矣。蓋海疆之城，日落即閉，余不知也。及終席，有臥而吃鴉片煙者，有擁妓而調笑者，伻頭⑩各送衾枕至，行將連床開鋪。

余暗詢喜兒：「汝本艇可臥否？」對曰：「有寮可居，未知有客否也。」（寮者，船頂之樓。）余曰：「姑往探之。」招小艇渡至邵船，但見合幫燈火，相對如長廊，寮適無客。鴇兒笑迎曰：「我知今日貴客來，故留寮以相待也。」余笑曰：「姥真荷葉下仙人⑪哉！」遂有伻頭移燭相引，由艙後梯而登，宛如斗室，旁一長榻，几案俱備。揭簾再進，即在頭艙之頂，床亦旁設，中間方窗，嵌以玻璃，不火而光滿一室，蓋對船之燈光也。衾帳鏡奩，頗極華美。喜兒曰：「從臺可以望月。」即在梯門之上，疊開一窗，蛇行而出，即後梢之頂也，三面皆設短欄。一輪明月，水闊天空，縱橫如亂葉浮水者，酒船也；閃爍如繁星列天者，酒船之燈也。更有小艇梭織往來，笙歌弦索之聲，雜以長潮之沸，令人情為之移。余曰：「少不入廣，當在斯矣。」惜余婦芸娘不能偕遊至此，回顧喜兒，月下依稀相似，因挽之下臺，熄燭而臥。天將曉，秀峰等已鬨然至，余披衣起迎，皆責以昨晚之逃。余曰：「無他，恐公等掀衾揭帳耳。」遂同歸寓。

越數日，偕秀峰遊海珠寺⑫。寺在水中，圍牆若城，四周離水五尺許，有洞設大炮以防海寇，潮長潮落，隨水沉浮，不覺炮門之或高或下，亦物理之不可測者。十三洋行⑬在幽蘭門⑭之西，結構與洋畫同。對渡名花地⑮，花木甚繁，廣州賣花處也。余自以為無花不識，至此僅識十之六七，詢其名，有《群芳譜》所未載者，或土音之不同歟？海幢寺⑯規模極大，山門內植榕樹，大可十餘抱，陰濃如蓋，秋冬不凋。柱檻窗欄，皆以鐵梨木為之。有菩提樹，其葉似柿，浸水去皮肉，筋細如蟬翼紗，可裱小冊寫經。

歸途訪喜兒於花艇，適翠、喜二妓俱無客。茶罷欲行，挽留再三。余所屬意在寮，而其媳大姑已有酒客在上，因謂邵鴇兒曰：「若可同往寓中，則不妨一敘。」邵曰：「可。」秀峰先歸，囑從者整理酒餚。余攜翠、喜至寓。正談笑間，適郡署王懋老不期而來，挽之同飲。酒將沾唇，忽聞樓下人聲嘈雜，似有上樓之勢，蓋房東一侄素無賴，知余招妓，故引人圖詐耳。秀峰怨曰：「此皆三白一時高興，不合我亦從之。」余曰：「事已至此，應速思退兵之計，非鬥口時也。」懋老曰：

「我當先下說之。」余即喚僕速雇兩轎，先脫兩妓，再圖出城之策。聞懋老說之不退，亦不上樓。兩轎已備，余僕手足頗捷，令其向前開路。秀挽翠姑繼之，余挽喜兒於後，一鬨而下。秀峰、翠姑得僕力，已出門去。喜兒為橫手[17]所拿，余急起腿，中其臂，手一鬆而喜兒脫去，余亦乘勢脫身出。余僕猶守於門，以防追搶。急問之曰：「見喜兒否？」僕曰：「翠姑已乘轎去，喜娘但見其出，未見其乘轎也。」余急燃炬，見空轎猶在路旁。急追至靖海門，見秀峰侍翠轎而立，又問之，對曰：「或應投東，而反奔西矣。」急反身，過寓十餘家，聞暗處有喚余者，燭之，喜兒也。遂納之轎，肩而行。秀峰亦奔之，曰：「幽蘭門有水竇可出，已託人賄之啟鑰，翠姑去矣，喜兒速往。」余曰：「君速回寓退兵，翠、喜交我。」至水竇邊，果已啟鑰，翠先在。余遂左掖喜，右挽翠，折腰鶴步，踉蹌出竇。

天適微雨，路滑如油，至河干，沙面笙歌正盛。小艇有識翠姑者，招呼登舟，始見喜兒，首如飛蓬[18]，釵環俱無有。余曰：「被搶去耶？」喜兒笑曰：「聞此皆赤金，阿母物也，妾於下樓時已除去，藏於囊中。若被搶去，累君賠償耶？」余聞其言，心甚德之，令其重整釵環，勿告阿母，託言寓所人雜，故仍歸舟耳。翠姑如言告母，并曰：「酒菜已飽，備粥可也。」時寮上酒客已去，邵鴇兒命翠亦陪余登寮。見兩對繡鞋，泥污已透。三人共粥，聊以充飢。翦燭[19]絮談[20]，始悉翠籍湖南，喜亦豫產，本姓歐陽，父亡母醮[21]，為惡叔所賣。翠姑告以迎新送舊之苦，心不歡必強笑，酒不勝必強飲，身不快必強陪，喉不爽必強歌。更有乖張其性者，稍不合意，即擲酒翻案，大聲辱罵，假母[22]不察，反言接待不周。又有惡客徹夜蹂躪，不堪其擾。喜兒年輕初到，母猶惜之。不覺淚隨言落，喜兒亦嘿然涕泣。余乃挽喜入懷，撫慰之。囑翠姑臥於外榻，蓋因秀峰交也。

自此，或十日，或五日，必遣人來招，喜或自放小艇，親至河干迎接。余每去，必偕秀峰，不邀他客，不另放艇。一夕之歡，番銀四圓而已。秀峰今翠明紅，俗謂之跳槽，甚至一招兩妓。余則惟喜兒一人，偶獨往，或小酌於平臺，或清談於寮內，不令唱歌，不強多飲，溫存體恤，一艇怡然，鄰妓皆羨之。有空閒無客者，知余在寮，必來相訪。合幫之妓，無一不識，每上其艇，呼余聲不絕，余亦左顧右盼，應接不暇，此雖揮霍萬金所不能致者。余四月在彼處，共費百餘金，得嘗荔枝鮮果，亦生平快事。後鴇兒欲索五百金強余納喜，余患其擾，遂圖歸計。秀峰迷戀於此，因勸其購一妾，仍由原路返吳。明年，秀峰再往，吾父不准偕遊，遂就青浦[23]楊明府之聘。及秀峰歸，述及喜兒因余不往，幾尋短見。噫！「半年一覺揚幫夢，贏得花船薄幸名[24]」矣。

【注釋】❶靖海門　古代廣州城門，在今廣州越秀區，現已廢。❷當道　執政者；當權者。❸沙面　又名拾翠洲，在廣州城區西南，為明清時期通商要津和遊覽地。❹長耳挖　女性頭飾，可兼作挖耳之用。清林蘇門《邗江三百詠・長耳挖》：「此即俗名一丈青也。金銀不一，婦女頭上斜插之。」❺元青　深黑色。❻搴　通

「褰」。撩起；掀起。❼花鼓婦　跳花鼓舞的女子。花鼓，流行於湖南、湖北、江西、安徽一帶的民間歌舞。❽鬏　腦後頭髮盤成的結。❾丫髻　成丫形的髮髻。❿伻頭　僕人。⓫荷葉下仙人　指撮合男女婚姻的媒人。荷與「和」諧音，有因緣和合的意思。⓬海珠寺　又名「慈度寺」，在廣州海珠島上，現島與陸地相連，成為廣州市區，寺也廢。⓭十三洋行　清代在廣州設立的對外貿易區，在今廣州市荔灣區。⓮幽蘭門　清代廣州無幽蘭門，據文章所述方位，當為油欄門，在今廣州市一德路與海珠南路交界處，因音近而作者誤記為幽蘭門。⓯花地　在今廣州芳村區花地灣。⓰海幢寺　位於廣州海珠區，原址為南漢時千秋寺，明代改建為海幢寺，為廣州四大叢林之首。⓱橫手　強橫之人。⓲首如飛蓬　形容頭髮未經梳理，如飛散的蓬草那樣亂，語出《詩經・衛風・伯兮》：「自伯之東，首如飛蓬。」⓳剪燭　修剪燭芯，使燭光更明亮。語出李商隱〈夜雨寄北〉詩：「何當共剪西窗燭，卻話巴山夜雨時。」後以「剪燭」為促膝夜談的典故。⓴絮談　閒聊。㉑醮　改嫁。㉒假母　鴇母。㉓青浦　清代屬於松江府，今為上海市青浦區。㉔半年一覺揚幫夢二句　化用杜牧〈遣懷〉詩：「十年一覺揚州夢，贏得青樓薄倖名。」

【語　譯】 十二月十五日，方抵達省城，住在靖海門內，租了姓王的臨街三間樓屋。秀峰的貨物都賣給當地有權勢的人，我也跟著他開列貨單去拜客，就有配備禮品的人，絡繹不絕地來取貨，不到十天我的貨物已賣完。除夕蚊子的嗡嗡聲如雷鳴。正月初一拜年，有的人穿著厚厚的棉袍，有的人穿著薄薄的紗套。不僅氣候與他處絕然不同，就是當地人的相貌，長著同樣的五官，但神情與別人迥異。

正月十六，在衙門中當差的三個同鄉朋友拉我去遊河看妓女，叫做「打水圍」，那裡的妓女叫「老舉」。於是我們一同出靖海門，下小艇，小艇的形狀如剖開的半個雞蛋，上面加了篷蓋。先到沙面，妓女的船叫「花艇」，都是船頭對船頭分開排列在兩邊，中間留一條水巷，可以讓往來的小艇通行。一二十隻船為一幫，用橫木綁定，防止海風將船吹散掀翻。兩船之間，釘有木樁，用藤圈將船套住，以便船隻隨著潮水漲落。鴇兒稱「梳頭婆」，頭上戴著銀絲做的架子，大約四寸多高，中間是空的，頭髮穿過架子盤結在外，鬢邊插一枝穿著一朵花的長耳挖，身披深黑色短襖，下穿深黑色長褲，褲腳管拖到腳背，腰間束一條汗巾，或紅或綠，赤腳拖著鞋，那樣子就像戲班子裡的旦角。上了她們的船，就躬著身子笑臉相迎，掀開簾子讓我們進入艙內。艙內旁邊排列著椅凳，中間一個大炕，有扇門通到後艄。婦人呼叫有客人，就聽得一陣雜沓的腳步聲，妓女隨聲而出，有挽髮髻的，有盤辮子的，臉上抹了厚厚的一層粉，就像刷了石灰的粉牆，搽著濃濃的胭脂，就像火紅的石榴，或是紅襖綠褲，或是綠襖紅褲，有穿短襪而拖著繡花蝴蝶鞋的，有赤腳套著銀腳鐲的，或蹲在炕上，或倚著門，雙眼顧盼流轉，一言不發。我回顧秀峰說：「這是幹什麼？」秀峰說：「目測中意後，打個招呼就來了。」我試著招呼她們，果然笑容可掬地來到面前，從袖中拿出檳榔獻給我。我放入口中大嚼，苦澀難以忍受，急忙吐出來，用紙擦嘴唇，吐出來像血水，全船的人都大笑。又到軍工廠，那裡的妓女裝束打扮也一樣，只是不管年紀大小都能彈琵琶。與她們說話，她們回答「𠸎」。「𠸎」，就是「什麼」的意思。我說：「常說『少不入廣』，年輕人不可到廣東來，因為此地的妓女令人銷魂，像這般裝束奇異，滿口聽不懂的蠻語，誰會為她們心動呢？」

有個朋友說：「潮幫妓女的裝束像仙女，可去一遊。」到了潮幫，排列的船隻與沙面一般。有個著名的鴇兒叫素娘，裝束像唱花鼓戲的婦人。那裡妓女的衣服都是長領，脖子上套項鏈、鎖片，前面的頭髮與眉毛相齊，後面的頭髮垂到肩膀，中間挽一鬆如丫髻，纏足的人穿裙子，不纏足的人穿短襪，也穿蝴蝶履，拖著長長的褲腳管，說話的口音能聽懂。可是我終究嫌棄她們服飾奇異，毫無興趣。

秀峰說：「靖海門河對岸有揚幫，都是吳地裝束，你去必有合適的。」一位朋友說：「所謂揚幫，只有一個鴇兒，叫邵寡婦，帶著一個兒媳叫大姑，來自揚州，其餘都是湖廣、江西人。」因此到揚幫，兩排船面對面，只有十多艘，船中女子都有一頭秀髮，薄施脂粉，闊袖長裙，說話清楚明白。那個叫邵寡婦的鴇兒殷勤接待。有一位朋友另叫酒船，酒船大的叫「恒艛」，小的叫「沙姑艇」，作東邀請我們，讓我選擇妓女。我選了個年紀幼小的姑娘，身材相貌有些像我妻子芸娘，小腳極尖細，名字叫喜兒。秀峰叫了一個名叫翠姑的妓女。其他人都有老相好。我們蕩舟河中，開懷暢飲。到一更左右，我恐怕自己掌控不住，堅決要回到寓所，可是城門早就關閉了。臨海的城市，日落就關閉城門，我不知道。到酒席結束，有躺著抽鴉片的，有抱著妓女戲謔取樂的，僕人各自送來被子枕頭，就要收拾床鋪。

我暗地裡問喜兒：「可以睡到妳自己的船上去嗎？」喜兒回答說：「船上有寮可住，不知道是否另有客人。」（寮是船頂的樓房）我說：「姑且前去看看。」於是叫了一艘小船擺渡到邵寡婦的船上，只見全幫的船隻燈火通明，兩邊船相對排列如一條長廊。寮中正巧沒有客人，鴇兒笑臉相迎道：「我知道今日有貴客到來，所以留了寮屋等你光臨。」我笑著說：「姥姥真是荷葉下的仙人啊！」於是有僕人拿了蠟燭引路，從艙後的樓梯登上寮屋。寮屋如同一個小房間，旁邊放一張長榻，桌子椅凳很齊全。揭開簾子再進一層，就在頭艙的頂部，床也放在旁邊，中間有一扇方窗，嵌著玻璃，不用燭火就滿室通明，是對面船上的燈光照射進來。被褥帳幔、妝臺鏡奩，都極華美。喜兒說：「在船臺上可以望月。」就在樓梯門的上方，再開一扇窗戶，從窗戶像蛇一樣爬行而出，就是後梢的頂端。三面都架設短欄杆，一輪明月，水闊天空，酒船縱橫如亂葉浮在水面，更有小艇穿梭往來，閃爍不定如繁星佈滿天空，那是酒船的燈光。笙歌弦索的聲音，夾雜著漲潮的呼嘯，令人為之心動神移。我說：「少不入廣，應當是對此而言的。」可惜我的妻子芸娘不能與我一起到此遊覽，回顧喜兒，月光之下彷彿有幾分與芸娘相似，因而攙扶著喜兒下船臺，吹滅蠟燭睡了。天將拂曉，秀峰等人已鬧哄哄地來了，我披上衣服起身相迎，來人都責備我昨夜單獨溜走。我說：「沒有別的，就是怕你們掀我的被子揭我的蚊帳。」於是一同回到寓所。

過了幾天，和秀峰同遊海珠寺。寺在水中，圍牆就像城牆，四周離水五尺多，牆上有洞，架設大炮防備海盜。潮漲潮落，洞口隨水浮沉，也不覺得炮門有忽高忽低的變化，這是事物的常理所不能解釋的。十三洋行在幽蘭門西邊，結構與西洋畫上畫的相同。對面的渡口叫花地，花木相當繁盛，是廣州賣花的場所。我自以為沒有不認識的花，到這裡只能認出十分之六七，詢問這些花的名字，有《群芳譜》所沒有記載的，或者是方言不同的緣故嗎？海幢寺規模極大，山門內種有榕樹，有十餘抱大，茂密的樹蔭如傘蓋，秋冬也不凋枯。柱子、門檻、窗戶、欄杆，都是鐵梨木做的。有株菩提樹，葉子如柿子樹，將葉子浸在水中，去除皮肉，剩下的筋細如蟬翼紗，可以裱成小冊頁抄寫經書。

回來途中到花艇探訪喜兒，正好翠姑、喜兒二人都沒有客人。喝罷茶要走，兩人再三挽留。我的意思是就留在船上的寮屋，但是邵鴇兒的媳婦大姑已有酒客在上面，因此對邵鴇兒說：「若可以帶翠姑、喜兒一同去往寓所，那麼不妨一敘。」邵說：「可以。」秀峰先回去，叮囑隨從的人整理酒餚。我帶著翠姑、喜兒回寓所。談笑之間，在廣州府衙門當差的王懋老沒有約定就來了，於是拉著他一起飲酒。剛要喝酒，忽聽得樓下人聲嘈雜，好像有人要闖上樓的樣子，是房東的侄兒向來無賴，知道我招來妓女，因此帶了人來敲詐。秀峰抱怨道：「這都是三白一時高興，我不應該聽他的。」我說：「事情已經這樣了，應該盡快想出退兵之計，現在不是鬥口爭吵的時候。」懋老說：「我先下樓勸說他們。」我當即叫僕人快去雇兩頂轎子，先讓兩個妓女脫身，再想出城的方法。聽說懋老不能說服來人退去，那些人也不上樓。兩頂轎子已經備好，我的僕人手腳很敏捷，就命令他在前面開路。秀峰攙著翠姑跟隨，我攙著喜兒在後面，眾人一鬨而下。秀峰、翠姑借著僕人的力量，已衝出門。喜兒被一個兇狠的人抓住，我急忙抬腿，踢中他的手臂，他手一鬆，喜兒就逃脫，我也乘勢脫身而出。我的僕人還守著門，防止別人追出搶人。我急忙問僕人：「看到喜兒嗎？」僕人說：「翠姑已乘轎子離去，喜娘只看到她出來，沒有看到她乘轎子。」我急忙點燃火炬，看到空轎子依然在路旁。急忙追到靖海門，見秀峰在翠姑的轎子邊站著，又問他見喜兒沒有，回答說：「也許本應往東走，反而往西去了。」我急忙反身，走過寓所十幾家，聽到有人在暗處呼喚我，用火炬照看，果然是喜兒。於是把她拉進轎中，扛了就走。秀峰也奔來，說：「幽蘭門有水洞可以出城，已經託人賄賂看守水洞的人開鎖，翠姑已經去了，喜兒快去。」我說：「你速回寓所打發那些人，翠姑、喜兒交給我。」到水洞邊，果然鎖已開啟，翠姑先到了。我就左手攙著喜兒，右手拉著翠姑，彎腰踮腳，踉踉蹌蹌走出水洞。

天正下著微雨，路滑得像撒了油。到河邊，沙面笙歌鼎沸正熱鬧。小艇上有認識翠姑的人，招呼我們上船。這才看到喜兒頭髮散亂，釵環等首飾都沒有了。我說：「釵環都被搶走了嗎？」喜兒笑著說：「聽說這些首飾都是純金的，是鴇母的東西。我在下樓時已經卸下，藏在口袋裡。若被搶走，要連累你賠償的啊！」我聽她如此說，心裡覺得她很賢惠，就讓她重新佩戴釵環，不要將今晚的事情告訴鴇母，藉口說寓所人雜，所以仍然回到船上。翠姑按照我的說法對鴇母講了，並說：「酒菜已飽，準備些粥就行了。」這時寮上的遊客已經離去，邵鴇兒讓翠姑也陪我上寮屋。只見兩對繡鞋，已經被泥污浸透。三人一起吃粥，聊以充飢。促膝閒談，才獲悉翠姑原籍湖南，喜兒是河南人，本姓歐陽，父親去世母親改嫁，被可惡的叔叔賣到妓院。翠姑訴說做妓女迎新送舊的苦楚：心中不痛快還要勉強歡笑，不勝酒力還要勉強喝酒，身體不舒服還要勉強陪客，喉嚨不爽亮還要勉強唱歌。更有性情怪癖的人，稍不合意，就扔酒杯掀桌子，大聲辱罵，鴇母不了解情況，反而說她們接待不周，又有強暴的客人徹夜蹂躪，難以忍受他們的侵擾。喜兒年輕，又剛來不久，鴇母還算憐惜她。翠姑邊說邊落淚，喜兒也默默地哭泣。我就把喜兒攬入懷中安慰她。我吩咐翠姑睡在外面的榻上，因為她是秀峰的相好，不便與她同房。

從此，或十天或五天，鴇母必派人相邀，喜兒有時自己雇了小艇，親自到河邊迎接。我每次去，都要與秀峰作伴，不邀請其他客人，不另雇小艇。一夕之歡，不過四圓洋錢。秀峰今天找翠明天找紅，俗話稱為「跳槽」，甚至一次招兩個妓女。我只找喜兒一人，偶然獨自一人去，或在平臺小酌，或在寮屋清談，不讓她唱歌，不勉強她多喝酒，溫存體恤，艇上的人都很安適自在，旁邊艇上的妓女都很羨慕。她們沒有客人空閒的時候，知道我在寮屋，必定來拜訪。全幫的妓女，我沒有不認識的，每次上她們的小艇，招呼我的聲音不絕於耳，我也左顧右盼，應接不暇，這樣的情景，雖然揮霍萬金也得不到。我在那裡四個月，共耗費百餘兩銀子，與喜兒結交，就像嘗到新鮮的荔枝，也是平生一件令人愉快的事情。後來鴇母硬要我出五百兩銀子納喜兒為妾，我害怕她的騷擾，就打算回家。秀峰迷戀情色，因此勸他買一妓女為妾，仍由原路返回蘇州。明年，秀峰再次去廣州，父親不許我與他同去，於是應青浦楊明府的聘請去做幕僚。等到秀峰回來，提及喜兒因為我沒有去，幾乎要尋短見。唉！「半年一覺揚幫夢，贏得花船薄幸名」。

【研析】此節寫沈復在廣州狎妓的情形。沈復往廣州名為做生意，實則尋歡作樂，故寫生意情況，極為簡略，而對廣州妓女的情況和狎妓的經歷描寫得十分詳盡，可見作者興趣所在。這一段文字，有曲折的情節，鮮明的人物形象，具體的細節描寫，生動的環境烘托，具備了中國古代小說的所有因素，與沈復夫婦第二次被逐出家門一節，是此書文學性最強的部分。

沈復經常出入於青樓妓院，對煙花女子的性情脾氣，言語行動，及至裝束打扮都很熟悉，因此寫來得心應手，絲絲入扣。如寫不同幫的妓女有不同的裝束：廣州本幫「鴇兒呼為『梳頭婆』，頭用銀絲為架，高約四寸許，空其中而蟠髮於外，以長耳挖插一朵花於鬢，身披元青短襖，著元青長褲，管拖腳背，腰束汗巾，或紅或綠，赤足撒鞋，式如梨園旦腳」，那些妓女「有挽髻者，有盤辮者，傳粉如粉牆，搽脂如榴火，或紅襖綠褲，或綠襖紅褲，有著短襪而撮繡花蝴蝶履者，有赤足而套銀腳鐲者」，這身打扮，嬌艷俗氣，既是低檔妓女的打扮，又有廣州的地域特色。俗話說「紅配綠，狗嫌棄」，妓女紅襖綠褲，或綠襖紅褲，正顯示其庸俗。潮幫妓女的裝束有所不同，「有著名鴇兒素娘者，妝束如花鼓婦。其粉頭衣皆長領，頸套項鎖，前髮齊眉，後髮垂肩，中挽一髮似丫髻，裹足者著裙，不裹足者短襪，亦著蝴蝶履，長拖褲管，語音可辨」。這樣的打扮，與中原地區不同，故沈復認作異服而不喜。揚幫妓女，「皆雲鬟霧鬢，脂粉薄施，闊袖長裙」，衣著比廣幫、潮幫雅致不少。沈復喜揚幫而不喜廣幫、潮幫，除了裝束外，還有語言原因。廣幫妓女「野蠻語」，語言全不可辨；潮幫妓女「語音可辨」，揚幫妓女則「語音了了」，區別很分明。寫妓女的行為：「或蹲於炕，或倚於門，雙瞳閃閃，一言不發。」符合妓女身分。寫妓女的語言也有個性，沈復和喜兒去邵寡婦船，鴇兒笑迎曰：「我知今日貴客來，故留寮以相待也。」的是鴇兒八面玲瓏的口氣。場景描寫也很出彩，「一輪明月，水闊天空，縱橫如亂葉浮水者，酒船也；閃爍如繁星列天者，酒船之燈也。更有小艇梭織往來，笙歌弦索之聲，雜以長潮之沸，令人情為之移」，寥寥幾筆，寫出珠江繁華景象，可與鍾惺著名的〈秦淮燈船賦〉相媲美。

文中寫沈復在寓所招妓女飲酒，無賴上門尋釁敲詐，沈復等人狼狽逃至喜兒船上，情節緊張曲折，鋪敘跌宕起伏，是這一節的高潮。一群無賴氣勢洶洶地打上門來，沈復等人突圍而出，慌亂中丟失了喜兒。沈復到處奔波，尋找喜兒，最後「左掖喜，右挽翠，折腰鶴步，踉蹌出竇。天適微雨，路滑如油，至河干，沙面笙歌正盛。小艇有識翠姑者，招呼登舟，始見喜兒，首如飛蓬，釵環俱無有」。沈復等人窘迫之狀躍然紙上。作者在描寫激烈的衝突時，還注意到刻畫人物的情態和性格。當沈復等人聽得樓下人聲嘈雜，似有人要衝上樓來，秀峰怨曰：「此皆三白一時高興，不合我亦從之。」沈復曰：「事已至此，應速思退兵之計，非鬥口時也。」懋老說：「我當先下說之。」危急時刻，秀峰膽小怕事，一味推諉埋怨，沈復沉著冷靜，顧全大局，懋老重義氣，首當其衝，通過三人不同的反應，顯示出不同的個性。沈復回到船上，見喜兒釵環俱無，以為被人搶去，喜兒笑曰：「聞此皆赤金，阿母物也，妾於下樓時已除去，藏於囊中。若被搶去，累君賠償耶？」表現出喜兒的冷靜細緻和善解人意。此段文字，置於中國古代著名的白話小說「三言二拍」中，也毫不遜色。

沈復招妓，與一般嫖客不同，他不僅為滿足性慾的需求，而且為尋求情感的寄託，因此對相好的妓女表現出一定的尊重。沈復選擇了喜兒，因她身材長相與妻子芸娘相似。沈復與喜兒在船上賞月，「惜余婦芸娘不能偕遊至此，回顧喜兒，月下依稀相似」，他將對妻子的感情移置到了喜兒身上。沈復招妓很專一，除了喜兒，不與其他妓女往來，不像秀峰「今翠明紅，俗謂之跳槽，甚至一招兩妓」。沈復等人遭無賴騷擾，逃回船上後，翠姑講其自身的經歷，以及妓女的種種痛苦和不幸，字裡行間充滿對她們的同情和憐愛。出於對妓女的尊重，他和喜兒交往，「或小酌於平臺，或清談於寮內，不令唱歌，不強多飲，溫存體恤」，可謂風流而不下流。

九

余自粵東歸來，館青浦兩載，無快遊可述。未幾，芸、憨相遇，物議沸騰。芸以激憤致病。余與程墨安設一書畫鋪於家門之側，聊佐湯藥之需。中秋後二日，有吳雲客偕毛憶香、王星燦邀余遊西山[1]小靜室，余適腕底無閒，囑其先往。吳曰：「子能出城，明午當在山前水踏橋之來鶴庵相候。」余諾之。

越日，留程守鋪，余獨步出閶門。至山前，過水踏橋，循田塍❷而西，見一庵南向，門帶清流，剝啄❸問之，應曰：「客何來？」余告之，笑曰：「此『得雲』也，客不見匾額乎？『來鶴』已過矣。」余曰：「自橋至此，未見有庵。」其人回指曰：「客不見土牆中森森多竹者，即是也。」余乃返至牆下，小門深閉，門隙窺之，短籬曲徑，綠竹猗猗❹，寂不聞人語聲。叩之，亦無應者。一人過，曰：「牆穴有石，敲門具也。」余試連擊，果有小沙彌出應。余即循徑入，過小石橋，向西一折，始見山門，懸黑漆額，粉書「來鶴」二字，後有長跋，不暇細觀。入門經韋陀殿，上下光潔，纖塵不染，知為小靜室。忽見左廊又一小沙彌奉壺出，余大聲呼問，即聞室內星燦笑曰：「何如？我謂三白決不失信也。」旋見雲客出迎，曰：「候君早膳，何來之遲？」一僧繼其後，向余稽首，問知為竹逸和尚。入其室，僅小屋三椽，額曰「桂軒」，庭中雙桂盛開。星燦、憶香群起讓曰：「來遲罰三杯。」席上葷素精潔，酒則黃白俱備。余問曰：「公等遊幾處矣？」雲客曰：「昨來已晚，今晨僅到得雲、河亭耳。」歡飲良久。飯畢，仍自得雲、河亭共遊八九處，至華山❺而止。各有佳處，不能盡述。華山之頂有蓮花峰，以時欲暮，期以後遊。桂花之盛，至此為最，就花下飲清茗一甌，即乘山輿❻徑回來鶴。

桂軒之東，另有臨潔小閣，已杯盤羅列。竹逸寡言靜坐，而好客善飲。始則折桂催花，繼則每人一令，二鼓始罷。余曰：「今夜月色甚佳，即此酣臥，未免有負清光。何處得高曠地，一玩月色，庶不虛此良夜也？」竹逸曰：「放鶴亭可登也。」雲客曰：「星燦抱得琴來，未聞絕調❼，到彼一彈何如？」乃偕往。但見木犀香裡，一路霜林，月下長空，萬籟俱寂。星燦彈〈梅花三弄〉❽，飄飄欲仙。憶香亦興發，袖出鐵笛，嗚嗚而吹之。雲客曰：「今夜石湖❾看月者，誰能如吾輩之樂哉？」蓋吾蘇八月十八日石湖行春橋下有看串月勝會，遊船排擠，徹夜笙歌，名雖看月，實則挾妓鬨飲而已。未幾，月落霜寒，興闌歸臥。

明晨，雲客謂眾曰：「此地有無隱庵⑩，極幽僻，君等有到過者否？」咸對曰：「無論未到，并未嘗聞也。」竹逸曰：「無隱四面皆山，其地甚僻，僧不能久居。向年曾一至，已坍廢，自尺木彭居士⑪重修後，未嘗往焉，今猶依稀識之。如欲往遊，請為前導。」憶香曰：「枵腹去耶？」竹逸笑曰：「已備素麵矣，再令道人⑫攜酒盒相從也。」麵畢，步行而往。過高義園，雲客欲往白雲精舍，入門就坐。一僧徐步出，向雲客拱手曰：「違教兩月，城中有何新聞？撫軍⑬在轅否？」憶香忽起曰：「禿！」拂袖徑出。余與星燦忍笑隨之，雲客、竹逸酬答數語，亦辭出。高義園即范文正公⑭墓，白雲精舍在其旁。一軒面壁，上懸藤蘿，下鑿一潭，廣丈許，一泓清碧，有金鱗⑮游泳其中，名曰「缽盂泉⑯」。竹爐⑰茶竈，位置極幽。軒後萬綠叢中，可瞰范園之概。惜衲子俗，不堪久坐耳。是時由上沙村過雞籠山，即余與鴻干登高處也。風物依然，鴻干已死，不勝今昔之感。正惆悵間，忽流泉阻路，不得進。有三五村童掘菌子於亂草中，探頭而笑，似訝多人之至此者。詢以無隱路，對曰：「前途水大不可行，請返數武，南有小徑，度嶺可達。」從其言，度嶺南行里許，漸覺竹樹叢雜，四山環繞，徑滿綠茵，已無人跡。竹逸徘徊四顧，曰：「似在斯，而徑不可辨，奈何？」余乃蹲身細矚，於千竿竹中隱隱見亂石墻舍，徑撥叢竹間，橫穿入覓之，始得一門，曰「無隱禪院，某年月日南園老人彭某重修」。眾喜曰：「非君則武陵源矣。」

山門緊閉，敲良久，無應者。忽旁開一門，呀然有聲，一鶉衣[18]少年出，面有菜色[19]，足無完履，問曰：「客何為者？」竹逸稽首曰：「覓此幽靜，特來瞻仰。」少年曰：「如此窮山，僧散無人接待，請覓他遊。」言已，閉門欲進。雲客急止之，許以啟門放遊，必當酬謝。少年笑曰：「茶葉俱無，恐慢客耳，豈望酬耶？」山門一啟，即見佛面，金光與綠陰相映，庭階石礎[20]苔積如繡，殿後臺級如墻，石欄繞之。循臺而西，有石形如饅頭，高二丈許，細竹環其趾。再西折北，由斜廊躡級而登，客堂三楹，緊對大石。石下鑿一小月池，清泉一派，荇藻[21]交橫。堂東即正殿，殿左西向為僧房廚竈，殿後臨峭壁，樹雜陰濃，仰不見天。星燦力疲，就池邊小憩，余從之。

將啟盒小酌，忽聞憶香在樹杪，呼曰：「三白速來，此間有妙境。」仰而視之，不見其人，因與星燦循聲覓之。由東廂出一小門，折北，有石磴如梯，約數十級，於竹塢[22]中瞥見一樓。又梯而上，八窗洞然，額曰「飛雲閣」。四山抱列如城，缺西南一角，遙見一水浸天，風帆隱隱，即太湖也。倚窗俯視，風動竹梢，如翻麥浪。憶香曰：「何如？」余曰：「此妙境也。」忽又聞雲客於樓西呼曰：「憶香速來，此地更有妙境。」因又下樓，折而西，十餘級，忽豁然開朗，平坦如臺。

度其地，已在殿後峭壁之上，殘磚缺礎尚存，蓋亦昔日之殿基也。周望環山，較閣更暢。憶香對太湖長嘯一聲，則群山齊應。乃席地開樽，忽愁枵腹，少年欲烹焦飯㉓代茶，隨令改茶為粥，邀與同啖。詢其何以冷落至此，曰：「四無鄰居，夜多暴客㉔，積糧時來強竊，即植蔬果，亦半為樵子所有。此為崇寧寺㉕下院㉖，長廚中月送飯乾一石、鹽菜一罎而已。某為彭姓裔，暫居看守，行將歸去，不久當無人跡矣。」雲客謝以番銀一圓。

返至來鶴，買舟而歸。余繪〈無隱圖〉一幅，以贈竹逸，志快遊也。

【注釋】❶西山　位於蘇州古城西南四十多公里的太湖之中，又名洞庭西山。❷田塍　田埂。用以分界並蓄水。❸剝啄　敲門。❹綠竹猗猗　語出《詩經・衛風・淇奧》：「瞻彼淇澳，綠竹猗猗。」猗猗，茂盛秀美的樣子。❺華山　即花山，天池山的後山，位於蘇州西南藏書鎮境內。❻山輿　山轎，山行乘坐的轎子，用椅子綁在杠上做成。❼絕調　絕妙的曲調。❽梅花三弄　古曲名，內容寫傲霜鬥雪的梅花，因主調反覆三次，故稱「梅花三弄」。❾石湖　位於蘇州西南城郊，宋代著名詩人范成大曾居於此，現為風景區。❿無隱庵　位於蘇州天平山東南、雞籠山之西的仰天塢中，始建於明崇禎年間，清嘉慶年間重修，現僅存廢址。石韞玉有〈無隱庵記〉。⓫尺木彭居士　彭紹升，字允初，號尺木，法名際清，乾隆年間蘇州著名的佛教居士。⓬道人　寺院中打雜的人。⓭撫軍　明清時巡撫的別稱。⓮范文正公　范仲淹，字希文，謚文正，吳縣人，宋代著名政治家、文學家。⓯金鱗　金色魚鱗，借指魚。⓰缽盂泉　在天平山中，白居易有詩云：「天平山上白雲泉，雲本無心水自閒。」故又名白雲泉。⓱竹爐　用竹子編成外殼，內安瓦盆，用以盛炭火取暖的用具。⓲鶉衣　破爛的衣服。⓳菜色　因飢餓而營養不良的臉色。⓴石礎　基石。㉑荇藻　水草。㉒竹塢　竹林深處。塢，四面如屏的花木深處。㉓焦飯　鍋巴。㉔暴客　強盜；暴徒。㉕崇寧寺　在昆山巴城鎮北，始建於南梁，明天順間擴建，改為崇寧寺，現已不存。㉖下院　僧寺的分院。

【語譯】我從廣東歸來，在青浦做了兩年幕僚，沒有暢快的遊覽可以記述。不久，芸娘與憨園相遇，人們議論紛紛。芸因為激憤而生病。我與程墨安在家門旁邊開了一家書畫鋪，稍微補助芸娘吃藥的費用。中秋後兩天，有吳雲客偕同毛憶香、王星燦約我往西山小靜室一遊，我恰好手頭事忙不得空閒，讓他們先去。吳說：「你能出城，明天中午當在山前水踏橋的來鶴庵等你。」我答應了。

過了一天，留下程看守店鋪，我獨自走出閶門，到山前，過水踏橋，循田埂往西，看到一個朝南的寺院，門前有一條清澈的河流，敲門詢問，有人答應：「客人到此有什麼事？」我告訴他與朋友相約在來鶴庵。那人笑著說：「這是『得雲』，客人沒有看到上面的匾額嗎？『來鶴』已經走過了。」我說：「從水踏橋到這兒，沒有看到寺院。」那人指著我來的方向說：「客人難道沒有看見土牆內茂密的竹林，那就是來鶴庵。」我於是返回到土牆，見小門緊閉，從門縫張望，裡面是低矮的籬笆彎曲的小徑，綠竹茂盛秀美，寂靜無聲聽不到人說話，敲門也沒有人答應。有一人路過，說：「牆洞裡有塊石頭，是敲門的工具。」我試著用石頭不斷敲擊，果然有小和尚出來接應。我就順著小徑進去，過一座小石橋，往西拐個彎，才看見山門，懸掛著黑漆的匾額，寫著「來鶴」兩個白色大字，後面有長長的跋語，來不及仔細觀看。入門經過韋陀殿，來到一個院落，上下明亮潔淨，纖塵不染，知道這就是小靜室。忽然看見左邊走廊又一個小和尚捧著茶壺出來，我大聲招呼他，問他是否有客人在，就聽得室內星燦笑著說：「怎麼樣？我說三白決不會失信。」隨即見雲客出來相迎，說：「等你來吃早飯，為什麼來得這樣晚？」一個和尚跟在後面，向我稽首行禮，問了才知道他是竹逸和尚。進入室內，只有小屋三間，匾額是「桂軒」，庭中兩株桂花樹正盛開。星燦、憶香起哄說：「來遲了，罰酒三杯。」飯席上葷素菜餚很精細整潔，黃酒白酒全有。我問道：「你們遊了幾個地方了？」雲客說：「昨天到時已晚，今天早晨只去了得雲、河亭。」我們開懷暢飲，喝了很長時間。吃完飯，仍從得雲、河亭開始，共遊了八九處，到華山為止。這些地方各有佳處，不能一一細說。華山頂上有蓮花峰，因為天近傍晚，約好以後再來。這個地方，桂花開得最盛，就在花下喝了一杯清茶，坐著山轎直接回到來鶴。

桂軒的東邊，另有臨潔小閣，已經擺好酒杯菜盤等我們。竹逸靜靜地坐著很少講話，但很好客，能喝酒。酒席上我們開始折桂傳花為酒令，接著每人出一個酒令，一直喝到二更天才結束。我說：「今夜月色很好，就這樣酣然睡去，未免辜負了清亮的月光，哪裡有高曠的地方，可以欣賞月色，也就不虛度良夜了？」竹逸說：「放鶴亭可以一登。」雲客說：「星燦是抱著琴來的，還沒有聽到他彈奏的絕美音樂，到那裡彈奏一曲如何？」於是同往放鶴亭。只見桂花香裡，一路都是帶霜的林木，明月高掛在遼闊的天空，萬籟俱寂，一點聲響也沒有。星燦彈奏一曲〈梅花三弄〉，令人聽了飄飄欲仙。憶香也興致大發，從袖中拿出鐵笛，嗚嗚地吹了起來。雲客說：「今夜在石湖看月的人，有誰能像我們這樣快樂呢？」我們蘇州有個習俗，八月十八日要在石湖行春橋下舉辦看串月的盛會，那時遊船擠成一堆，徹夜笙歌不絕，雖然名義上是看月，實際是狎妓飲酒而已。沒有多久，月落霜寒，興致已盡，就回房睡覺了。

第二天早晨，雲客對眾人說：「此地有座無隱庵，極幽靜偏僻，你們有誰去過？」眾人回答說：「不要說沒有去過，就是聽也沒有聽到過。」竹逸說：「無隱庵四面都是山，地方很偏僻，僧人不能久住那裡。往年我曾去過，已經坍塌荒廢，自從尺木彭居士重修後，還沒有去過，如今還依稀記得去的路。如果要去遊玩，我可以做嚮導。」憶香說：「餓著肚子去嗎？」竹逸笑著說：「已經準備好素麵了，再讓道人帶酒盒跟著。」吃完麵，步行前往。路過高義園，雲客欲去白雲精舍，進入精舍坐下。一個和尚慢慢地走出來，向雲客拱手說：「兩個月沒見，城中有什麼新聞？巡撫在衙門嗎？」憶香突然起身說：「禿！」拂袖而去。我和星燦忍著笑跟出來，雲客、竹逸應酬了幾句，也告辭出門。高義園是范文正公墓地，白雲精舍在它的旁邊。有一間房正對著石壁，石壁上懸掛藤蘿，下面鑿了一個水潭，有一丈多寬，一潭碧水清澈見底，有魚在裡面游泳，水潭叫「缽盂泉」。竹爐茶竈，安放得很幽雅。房後在萬綠叢中，可以俯瞰范園的全貌。可惜和尚太俗氣，不能久坐。這時從上沙村過雞籠山，就是我和鴻干登高的地方。風光景物依舊，鴻干已死，今非昔比讓人感歎不已。正在傷感的時候，忽然流水阻隔道路，不能前進，有三五個村童在亂草中挖蘑菇，抬起頭來笑，似乎對這麼多人來到此地而感到驚訝。問他們去無隱庵的路，回答說：

「前面的路水大不能走，請往回走幾步，南面有條小路，翻過山嶺就到了。」我們按照村童的指點，翻過山嶺向南走一里多，漸漸覺得竹林樹木橫生亂長，四面山峰圍繞，小路鋪滿綠茵，已經沒有人跡。竹逸徘徊四顧，說：「好像在這裡，可是找不到道路，怎麼辦？」我蹲下身仔細觀察，在千竿竹林中隱隱約約看到亂石、牆壁和房舍，於是撥開叢竹，橫穿而入，四處尋找，才找到一扇門，門上匾額寫「無隱禪院，某年月日南園老人彭某重修」。眾人大喜，說：「如果沒有你，此地就成了外人進不去的武陵源了。」

山門緊閉，敲了很久，無人應答。忽然旁邊有扇門吱呀一聲開了，一個衣服襤褸的少年出來，面有菜色，腳穿破鞋，問道：「客人到此有何貴幹？」竹逸俯首敬禮說：「聽說無隱庵幽靜，特地前來瞻仰。」少年說：「這樣的窮山僻壤，僧人離散無人接待，請到別處遊覽。」說罷，便要關門進去。雲客急忙阻止，答應如果開門放我們進去遊覽，必當酬謝。少年笑著說：「茶葉都沒有，恐怕怠慢客人，豈敢奢望酬謝。」山門一開，就見到佛像，佛像的金光與綠樹的蔭影互相映照，庭院的臺階和石基長滿青苔呈繡花圖案狀，殿後臺階直上直下如堵牆，有石欄杆圍繞。循著臺階向西，有塊石頭形狀像饅頭，二丈多高，底部細竹環繞。再往西走，然後轉向北邊，從斜廊拾級而上，有客堂三間，緊對著大石。石下鑿了一個月牙形的小水池，一池清水，水草縱橫。客堂東面就是正殿，正殿左邊向西的房間是僧人的臥室和廚房。大殿後面挨著峭壁，樹木叢生綠蔭濃密，抬頭不見天空。星燦累了，就在水池邊稍作休息，我也隨著他歇息一會。

準備打開酒盒小酌，忽然聽得憶香在樹梢呼喊：「三白快來，此處有絕妙佳境。」抬起頭看，看不到他的人，因而與星燦循聲尋找。從東廂房出一小門，轉向北方，有石頭臺階如樓梯，大約有幾十級，在竹叢中看到一座樓。到樓前登梯而上，樓上有八扇窗，室內很明亮，匾額上寫「飛雲閣」。四面山峰環抱如城牆，在西南方缺了一角，遠望碧水流向天際，水面風帆隱約，那就是太湖。靠窗俯視，清風拂過竹梢，如麥浪翻滾。憶香說：「怎麼樣？」我說：「這真是妙境啊。」忽然又聽雲客在樓西面呼喊：「憶香快來，此地更有妙境。」因而又下樓，轉向西，登十幾級臺階，忽然豁然開朗，平坦如露臺。度量那個地方，已在大殿後面的峭壁之上，殘缺的磚瓦、石基還在，這裡也是往日大殿的地基。環顧四周群山，比在樓閣中看到的景色更暢快。憶香對著太湖長嘯一聲，群山齊聲響應。於是坐在地上打開酒瓶，忽然擔心餓肚子，少年要煮鍋巴代茶，我們讓他把鍋巴茶煮成粥，並邀請他與我們一起吃。我們問少年這裡為何如此冷落，少年說：「無隱庵四周沒有鄰居，夜晚多暴徒，寺裡有存糧時就來明搶暗偷，種植的蔬菜瓜果，多半被樵夫摘取。這裡是崇寧寺的分院，總院廚房只是每月送一石鍋巴、一罈醃菜。我是彭家的後代，暫時住在這裡看守寺院，馬上就要回去，不久這裡就空無一人了。」雲客給他一圓洋銀作為酬謝。

回到來鶴庵，雇船回家。我畫了一幅〈無隱圖〉送給竹逸，紀念這次愉快的旅遊。

【研　析】上文寫沈復廣州狎妓，依紅偎翠，衣香鬢影，極其繁華香艷，此節寫蘇州西山尋幽探勝，荒山廢寺，極其清淨雅緻，形成強烈的對比。

此文寫山寺之荒寂，有正寫實寫，有側寫虛寫。如寫來鶴庵：「小門深閉，門隙窺之，短籬曲徑，綠竹猗猗，寂不聞人語聲。」此為正面描寫。沈復去來鶴庵，走過而不知，此為側面襯托。若是名山古剎，香火旺盛，遊客絡繹不絕，絕無錯過的可能，由此可知來鶴庵是個默默無聞，不為人知的偏僻小寺。又如寫無隱庵，竹逸說：「無隱四面皆山，其地甚僻，僧不能久居。」描寫無隱庵的環境：「度嶺南行里許，漸覺竹樹叢雜，四山環繞，徑滿綠茵，已無人跡。」此為實寫。在往無隱庵路上，「忽流泉阻路，不得進。有三五村童掘菌子於亂草中，探頭而笑，似訝多人之至此者」。無隱庵地處荒僻，人跡罕至，村童看到這麼多人，才會感到驚奇詫異。此為虛寫。沈復等人專為探尋幽靜而來，他們在原生態的自然環境中充分領略到山水的神韻。在來鶴庵，「但見木犀香裡，一路霜林，月下長空，萬籟俱寂」。在無隱庵，「四山抱列如城，缺西南一角，遙見一水浸天，風帆隱隱，即太湖也。倚窗俯視，風動竹梢，如翻麥浪」，沈復讚為妙境。自然之美，需要人們探尋發現。

西山之遊，展示了文人的雅興和豪放。沈復等人在來鶴庵傳花飲酒直至深夜，酒酣之餘，到放鶴亭賞月，「星燦彈〈梅花三弄〉，飄飄欲仙。憶香亦興發，袖出鐵笛，嗚嗚而吹之」。桂花飄香，月光清寒，林木染霜，萬籟俱寂，悠揚的琴聲、嗚咽的笛聲在夜空中飄蕩，這是多麼富有詩情畫意的場景。

佛門本是清淨之地，佛教戒絕葷腥酒肉，可是在《浮生六記》中，作者多次寫到在寺院喝酒吃肉，和尚不以為怪，在來鶴庵，竹逸和尚還參加了沈復等人宴飲，作者特地介紹他「好客善飲」。佛教五戒為不殺生、不偷盜、不邪淫、不妄語、不飲酒。前四戒是性戒，絕對不容許，飲酒是遮戒，也即預防措施，喝酒本身不是罪，但是酒醉之後會做出觸犯殺盜淫妄性戒的事。因此不飲酒作為佛教戒條，但並不那麼嚴格。據敦煌文獻記載，唐代敦煌的和尚尼姑都喝酒。至清代，佛教戒律日漸鬆弛，和尚喝酒不被認為是嚴重的罪錯，日本僧人小栗棲香在《北京記遊》中記載，當時一些和尚不僅喝酒吃肉，還有抽鴉片的。鑒於此，沈復在書中多次寫到在寺院喝酒吃肉，和尚參加宴飲，就沒有什麼奇怪的了。

十

是年冬，余為友人作中保所累，家庭失歡，寄居錫山華氏。明年春，將之維揚而短於資，有故人韓春泉在上洋❶幕府，因往訪焉。衣敝履穿，不堪入署，投札約晤於郡廟❷園亭中。及出見，知余愁苦，慨助十金。園為洋商捐施而成，極為闊大，惜點綴各景，雜亂無章，後疊山石，亦無起伏照應。歸途忽思虞山之勝，適有便舟附之。時當春仲，桃李爭妍，逆旅❸行蹤，苦無伴侶，乃懷青銅三百，信步至虞山書院❹。墻外仰矚，見叢樹交花，嬌紅稚綠，傍水依山，極饒幽趣，惜不得其門而入。問途以往，遇設篷瀹茗❺者，就之，烹碧螺春，飲之極佳。詢虞山何處最勝，一遊者曰：「從此出西關，近劍門❻，亦虞山最佳處也。君欲往，請為前導。」余欣然從之。出西門，循山腳，高低約數里，漸見山峰屹立，石作橫紋。至則一山中分，兩壁凹凸，高數十仞，近而仰視，勢將傾墮。其人曰：「相傳上有洞府，多仙境，惜無徑可登。」余興發，挽袖捲衣，猿攀而上，直造其巔。所謂洞府者，深僅丈許，上有石罅，洞然見天。俯首下視，腿軟欲墮。乃以腹面壁，依藤附蔓而下。其人嘆曰：「壯哉！遊興之豪，未見有如君者。」余口渴思飲，邀其人就野店❼沽飲三杯。陽烏將落，未得遍遊，拾赭石十餘塊，懷之歸寓，負笈❽搭夜航至蘇，仍返錫山。此余愁苦中之快遊也。

【注釋】❶上洋　即上海，清代松江府上海縣。❷郡廟　城隍廟。❸逆旅　客舍；旅館，也指客旅生涯。❹虞山書院　原名文學書院，又名學道書院，始建於元代，明萬曆年間重建，更名虞山書院。咸豐年間毀於兵火。❺瀹茗　煮茶。❻劍門　在虞山中部最高處，以石景著稱。❼野店　鄉村飯店、茶館。❽笈　用竹、藤編織的箱子，常用以放置書籍、衣巾、藥物等。

【語譯】這年冬天，我因為替朋友作保人而受牽累，造成家庭不和，寄居在錫山華氏家中。明年春，將去揚州而缺乏盤纏，有個老朋友韓春泉，在上海縣幕府，就去拜訪他。我衣衫襤褸鞋子破爛，不能進入衙門，就送了張名帖，約他在城隍廟的花園中相見。他出來見我，知道我窮困潦倒，就慷慨地資助我十兩銀子。城隍廟的花園是外國商人捐助建成的，極為闊大，可惜點綴的各種景色，雜亂無章，園子後面堆積的假山，也沒有起伏照應。回家途中忽然想起虞山的風光，恰好有便船可以搭乘，於是前往一遊。時值仲春，桃李爭奇鬥艷，只是浪跡在外，苦於沒有伴侶。於是懷中揣著三百銅錢，信步來到虞山書院。在牆外抬頭觀看，只見叢林夾雜鮮花，艷紅與嫩綠交相輝映，依山傍水，極有幽情雅趣，可惜無法進去遊賞。問路前往，遇到一個架設帳篷煮茶的人，就讓他煮了一壺碧螺春，喝了味道極好。問起虞山什麼地方風景最好，一個遊人說：「從這裡出西關，靠近劍門處，是虞山風景最好的地方。你想去，我可以做嚮導。」我高興地跟他走了。出西門，順著山腳，忽高忽低走了幾里路，漸漸見到山峰屹立，岩石都是橫向的紋路。到了山下，山峰從中一分為二，兩邊石壁凹凸不平，高數十丈，走近抬頭看，山的形態似要墜落。那人說：「相傳山上有洞府，有很多景物極美的地方，可惜沒有路可以上去。」我興致大發，挽起袖子掖好衣服，猿猴般攀登而上，直奔山頂。所謂洞府，只有一丈多深，上有石縫，可以清楚地看到天空。低頭往下看，兩腿哆嗦就要墜落。於是腹部緊貼石壁，抓著藤蔓下山。那人感歎道：「豪壯啊！從來沒有看到像你這樣遊興豪放的人。」我口渴想喝酒，邀請他到鄉村小店喝三杯。太陽將落，不能遊遍各處，拾得十幾塊棕色的石頭，帶回寓所，背著行李乘夜航船到蘇州，仍然返回錫山。這是我在愁苦中的快意之遊。

【研析】此節寫遊常熟虞山，極力描繪登山之艱難。作者先寫虞山劍門形勢之險，「山峰屹立，石作橫紋。至則一山中分，兩壁凹凸，高數十仞，近而仰視，勢將傾墮」。繼而從旁人口中道出上山無徑可登。沈復不畏艱險，挽袖捲衣，猿攀而上。「猿攀」兩字，既形容登山之險，又描寫沈復身手之矯健。俗話說「上山吃力下山險」，沈復「俯首下視，腿軟欲墮。乃以腹面壁，依藤附蔓而下」。此節通過沈復探幽訪險，表現出他對自然的酷愛，最後一句「此余愁苦中之快遊也」，沈復是否從這次艱難的攀登，聯想到自己生活道路的坎坷呢？只有敢於攀登，才能欣賞到天下奇麗的景色，王安石〈遊褒禪山記〉云：「古人之觀於天地、山川、草木、蟲魚、鳥獸，往往有得，以其求思之深而無不在也。夫夷以近，則遊者眾；險以遠，則至者少。而世之奇偉、瑰怪，非常之觀，常在於險遠，而人之所罕至焉，故非有志者不能至也。」旅遊如此，人生道路何嘗不是如此。

十一

嘉慶甲子春，痛遭先君之變，行將棄家遠遁，友人夏揖山挽留其家。秋八月，邀余同往東海永泰沙，勘收花息❶。沙隸崇明，出劉河口❷，航海百餘里。新漲初辟，尚無街市。茫茫蘆荻，絕少人煙，僅有同業丁氏倉房數十椽，四面掘溝河，築堤栽柳繞於外。丁字實初，家於崇，為一沙之首戶，司會計者姓王，俱豪爽好客，不拘禮節，與余乍見，即同故交。宰豬為餉，傾甕為飲，令則拇戰，不知詩文，歌則號呶❸，不講音律。酒酣，揮工人舞拳相撲為戲。蓄牯牛百餘頭，皆露宿堤上。養鵝為號，以防海賊。日則驅鷹犬獵於蘆叢沙渚間，所獲多飛禽。余亦從之馳逐，倦則臥。引至園田❹成熟處，每一字號圈築高堤，以防潮汛。堤中通有水竇，用閘啟閉，旱則漲潮時啟閘灌之，潦則落潮時開閘泄之。佃人皆散處如列星，一呼俱集，稱業戶曰「產主」，唯唯聽命，樸誠可愛，而激之非義，則野橫過於狼虎，幸一言公平，率然拜服。風雨晦明，恍同太古。臥床外矚，即睹洪濤，枕畔潮聲，如鳴金鼓。

一夜，忽見數十里外有紅燈大如栲栳❺，浮於海中，又見紅光燭天，勢同失火。實初曰：「此處起現神燈神火，不久又將漲出沙田矣。」揖山興致素豪，至此益放。余更肆無忌憚，牛背狂歌，沙頭醉舞，隨其興之所至，真平生無拘之快遊也。事竣，十月始歸。

【注 釋】❶花息 利息。❷劉河口 又名瀏河口，位於江蘇太倉境內，西連江蘇內河航道，東與長江口連成一線，直達海路。❸號呶 喧囂叫嚷。❹園田 園圃和田地。❺栲栳 用竹或柳條編成的圓筐。

【語 譯】嘉慶甲子年的春天，我悲痛地遭受了父親去世的家庭變故，打算離家出走，躲到遠遠的地方，朋友夏揖山挽留我住到他家。秋天的八月，揖山邀請我一同去東海永泰沙，查核收取田租。永泰沙歸屬崇明，從劉河口出海，航海一百多里就到了。永泰沙是剛由沙土堆積而成的陸地，最近才開闢為沙田，還沒有街道集市。遼闊的灘塗長滿蘆葦，人煙稀少，只有同行業丁家的倉庫數十間，倉庫四周開挖了河溝，修建堤岸栽植柳樹，圍繞在倉庫外邊。姓丁的字實初，家在崇明，是全沙的首戶，管理賬目的姓王，都豪爽好客，不拘禮節，與我一見如故。他們宰了豬招待我，喝酒直接用酒甕往嘴裡灌，只知以划拳為酒令，不懂以詩文為令，唱歌大聲吼叫，不講究音律。酒喝得盡興，就指揮工人打拳摔跤為遊戲。養了一百多頭牯牛，都露宿在河堤上。養鵝作為號兵，用來防備海盜。每天驅趕鷹犬到蘆葦叢中沙渚灘塗狩獵，獵獲的多為飛禽。我也跟隨他們奔走捕獵，倦了就躺下。他們還帶我去已經開墾的園田，園田編有字號，每一字號四周都築有高堤，防止潮水沖毀園田。堤上有水洞相通，用閘門控制開關。乾旱季節，漲潮時開閘灌溉；水澇季節，落潮時開閘排水。佃農像列星一樣分散居住，一聲呼喚便聚集在一起，稱東家為「產主」，很恭順地聽從命令，為人誠樸，十分可愛。若有不義之舉激怒他們，他們比虎狼還蠻橫兇狠，如說一句公平話，他們就會很馴服。無論是颳風下雨，天陰天晴，都好像遠古時代那樣淳樸寧靜。睡在牀上朝外望，就能看到洶湧的波濤，在枕邊傾聽潮聲，如敲鑼打鼓般喧闐。

一天夜晚，忽然看到幾十里外有紅燈，像栲栳那麼大，在海上沉浮出沒，又看到紅光衝天，彷彿失火一般。實初說：「這個地方出現神燈神火，不久又會漲出新的沙田。」揖山向來興致豪放，到這裡後更加放縱。我更加肆無忌憚，在牛背放聲歌唱，在沙灘縱情亂舞，順著興致為所欲為，真是生平最沒有拘束的痛快遊樂。等到事情辦完，十月份才回家。

【研　析】此節寫沈復隨夏揖山往崇明收租情形。崇明是長江入海處沖積泥沙而形成的中國第三大島，島上居民皆由外地遷徙而來。此節寫崇明的淳樸民風，主人宰豬餉客，喝酒直接用酒甕往嘴裡灌，大聲歌唱，不講音律，舞拳相撲為戲，多麼豪爽直率。沈復在遠離塵囂的島上，日則驅鷹犬獵於蘆叢沙渚間，倦則臥。牛背狂歌，沙頭醉舞，自由自在，無拘無束。沈復生性豪放，渴望自由，然而遭遇坎坷，諸事不遂，在崇明猶如進入世外桃源，於是感歎道：「真平生無拘之快遊也。」

十二

吾蘇虎丘之勝，余取後山之千頃雲❶一處，次則劍池❷而已，餘皆半藉人工，且為脂粉所污，已失山林本相。即新起之白公祠❸、塔影橋❹，不過留雅名耳。其冶坊濱❺，余戲改為「野芳濱」，更不過脂鄉粉隊，徒形其妖冶而已。其在城中最著名之獅子林❻，雖曰雲林手筆，且石質玲瓏，中多古木，然以大勢觀之，竟同亂堆煤渣，積以苔蘚，穿以蟻穴，全無山林氣勢。以余管窺所及，不知其妙。靈巖山❼為吳王館娃宮❽故址，上有西施洞、響屧廊、採香徑諸勝，而其勢散漫，曠無收束，不及天平、支硎之別饒幽趣。鄧尉山❾一名元墓，西背太湖，東對錦峰，丹崖翠閣，望如圖畫。居人種梅為業，花開數十里，一望如積雪，故名「香雪海」。山之左有古柏四樹，名之曰「清」、「奇」、「古」、「怪」。清者，一株挺直，茂如翠蓋；奇者，臥地三曲，形同「之」字；古者，禿頂扁闊，半朽如掌；怪者，體似旋螺，枝幹皆然。相傳漢以前物也。

乙丑孟春，揖山尊人蒓薌先生偕其弟介石，率子侄四人，往樸山❿家祠春祭，兼掃祖墓，招余同往。順道先至靈巖山，出虎山橋⓫，由費家河進香雪海觀梅，樸山祠宇即藏於香雪海中。時花正盛，咳吐俱香。余曾為介石畫〈樸山風木圖〉十二冊。

【注 釋】❶千頃雲 在蘇州後山，為虎丘最高處，取名自蘇軾〈虎丘寺〉詩：「雲水麗千頃。」❷劍池 在蘇州虎丘山，相傳吳王闔閭葬於此。❸白公祠 祭祀曾任蘇州刺史白居易的祠堂，在今蘇州山塘街。❹塔影橋 又名「虹橋」，位於虎丘山南麓，因靠近「塔影園」而得名。建於清嘉慶年間。❺冶坊濱 在蘇州普濟橋下塘。清嘉道間人顧祿《桐橋倚棹錄》：「野芳濱，俗作冶坊濱，即古新涇。」為清代妓女聚集之地，攬雲居士有詩云：「覓得百花深處泊，銷魂只在野芳濱。」❻獅子林 蘇州四大名園之一，以湖石假山而著名。始建於元代，明初倪瓚（雲林）曾參與擴建園林，並作〈獅子林圖〉。❼靈巖山 又稱「硯石山」，在蘇州木瀆鎮，為著名的風景區。❽館娃宮 相傳吳王夫差為西施所建之宮殿，其址現為靈巖寺。❾鄧尉山 在蘇州西南，相傳東漢太尉鄧禹隱居於此而得名，為賞梅勝地，有「鄧尉梅花甲天下」之稱。❿幞山 蘇州鄧尉山中一處。⓫虎山橋 位於江蘇蘇州吳中區光福鎮西北，始建於宋代，元泰定間改建，取名「泰定橋」。清初重建，更名「虎山橋」。

【語 譯】蘇州虎丘的優美景物，我首選後山的千頃雲，其次只取劍池而已，其餘都是一半靠人工修建裝飾，而且被歌童舞女的脂粉氣所污染，已經失去了自然風光的本來面目。就是新造的白公祠、塔影橋，不過是徒有虛名。冶坊濱，我開玩笑地改為「野芳濱」，更只有塗脂抹粉的青樓女子，只是顯示出此地的妖冶。城中最著名的獅子林，雖然說是倪雲林的設計，而且園中湖石假山玲瓏剔透，古木參天，然而從大局來看，居然如同亂堆煤渣，鋪上苔蘚，開鑿一些像蟻穴的山洞，毫無自然風光的氣勢。以我淺薄的見識看來，不知道有什麼妙處。靈巖山是吳王館娃宮的故址，上面有西施洞、響屧廊、採香徑等景點，但是佈局散漫，空曠而不緊湊，不及天平山、支硎山別有幽雅的趣味。鄧尉山又名元墓山，西面背靠太湖，東面正對錦峰，赤色的山崖，翠綠叢中的樓閣，遠望風景如畫。居民以種梅為業，花開連綿數十里，一眼望去如同積雪，所以稱為「香雪海」。山的左邊有四棵古柏，名為「清」、「奇」、「古」、「怪」。命名為「清」的樹，一株樹幹挺拔直立，枝葉茂密如綠色的傘蓋；命名為「奇」的樹，橫臥地上曲折三次，成「之」字形狀；命名為「古」的樹，樹頂光禿，樹幹扁闊，半邊枯朽半邊青翠，如手掌手心粗糙手背光滑；命名為「怪」的樹，軀幹如螺旋，枝幹也彎曲盤旋。相傳是漢朝以前種植的樹。

乙丑年初春，揖山的父親蒓薌先生同他弟弟介石，帶領子侄四人，往幞山家祠舉行春天的祭祀，兼掃祖墓，叫我一起去。順路先到靈巖山，過虎山橋，從費家河進香雪海賞梅，幞山祠堂就藏在香雪海中。當時梅花盛開，呼吸之間全是香氣。我曾為介石畫〈幞山風木圖〉十二冊。

【研析】此節寫遊鄧尉山。鄧尉山又名光福山、香雪海，是太湖邊上的半島。相傳東漢光武帝時，司徒鄧禹曾隱居於此，鄧禹官至太尉，故名鄧尉山。鄧尉山盛植梅花，清康熙年間，巡撫宋犖到此賞梅，雅興勃發，在山崖上題了「香雪海」三個大字。山中有司徒廟，廟中有古柏四株，名為「清」、「奇」、「古」、「怪」，相傳為鄧禹所栽。作者記述鄧尉山風光，著重寫四株古柏，而對梅花則一筆帶過。「人珍我棄、人棄我取」，是沈復取景的原則，也是寫文章的訣竅。記述讚歎香雪海梅花的詩文不計其數，作者就把焦點集中在古柏上。

此節開始，作者對蘇州的風景名勝作了一番點評，作者讚賞千頃雲、劍池的自然風光，認為其他景色半藉人工，半為脂粉所污，不甚滿意。像獅子林這樣著名的園林，作者也批評「竟同亂堆煤渣，積以苔蘚，穿以蟻穴，全無山林氣勢」。作者的點評，體現他一貫崇尚自然的審美觀念，顯示出獨特的眼光。

十三

是年九月，余從石琢堂殿撰赴四川重慶府之任，溯長江而上，舟抵皖城❶。皖山❷之麓，有元季忠臣余公❸之墓，墓側有堂三楹，名曰「大觀亭」，面臨南湖，背倚潛山。亭在山脊，眺遠頗暢。旁有深廊，北窗洞開，時值霜葉初紅，爛如桃李。同遊者為蔣壽朋、蔡子琴。南城外又有王氏園，其地長於東西，短於南北，蓋北緊背城，南則臨湖故也。既限於地，頗難位置，而觀其結構，作重臺疊館之法。重臺者，屋上作月臺為庭院，疊石栽花於上，使遊人不知腳下有屋。蓋上疊石者則下實，上庭院者則下虛，故花木仍得地氣而生也。疊館者，樓上作軒，軒上再作平臺。上下盤折，重疊四層，且有小池，水不漏洩，竟莫測其何虛何實。其立腳全用磚石為之，承重處仿照西洋立柱法。幸面對南湖，目無所阻，騁懷遊覽，勝於平園。真人工之奇絕者也。

武昌黃鶴樓在黃鵠磯❹上，後拖黃鵠山，俗呼為蛇山。樓有三層，畫棟飛簷，倚城屹峙❺，面臨漢江❻，與漢陽晴川閣❼相對。余與琢堂冒雪登焉，仰視長空，瓊花飛舞，遙指銀山玉樹，恍如身在瑤臺。江中往來小艇，縱橫掀播，如浪捲殘葉，名利之心至此一冷。壁間題詠甚多，不能記憶，但記楹對有云：「何時黃鶴重來，且共倒金樽，澆洲渚千年芳草；但見白雲飛去，更誰吹玉笛，落江城五月梅花。」黃州赤壁❽在府城漢川門外，屹立江濱，截然如壁。石皆絳色，故名焉，《水經》❾謂之赤壁山。東坡遊此，作二賦，指為吳魏交兵處，則非也。壁下已成陸地，上有「賦亭」。

是年仲冬，抵荊州。琢堂得陞潼關觀察之信，留余住荊州，余以未得見蜀中山水為悵。時琢堂入川，而哲嗣敦夫眷屬，及蔡子琴、席芝堂俱留於荊州，居劉氏廢園。余記其廳額曰「紫荊紅樹山房」。庭階圍以石欄，鑿方池一畝。池中建一亭，有石橋通焉。亭後築土壘石，雜樹叢生。餘多曠地，樓閣俱傾頹矣。客中無事，或吟或嘯，或出遊，或聚談。歲暮雖資斧⑩不繼，而上下雍雍，典衣沽酒，且置鑼鼓敲之。每夜必酌，每酌必令。窘則四兩燒刀，亦必大施觴政⑪。遇同鄉蔡姓者，蔡子琴與敘宗系，乃其族子也。倩其導遊名勝，至府學前之曲江樓⑫，昔張九齡⑬為長史時，賦詩其上，朱子亦有詩曰：「相思欲回首，但上曲江樓⑭」。城上又有雄楚樓⑮，五代時高氏所建。規模雄峻，極目可數百里。繞城傍水，盡植垂楊，小舟蕩槳往來，頗有畫意。荊州府署即關壯繆⑯帥府，儀門⑰內有青石斷馬槽，相傳即赤兔馬食槽也。訪羅含⑱宅於城西小湖上，不遇。又訪宋玉⑲故宅於城北。昔庾信遇侯景之亂⑳，遁歸江陵，居宋玉故宅，繼改為酒家，今則不可復識矣。

是年大除㉑，雪後極寒，獻歲㉒發春㉓，無賀年之擾，日惟燃紙炮，放紙鳶，紮紙燈以為樂。既而風傳花信，雨濯春塵，琢堂諸姬攜其少女、幼子順川流而下，敦夫乃重整行裝，合幫而走。由樊城㉔登陸，直赴潼關。由河南閿鄉縣㉕西出函谷關㉖，有「紫氣東來㉗」四字，即老子乘青牛所過之地。兩山夾道，僅容二馬并行。約十里即潼關，左背峭壁，右臨黃河。關在山河之間扼喉而起，重樓壘垛，極其雄峻，而車馬寂然，人煙亦稀。昌黎詩曰：「日照潼關四扇開㉘」，殆亦言其冷落耶？

城中觀察之下，僅一別駕。道署緊靠北城，後有園圃，橫長約三畝。東西鑿兩池，水從西南牆外而入，東流至兩池間，支分三道：一向南至大廚房，以供日用；一向東入東池；一向北折西，由石螭㉙口中噴入西池，繞至西北，設閘泄瀉，由城腳轉北，穿竇而出，直下黃河。日夜環流，殊清人耳。竹樹陰濃，仰不見天。西池中有亭，藕花繞左右。東有面南書室三間，庭有葡萄架，下設方石，可弈可飲，以外皆菊畦。西有面東軒屋三間，坐其中可聽流水聲。軒南有小門，可通內室。軒北窗下，另鑿小池，池之北有小廟，祀花神。園正中築三層樓一座，緊靠北城，高與城齊，俯視城外，即黃河也。河之北，山如屏列，已屬山西界，真洋洋大觀也。余居園南，屋如舟式，庭有土山，上有小亭，登之可覽園中之概，綠陰四合，夏無暑氣。琢堂為余顏其齋曰「不繫之舟㉚」。此余幕遊以來第一好居室也。土山之間，藝菊數十種，惜未及含葩，而琢堂調山左廉訪矣。以眷屬移寓潼川書院，余亦隨往院中居焉。

琢堂先赴任，余與子琴、芝堂等無事，輒出遊。乘騎至華陰廟㉛。過華封里㉜，即堯時三祝㉝處。廟內多秦槐漢柏，大皆三四抱，有槐中抱柏而生者，柏中抱槐而生者。殿廷古碑甚多，內有陳希夷㉞書「福」、「壽」字。華山之腳有玉泉院㉟，即希夷先生化形骨蛻㊱處。有石洞如斗室，塑先生臥像於石床。其地水淨沙明，草多絳色，泉流甚急，修竹繞之。洞外一方亭，額曰「無憂亭」。旁有古樹三株，紋如裂炭，葉似槐而色深，不知其名，土人即呼曰「無憂樹」。太華㊲之高，不知幾千仞，惜未能裹糧往登焉。歸途見林柿正黃，就馬上摘食之，土人呼止弗聽，嚼之澀甚，急吐去，下騎覓泉漱口，始能言。土人大笑。蓋柿須摘下煮一沸，始去其澀，余不知也。

十月初，琢堂自山東專人來接眷屬，遂出潼關，由河南入魯。山東濟南府城內，西有大明湖㊳，其中有歷下亭、水香亭諸勝。夏月，柳陰濃處，菡萏香來，載酒泛舟，極有雅趣。余冬日往視，但見衰柳寒煙，一水茫茫而已。趵突泉㊴為濟南七十二泉之冠，泉分三眼，從地底怒湧突起，勢如騰沸。凡泉皆從上而下，此獨從下而上，亦一奇也。池上有樓，供呂祖㊵像，遊者多於此品茶焉。

明年二月，余就館萊陽。至丁卯秋，琢堂降官翰林，余亦入都，所謂登州㊶海市㊷，竟無從一見。

【注釋】❶皖城　今安徽潛山縣。❷皖山　又名天柱山、潛山，在潛山縣境內。漢武帝南巡，封為「南嶽」，後為隋文帝詔廢，故又稱「古南嶽」。❸余公　余闕，元廬州（今安徽合肥）人，元統元年（西元一三三三年）

舉進士，累官參知政事。元末陳友諒起兵，守安慶死難。❹黃鵠磯　在今武漢市蛇山西北，其上有黃鶴樓。鵠，同「鶴」。磯，水邊石灘或突出的岩石。❺屹峙　屹立；矗立。❻漢江　又名漢水，古稱「沔水」，是長江最長的支流。❼晴川閣　坐落在武漢市漢陽龜山東麓禹功磯上，北臨漢水，東瀕長江，與黃鶴樓夾江相望。❽黃州赤壁　黃州城西北，有一條長二十公里沿長江北岸走向的山脈，最南端與黃州城銜接，有伸向長江不足三十畝平面的斜形山體，因其岩石赤紅，故名「赤壁」。黃州，今湖北黃岡市黃州區。❾水經　中國古代記述河道水系的著作，原著不存。北魏酈道元為其作注，名《水經注》，流傳於世。❿資斧　旅費；盤纏。⓫觴政　酒令。⓬曲江樓　原為荊州郡城南樓，唐張九齡為荊州刺史時，經常登樓賦詠。宋張敬夫守江陵（荊州，宋時為江陵府），為樓題額「曲江之樓」，遂名此樓為「曲江樓」。⓭張九齡　唐玄宗開元年間任宰相，後為李林甫所譖，貶為荊州刺史。張九齡是韶州曲江（今廣東韶關市）人，後人遂以曲江稱之。⓮相思欲回首二句　語出朱熹〈短句奉迎荊南幕府二首〉。⓯雄楚樓　位於荊州小北門南側，始建於唐，杜甫〈賀城陽郡王新樓成〉詩云：「西北高樓雄楚郡」，樓因此而得名。後梁乾化二年（西元九一二年），荊南節度使高季興重建此樓。⓰關壯繆　關羽，死後追謚壯繆侯。⓱儀門　明清官署、邸宅大門內第二重正門。⓲羅含　字君章，號富和，西晉桂陽郡耒陽（今衡陽耒陽）人，一說江西人，死於耒陽。累官至散騎常侍、侍中、廷尉，轉調長沙相，年老辭官歸里，加封中散大夫。傳說羅含在耒陽羊角山修煉成仙。⓳宋玉　戰國時辭賦家。⓴侯景之亂　梁武帝太清元年（西元五四七年），東魏降將侯景起兵叛亂，於三年（西元五四九年）攻破建康，梁武帝被困餓死。簡文帝大寶二年（西元五五二年），侯景被陳霸先、王僧辯擊敗，為部下所殺。㉑大除　除夕。㉒獻歲　進入新的一年。獻，進。㉓發春　春天萬物發生，指孟春，農曆正月。㉔樊城　今湖北襄樊。㉕閿鄉縣　今河南靈寶。㉖函谷關　位於河南靈寶北王垛村，始建於周代的軍事要塞。傳說老子在此著《道德經》。㉗紫氣東來　漢劉向《列仙傳》：「老子西遊，關令尹喜望見有紫氣浮關，而老子果乘青牛而過也。」後以「紫氣東來」表示祥瑞。㉘日照潼關四扇開　出自韓愈詩〈次潼關先寄張十二閣老使君〉。㉙螭　傳說中無角的龍。㉚不繫之舟沒有纜繩捆綁的船，比喻漂泊不定或無拘無束，語出《莊子・列禦寇》：「泛若不繫之舟，虛而遨遊者也。」㉛華陰廟　又名西嶽廟，在今陝西華陰岳鎮，建築宏偉，廟內碑刻很多。㉜華封里　位於華陰市觀北鄉，為新石器時代古村落遺址，唐堯曾巡遊到此。㉝堯時三祝　堯巡遊到華州，當地人祝其長壽、富有、多子，稱為「三祝」，典出《莊子・天地》。㉞陳希夷　陳摶，字圖南，號希夷先生，五代宋初著名道士，易學大師。㉟玉泉院　位於華山腳下，今華陰市玉泉路南端，有名的全真教道觀，宋仁宗皇祐年間，道士賈得昇為師父陳摶所建。㊱化形骨蛻　道教謂得道者脫去軀殼而成仙，後也泛指死亡。㊲太華　即華山。㊳大明湖　位於山東濟南大明湖公園中，由眾多泉水匯流而成，是濟南名勝。㊴趵突泉　位於濟南市中心趵突泉公園內，有「天下第一泉」之稱。㊵呂祖　呂洞賓，原名嵒，字洞賓，道號純陽子，唐代著名道士，道教全真派北五祖之一，後被奉為神仙，為八仙之一。㊶登州　今山東蓬萊。㊷海市　海市蜃樓，光線經過不同密度的雲層折射，將遠處景物顯示在空中或地面而形成的各種奇異景象。

【語　譯】這年九月，我隨石琢堂狀元赴四川重慶府就任，在長江逆流而上，船到皖城停泊。皖山山麓有元末忠臣余公的墓，墓旁有三間廳堂，名為「大觀亭」，面臨南湖，背靠潛山。亭在山脊，在亭中遠眺四周，心情大為舒暢。亭旁有幽深的走廊，北窗大開，當時經霜的楓葉初紅，燦爛如桃李。同遊的人有蔣壽朋、蔡子琴。南城外又有王氏園林，那個園子東西長，南北短，因為北邊緊靠城牆，南邊面臨南湖。既然受地形的局限，園林很難佈局，觀察它的結構，採取了重臺疊館的方法。重臺，就是屋上建月臺作為庭院，在上面堆積山石栽種花木，使遊人不知道腳下還有房屋。上面堆積山石下面要結實，上面是庭院下面就空虛，所以花木仍然能得地氣而生長。疊館，就是樓上建房，房上再造平臺，上下盤旋曲折，重疊四層，並且有小水池，水不洩漏，居然不知道什麼地方虛什麼地方實。重臺疊館的底座全用磚石砌成，承重處仿照西洋建築的立柱。幸而園林面對南湖，視線不受阻擋，暢懷遊覽，勝過平地的園林。真是人工創造的絕妙景致。

武昌黃鶴樓在黃鵠磯上，後面與黃鵠山相接，俗稱蛇山。樓有三層，雕梁畫棟、翹角飛簷，背靠武昌城巍然屹立，面臨漢江，與漢陽的晴川閣遙遙相對。我與琢堂冒雪登樓，仰視長空，雪花飛舞，遙望銀山玉樹，恍如身在瑤臺仙境。江中小船往來，在風波中縱橫起伏，如浪捲殘葉，名利之心，到此頓時變得冷淡。黃鶴樓的牆上有很多題詠，都記不清了，只記得有一副楹聯：「何時黃鶴重來，且共倒金樽，澆洲渚千年芳草；但見白雲飛去，更誰吹玉笛，落江城五月梅花。」

黃州赤壁在黃州府城的漢川門外，屹立在江邊，陡峭如壁。石頭都是絳紅色，所以名為赤壁，《水經》稱作赤壁山。蘇東坡到此遊覽，作〈前赤壁賦〉、〈後赤壁賦〉兩篇，將此地認作三國時吳魏交戰處，是搞錯了。赤壁下面已成陸地，上有「賦亭」。

這年仲冬，抵達荊州。琢堂得到升遷潼關觀察的消息，讓我留下住在荊州，我為未能遊覽蜀中山水而感到遺憾。當時琢堂入川，他的公子敦夫和眷屬，以及蔡子琴、席芝堂都留在荊州，住在劉家荒廢的園子中。我記得廳堂的匾額是「紫荊紅樹山房」。庭院的臺階用石欄杆圍住，園中闢有一畝見方的水池。水池中建了一座亭子，有石橋可以通行。亭後堆土壘石造就一座假山，上面雜樹叢生。其餘大多是空地，樓閣都已坍塌荒廢。客居他鄉空閒無事，或吟詩或高歌，或出遊或聚談。到年底雖然盤纏緊缺，但上下和睦，典當了衣服買酒，並且置辦鑼鼓敲打賀歲。每天晚上都要喝酒，每次喝酒總要行令。窘迫時只能買四兩廉價的白酒，也一定要行酒令盡興。遇到一個同鄉姓蔡，蔡子琴與他敘宗譜，原來是他同族的子侄。於是請他作導遊，領我們遊覽當地的名勝。

到府學前的曲江樓，以前張九齡任荊州刺史時，曾在此樓上賦詩，朱熹也有詩云：「相思欲回首，但上曲江樓。」城上又有雄楚樓，五代時高氏所建。此樓規模宏偉，放眼可見幾百里外的景物。河流繞城而過，兩岸遍植垂楊，小船蕩槳往來，極具詩情畫意。荊州府衙就是關公的帥府，儀門內有青石製作已經斷裂的馬槽，相傳就是關公坐騎赤兔馬的食槽。在城西小湖上尋訪羅含的舊宅，沒有找到。又去城北尋訪宋玉的故宅。往日庾信身逢侯景之亂，逃歸江陵，住在宋玉故宅，後來改為酒家，現在已經難以辨認了。

這年除夕，下雪後極其寒冷，到了正月也沒有拜年賀節的煩擾，每天只是燃放爆竹，放風箏，紮紙燈，以此取樂。不久春風駘蕩，傳送花開的信息，春雨霏霏，蕩滌春天的塵土，琢堂的姬妾帶著他未成年的女兒、年幼的小兒子在川江順流而下，敦夫重新收拾行裝，眾人結夥而走，由樊城登陸，直奔潼關。從河南閿鄉縣西出函谷關，關口有「紫氣東來」四個字，是老子乘青牛經過的地方。兩座山峰中間一條小路，只能兩匹馬並行。往前十里就是潼關，左背峭壁，右臨黃河，關在山河之間的要道突然而起，層樓上佈滿凹凸形的女牆，極其雄偉險要。然而聽不到車馬聲，人煙也稀少。昌黎詩說：「日照潼關四扇開。」大概也是形容此地的冷落吧？

城中觀察之下，只有一個別駕。道署緊靠北城，後面有園圃，長方形，大約有三畝，東西兩邊開鑿了兩個水池，水從西南牆外流入，往東流到兩池之間，分為三道支流，一支向南到大廚房，以供日常之用；一支向東流入東邊水池；一支向北再折向西，從石螭口中噴入西邊水池。引入的水流繞到西北，建了座閘門排水，從城腳轉向北，穿過水洞入黃河。清水日夜流轉，令人耳目清爽。園中竹樹茂盛，濃蔭蔽日，抬頭不見天空。西池中有亭子，荷花環繞左右。東面有三間朝南的書房，庭院中有葡萄架，下設方石，可以在此下棋飲酒，此外都是種植菊花的地方。西面有三間朝東的軒屋，坐在裡面能聽到流水聲。軒屋南面有扇小門，可以通往內室。軒屋北面窗下另外開鑿了小水池，水池北面有座小廟，供奉著花神。園子正中蓋了一棟三層樓房，緊靠北城，樓高與城牆相齊，俯視城外，就是黃河。黃河北邊，群山如屏障排列，已屬山西地界，實在豐富多彩啊。我住在園子南面，房屋的式樣像艘船，庭院中有土山，上面有個小亭子，登上亭子可以看到園子的全貌，亭子被綠蔭包圍，夏天也不炎熱。琢堂為我的居所題寫了「不繫之舟」的匾額。這是我遊幕以來最好的居室。土山之間，種了幾十種菊花，可惜還沒有等到含苞欲放，琢堂就調任山東按察使了。琢堂離開後，眷屬移居到潼川書院，我也隨他們搬到書院中居住。

琢堂先赴任，我與子琴、芝堂等閒著沒事，就外出遊玩。騎馬到華陰廟。經過華封里，就是堯巡遊至此，人們祝他長壽、富有、多子的地方。廟內有很多秦漢年代的槐樹和柏樹，都有三四抱粗，有槐樹圍抱柏樹生長的，有柏樹圍抱槐樹生長的。殿前庭院有很多古代的碑刻，其中有陳希夷書寫的「福」、「壽」二字。華山腳下有玉泉院，是希夷先生蛻化成仙的地方。有一個斗室般大的石洞，希夷先生的塑像臥在石床上。那個地方水流清澈，沙石明淨，草多絳紅色，泉水湍急，修長的竹子圍繞四周。石洞外有一方亭，匾額寫「無憂亭」。旁邊有三株古樹，樹紋如開裂的焦炭，樹葉的形狀如槐樹而顏色更深，不知道三株古樹的名字，當地人稱作「無憂樹」。華山之高，不知有幾千丈，可惜未能帶著乾糧去攀登。回來途中，看見林中柿子已經黃了，就在馬上摘柿子吃，當地人大聲阻止，我們不理睬。咬了一口，柿子十分苦澀，急忙吐掉，下馬尋找泉水漱口，漱口後才能說話，引得當地人大笑。原來柿子摘下後，必須放在水裡煮沸，才能去除澀味，我原先不知道。

十月初，琢堂從山東派專人來接眷屬，於是我們出潼關，由河南進入山東。山東濟南府城內，西面有大明湖，湖中有歷下亭、水香亭等景致。夏季月夜，柳蔭濃密處，荷花香隨風襲來，在湖上泛舟飲酒，極有幽雅的意趣。我冬天去遊覽，只見柳樹衰枯，寒煙籠罩，湖水蕩漾而已。趵突泉是濟南七十二泉中最著名的，泉分三眼，從地底噴湧而出，水勢沸騰激蕩。泉水都是從上往下流，獨有趵突泉從下往上噴，也是一大奇觀。泉水匯成水池，池上有樓，供奉呂祖像，遊客多在此品茶。

第二年二月，我去萊陽當幕僚。到丁卯年秋天，琢堂降職任翰林院編修，我也跟隨進京。聞名的登州海市蜃樓，竟然無緣一見。

【研　析】此節寫沈復隨石琢堂赴任，沿途所見所聞。

沈復在皖城，先後遊覽皖山大觀亭和王氏園林，著重記述王氏園林的結構佈局。王氏園林充分利用有限的空間，運用重臺疊館之法，虛實結合，以小見大，與沈復在〈閒情記趣〉一卷所述園亭樓閣佈置之法相同，沈復曾以此法裝修他在揚州的居室，因此王氏園林深得沈復讚賞，歎為「人工之奇絕者也」。

黃鶴樓位於湖北武漢長江南岸的蛇山之上，與岳陽樓、滕王閣為江南三大名樓，歷代文人在黃鶴樓留下了許多題詠，最著名的是崔顥的〈登黃鶴樓〉。沈復途經武漢，少不了登臨黃鶴樓，眺望武漢三鎮的壯麗景色。文中寫登樓所見雪景，描繪如畫：「仰視長空，瓊花飛舞，遙指銀山玉樹，恍如身在瑤臺。江中往來小艇，縱橫掀播，如浪捲殘葉，名利之心至此一冷。」

赤壁有兩處，一在湖北蒲圻，現改為赤壁市，屬咸寧市管轄，其地北倚武漢，南臨岳陽，東北與嘉魚縣相鄰，是三國時期赤壁之戰所在地。一在黃州，現為黃岡市黃州區。蘇軾曾任黃州團練副使，在此寫下了著名的〈前赤壁賦〉和〈後赤壁賦〉。提起赤壁，人們必然會聯想到赤壁之戰和蘇軾的〈赤壁賦〉，並將兩個地方相混淆。據現代學者考證，赤壁之戰在蒲圻而不在黃州，關鍵證據是《三國志・周瑜傳》：「（孫）權遂遣瑜及程普等與（劉）備并力逆曹公，遇於赤壁。時曹公軍眾已有疾病，初一交戰，公軍敗退，引次江北。瑜等在南岸。」由此可知，赤壁之戰在長江南岸，蒲圻赤壁在長江南岸，黃州赤壁則在長江北岸，蒲圻赤壁才是三國時古戰場。將黃州赤壁誤認為古戰場始於杜牧〈赤壁〉一詩，蘇軾又借題發揮，寫了前後〈赤壁賦〉，使更多人產生誤會。沈復在二百多年前，就肯定地指出：「東坡遊此，作二賦，指為吳魏交兵處，則非也。」

荊州歷史悠久，文化燦爛，是楚文化的發祥地和三國文化中心，為中國歷史文化名城。有許多歷史名人在荊州生活工作過，留下了珍貴的文化遺產。唐代宰相，著名詩人張九齡曾任荊州刺史，作有〈登荊州城樓〉詩：「天宇何其曠，江城坐自拘。層樓百餘尺，迢遞在西隅。暇日時登眺，荒郊臨故都。累累見陳跡，寂寂想雄圖。古往山川在，今來郡邑殊。北疆雖入鄭，東距豈防吳。幾代傳荊國，當時敵陝郛。上流空有處，中土復何虞。枕席夷三峽，關梁豁五湖。承平無異境，守隘莫論夫。自罷金門籍，來參竹使符。端居向林藪，微尚在桑榆。直似王陵戇，非如甯武愚。今茲對南浦，乘雁與雙鳧。」張九齡的詩，描述了荊州的山川地貌，以及深厚的歷史意蘊。

荊州雄楚樓始建於唐代，五代時高季興復建此樓，參與建樓者十數萬人，「郭外五十里冢墓多發掘取磚，以甃城。」此前荊州城樓皆夯土而成，以磚築城自五代始。荊州是三國時期群雄逐鹿之地，關羽曾鎮守荊州，後為東吳呂蒙襲取，關羽兵敗身亡。後人在城內建關公廟祭祀關羽，成為荊州的一個景點。羅含是西晉時思想家、哲學家，山水散文的創作先驅。桓溫鎮守荊州，招羅含為征西參軍，轉荊州別駕。南朝梁武帝末年，侯景叛亂，庾信時為建康令，率兵禦敵，戰敗後逃亡荊州，投奔梁元帝蕭繹。沈復在荊州，追尋古跡，憑弔前賢，徜徉於文化歷史長河之中。

沈復一行從湖北折入河南，出函谷關，抵達潼關。函谷關位於河南靈寶北，西據高原，東臨絕澗，北塞黃河，是連接洛陽和西安的咽喉要道，為歷來兵家必爭之地。《史記・老子韓非列傳》載：「（老子）見周之衰，乃遂去。至關，關令尹喜曰：『子將隱矣，強為我著書。』於是老子乃著書上下篇，言道德之意五千餘言而去，莫知其所終。」司馬遷著《史記》，離老子時代已遠，老子在函谷關寫《道德經》也許來自傳說。司馬遷自述他作《史記》，除了依據史籍，還採錄民間的口頭傳說。後傳說老子乘青牛過函谷關，守關官尹喜望見有紫氣從東方而來，於是請老子留下著書，「紫氣東來」就成了表示祥瑞的成語。潼關位於陝西渭南市潼關縣北面，雄踞秦、晉、豫三省要衝之地，北臨黃河，南踞秦嶺，周圍山峰相連，谷深崖絕，中間僅有一條羊腸小道，地勢非常險要。潼關始建於東漢，明代設潼關衛，雍正五年（西元一七二七年）撤關設縣，乾隆十三年（西元一七四八年）改設潼關廳，屬陝西潼商道同州府。石琢堂一行於嘉慶十一年（西元一八〇六年）四月抵潼關任，沈復隨石琢堂家人住在道署。同年七月，石琢堂調山東按察使，先行赴任，沈復與石琢堂家人一起移居潼川書院。沈復在潼商道道署住了二個多月，印象深刻，譽為「此余幕遊以來第一好居室」，因此用較多筆墨描寫居處的環境，描寫環境則以水為主，寫水的流向及聽水之樂，用簡練的筆墨突出了景觀的特色，給讀者留下深刻的印象。

沈復隨石琢堂家眷由陝西入河南，進入山東，以遊大明湖作為此卷結束。大明湖景色秀麗，堤柳夾岸，蓮荷疊翠，亭榭點綴其間，明代詩人鐵保有詩云：「四面荷花三面柳，一城山色半城湖。」書中寫大明湖「夏月，柳陰濃處，菡萏香來」，道出湖景的妙處。歷下亭在湖心小島，因處歷山之下而得名。歷下亭本在大明湖南岸，康熙年間才重建於湖心島，成為著名的景點。水香亭在大明湖北岸，是一座簡陋的小亭。趵突泉是與大明湖齊名的著名景點。濟南多泉水，有泉城之稱，趵突泉為七十二泉之首，被譽為「天下第一泉」。趵突泉水分數股，晝夜噴湧，高達數尺。所謂「趵突」，即跳躍奔騰之意，反映了趵突泉三窟迸發，噴湧不息的特點。此書描寫趵突泉云：「趵突泉為濟南七十二泉之冠，泉分三眼，從地底怒湧突起，勢如騰沸。凡泉皆從上而下，此獨從下而上，亦一奇也。」劉鶚《老殘遊記》也曾寫到趵突泉：「三股大泉，從池底冒出，返上水面有二三尺高。」兩者相比，此書描寫當勝出一籌。

附錄一

中山記歷

嘉慶四年，歲在己未，琉球國❶中山王尚穆薨。世子尚哲先七年卒，世孫尚溫表請襲封。中朝❷懷柔❸遠藩❹，錫❺以恩命，臨軒召對❻，特簡儒臣。於是，趙介山❼先生，名文楷，太湖人，官翰林院修撰，充正使。李和叔❽先生，名鼎元，綿州人，官內閣中書，副焉。介山馳書，約余偕行。余以高堂垂老，憚於遠遊，繼思游幕二十年，遍窺兩戒❾，然而尚囿方隅之見❿，未觀域外，更歷瀴溟⓫之勝，庶廣異聞。稟商吾父，允以隨往。從客凡五人：王君文誥、秦君元鈞、繆君頌、楊君華才，其一即余也。

五年五月朔日，隨簜節⑫以行，祥飇送風⑬，神魚扶舳，計六晝夜，徑達所居。凡所目擊，咸登掌錄⑭，志山水之麗崎，記物產之瑰怪，載官司⑮之典章，嘉士女之風節。文不矜奇，事皆記實。自慚譾陋，甘貽測海之嗤；要堪傳言，或勝鑿空之說云爾。

【注釋】❶琉球國　琉球國，今屬日本沖繩縣，地處臺灣與日本九州之間，明清時期為中國的藩屬國。早期琉球分為中山、山南、山北三國。❷中朝　即中國。古人以為中國地處世界中心，故以中國、中朝、天朝自居。❸懷柔　用溫和的政治手段籠絡其他民族或國家，使對方歸附自己。❹遠藩　遠方的附屬國。❺錫　賞賜。❻臨軒召對　指皇帝接見下屬或使臣。臨軒，皇帝不坐正殿而御前殿。殿前堂陛之間近簷處兩邊有檻楯，如車之軒，故稱。❼趙介山　趙文楷，字介山，號逸書，安徽太湖人，嘉慶元年（西元一七九六年）狀元，嘉慶四年任冊封琉球正使，嘉慶十三年卒於山西雁平道任內。❽李和叔　李鼎元，字和叔，號墨莊，四川綿州人。乾隆四十三年（西元一七七八年）進士，歷任翰林院檢討、內閣中書、宗人府主事。嘉慶四年任冊封琉球副使，著有《使琉球記》六卷。❾遍窺兩戒　意謂遊遍全國。兩戒，國家疆域的南北界限。戒，同「界」。❿方隅之見　片面偏激的見解。⓫瀴溟　水面遼闊渺茫。⓬簜節　竹節，竹製的信符。簜，大竹。⓭祥飇送風　語出韓愈〈南海神廟碑〉，「風」原作「颿」，同「帆」，意為「暴風吹船進也」，見《五百家注昌黎文集》。⓮掌錄　同「掌記」。用以隨手記錄的本子。⓯官司　指官府。

五月朔日，恰逢夏至，襆被❶登舟。向來封中山王，去以夏至，乘西南風；歸以冬至，乘東北風，風有信也。舟二，正使與副使共乘其一。舟身長七丈，首尾虛艄三丈，深一丈三尺，寬二丈二尺，較歷來封舟❷幾小一半。前後各一桅，長六丈有奇，圍三尺。中艙前一桅，長十丈有奇，圍六尺，以番木為之。通計二十四艙，艙底貯石，載貨十一萬斤奇。龍口置大炮一，左右各置大炮二，兵器貯艙內。大桅下橫大木為轆轤，移炮升篷皆仗之，輂以數十人。艙面為戰臺，尾樓為將臺，立幟列藤牌，為使臣聽事。下即舵樓，舵前有小艙，實以沙布❸針盤❹。中艙梯而下，高可六尺，為使臣會食地。前艙貯火藥、貯米，後以居兵。稍後為水艙，凡四井❺。二號船稱是。每船約二百六十餘人，船小人多，無立錐處。風信❻已屆，如欲易舟，恐延時日也。

【注釋】❶襆被　整理行裝。襆，用布單或巾帕包裹物件。❷封舟　冊封使臣所乘的船。❸沙布　用沙盤或布繪製的地圖。❹針盤　羅盤。❺井　水池。❻風信　隨季節變化應時而至的風。

初二日午刻❶，移泊鼇門❷。申刻，慶雲❸見於西方，五色輪囷❹，適與樓船旗幟上下輝映，觀者莫不嘆為奇瑞。或如玄圭❺，或如白珂❻，或如靈芝，或如玉禾❼，或如絳綃，或如紫紽❽，或如文杏❾之葉，或如含桃❿之顆，或如秋原之草，或如春湘之波，向讀屠長卿⓫賦，今始知其形容之妙也。畫士施生為〈航海行樂圖〉甚工。余見茲圖，遂乃擱筆。香匡雖善畫，亦不能辦此。

【注釋】❶午刻　即午時。古代以十二時辰計時，子時為晚上十一點至次日一點，以此類推，午時為中午十一點至一點。❷鼇門　在今福建漳州。❸慶雲　亦作「卿雲」，祥雲。❹輪囷　彎曲盤旋的樣子。❺玄圭　黑色的玉器。❻白珂　白玉。珂，類似玉的白石。❼玉禾　傳說中生長在昆侖山的穀類植物。❽紫紽　紫色的絲。紽，計量絲的單位，五絲為一紽，此處代指絲。❾文杏　銀杏，俗稱白果樹。❿含桃　櫻桃。⓫屠長卿　明萬曆間文人屠龍，字長卿，緯真，號赤水，浙江鄞縣人。

初四日亥刻，起碇。乘潮至羅星塔❶，海闊天空，一望無際。余婦芸娘，昔遊太湖，謂得見天地之寬，不虛此生，使觀於海，其愉快又當如何？初九日卯刻，見彭家山❷，列三峰，東高而西下。申刻，見釣魚臺，三峰離立，如筆架，皆石骨。惟時水天一色，舟平而駛，有白鳥無數，繞船而送，不知所自來。入夜，星影橫斜，月光破碎，海面盡作火焰，浮沉出沒，木華❸〈海賦〉所謂「陰火潛然」者也。

初十日辰正，見赤尾嶼❹。嶼方而赤，東西凸而中凹，凹中又有小峰二。船從山北過，有大魚二，夾舟行，不見首尾，脊黑而微綠，如十圍枯木，附於舟側。舟人以為風暴將起，魚先來護。午刻，大雷雨以震，風轉東北，舵無主。舟轉側甚危，幸而大魚附舟，尚未去。忽聞霹靂一聲，風雨頓止。申刻，風轉西南且大，合舟之人，舉手加額，咸以為有神助。得二詩以志之。詩云：

平生浪跡遍齊州，又附星槎作遠遊。
魚解扶危風轉順，海雲紅處是琉球。

白浪滔滔撼大荒，海天東望正茫茫。
此行足壯書生膽，手挾風雷意激昂。

自謂頗能寫出爾時光景。

十一日午刻，見姑米山⑤。山共八嶺，嶺各一二峰，或斷或續。未刻，大風暴雨如注，然雨雖暴而風順。酉刻，舟已近山。琉球人以姑米多礁，黑夜不敢進，待明而行。亦不下碇，但將篷收回，順風而立，則舟蕩漾而不能進退。戌刻，舟中舉號火，姑米山有火應之。詢之，為球人暗令，日則放炮，夜則舉火。〈儀注〉所謂得信者，此也。

十二日辰刻，過馬齒山⑥。山如犬羊相錯，四峰離立，若馬行空。計又行七更，船再用甲寅針⑦，取那霸港⑧。回望見迎封船在後，共相慶幸。歷來針路所見，尚有小琉球⑨、雞籠山、黃麻嶼⑩，此行俱未見。聞知琉球伙長⑪，年已六十，往來海面八次，每度細審，得其準的。以為不出辰卯二位，而乙卯位單，乙針尤多，故此次最為簡捷，而所見亦僅三山，即至姑米。針則開洋用單辰，行七更後，用乙辰，自後盡用乙。過姑米，乃用乙卯。惟記更以香，殊難憑準。念五虎門至官塘，里有定數，因就時辰表按時計里，每時約行百有十里。自初八日未時開洋，迄十二日辰時，計共五十八時。初十日，暴風停兩時。十一日夜，畏觸礁，停三時，計程應得五千八百三十里。計到那霸港，實洋面六千里有奇。據琉球伙長云：海上行舟，風小固不能駛，風過大，亦不能駛。風大則浪大，浪大力能壅船，進尺仍退二寸。惟風七分，浪五分，最宜駕駛，此次是也。從來渡海，未有平穩而駛如此者。於是，球人駕獨木船數十，以縴挽舟而行，迎封三接如儀。辰刻，進那霸港。先是，二號船於初十日望不見，至是乃先至。迎封船亦隨後至，齊泊臨海寺前。伙長云：從未有三舟齊到者。午刻登岸，傾國人士聚觀於路，世孫率百官迎詔如儀。世孫年十七，白皙而豐頤，儀度雍容，善書，頗得松雪⑫筆意。

【注釋】 ❶羅星塔　在福建福州馬尾港羅星山上，始建於宋，原為木塔，毀於明萬曆年間，後重建為石塔，用於港口導航。❷彭家山　位於福建柘榮。❸木華　字玄虛，廣川（今河北棗強）人，西晉文人，擅長辭賦，現僅存〈海賦〉一篇。❹赤尾嶼　即赤尾島，處於釣魚臺群島最東端。❺姑米山　現沖繩之久米島。❻馬齒山　位於琉球島西南。❼用甲寅針　即走東偏東北的航線。甲寅針，古代羅盤針路之一種。古代羅盤以天干、地支和八卦相組合表示不同的方位，甲表示東，寅表示東北，用一個字表示方位稱「單針」，用兩個字表示方位稱「縫針」，甲寅針即以「甲」、「寅」表示方位的「縫針」，在東與東北之間。針指針路，是古人在羅盤指引下將不同地點的航行方向連結而成的航線。❽那霸港　今日本沖繩島。❾小琉球　位於臺灣屏東西南外海上的珊瑚小島，今為屏東縣琉球鄉，俗稱小琉球。❿黃麻嶼　又稱黃尾嶼，位於釣魚臺東北二十七公里處。⓫伙長　航船上掌管羅盤者。⓬松雪　趙孟頫，號松雪，宋末元初文人，以書畫著稱。

按《中山世鑒》❶：隋使羽騎尉朱寬至國，於萬濤間，見地形如虬龍浮水，始曰「流虬」。而《隋史》又作「流求」，《新唐書》作「流鬼」，《元史》又作「瑠求」，明復作「琉球」。《世鑒》又載：元延祐元年，國分為三大里，凡十八國，或稱山南王，或稱山北王。余於中山、南山，遊歷幾遍，大村不及二里，而即謂之國，得勿誇大乎？球人每言大風，必曰颱颶。按韓昌黎❷詩：「雷霆逼颶颺❸。」是與颶同稱者為颺。《玉篇》❹：「颺，大風也，于筆切。」《唐書·百官志》：「有颺海道，或係球人誤書。」《隋書》稱琉球有虎、狼、熊、羆，今實無之。又云無牛羊驢馬。驢誠無，而六畜無不備。乃知書不可盡信也。

【注釋】❶中山世鑒　全稱《琉球國中山世鑒》，琉球王國三大國史之第一部，琉球國按司向象賢所撰。❷韓昌黎　韓愈，祖籍昌黎（今河北秦皇島市昌黎），故稱韓昌黎。❸雷霆逼颶颺　意謂雷霆與颶風交加。颶颺，颱風。語出韓愈詩〈山南鄭相公、樊員外酬答為詩，其末咸有見及語，樊封以示愈，依賦十四韻以獻〉。❹玉篇　中國古代一部按漢字形體分部編排的字書，南朝梁顧野王撰。

天使館西向，仿中華廨署❶，有旗杆二，上懸冊封黃旗。有照墻❷，有東西轅門，左右有鼓亭，有班房❸。大門署曰「天使館」，門內廊房各四楹。儀門署曰「天澤門」，萬曆中使臣夏子陽❹題，年久失去，前使徐葆光❺補出。門內左右各十一間，中有甬道，道西榕樹一株，大可十圍，徐公手植。最西者為廚房，大堂五楹，署曰「敷命堂」，前使汪楫❻題。稍北，葆光額曰「皇綸三錫」。堂後有穿堂，直達二堂。堂五楹，中為正副使會食之地，前使周公❼署曰「聲教東漸」。左右即寢室。堂後南北各一樓，南樓為正使所居，汪楫額曰「長風閣」。北樓為副使所居，前使林麟焻❽額曰「停雲樓」。額北有詩牌，乃海山先生所題也。周礪礁石為垣，望衕百雉❾。垣上悉植火鳳、千方，無花有刺，似霸王鞭，葉似慎火草，俗謂能避火，名吉姑羅。南院有水井。樓皆上覆瓦❿，下砌方磚，院中平似沙，桌椅床帳悉仿中國式。寄塵⓫得詩四首，有句云：「相看樓閣雲中出，即是蓬萊島上居。」又有句云：「一舟翦徑憑風信，五日飛帆駐月楂。」皆真情真境也。

【注釋】❶廨署　官署。❷照墻　照壁，宅院前與正門相對的牆，起遮蔽、裝飾作用。❸班房　官署中差役值班的地方。❹夏子陽　字君甫，號鶴田，江西玉山人。明萬曆十七年（西元一五八九年）進士，歷官紹興府推官、兵科右給事中，萬曆三十四年（西元一六〇六年）奉命出使琉球。❺徐葆光　字亮直，號澄齋，江蘇長洲（今江蘇吳縣）人，康熙五十一年（西元一七一二年）進士，官翰林院編修。康熙五十八年（西元一七一九年）任冊封琉球副使，著有《中山傳信錄》。❻汪楫　字次舟，號悔齋，安徽休寧人。康熙十八年（西元一孔子廟在久米村。堂三楹，中為神座，如王者垂旒❶搢圭❷，而署其主❸曰：「至聖先師孔子神位」。左右兩龕，龕二人立侍，各手一經，標曰《易》、《書》、《詩》、《春秋》，即所謂四配❹也。堂外為臺，臺東西，拾級以登，柵如欞星門❺，中仿戟門❻，半樹塞以止行者。其外臨水為屏牆。堂之東，為明倫堂❼，堂北祀啟聖❽。久米士之秀者，皆肄業其中。擇文理精通者為之師，歲有廩給，丁祭❾一如中國儀。敬題一詩云：「洋溢聲名四海馳，島邦也解拜先師。廟堂肅穆垂旒貴，聖教如

六七九年），應博學鴻詞科，試列一等，授翰林院檢討。康熙二十二年（西元一六八三年），任冊封琉球正使。❼周公　周煌，字景垣，號海山，四川涪陵人。乾隆二年（西元一七三七年）進士，官至工部、兵部尚書。乾隆二十年（西元一七五五年）任冊封琉球副使，輯有《琉球國志略》。❽林麟焻　字石來，號玉巖，福建莆田人。康熙二十年（西元一六八一年）任冊封琉球副使。官至貴州提學僉事。❾百雉　指城牆的長度達三百丈。雉，古代計算城牆面積的單位，長三丈高一丈為一雉。春秋時國君的都城才能有百雉，「大夫毋百雉之城」（《史記・孔子世家》）。後以百雉借指城牆。❿甋　小形瓦片。⓫寄塵　僧人，湖南湘潭人。工書善畫，嘉慶五年（西元一八〇〇年）隨李鼎元遊琉球，是年冬回閩，歿於舟中，葬福州長慶寺。

今洽九夷。」用伸仰止之忱。

【注釋】❶旒 古代帝王帽子前後懸掛的玉串。❷搢圭 佩戴玉器。搢，插戴。❸主 為死者立的牌位。❹四配 指顏淵、子思、曾參、孟軻。舊時祭祀孔子，以此四人配祀。❺欞星門 孔廟的外門，原稱靈星門。❻戟門 古代帝王外出，在止宿處插戟為門，禁止外人出入，稱為戟門。❼明倫堂 孔廟大殿。❽啟聖 孔子生父叔梁紇，元代封啟聖王，明代封啟聖公，清代復封啟聖王。❾丁祭 舊時每年陰曆二月、八月第一個丁日祭祀孔子，稱為丁祭。

國中諸寺，以園覺為大。渡觀蓮塘橋，亭供辦才天女❶，云即斗姥❷。將入門，有池曰「圓鑒」，荇藻交橫，芰荷半倒。門高敞，有樓翼然。左右金剛四，規格略仿中國。佛殿七楹。更進，大殿亦七楹，名龍淵殿。中為佛堂，左右奉木主，亦祀先王神位，兼祀祧主❸。左序為方丈❹，右序為客座，皆設席。周緣以布，下襯極平而淨，名曰「踏腳綿」。方丈前為蓬萊庭。左為香積廚，側有井，名「不冷泉」。客座右為古松嶺，異石錯舛❺，列於松間。左廂為僧寮❻，右廂為獅子窟❼。僧寮南有樂樓❽。樓南為圃，繞花木。此圓覺寺之勝概也。

又有護國寺，為國王禱雨之所。龕內有神，黑而裸，手劍立，狀甚猙獰。有鐘，為前明景泰七年鑄。寺後多鳳尾蕉，一名鐵樹。又有天王寺，有鐘，亦為景泰七年鑄。又有定海寺，有鐘，為前明天順三年鑄。至於龍渡寺、善興寺、和光寺，荒廢無可述者。

【注釋】❶辨才天女　又名妙音天女，是印度教和佛教共有的女神，是賜予各種智慧和文藝天分的本尊。❷斗姥　原為道教供奉的女神，又稱斗姆、斗母，意為七斗眾星之母，聖號摩利支天大聖先天斗姥元君，其地位僅次於玉皇大天尊玄穹高上帝。斗姥後亦為佛教供奉，號摩利支天菩薩，《佛說大摩里支菩薩經》載：釋迦昔於雪山悟道，斗姆曾點化釋迦，並顯靈擁護。❸祧主　遠祖的牌位。❹方丈　僧尼長老、住持的居室。❺錯舛　錯亂無序。❻僧寮　僧人居住的房舍。❼獅子窟　主持禪林寺院大和尚所居的方丈室。❽樂樓　寺院中戲樓。

此邦海味，頗多特產，為中國之所罕見。

一石鉅❶，似墨魚而大，腹圓如蜘蛛，雙鬚八手，攢生兩肩，有刺，類海參，無足無鱗介，如鮑魚。登萊有所謂八帶魚者，以形考之，殆是石鮔，或即烏鰂❷之別種歟？

一海蛇，長三尺，僵直如朽索，色黑，狀猙獰。土人云：能殺蟲，療痼❸，已癘❹，殆永州❺異蛇類。土俗甚重之，以為貴品。

一海膽，如蝟，剝皮去肉，搗成泥，盛以小瓶，可供饌。

一寄生螺，大小不一，長圓各異，皆負殼而行。螺中有蟹，兩螯八跪❻，跪四大四小，以大跪行，螯一大一小，小者常隱，大者以取食。觸之則大跪盡縮，以一大螯拒戶❼。蟹也而有螺性，〈海賦〉所云「璅蛣❽腹蟹」，豈其類歟？《太平廣記》謂「蟹入螺中」，似先有蟹。然取置碗中，以觀其求脫之勢，力猛殼脫，頃刻死，則又與殼相依為命。造物不測，難以臆度也。

一沙蟹，闊而薄，兩螯大於身。甲小而缺其前，縮兩螯以補之，若無縫。八跪特短，臍無甲，尖團❾莫辨。見人則凹雙睛，噀水高寸許，似善怒。養以沙水，經十餘日，不食亦不死。

一蚶，徑二尺以上，圍五尺許，古人所謂「屋瓦子」，以殼形凹凸，像屋瓦也。

一海馬肉，薄片回屈如刨花，色如片茯苓[10]。品之最貴者，不易得，得則先以獻王。其狀魚身馬首，無毛而有足，皮如江豚[11]。此皆海味之特產也。

此邦果實，亦有與中國不同者。蕉實狀如手指，色黃，味甘，瓣如柚，亦名甘露。初熟色青，以糖覆之則黃。其花紅，一穗數尺。瓤鬚五六出，歲實為常，實如其鬚之數。中國亦有蕉，不聞歲結實，亦無有抽其絲作布者，或其性殊歟？

布之原料，與製布之法，亦有與中國異者。一曰蕉布，米色，寬一尺，乃芭蕉漚抽其絲織成，輕密如羅。

一曰苧布，白而細，寬尺二寸，可敵棉布。

一曰絲布，白而綿軟，苧經而絲緯，品之最尚者。《漢書》所謂蕉、筒、荃、葛，即此類也。

一曰麻布，米色而粗，品最下矣。

國人善印花，花樣不一，皆剪紙為範⑫。加範於布，塗灰焉。灰乾去範，乃著色。乾而浣之，灰去而花出，愈浣而愈鮮，衣敝而色不退。此必別有製法，秘不語人。故東洋花布，特重於閩也。

此邦草木，多與中國異稱，惜未攜《群芳譜》來，一一辯證之耳。羅漢松謂之樫，冬青謂之福木，萬壽菊謂之禪菊。鐵樹謂之鳳尾蕉，以葉對出形似也，亦謂之海棕櫚，以葉蓋頭形似也。有攜至中華以為盆玩者，則謂之萬年棕云。鳳梨，開花者謂之男木，白瓣若蓮，頗香烈，不實；無花者謂之女木，而實大，如瓜可食。或云即波羅蜜別種，球人又謂之阿咀呢。月橘，謂之十里香，葉如棗，小白花，甚芳烈，實如天竹子，稍大。閏二月中，紅果累累滿樹，若火齊然。惜余未及見也。

球陽地氣多暖，時屆深秋，花草不殺[13]，蚊雷不收，荻花盛開。野牡丹二三月開，至八月復花，累累如鈴鐸，素瓣，紫暈，檀心，圓而大，頗芳烈。佛桑[14]四季皆花，有白色，有深紅、粉紅二色。因得一詩，詩云：

偶隨使節泛仙槎，日日春遊玩物華。
天氣常如二三月，山林不斷四時花。

亦真情真景也。

球人嗜蘭，謂之孔子花。陳宅尤多異產。有風蘭，葉較蘭稍長，蔑竹為盆，掛風前即蕃衍。有名護蘭，葉類桂而厚，稍長如指，花一箭八九出，以四月開，香勝於蘭。出名護嶽岩石間，不假水土，或寄樹椏，或裹以棕而懸之，無不茂。有粟蘭，一名芷蘭，葉如鳳尾花，作珍珠狀。有棒蘭，綠色，莖如珊瑚，無葉，花出椏間，如蘭而小，亦寄樹活。又有西表松蘭、竹蘭之目，或致自外島，或取之巖間，香皆不減蘭也。因得一詩，詩云：

移根絕島最堪誇，道是森森闕里花。
不比尋常凡草木，春風一到即繁華。

題詩既畢，并為寫生，愧無黃筌[15]之妙筆耳。

沿海多浮石，嵌空玲瓏，水擊之，聲作鐘磬，此與中國彭蠡[16]之口石鐘山相似。

閒居無可消遣，與施生弈，用琉球棋子。白者磨螺之封口石為之。內地小螺拒戶有圓殼，海螻大者，其拒戶之殼厚五六分，徑二寸許，圓白如硨磲[17]，土人名曰「封口石」。黑者磨蒼石為之，子徑六分許，圍二寸許，中凸而四周削，無正背面，不類雲南子式。棋盤以木為之，厚八寸，四足，足高四寸，面刻棋路。其俗好弈，舉棋無不定之說，頗亦有國手。局終數空眼[18]多少，不數實子，數正同。相傳國中供奉棋神，畫女相如仙子，不令人見，乃國中雅尚也。

【注釋】❶石鮔　章魚。❷烏鰂　烏賊。❸痼　痼疾；持久難癒的疾病。❹癘　惡瘡；痲風。❺永州　今湖南永州。❻跪　足。❼拒戶　防禦入侵，保護自己的門戶。❽璅蛣　又名海鏡，一種寄居蟹。❾尖團　尖臍團臍。蟹的腹甲有尖形團形，尖者為雄，團者為雌。❿茯苓　寄生在松樹根上的菌類植物，可入藥。⓫江豚　即江豬，形狀像魚，黑色，頭短眼小。⓬範　模板。⓭殺　枯萎。⓮佛桑　扶桑，四季開花的觀賞植物。⓯黃筌　五代時畫家，善畫花鳥。⓰彭蠡　鄱陽湖古稱。⓱硨磲　次於玉的美石。⓲空眼　圍棋術語，指己方獲得的空地。

六月初八日辰刻，正、副使恭奉諭祭文，及祭銀焚帛，安放龍彩亭內。出天使館東行，過久米村、泊村，至安里橋（即真玉橋）。世孫跪接如儀，即導引入廟。禮畢，引觀先王廟。正廟七楹，正中向外，通為一龕，安奉諸王神位。左昭❶自舜馬至尚穆，共十六位；右穆自義本至尚敬，共十五位。是日，球人觀者彌山匝地，男子跪於道左，女子聚立遠觀。亦有施帷掛竹簾者，土人云係貴官眷屬。女皆黥首、指節為飾，甚者全黑，少者間作梅花斑。國俗不穿耳，不施脂粉，無珠翠首飾。

人家門戶，多樹「石敢當❷」碣，墻頭多植吉姑羅或榕樹，剪剔極齊整。國人呼中國為唐山，呼華人為唐人。球地皆土沙，雨過即可行，無泥濘。

奧山有卻金亭，前明冊使陳給事侃❸歸時卻金，故國人造亭以表之。

辨嶽，在王宮東南二里許。過圓覺寺，從山脊行，水分左右，堪輿家謂之過峽，中山來脈也。山大小五峰，最高者謂之辨嶽。灌木密覆，前有石柱二，中置柵二，外板閣二。少左，有小石塔，左右列石案五。折而東，數十級至頂，有石爐二，西祭山，東祭海。嶽之神曰祝，祝謂是天孫氏❹第二女云。國王受封，必齋戒親祭，正、五、九月，祭山海及護國神，皆在辨嶽也。

波上、雪崎及龜山，余已遊遍，而要以鶴頭為最勝。隨正副使往遊，陟其巔，避日而坐。草色粘天，松陰匝地。東望辨嶽，秀出天半，王宮歷歷如畫。其南，則近水如湖，遠山如岸，豐見城巍然突出，山南王之舊跡猶有存者。西望馬齒、姑米，出沒隱見，若近若遠，封舟之來路也。北俯那霸、久米，人煙輻輳。舉凡山川靈異，草木蔭翳，魚鳥沉浮，雲煙變滅，莫不爭奇獻巧，畢集目前。乃知前日之遊，殊為鹵莽❺。梁大夫小具盤樽，席地而飲，余亦趣僕以酒肴至。未申之交，涼風乍生，微雨將灑，乃移樽登舟。時海潮正漲，沙岸瀰漫，遂由奧山南麓折而東北。山石嵌空欲落，海燕如鷗，漁舟如織。俄而返照入山，冰輪❻水，文鰩❼無數，飛射潮頭。與介山舉觴弄月，擊楫而歌。樽不空，客皆醉。越渡里村，漏已三下。卻金亭前，列炬如晝，迎者倦矣。乃相與步月而歸，為中山第一遊焉。

泉崎橋橋下，為漫湖滸。每當晴夜，雙門拱月，萬象澄清，如玻璃世界，為中山八景之一。旺泉味甘，亦為中山八景之一。王城有亭，依城望遠，因小憩亭中，品瑞泉，縱觀中山八景。八景者：泉崎夜月、臨海潮聲、久米竹籬、龍洞松濤、筍崖夕照、長虹秋霽、城嶽靈泉、中島蕉園也。亭下多棕櫚、紫竹，竹叢生，高三尺餘，葉如棕，狹而長，即所謂觀音竹也。亭南有蚶殼，長八尺許，貯水以供盥，知大蚶不易得也。

國人浣漱不用湯，家豎石樁，置石盂或蚶殼其上，貯水，旁置一柄筒。曉起，以筒盛水，澆而盥漱之。客至亦然。地多草，細軟如毯，有事則取新沙覆之。國人取玳瑁之甲以為長簪，傳至中國，率由閩粵商販。球人不知貴，以為賤品。昆山之旁，以玉抵鵲❽，地使然也。

【注釋】❶左昭　古代宗廟中神主排列次序，始祖居中，以下父子遞為昭穆，左為昭，右為穆，稱為左昭右穆。❷石敢當　古代家門口或巷口立一石碑或武士像，上刻「石敢當」三字，用以辟邪。❸陳給事侃　陳侃，字應和，號思齋，浙江鄞縣人，嘉靖五年（西元一五二六年）進士，曾任刑科左給事中，嘉靖十一年（西元一五三二年）任冊封琉球正使，著有《使琉球錄》。❹天孫氏　傳說中最初統治琉球的氏族，據說天帝之子阿摩美久被封到琉球，建立天孫王朝。❺鹵莽　粗疏；草率。❻冰輪　明月。❼文鰩　傳說中魚名，狀如鯉魚，魚身鳥翼，白首赤喙，見於《山海經・西山經》。❽以玉抵鵲　用玉擲鳥，形容有珍貴之物不知愛惜。語出漢桓寬《鹽鐵論》：「南越以孔雀珥門戶，昆山之旁以玉璞抵烏鵲。」抵，拋擲。

豐見山頂，有山南王第故城。徐葆光詩有「頹垣宮闕無全瓦，荒草牛羊似破村」之句。王之子孫，今為那姓，猶聚居於此。

辻山❶，國人讀為「失山」。琉球字皆對音❷，十、失無別，疑疊之誤也。副使輯《球雅》❸，謂一字作二三字讀，二三字作一字讀者，皆義而非音，即所謂寄語，國人盡知之。音則合百餘字，或十餘字為一音，與中國音迥異。國中惟讀書通文理者，乃知對音，庶民皆不知也。久米官之子弟，能言，教以漢語；能書，教以漢文。十歲稱「若秀才」，王給米一石。十五薙髮，先謁孔聖，次謁國王。王籍其名，謂之秀才，給米三石。長則選為通事，為國中文物聲名最，即明三十六姓❹後裔也。那霸人以商為業，多富室。明洪武初，賜閩人三十六姓善操舟者，往來朝貢。國中久米村，梁、蔡、毛、鄭、陳、曾、阮、金等姓，乃三十六姓之裔，至今國人重之。

與寄公談玄理，頗有入悟處，遂與唱和成詩。法司蔡溫❺、紫金大夫程順則❻、蔡文溥❼，三人集詩，有作者氣。順則別著《航海指南》，言渡海事甚悉。蔡溫尤肆力於古文，有《蓑翁語錄》、《至言》等目，語根經學，有道學氣。出入二氏之學，蓋學朱子❽而未純者。

【注釋】❶辻山　琉球中部的山峰。辻，日文漢字。❷對音　對音分兩類，一是用外語對漢語，主要是日語、韓語、越南語中的漢語借詞；一是用漢字音譯外語詞，主要是專有名詞。❸球雅　又名《琉球譯》，李鼎元所著研究琉球語言文字的著作。❹明三十六姓　又稱閩人三十六姓、久米三十六姓，是對明朝遷居琉球的福建人三十六姓總稱。明洪武二十五年（西元一三九二年），朱元璋為方便貢使往來，賜閩中舟工三十六姓，移居琉球久米村。❺蔡溫　字文若，號魯齊，明三十六姓後裔，琉球國第二尚氏王朝時著名的政治家和學者，曾任琉球三司官，著有《中山世譜》、《球陽》。❻程順則　字寵文，號念庵、雪堂，明三十六姓後裔，琉球國第二尚氏王朝時著名學者，在琉球普及儒家學說，仿效中國制定琉球官制和禮儀，著有《雪堂燕遊草》。❼蔡文溥　字天章，號如亭，康熙二十六年（西元一六八七年）被選拔為琉球官學生在北京國子監學習，著有《四本堂詩文集》。❽朱子　明代大儒朱熹。

琉球山多瘠磽❶，獨宜薯。父老相傳，受封之歲，必有豐年。今歲五月稍旱，幸自後雨不愆期，卒獲大豐，薯可四收。海邦臣民，倍覺歡欣。僉曰：「非受封歲，無此豐年也。」六月初旬，稻已盡收。球陽地氣溫暖，稻常早熟，種以十一月，收以五六月。薯則四時皆種，三熟為豐，四熟則為大豐。稻田少，薯田多，國人以薯為命，米則王官始得食。亦有麥豆，所產不多。五月二十日，國中祭稻神。此祭未行，稻雖登場，不敢入家也。

七月初旬，始見燕，不巢人屋。中國燕以八月歸，此燕疑未入中國者。其來以七月，巢必有地。別有所謂海燕，較紫燕❷稍大，而白其羽，有全白似鷗者。多巢島中，間有至中國，人皆以為瑞。應潮雞，雄純黑，雌純白，皆短足長尾，馴不避人。香厓購一小犬，而毛豹斑，性靈警，與飯不食，與薯乃食，知人皆食薯矣。鼠、雀最多，而鼠尤虐❸。亦有貓，不知捕食，邦人以為玩。乃知物性亦隨地而變。鷹、鳫、鵝、鴨特少。

【注釋】❶瘠磽　土地貧瘠。❷紫燕　也稱越燕，體形小而多聲，頷下紫色，分佈於江南。❸虐　肆虐；禍害。

枕有方如圭者，有圓如輪而連以細軸者，有如文具藏數層者，製特精，皆以木為之。率寬三寸，高五寸。漆其外，或黑或朱。立而枕之，反側則仆。按《禮記．少儀》注：「潁，警枕也。謂之潁者，潁然警悟也。」又司馬文正公❶，以圓木為警枕，少睡則轉而覺，乃起讀書。此殆警枕之遺。

衣製皆寬博交衽❷，袖廣二尺，口皆不緝❸，特短袂，以便作事。襟率無紐帶，總名衾。男束大帶，長丈六尺、寬四寸以為度。腰圍四五轉，而收其垂於兩脇間。煙包、紙袋、小刀、梳、篦之屬，皆懷之，故胸前襟帶皺起凸然。其脇下不縫者，惟幼童及僧衣為然。僧別有短衣如背心，謂之斷俗，此其概也。

帽以薄木片為骨，疊帕而蒙之，前七層，後十一層。花綿帽，遠望如屋漏痕者，品最貴，惟攝政王叔國相得冠之。次品花紫帽，法司❹冠之。其次則純紫。大略紫為貴，黃次之，青綠斯下。各色又以綾為貴，縐為次。國王未受封時，戴烏紗帽，雙翅，側衝上向，盤金，朱纓垂頷，下束五色縧❺。至是冠皮弁，狀如中國梨園演王者便帽，前直列花瓣七，衣蟒腰玉。肩輿如中國餅轎，中置大椅，上施大蓋，無帷幔，轅粗而長，無絆❻，無橫木，以八人左右肩之而行。

【注釋】❶司馬文正公　司馬光，宋代政治家、史學家，著有《資治通鑑》。謚號文正，後人稱之文正公。❷交衽　衣襟相交。衽，衣襟。❸緝　衣服縫邊。❹法司　掌管刑法的官員。❺縧　絲帶。❻絆　捆綁轎子的繩子。

杜氏《通典》❶載琉球國俗，謂婦人產必食子衣❷，以火自炙，令汗出。余舉以問楊文鳳❸：「然乎？」對曰：「火炙誠有之，食衣則否。即今中山已無火炙俗，惟北山猶未盡改。」

嫁娶之禮，固陋已甚。世家亦有以酒餚珠貝為聘者。婚時即用本國轎，結彩鼓樂而迎。不計妝奩，父母送至夫家即返。不宴客，至親具酒賀，不過數人。《隋書》云琉球風俗：「男女相悅，便相匹偶。」蓋其舊俗也。詢之鄭得功❹，鄭得功曰：「三十六姓初來時，俗尚未改。後漸知婚禮，此俗遂革。今國中有夫之婦，犯奸即殺。」余始悟琉球所以號守禮之國者，亦由三十六姓教化之力也。

小民有喪，則鄰里聚送，觀者護喪，掩畢即歸。宦家則同官相知者，亦來送柩。出即歸，大都不宴客。題主官率皆用僧，男書「圓寂❺大禪定❻」，女書「禪定尼」，無考妣❼稱。近日宦家亦有書官爵者。棺制三尺，屈身而殮之。近宦家亦有長五六尺者，民則仍舊。

此邦之人，肘比華人稍短，《朝野僉載》❽亦謂人形短小似昆侖。余所見士大夫短小者固多，亦有修髯豐頤者、頎而長者、胖而腹腰十圍者，前言似未足信。人體多狐臭，古所謂慍羝也。

世祿之家❾皆賜姓，士庶率以田地為姓，更無名，其後裔則云某氏之子孫幾男。所謂田、米，私姓也。

國中兵刑惟三章：殺人者死，傷人及重罪徒，輕罪罰日中曬之，計罪而定其日。國中數年無斬犯，間有犯斬罪者，又率引刀自剖腹死。

七月十五夜，開窗，見人家門外，皆列火炬二。詢之土人，云：國俗於十五日盆祭，預期迎神，祭後乃去之。盆祭者，中國所謂盂蘭盆會也。連日見市上小兒，各手一紙幡，對立招展，作迎神狀。知國俗盆祭祀先，亦大祭矣。

龜山南岸有窰，國人取車螯大蚶之殼以煆，塈❿灰壁不及石灰，而粘過者。再東北有池，為國人煮鹽處。

【注釋】❶杜氏通典　唐杜佑所著《通典》。杜佑，字君卿，京兆萬年（今陝西西安附近）人，唐中葉宰相，所著《通典》二百卷，是論述歷代典章制度沿革的專著，開創了典章制度史的先河。❷子衣　胎衣。❸楊文

鳳 琉球人，嘉慶五年（西元一八〇〇年），李鼎元出使琉球，將楊文鳳召至天使館，探訪琉球風俗民情，並協助其撰寫《球雅》。❹鄭得功 琉球紫金大夫，明三十六姓後裔，嘉慶五年任冊封使陪臣。❺圓寂 佛教語，音譯為「涅槃」，意謂諸德圓滿，諸惡寂滅，後稱僧人之死為圓寂。❻禪定 佛教禪宗靜坐斂心的修養方法。❼考妣 父母。❽朝野僉載 唐人張鷟所著筆記小說。❾世祿之家 世代享受爵祿的家族。❿塈 塗抹。

七月二十五日，正、副使行冊封禮，途中觀者益眾。上萬松嶺，迤邐❶而東。衢道修廣❷，有坊❸，榜曰「中山道」。又進一坊，榜曰「守禮之邦」。世孫戴皮弁❹，服蟒衣，腰玉帶，垂裳結佩，率百官跪迎道左。更進為「歡會門」，踞山巔，疊礁石為城，削磨如壁，有鳥道，無雉堞❺，高五尺以上，遠望如聚髑髏。始悟《隋書》所謂王居多聚髑髏於其下者，乃遠望誤於形似，實未至城下也。城外石崖，左鐫「龍岡」字，右鐫「虎崒」字。王宮西向，以中國在海西，表忠順面向之意。後東向為繼世門，左南向為水門，右北向為久慶門。再進，層崖有門西北向，曰瑞泉。左右甬道，有左掖、右掖二門。更進有漏西向，榜曰「刻漏」，上設銅壺漏水。更進有門西北向，為奉神門，即王府門也。殿廷方廣十數畝，分砌二道，由甬道進至闕廷❻，為王聽政之所。壁懸伏羲畫卦❼象，龍馬負圖❽立其前，絹色蒼古，微有剝蝕，殆非近代物。北宮殿屋固樸，屋舉手可接，以處山崗，且阻海颶。面對為南宮。此日正、副使宴於北宮。大禮既成，通國歡忭❾。聞國王經行處，悉有彩飾。泉崎道旁，列盆花異卉，繞以朱欄，中刻木作麒麟形，題曰：「非龍非彪，非熊非羆，王者之瑞獸」。天妃宮❿前，植大松六，疊假山四，作白鶴二，生子母鹿三。池上結棚，覆以松枝，松子垂如葡萄。池中刻木鯉大小五，令浮水面。環池以竹，欄旁有坊，曰「偕樂坊」。柱懸一板，題曰：「鹿濯濯，鳥翯翯，牣魚躍⓫。」歸而述諸副使，副使曰：「此皆《志略》所載，事隔數十年，一字不易，可謂印板文字矣。」從客皆笑。

【注　釋】❶迤邐　慢慢行走。❷修廣　長而寬闊。❸坊　牌坊。❹皮弁　皮帽，古代貴族穿禮服時戴的帽子。❺雉堞　城牆。❻闕廷　朝廷。❼伏羲畫卦　伏羲是傳說中三皇之一，八卦的創造者。❽龍馬負圖　龍馬，傳說中龍頭馬身的神獸。上古伏羲時代，龍馬浮出黃河水面，背負河圖，伏羲依此畫成八卦。❾歡忭　歡欣；喜悅。❿天妃宮　祭祀海神的廟。天妃，亦稱天后，據《元史》載，南海女神靈惠夫人，因護海運有功，至元中加封天妃神號，各地皆有廟。⓫鹿濯濯三句　語出《詩經・大雅・靈臺》：「麀鹿濯濯，白鳥翯翯，王在靈沼，於牣魚躍。」濯濯，肥美的樣子。翯翯，潔白的樣子。牣，盈滿；充實。

宜野灣縣有龜壽者，事繼母以孝，國人莫不聞。母愛所生子，而短龜壽於其父伊佐前，且不食以激其怒。伊佐惑之，欲死龜壽，將令深夜汲北宮，要❶而殺之。僕匿龜壽於家，往諫伊佐，伊佐縛而放之。且謂事已露，不可殺，乃逐龜壽。龜壽既被放，欲自盡，又恐張母惡。值天雨雹，病不支，僵臥於路。巡官見之，近而撫其體猶溫，知未死，覆以己衣，漸蘇。徐詰其故，龜壽不欲揚父母之惡，飾詞告之。初，巡官聞孝子龜壽被放，意不平，至是見言語支吾，疑即龜壽。賜衣食，令去，密訪得其狀。乃傳集村人，繫伊佐妻至，數其罪而監之。將告於王，龜壽願以身代。巡官不忍傷孝子心，招伊佐夫婦面諭之。婦感悟，卒為母子如初。副使既為追記，余復為詩以表章之。詩云：

　　輶軒❷問俗到球陽，潛德端須為闡揚。
　　誠孝由來能感格，何殊閔損❸與王祥❹。

以為事繼母而不能盡孝者勸。

【注釋】❶要　攔截。❷輶軒　古代使臣乘坐的車子，亦用以指代使臣。❸閔損　字子騫，春秋時魯國人，以孝行著稱，孔子表彰他順事父母，友愛兄弟。漢劉向《說苑》載：閔損幼年時遭後母虐待，父親知道後，非常憤怒，要把後妻趕走，閔損反而為後母說情，他的孝行感動了父母，受到眾人的讚揚。❹王祥　東漢末年隱居二十年，仕晉官至太尉、太保，事母至孝，二十四孝有「王祥臥冰」，說後母冬天要吃鯉魚，王祥躺在結冰的河上，想用體溫融化冰塊，釣取河中鯉魚，王祥的孝心感動上天，河中果然躍出兩條鯉魚。

經疊山墟，方集，因步行集中。觀所市物，薯為多，亦有魚、鹽、酒、菜、陶、木器、蕉苧土布，粗惡無足觀者。國無肆店，率業於其家。市貨以有易無，不用銀錢。聞國中率用日本寬永錢❶，比來亦不見。昨香厓攜示串錢，環如鵝眼，無輪廓，貫以繩，積長三寸許，連四貫而合之，封以紙，上有鈐記。此球人新製錢，每封當大錢十。蓋國中錢少，寬永錢銅質較美，恐或有人買去，故收藏之，特製此錢應用，市中無錢以此。

國中男逸女勞，無有肩擔背負者，趨集、織紉，及採薪、運水，皆婦人主之，凡物皆戴之頂。女衣既無鈕無帶，又不束腰，而國俗男女皆無袴❷，勢須以手曳襟。襟較男衣長，疊襟下為兩層，風不得開。因悟髻必偏墮者，以手既曳襟，須空其頂以戴物。童而習之，雖重百斤，登山涉澗，無傾側，是國中第一絕技也。其動作時，常捲兩袖至背，貫繩而束之。髮垢輒洗，洗用泥。脫衣結於腰，赤身低頭，見人亦不避。抱兒惟一手，又置腰間，即藉以曳襟。

【注釋】❶日本寬永錢　「寬永」是日本後水尾天皇的年號。寬永錢始鑄於寬永二年（西元一六二五年），通行於西元一六二五—一八六七年（中國明末天啟年間至清同治年間），是日本歷史上鑄造量最大，通行時間最長的錢幣。❷袴 同「褲」。

東苑在崎山，出歡會門，折而北。逐瑞泉下流，至龍淵橋，匯而為池，廣可十丈，長可數十丈，捍以堤，曰「龍潭」。水清魚可數，荷葉半倒。再折而東，有小村，篠❶屏修整，松蓋陰翳，薄雲補林，微風嘯竹，園外已極幽趣。入門，板亭二，南向。更進而南，屋三楹，亭東有阜如覆盂。折而南，有巖西向，上鐫梵字。下蹲石獅一，飾以五彩。再下，有小方池，鑿石為龍首，泉從口出。有金魚池，前竹萬竿，後松百挺❷。再東，為望仙閣，前有東苑閣，後為能仁堂，東北望海，西南望山。國中形勝，此為第一。

南苑之勝，亦不減於東苑。苑中馬富盛。折而東，循行阡陌間，水田漠漠，番薯❸油油❹，絕無秋景。薯有新種者，問知已三收矣。再入山，松陰夾道，茅屋參差，田家之景可畫。計十餘里，始入苑村，名姑場川，即同樂苑也。苑據山脊，軒五楹，夾室為復閣，頗曲折。軒前有池，新鑿，狹而東西長，疊礁為橋。橋南新皐累累，因皐以為亭，宜遠眺。亭東植奇花異卉，有花艷類蝴蝶，絳紅色，葉如嫩槐，曰「蝴蝶花」；有松葉如白毛，曰「白髮松」。池東，舊有亭圮❺，以布代之。池西有閣，頗軒敞，四面風來，宜納涼。有閣曰「迎暉」，有亭曰「一覽」，即正、副使所題也。軒北有松，有鳳蕉，有桃，有柳。黃昏舉煙火，略同中國。

【注釋】❶篠　細竹。❷挺　量詞，多用於條狀物或長形物。❸番薯　紅薯。❹油油　形容濃密而飽滿潤澤。《尚書大傳》：「麥秀漸漸兮，禾黍油油。」❺圮　橋。

余偕寄塵遊波上。板閣無他神，惟掛銅片幡，上鑿「奉寄御幣」字，後署云「元和二年壬戌」，或疑為唐時物，非也。按元和二年❶為丁亥，非壬戌也。日本馬場信武撰《八卦通變指南》，內列「三元指掌」，云：「上元起永祿七年❷甲子，止元和三年癸亥；如元起寬永元年❸甲子，止元和三年癸亥；下元起貞亨元年❹甲子。今元祿十六年❺癸未。」國中既行寬永錢，證以元和日本僭號，知琉球舊曾奉日本正朔，今諱言之歟。

【注釋】❶元和二年　西元一六一六年。❷永祿七年　西元一五六四年。永祿為日本正親町天皇的年號。❸寬永元年　西元一六二四年。寬永為日本後水尾天皇的年號。❹貞亨元年　西元一六八四年。貞亨為日本靈元天皇年號。❺元祿十六年　西元一七〇三年。元祿為日本東山天皇的年號。

紙鳶製無精巧者，兒童多立屋上放之。按中國多放於清明前，義取張口仰視，宣導陽氣，今兒少疾。今放於九月，以非九月紙鳶不能上，則風力與中國異。即此可驗球陽氣暖，故能十月種稻。

國俗男欲為僧者，聽。既受戒，有廩給。有犯戒者，飭令還俗，放之別島。女子願為土妓者，亦聽。接交外客，女之兄弟仍與外客敘親往來，然率皆貧民，故不以為恥。若已嫁夫而復敢犯奸者，許女之父兄自殺之，不以告王。即告王，王亦不赦。此國中良賤之大防，所以重廉恥也。此邦有紅衣妓，與之言不解。按拍清歌，皆方言也，然風韻亦正有佳者，殆不減憨園。近忽因事他遷，以扇索詩，因題二詩以贈之。詩云：

芳齡二八最風流，楚楚腰身剪剪眸。
手抱琵琶渾不語，似曾相識在蘇州。

新愁舊恨感千端，再見真如隔世難。
可惜今宵好明月，與誰共捲繡簾看？

國人率恭謹，有所受，必高舉為禮；有所敬，則俯身搓手而後膜拜。勸尊者酒，酌而置杯於指尖以為敬，平等則置手心。

此邦屋俱不高，瓦必瓴[1]，以避颶也。地板必去地三尺，以避濕也。屋脊四出，如八角亭，四面接修，更無重構復室，以省材也。屋無門戶，上限刻雙溝，設方格，糊以紙，左右推移，更不設暗門，利省便，恃無盜也，臨街則設矣。神龕置青石於爐，實以砂，祀祖神也。國以石為神，無傳真❷也。瓦上瓦獅，《隋書》所謂「獸頭骨角」也。壁無粉墁❸，示樸也。貴家間有糊砑粉花箋❹，習華風，漸奢也。

龜山有峰獨出，與眾山絕。前附小峰，離約二丈許。邦人駕石為洞，連二山，高十丈餘，結布幔於洞東。不憩，拾級而登，行洞上。又十餘級，乃陟巔。巔恰容一樓，樓無名，四面軒豁，無戶牖。副使謂余曰：「茲樓俯中山之全勢，不可無名。」因名之「蜀樓」，并為之跋曰：「蜀者何？獨也。樓何以名蜀？以其踞獨山也。」不曰獨而曰蜀者，以副使為蜀人。樓構已百年，而副使乃名之，若有待也。樓左瞰青疇❺，右扶蒼石，後臨大海，前揖中山，坐其中以望，若建瓴❻焉。余又請於副使曰：「額不可無聯。」副使因書前四語付之。歸路循海而西，崖洞溪壑皆奇峭，是又一勝遊矣。

越南山，度絲滿村，人家皆面海，奇石林立。遵海而西，有山，翠色攢❼空，石骨❽穿海，曰「砂嶽」。時午潮初退，白石粼粼，群馬爭馳，飛濺如雨。再西，度大嶺村，叢棘為籬，漁網數百曬其上。村外水田漠漠，泥淖陷馬，有牛放於岡。汪《錄》❾謂馬耕無牛，今不盡然也。

【注釋】❶㼧 亦作「⿰甬瓦」，筒瓦，半圓筒形的瓦。❷傳真 人物畫像。❸粉墁 以石灰抹牆。墁，牆上的塗飾。❹糊訝粉花箋 壓印圖畫的紅色箋紙。❺青疇 綠色的田野。❻建瓴 傾倒的瓶子。謂傾倒瓶中之水，形容居高臨下，難以阻擋的形勢。建，覆；傾倒。❼攢 聚集；簇擁。❽石骨 堅硬的岩石。❾汪錄 指汪楫《使琉球雜錄》。

本島能中山語者，給黃帽，為酋長。歲遣親雲上❶監撫之，名奉迎官，主其賦訟，各賦其土之宜，以貢於王。間切者，外府之謂。首里、泊、久米、那霸四府為王畿，故不設。此外皆設，職在親民，察其村之利弊，而報於親雲上。間切，略如中國知府。中山屬府十四，間切十，山南省屬府十二，山北省屬府九，間切如其府數。

國俗自八月初十至十五日，并蒸米，拌赤小豆，為飯相餉，以祭月，風❷同中國。是夜，正、副使邀從客露飲。月光澄水，天色拖藍，風寂動息，潮聲雜絲肉❸聲，自遠而至。恍置身三山❹，聽子晉❺吹笙，麻姑❻度曲，萬緣俱靜矣。宇宙之大，同此一月。回憶昔日蕭爽樓中，良宵美景，輕輕放過，今則天各一方，能無對月而興懷乎？

世傳八月十八日為潮生辰，國俗於是夜候潮波上。子刻，偕寄塵至波上，草如碧毯，沾露愈滑，扶僕行，憑垣倚石而坐。丑刻，潮始至，若雲峰萬疊，捲海飛來。須臾，腥氣大盛，水怪搏風❼，金蛇掣電❽，天柱❾欲折，地軸❿暗搖，雪浪濺衣，直高百尺，未敢遽窺鮫宮⓫，已若有推而起之者。迷離惝恍⓬，千態萬狀。觀此，乃知枚乘⓭〈七發〉猶形容未盡也。潮既退，始聞噌吰⓮之聲出礁石間。徐步至護國寺，尚似有雷霆震耳。潮至此，觀止矣。

元日至六日，賀節。初五日，迎竈⑮。二月，祭麥神。十二日，浚井，汲新水，俗謂之洗百病。三月三日，作艾糕⑯。五月五日，競渡。六月六日，國中作六月節，家家蒸糯米，為飯相餉。十二月八日，作糯米糕，層裹棕葉，蒸以相餉，名曰鬼餅。二十四日，送竈。正、三、五、九為吉月，婦女率遊海畔，拜水神祈福。逢朔日，群汲新水獻神。此其略也。余獨疑國俗敬佛，而不知四月八日為佛誕辰。臘八鬼餅如角黍⑰，而不知七寶粥⑱。

【注釋】❶親雲上　琉球國三品至七品官員的尊稱。❷風　風俗；民風。❸絲肉　音樂。絲代表器樂，肉代表聲樂。❹三山　傳說中海上三神山方丈、蓬萊、瀛洲，後指代仙境。❺子晉　王子喬的字，相傳為周靈王太子，喜歡吹笙作鳳凰鳴，被浮丘公引往嵩山修煉，後成仙。❻麻姑　神話中仙女名。❼摶風　乘風而上。摶，憑借。❽金蛇掣電　形容閃電如金蛇狂舞。❾天柱　神話中支撐天空的柱子。❿地軸　古代傳說中大地的軸，晉張華《博物志》云：「地有三千六百軸，犬牙相舉。」⓫鮫宮　鮫人水中的居室。鮫，鮫人，傳說中水居如魚的異人。⓬惝恍　恍惚。⓭枚乘　西漢辭賦家，所作〈七發〉是歷代傳誦的名篇。⓮嘈吰　象聲詞，多形容宏亮的鐘鼓聲。⓯迎竈　正月五日迎接竈神降臨，保全家平安，稱為迎竈。往日竈神旁有對聯曰：「上天言好事，下界保平安」，即是此意。琉球國風俗與中國漢族相同。⓰艾糕　以艾葉摻入米麵中做成的糕餅。⓱角黍　粽子。⓲七寶粥　亦稱臘八粥。農曆臘月初八，寺院用穀物及果實等煮成粥，用以供佛並送與門徒。後成為風俗，平常人家也煮臘八粥迎接春節到來。

國王送菊二十餘盆，花葉并茂，根際皆以竹籤標名。內三種尤異類：一名「金錦」，朵兼紅、黃、白三色，小而繁，燦如列星；一名「重寶」，瓣如蓮而小，色淡紅；一名「素球」，瓣寬，不類菊，重疊千層，白如雪。皆所未見者，媵❶之以詩，詩云：

陶籬韓圃❷多秋色，未必當年有此花。
似汝幽姿真可惜，移根無路到中華。

【注釋】❶媵　贈送。❷陶籬韓圃　陶籬，典出陶淵明〈飲酒〉：「采菊東籬下，悠然見南山。」韓圃，典出蘇軾詩〈上巳日與二三子攜酒出遊隨所見輒作數句明日集之為詩故詞無倫次〉：「蹇裳共過春草亭，扣門轉入韓家圃。」韓圃在黃州城東，蘇軾曾為之作圖。古人詩詞多將韓圃與陶籬並舉，如宋衛宗武〈木蘭花慢〉：「聚林園芳景，盡輸韓圃陶籬。」

見獅子舞，布為身，皮為頭，絲為尾，翦彩如毛飾其外，頭尾口眼皆活，鍍睛貼齒。兩人居其中，俯仰跳躍，相馴狎歡騰狀。余曰：「此近古樂矣。」按《舊唐書・音樂志》，後周武帝時，造太平樂❶，亦謂之五方獅子舞。白樂天〈西涼伎〉云：「假面❷夷人弄獅子，刻木為頭絲作尾。金鍍眼睛銀貼齒，奮迅毛衣擺雙耳。」即此舞也。

此邦有所謂「踏栿戲」❸者，橫木以為梁，高四尺餘，復置板而橫之，長丈有二尺，虛其兩端，均力焉。夷女二，結束衣衫，赤雙足，各手一巾，對立相視而歌。歌未竟，躍立兩端，稍作低昂，勢若水碓❹之起伏，漸起漸高。東者陡落而激之，則西飛起三丈餘，翩翩若輕燕之舞於空也。西者落而陡激之，則東者復起，又如鷙鳥之直上青雲也。疊相起伏，愈激愈疾，幾若山雞舞鏡❺，不復辨其孰為影，孰為形焉。俄焉，勢漸衰，機漸緩，板末乃安，齊躍而下，整衣而立。終戲，無虛蹈方寸者，技至此絕矣。

接送賓客頗真率，無揖讓之煩。客至不迎，隨意坐。主人即具煙架、火爐、竹筒、木匣各一，橫煙管其上，匣以煙，筒以棄灰也。遇所敬客，乃烹茶。以細末粉少許，雜茶末，入沸水半甌，攪以小竹帚，以沫滿甌面為度。客去，亦不送。貴官勸客，常以箸蘸漿少許，納客脣以為敬。燒酒著黃糖則名福，著白糖則名壽，亦勸客之一貴品也。

重陽具龍舟，競渡於龍潭。琉球亦於五月競渡，重陽之戲，專為宴天使而設。因成三詩以志之，詩云：

故園辜負菊花黃，萬里迢迢在異鄉。
舟泛龍潭看競渡，重陽錯認作端陽。

去年秋在洞庭灣，親摘黃花插翠鬟。
今日登高來海外，累伊獨上望夫山。

待將風信泛歸槎，猶及初冬好到家。
已誤霜前開菊宴，還期雪裡訪梅花。

【注釋】❶太平樂　唐代在宮廷中表演的獅子舞。❷假面　面具。❸踏柁戲　李鼎元《使琉球記》作「踏板戲」。❹水碓　利用水力舂米的器械。❺山雞舞鏡　南朝劉敬叔《異苑》載：「山雞愛其羽毛，映水則舞。魏武時，南方獻之。帝欲其鳴舞而無由，公子蒼舒令置大鏡其前，雞鑒形而舞不知止，遂乏死。」

聞程順則曾於津門購得宋朱文公❶墨跡十四字，今其後裔猶寶之，借觀不得，因至其家。開卷，見筆勢森嚴，如奇峰怪石，有巖巖❷不可犯之色，想見當日道學氣象。字徑八寸以上，文曰：「香飛翰苑圍川野，春報南橋疊萃新。」後有名款，無歲月。文公墨跡流傳世間者，莫不寶而藏之。蓋其所就者大，筆墨乃其餘事，而能自成一家言如此。知古人學力，無所不至也。

又遊蔡清派家祠。祠內供蔡君謨❸畫像，并出君謨墨跡見示，知為君謨的派❹，由明初至琉球，為三十六姓之一。清派能漢語，人亦倜儻。由祠至其家，花木俱有清致，池圓如月，為額其室曰「月波大屋」。

【注釋】❶朱文公　朱熹，謚號文公。❷巖巖　高大；威嚴。❸蔡君謨　蔡襄，字君謨，福建興化人，著名書法家。❹的派　嫡派，指家族相傳的正支，或學術、技藝傳承的正宗。的，通「嫡」。

大抵球人工翦剔樹木，疊砌假山，故士大夫家率有丘壑以供遊覽。庭中樹長竿，上置小木舟，長二尺，桅舵帆艣皆備。首尾風輪五葉❶，掛色旗以候風。渡海之家，率預計歸期。南風至，則合家歡喜，謂行人當歸，歸則撤之，即古五兩旗❷遺意。

【注釋】❶葉　量詞，用以計量輕薄的物件。❷五兩旗　測量風向和風力的旗幟。五兩，亦作「五緉」，古代測風的器械。

國王有墨長五寸，寬二寸。有老坑端硯❶，長一尺，寬六寸，有「永樂四年」字。硯背有「七年四月東坡居士留贈潘邠老❷」字。問知為前明受賜物。國中有東坡詩集，知王不但寶其硯矣。

棉紙、清紙，皆以穀皮為之，惡不中書者。有護書紙，大者佳，高可三尺許，闊二尺，白如玉，小者減其半。亦有印花詩箋，可作札。別有圍屏紙，則糊壁用矣。徐葆光〈球紙〉詩云：「冷金入手白於練，側理海濤凝一片。昆刀❸截截徑尺方，疊雪千層無冪面❹。」形容殆盡。

南炮臺間，有碑二：一正書❺，剝蝕甚微，「奉書造」三字；一其國學書❻，前朝嘉靖二十一年建，惟不能盡識，其筆力正自遒勁飛舞。

【注釋】❶端硯　廣東高要端溪的石頭製成的硯臺，是中國四大硯臺之一，與甘肅洮硯、安徽歙硯、山西澄泥硯齊名。❷潘邠老　潘大臨，字邠老，湖北黃州人，宋代詩人。❸昆刀　昆吾刀，用昆吾山所產銅製作的刀，《山海經·中山經》：「又西二百里曰昆吾之山，其上多赤銅。」郭璞注：「此山出名銅，色赤如火，以之作刀，切玉如割泥也。」❹無冪面　指沒有塗飾的素紙。❺正書　楷書。❻其國學書　指琉球國官方文字，多借用漢字。

有木曰山米，又名野蘑菇，葉可染，子如女貞❶，味酸，土人榨以為醋。球醋純白，不甚酸，供者以為米醋，味不類，或即此果所榨歟？

席地坐，以東為上，設氈。食皆小盤，方盈尺，著兩板為腳，高八寸許。肴凡四進，各盤貯而不相共。三進皆附以飯，至四肴乃進酒二，不過三巡。每進肴止一盤，必撤前肴而後進其次肴。肴飯用油煎麵果，次肴飯用炒米花，三肴用飯。每供肴酒，主人必親手高舉，置客前，俯身搓手而退。終席，主人不陪，以為至敬。此球人宴會尊客之禮，平等乃對飲。大要球俗，席皆坐地，無椅桌之用，食具如古俎豆❷，肴盡乾製，無所用勺。雖貴官家食，不過一肴、一飯、一箸。箸多削新柳為之。即妻子不同食，猶有古人之遺風焉。

【注釋】❶女貞　樹名，其子可入藥，有滋補肝腎、明目烏髮之功效。❷俎豆　古代祭祀和宴飲所用的器皿。

使院敷命堂後，舊有二榜。一書前明冊使姓名：洪武五年，封中山王察度，使行人湯載；永樂二年，封武寧，使行人時中；洪熙元年，封巴志，使中官柴山；正統七年，封尚忠，使給事中俞忭、行人劉遜；十三年，封尚思達，使給事中陳傳、行人萬祥；景泰二年，封尚景福，使給事中喬毅、行人童守宏；六年，封尚泰久，使給事中嚴誠、行人劉儉；天順六年，封尚德，使吏科給事中潘榮、行人蔡哲；成化六年，封尚圓，使兵科給事中官榮、行人韓文；十三年，封尚真，使兵科給事中董旻、行人司司副張祥；嘉靖七年，封尚清，使吏科給事中陳侃、行人高澄；四十一年，封尚元，使吏科左給事中郭汝霖、行人李際春；萬曆四年，封尚永，使戶科左給事中蕭崇業、行人謝傑；二十九年，封尚寧，使兵科右給事中夏子陽、行人王士正；崇禎元年，封尚豐，使戶科左給事中杜三策、行人司正楊倫。凡十五次，二十七人。柴山之前，無副也。一書本朝冊使姓名：康熙二年，封尚質，使兵科副理官張學禮、行人王垓；二十一年，封尚貞，使翰林院檢討汪楫、內閣中書舍人林麟焻；五十八年，封尚敬，使翰林院檢討海寶、翰林院編修徐葆光；乾隆二十一年，封尚穆，使翰林院侍講全魁、翰林院編修周煌。凡四次，共八人。

清明後，南風為常，霜降後，南北風為常，反是颶颶將作。正、二、三月多颶，五、六、七、八月多颶。颶驟發而倏止，颶漸作而多日。九月，北風或連月，俗稱「九降風」，間有颶起，亦驟如颶。遇颶猶可，遇颶難當。十月後多北風，颶颶無定期，舟人視風隙以來往。凡颶將至，天色有黑點，急收帆，嚴舵以待，遲則不及，或至傾覆。颶將至，天邊斷虹若片帆，曰「破帆」。稍及半天如鱟❶尾，曰「屈鱟」，若見北方尤虐。又海面驟變，多穢如米糠，及海蛇浮遊，或紅蜻蜓飛繞，皆颶風徵。

自來球陽，忽已半年，東風不來，欲歸無計。十月二十五日，乃始揚帆返國。至二十九日，見溫州南杞山❷。少頃，見北杞山，有船數十隻泊焉。舟人皆喜，以為此必迎護船也。守備登後艄以望，驚報曰：「泊者賊船也。」又報：「賊船皆揚帆矣。」未幾，賊船十六隻吆喝而來。我船從舵門放子母炮❸，立斃四人，擊喝者墮海，賊退。槍并發，又斃六人，復以炮擊之，斃五人。稍進，又擊之，復斃四人，乃退去。其時，賊船已占上風，暗移子母炮至舵右舷邊，連斃賊十二人，焚其頭篷，皆轉舵而退。中有二船較大，復鼓譟，由上風飛至。大炮準對賊船，即施放，一發中其賊首，煙迷里許。既散，則賊船已盡退。是役也，槍炮俱無虛發，幸免於危。

不一時，北風又至，浪飛過船。夢中聞舟人譁曰：「到官塘矣。」驚起。從客皆一夜不眠，語余曰：「險至此，汝尚能睡耶？」余問其狀，曰：「每側則篷皆臥水，一浪蓋船，則船身入水，惟聞瀑布聲垂流不息。其不覆者，幸耶！」余笑應之曰：「設覆，君等能免乎？余入黑甜鄉❹，未曾目擊其險，豈非幸乎？」盥後，登戰臺視之，前後十餘竈皆沒，船面無一物，爨火斷矣。舟人指曰：「前即定海，可無慮矣。」申刻，乃得泊。船戶登岸購米薪，乃得食。

是夜修家書，以慰芸之懸繫，而歸心益切。猶憶昔年，芸嘗謂余：「布衣菜飯，可樂終身，不必作遠遊。」此番航海，雖奇而險，瀕危幸免，如有味乎芸之言也。

【注釋】❶鱟　形狀類似蟹的海生動物。❷杞山　位於浙江溫州沿海。❸子母炮　從明代佛郎機炮改進而成的輕型火炮。❹黑甜鄉　夢鄉。

養生記道

自芸娘之逝，戚戚無歡。春朝秋夕，登山臨水，極目傷心，非悲則恨。讀〈坎坷記愁〉，而余所遭之拂逆❶可知也。

靜念解脫之法，行將辭家遠出，求赤松子於世外。嗣以淡安、揖山兩昆季之勸，遂乃棲身苦庵，惟以《南華經》自遣。乃知蒙莊鼓盆而歌❷，豈真忘情哉？無可奈何，而翻作達❸耳。余讀其書，漸有所悟。讀〈養生主〉，而悟達觀之士，無時而不安，無處而不順，冥然❹與造化為一，將何得而何失，孰死而孰生耶？故任其所受，而哀樂無所錯其間矣。又讀〈逍遙遊〉，而悟養生之要，惟在閒放不拘，怡適自得而已。始悔前此之一段癡情，得勿作繭自縛矣乎？此〈養生記道〉之所為作也。亦或採前賢之說以自廣，掃除種種煩惱，惟以有益身心為主，即蒙莊之旨也。庶幾可以全生，可以盡年。

【注釋】❶拂逆　違背；違反，此處指不如意。❷蒙莊鼓盆而歌　蒙莊，莊子曾任蒙漆園吏，故稱「蒙莊」。蒙，古地名，故城在河南商丘東北。《莊子・至樂》載：「莊子妻死，惠子弔之，莊子則方箕踞鼓盆而歌。」❸達　曠達；開朗豁達。❹冥然　清淨無為。

余年纔四十，漸呈衰像。蓋以百憂催撼❶，歷年鬱抑，不無悶損❷。

淡安勸余每日靜坐數息，仿子瞻〈養生頌〉之法，余將遵而行之。

調息之法，不拘時候，兀身❸端坐，子瞻所謂攝身❹使如木偶也。解衣緩帶，務令適然。口中舌攪數次，微微吐出濁氣，不令有聲，鼻中微微納之。或三五遍，二七遍，有津咽下，叩齒數通。舌抵上腭，唇齒相著，兩目垂簾，令朧朧❺然漸次調息，不喘不粗。或數息出，或數息入，從一至十，從十至百，攝心在數，勿令散亂。子瞻所謂「寂然，兀然，與虛空等也」。如心息相依，雜念不生，則止勿數，任其自然。子瞻所謂「隨」也。坐久愈妙，若欲起身，須徐徐舒放手足，勿得遽起。能勤行之，靜中光景，種種奇特，子瞻所謂「定能生慧」。自然明悟，譬如盲人忽然有眼也，直可明心見性，不但養身全生而已。出入綿綿，若存若亡，神氣相依，是為真息。息息歸根❻，自能奪天地之造化，長生不死之妙道也。

【注　釋】❶催撼　摧殘；侵擾。❷悶損　煩悶。❸兀身　獨自。❹攝身　控制身體。❺朧朧　昏暗朦朧。❻歸根　歸於本原。《老子》云：「歸根曰靜」。

人大言，我小語；人多煩，我少記；人悸怖❶，我不怒。澹然無為，神氣自滿。此長生之藥。〈秋聲賦〉❷云：「奈何思其力之所不及，憂其智之所不能。宜其渥然丹者為槁木，黟❸然黑者為星星。」此士大夫通患也。又曰：「百憂感其心，萬事勞其形。有動乎中，必搖其精。」人常有多憂多思之患，方壯遽老，方老遽衰，反此亦長生之法。舞衫歌扇，轉眼皆非；紅粉青樓，當場即幻。秉靈燭以照迷情，持慧劍以割愛欲❹，殆非大勇不能也。然情必有所寄，不如寄其情於卉木，不如寄其情於書畫，與對艷妝美人何異？可省卻許多煩惱。

【注　釋】❶悸怖　恐懼。❷秋聲賦　歐陽脩所作描寫秋天景色的散文賦。❸黟　黑色。❹秉靈燭以照迷情二句　出自《陰符經》：「淫聲美色，破骨之斧鋸也。世之人不能秉靈燭以照迷情，持慧劍以割愛欲，則流浪生死之海，是害先於恩也。」靈燭，指能洞察事物的靈明。慧劍，指能斬斷一切煩惱的智慧。

范文正❶有云：「千古聖賢，不能免生死，不能管後事。一身從無中來，卻歸無中去。誰是親疏？誰能主宰？既無奈何，即放心逍遙，任委來往。如此斷了，既心氣漸順，五臟亦和，藥方有效，食方有味也。只如安樂人，勿有憂事，便吃食不下，何況久病？要憂身死，更憂身後，乃在大怖中，飲食安可得下？請寬心將息」云云。乃勸其中舍❷三哥之帖。余近日多憂多慮，正宜讀此一段。

放翁胸次廣大，蓋與淵明、樂天、堯夫❸、子瞻等，同其曠逸。其於養生之道，千言萬語，真可謂有道之士。此後當玩索陸詩，正可療余之病。

【注釋】❶范文正　范仲淹，謚號文正。❷中舍　官名，亦稱「中舍人」，太子屬官。❸堯夫　邵雍，字堯夫，宋代理學家，精通易學。

淴浴❶極有益。余近製一大盆，盛水極多。淴浴後，至為暢適。東坡詩所謂「淤槽漆斛江河傾，本來無垢洗更輕❷」，頗領略得一二。

【注釋】❶淴浴 吳方言，洗澡。❷淤槽漆斛江河傾二句 語出蘇軾詩〈宿海會寺〉。「淤槽」，原詩作「杉槽」，「杉槽漆斛」指用杉木製成上漆的浴盆。

治有病，不若治於無病。療身，不若療心。使人療，尤不若先自療也。林鑒堂詩曰：「自家心病自家知，起念還當把念醫。只是心生心作病，心安那有病來時。」此之謂自療之藥。遊心於虛靜，結志於微妙，委慮於無欲，指歸於無為，故能達生延命，與道為久。

仙經❶以精、氣、神為內三寶，耳、目、口為外三寶，常令內三寶不逐物而流，外三寶不誘中而擾。重陽祖師❷於十二時中，行住坐臥，一切動中，要把心似泰山，不搖不動，謹守四門：眼、耳、鼻、口，不令內入外出，此名養壽緊要。外無勞形之事，內無思想之患，以恬愉為務，以自得為功，形體不敝，精神不散。

【注釋】❶仙經　泛指道教經典。❷重陽祖師　王重陽，原名中孚，字允卿，號重陽子，道教全真教創始人。

益州老人嘗言：「凡欲身之無病，必須先正其心，使其心不亂求，心不狂思，不貪嗜欲，不著迷惑，則心君泰然矣。心君泰然，則百骸四肢雖有病，不難治療，獨此心一動，百患為招，即扁鵲、華佗在旁，亦無所措手矣。」林鑒堂先生有〈安心詩〉❶六首，真長生之要訣也。詩云：

我有靈丹一小錠，能醫四海群迷病。

些兒吞下體安然，管取延年兼接命。

安心心法有誰知，卻把無形妙藥醫。

醫得此心能不病，翻身跳入太虛時。

念雜由來業障多，憧憧擾擾竟如何。
驅魔自有玄微訣，引入堯夫安樂窩❷。
人有二心方顯念，念無二心始為人。
人心無二渾無念，念絕悠然見太清❸。
這也了時那也了，紛紛攘攘皆分曉。
雲開萬里見清光，明月一輪圓皎皎。
四海遨遊養浩然❹，心連碧水水連天。
津頭自有漁郎問，洞裡桃花日日鮮❺。

【注釋】❶安心詩　亦見於清尤乘《壽世青編》。❷堯夫安樂窩　邵雍到洛陽遊學，在洛河南岸搭了個草棚，自稱安樂窩，並作詩云：「家雖在城闕，蕭瑟似荒郊。遠去名利窟，自稱安樂窩。」❸太清　天道；自然。

❹浩然　浩然之氣；正大剛直之氣。❺津頭自有漁郎問二句　用陶淵明〈桃花源記〉典故。

禪師與余談養心之法，謂心如明鏡，不可以塵之也；又如止水，不可以波之也。此與晦庵所言學者常要提醒此心，惺惺不寐，如日中天，群邪自息，其旨正同。又言目毋妄視，耳毋妄聽，口毋妄言，心毋妄動，貪嗔癡愛，是非人我，一切放下。未事不可先迎，遇事不宜過擾，既事不可留住。聽其自來，應以自然，信其自去。忿懥❶恐懼，好樂憂患，皆得其正。此養心之要也。

【注釋】❶忿懥　發怒。

王華子曰：「齋者，齊也。齊其心而潔其體也，豈僅茹素而已。」所謂齊其心者，澹志寡營，輕得失，勤內省，遠葷酒。潔其體者，不履邪徑，不視惡色，不聽淫聲，不為物誘。入室閉戶，燒香靜坐，方可謂之齋也。誠能如是，則身中之神明自安，升降不礙，可以卻病，可以長生。

余所居室，四邊皆窗戶，遇風即闔，風息即開。余所居室，前簾後屏，太明即下簾，以和其內映，太暗則捲簾，以通其外耀。內以安心，外以安目，心目俱安，則身安矣。

禪師稱二語告我曰：「未死先學死，有生即殺生。」有生，謂妄念初生；殺生，謂立予剷除也。此與孟子勿忘勿助之功相通。

孫真人[1]〈衛生歌〉云：

衛生切要知三戒，大怒大欲并大醉。
三者若還有一焉，須防損失真元氣。

又云：

世人欲知衛生道，喜樂有常嗔怒少。
心誠意正思慮除，理須修身去煩惱。

又云：

醉後強飲飽強食，未有此生不成疾。
人資飲食以養身，去其甚者自安適。

又蔡西山〈衛生歌〉[2]云：

何必餐霞餌大藥，妄意延齡等龜鶴。
但於飲食嗜欲間，去其甚者將安樂。
食後徐行百步多，兩手摩脇并胸腹。

又云：

醉眠飽臥俱無益，渴飲飢餐尤戒多。
食不欲粗并欲速，寧可少餐相接續。
若教一頓飽充腸，損氣傷脾非爾福。

又云：

飲酒莫教令大醉，大醉傷神損心志。

酒渴飲水并啜茶，腰腳自茲成重墜。

又云：

視聽行坐不可久，五勞七傷從此有。

四肢亦欲得小勞，譬如戶樞終不朽。

又云：

道家更有頤生旨，第一戒人少嗔恚。

凡此數言，果能遵行，功臻旦夕，勿謂老生常談也。

【注釋】❶孫真人　孫思邈，唐代著名道士、醫藥學家，有藥王之稱。宋徽宗時追封為妙應真人。❷蔡西山衛生歌　當作真西山《衛生歌》，見於明高濂《遵生八箋》。真西山，名德秀，字景元，號西山，福建浦城人。本姓慎，避宋孝宗諱改姓真。南宋著名理學家。

潔一室，開南牖，八窗通明。勿多陳列玩器，引亂心目。設廣榻、長几各一，筆硯楚楚❶，旁設小几一。掛字畫一幅，頻換。几上置得意書一二部，古帖一本，古琴一張。心日間常要一塵不染。晨入園林，種植蔬果，芟草，灌花，蒔❷藥。歸來入室，閉目定神。時讀快書，怡悅神氣，時吟好詩，暢發幽情。臨古帖，撫古琴，倦即止。知己聚談，勿及時事，勿及權勢，勿臧否❸人物，勿爭辯是非。或約閒行，不衫不履，勿以勞苦徇禮節。小飲勿醉，陶然而已。誠然如是，亦堪樂志。以視夫蹙足入絆，申脰❹就羈，遊卿相之門，有簪佩❺之累，豈不霄壤之懸哉！

【注釋】❶楚楚　排列整齊。❷蒔　種植。❸臧否　品評；褒貶。❹脰　脖頸。❺簪佩　古代插在帽子上和繫在衣帶上的飾物，借指仕宦。

太極拳非他種拳術可及。「太極」二字，已完全包括此種拳術之意義。太極乃一圓圈，太極拳即由無數圓圈聯貫而成之一種拳術。無論一舉手，一投足，皆不能離此圓圈。離此圓圈，便違太極拳之原理。四肢百骸不動則已，動則皆不能離此圓圈，處處成圓，隨虛隨實。練習以前，先須存神納氣，靜坐數刻，並非道家之守竅❶也，只須摒絕思慮，務使萬緣俱靜。以緩慢為原則，以毫不使力為要義，自首至尾，聯綿不斷。相傳為遼陽張通❷，於洪武初奉召入都，路阻武當，夜夢異人，授以此種拳術。余近年從事練習，果覺身體較健，寒暑不侵。用以衛生，誠有益而無損者也。

【注釋】❶守竅　道家養生靜坐十二法之一，要旨為摒除雜念，意守丹田，相當於氣功。❷張通　字君寶，又名全一，號三丰，原籍江西龍虎山，張天師後裔。在武當山結廬修道，創立太極十三勢，著有《太極拳經》。

　　省多言，省筆札，省交游，省妄想，所一息不可省者，居敬養心耳。楊廉夫❶有〈路逢三叟〉詞云：

　　上叟前致詞，大道抱天全。

中叟前致詞，寒暑每節宣。

下叟前致詞，百歲半單眠。

嘗見後山❷詩中一詞，亦此意，蓋出應璩❸。璩詩曰：

昔有行道人，陌上見三叟。
年各百餘歲，相與鋤禾麥。
往前問三叟，何以得此壽？
上叟前致詞，室內姬粗醜。
二叟前致詞，量腹節所受。
下叟前致詞，夜臥不覆首。
要哉三叟言，所以能長久。

【注釋】❶楊廉夫　楊維楨，字廉夫，號鐵崖，浙江會稽人，元末明初著名文人。❷後山　陳師道，字履常，號後山，彭城人，宋代詩人。❸應璩　字休璉，汝南人，三國時期文人。

古人云：「比上不足，比下有餘。」此最是尋樂妙法也。將啼飢者比，則得飽自樂；將號寒者比，則得暖自樂；將勞役者比，則悠閒自樂；將疾病者比，則康健自樂；將禍患者比，則平安自樂；將死亡者比，則生存自樂。

白樂天詩有云：

蝸牛角內爭何事，石火光中寄此身。
隨富隨貧且歡喜，不開口笑是癡人❶。

近人詩有云：

人生世間一大夢，夢裡胡為苦認真。
夢短夢長俱是夢，忽然一覺夢何存？

與樂天同一曠達也。

【注釋】❶蝸牛角內爭何事四句　出自白居易〈對酒五首〉之二。蝸牛角內爭何事，典出《莊子》，比喻為了極小的事物而引起大的爭執。石火光，電光石火，比喻事物變幻無常，瞬間即逝。

「世事茫茫，光陰有限，算來何必奔忙？人生碌碌，競短論長，卻不道榮枯有數，得失難量。看那秋風金谷❶，夜月烏江❷，阿房宮❸冷，銅雀臺❹荒。榮華花上露，富貴草頭霜。機關參透，萬慮皆忘，誇什麼龍樓鳳閣，說什麼利鎖名韁。閒來靜處，且將詩酒猖狂❺，唱一曲歸來未晚，歌一調湖海茫茫。逢時遇景，拾翠尋芳。約幾個知心密友，到野外溪旁，或琴棋適性，或曲水流觴；或說些善因果報，或論些今古興亡。看花枝堆錦繡，聽鳥語弄笙簧。一任他人情反復，世態炎涼，優游閒歲月，瀟灑度時光。」此不知為誰氏所作，讀之而若大夢之得醒，熱火世界一貼清涼散也。

【注釋】❶金谷　東晉石崇在洛陽所建園林，極其奢華。❷烏江　在今安徽和縣東北，項羽自刎處。❸阿房宮　秦始皇所建宮殿，規模宏偉。❹銅雀臺　曹操所建宮殿，因樓頂有大孔雀而名銅雀臺，在古鄴城西北，今河北臨漳西南。❺猖狂　情懷激動。

程明道❶先生曰：「吾受氣甚薄，因厚為保生。至三十而浸盛，四十五十而後完。今生七十二年矣，較其筋骨，於盛年無損也。若人待老而保生，是猶貧而後蓄積，雖勤亦無補矣。」

【注釋】❶程明道　程顥，字伯淳，號明道，河南洛陽人，宋代理學家，程朱學派創始人。

口中言少，心頭事少，肚裡食少。有此三少，神仙可到。酒宜節飲，忿宜速懲，欲宜力制。依此三宜，疾病自稀。

病有十可卻：靜坐觀空，覺四大❶原從假合，一也；煩惱現前，以死譬之，二也；常將不如我者，巧自寬解，三也；造物勞我以生，遇病少閒，反生慶幸，四也；宿孽現逢，不可逃避，歡喜領受，五也；家庭和睦，無交謫❷之言，六也；眾生各有病根，常自觀察克治，七也；風寒謹訪，嗜欲淡薄，八也；飲食寧節毋多，起居務適毋強，九也；覓高朋親友，講開懷出世之談，十也。

【注釋】❶四大　佛教以地、水、風、火為四大。❷交謫　互相指責、爭吵。

邵康節居安樂窩中，自吟曰：

老年肢體索溫存，安樂窩中別有春。
萬事去心閒偃仰，四肢由我任舒伸。
炎天傍竹涼鋪簟，寒雪圍爐軟布裀。
晝數落花聆鳥語，夜邀明月操琴音。
食防難化常思節，衣必宜溫莫懶增。
誰道山翁拙於用，也能康濟自家身。

養生之道，只「清淨明了」四字。內覺身心空，外覺萬物空，破諸妄想，一無執著，是曰「清淨明了」。萬病之毒，皆生於濃。濃於聲色，生虛怯病；濃於貨利，生貪饕病；濃於功業，生造作病；濃於名譽，生矯激病。噫，濃之為毒甚矣！樊尚默先生以一味藥解之，曰「淡」。雲白山青，川行石立，花迎鳥笑，谷答樵謳，萬境自閒，人心自鬧。

歲暮訪淡安，見其凝塵滿室，泊然處之。嘆曰：所居必灑掃涓潔，虛室以居，塵囂不染，齋前雜樹花木，時觀萬物生意。深夜獨坐，或啟扉以漏月光，至昧爽，但覺天地萬物，清氣自遠而屆，此心與相流通，更無窒礙。今室中蕪穢不治，弗以累心，但恐於神爽未必有助也。

余年來靜坐枯庵，迅埽夙習。或浩歌長林，或孤嘯幽谷，或弄艇投竿於溪涯湖曲❶，捐耳目，去心智，久之似有所得。陳白沙❷曰：「不累於外物，不累於耳目，不累於造次顛沛。鳶飛魚躍，其機在我❸。」知此者謂之善學，抑亦養壽之真訣也。聖賢皆無不樂之理。孔子曰「樂在其中」，顏子曰「不改其樂」，孟子以「不愧不怍」為樂。《論語》開首說樂，《中庸》言「無入而不自得」，程朱教尋孔顏樂趣，皆是此意。聖賢之樂，余何敢望？竊欲仿白傅❹之「有叟在中，白鬚飄然」，「妻孥熙熙，雞犬閒閒❺」之樂云耳。

【注釋】❶湖曲　湖水彎曲處。❷陳白沙　陳獻章，字公甫，號石齋，廣東新會白沙人，人稱白沙先生。明代著名理學家和詩人。❸不累於外物五句　出自陳獻章〈贈彭惠安別言〉。意謂不為身外之物所拖累，不為耳目聞見所拖累，不為流離困頓的境遇所拖累。這樣才能像鳥飛魚躍那樣自由活潑，其中的關鍵全在於自身。造次顛沛，流離困頓，語出《論語．里仁》。❹白傅　白居易曾任太子少傅，故稱白傅。❺有叟在中四句　出自白居易〈池上篇〉。熙熙，和睦歡樂的樣子。閒閒，悠閒的樣子。

冬夏皆當以日出而起，於夏尤宜。天地清旭之氣❶，最為爽神，失之甚為可惜。余居山寺之中，暑月日出則起，收水草清香之味，蓮方斂而未開，竹含露而猶滴，可謂至快。日長漏永，午睡數刻，焚香垂幕，淨展桃笙❷。睡足而起，神清氣爽，真不啻天際真人❸也。

【注釋】❶清旭之氣　早晨清朗的氣息。❷桃笙　桃枝竹編的竹席。❸真人　仙人。

樂即是苦，苦即是樂，帶些不足，安知非福？舉家事事如意，一身件件自在，熱光景即是冷消息。聖賢不能免厄，仙佛不能免劫，厄以鑄聖賢，劫以煉仙佛也。

牛喘月，雁隨陽，總成忙世界；蜂採香，蠅逐臭，同是苦生涯。勞生擾擾，惟利惟名，牿❶日晝，蹶❷寒暑，促生死，皆此兩字誤之。以名為炭而灼心，心之液涸矣；以利為蠆❸而螫心，心之神損矣。今欲安心而卻病，非將名利兩字滌除淨盡不可。

【注釋】❶牿　束縛；拘束。❷蹶　動亂；擾亂。❸蠆　蝎子一類的毒蟲。

余讀柴桑翁❶〈閒情賦〉，而嘆其鍾情；讀〈歸去來辭〉，而嘆其忘情；讀〈五柳先生傳〉，而嘆其非有情，非無情，鍾之忘之而妙焉者也。余友淡公最慕柴桑翁，書不求解而能解，酒不期醉而能醉。且語余曰：「詩何必五言，官何必五斗，子何必五男，宅何必五柳。」可謂逸矣！余夢中有句云：「五百年謫在紅塵，略成遊戲；三千里擊開滄海，便是逍遙。」醒而述諸琢堂，琢堂以為飄逸可誦，然而誰能會此意乎？

【注釋】❶柴桑翁　陶淵明為柴桑人，故稱。

真定梁公每語人，每晚家居，必尋可喜笑之事，與客縱談，掀髯大笑，以發舒一日勞頓鬱結之氣，此真得養生要訣也。曾有鄉人過百歲，余扣其術，笑曰：「余鄉村人，無所知，但一生只是喜歡，從不知憂惱。」此豈名利中人所能哉！昔王右軍❶云：「吾篤嗜種果，此中有至樂存焉。我種之樹，開一花結一實，玩之偏愛，食之益甘。」右軍可謂自得其樂矣。放翁夢至仙館❷，得詩云：「長廊下瞰碧蓮沼，小閣正對青蘿峰❸。」便以為極勝之景。余居禪房，頗擅此勝，可傲放翁矣。

【注釋】❶王右軍　王羲之，曾任右軍將軍，故稱。❷仙館　道觀。❸長廊下瞰碧蓮沼二句　出自陸游〈夢遊山水奇麗處有古宮觀云雲臺觀也〉。瞰，俯瞰，從高處往下看。碧蓮沼，長滿碧蓮的池塘。青蘿峰，長滿青蘿的山峰。青蘿，即松蘿，攀生在石崖的植物。

余昔在球陽，日則步履於空潭、碧澗、長松、茂竹之側，夕則挑燈讀白香山、陸放翁之詩，焚香煮茶，延兩君子於座，與之相對，如見其襟懷之澹宕，幾欲棄萬事而從之遊，亦愉悅身心之一助也。

余自四十五歲以後，講究安心之法。方寸之地，空空洞洞，朗朗惺惺，凡喜怒哀樂，勞苦恐懼之事，決不令之入。譬如制為一城，將城門緊閉，時加防守，惟恐此數者闌入。近來漸覺闌入之時少，主人居其中，乃有安適之象矣。養身之道，一在慎嗜欲，一在慎飲食，一在慎忿怒，一在慎寒暑，一在慎思索，一在慎煩勞。有一於此，足以致病，安得不時時謹慎耶！

張敦復❶先生嘗言：「古人讀《文選》而悟養生之理，得力於兩句，曰『石蘊玉而山輝，水含珠而川媚』。」❷此真是至言。嘗見蘭蕙、芍藥之蒂間，必有露珠一點，若此一點為蟻蟲所食，則花萎矣。又見筍初出，當曉則必有露珠數顆在其末，日出則露復斂而歸根，夕則復上。田間有詩云「夕看露顆上梢行」是也。若侵曉入園，筍上無露珠，則不成竹，遂取而食之。稻上亦有露，夕現而朝斂。人之元氣全在乎此。故《文選》二語，不可不時時體察，得訣固不在多也。

【注釋】❶張敦復　張英，字敦復，號圃翁，安徽桐城人。康熙六年（西元一六六七年）進士，官至禮部尚書、文華殿大學士。❷古人讀文選而悟養生之理四句　出自張英《聰訓齋語》。石蘊玉而山輝水含珠而川媚，出自陸機〈文賦〉。《文選》，梁蕭統編的詩文總集。得力，受益。石蘊玉而山輝，意謂山上岩石蘊藏著寶玉，就顯得有光輝。水含珠而川媚，意謂河水中有明珠，就顯得秀美。

余之所居，僅可容膝，寒則溫室擁雜花，暑則垂簾對高槐，所自適於天壤間者，止此耳。然退一步想，我所得於天者已多，因此心平氣和，無歆羨，亦無怨尤，此余晚年自得之樂也。圃翁❶曰：「人心至靈至動，不可過勞，亦不可過逸，惟讀書可以養之。閒適無事之人，鎮日不觀書，則起居出入，身心無所棲泊，耳目無所安頓，勢必心意顛倒，妄想生嗔，處逆境不樂，處順境亦不樂也。古人有言：『掃地焚香，清福已具。其有福者，佐以讀書；其無福者，便生他想。』旨哉斯言！且從來拂意之事，自不讀書者見之，似為我所獨遭，極其難堪。不知古人拂意之事有百倍於此者，特不細心體驗耳！即如東坡先生歿後，遭逢高、孝，文字始出，而當時之憂讒畏譏，困頓轉徙潮、惠之間，且遇跣足涉水，居近牛欄，是何如境界？又如白香山之無嗣，陸放翁之忍飢，皆載在書卷。彼獨非千載聞人，而所遇皆如此。誠一平心靜觀，則人間拂意之事，可以煥然冰釋。若不讀書，則但見我所遭甚苦，而無窮怨尤嗔忿之心，燒灼不靜，其苦為何如耶！故讀書為頤養第一事也。」

【注釋】❶圃翁　張英。此段所引文字，出自張英《聰訓齋語》，略有刪節和改動。

吳下有石琢堂先生之城南老屋，屋有五柳園，頗具泉石之勝。城市之中而有郊野之觀，誠養神之勝地也。有天然之聲籟❶，抑揚頓挫，蕩漾余之耳邊。群鳥嚶鳴林間時所發之斷斷續續聲，微風振動樹葉時所發之沙沙簌簌聲，和清溪細流流出時所發出之潺潺淙淙聲，余泰然仰臥於青蔥可愛之草地上，眼望蔚藍澄澈之穹蒼，真是一幅絕妙畫圖也。以視拙政園❷，一喧一靜，真遠勝之。

【注釋】❶聲籟　聲響。❷拙政園　蘇州名園，建於明代。

吾人須於不快樂之中，尋一快樂之方法。先須認清快樂與不快樂之造成，固由於處境之如何，但其主要根苗，還從己心發長耳。同是一人，同處一樣之境，甲卻能戰勝劣境，乙反為劣境所征服。能戰勝劣境之人，視劣境所征服之人，較為快樂。所以不必歆羨他人之福，怨恨自己之命，否則是何異雪上加霜，愈以毀滅人生之一切也。無論如何處境之中，可以不必鬱鬱，須從鬱鬱之中，生出希望和快樂之精神。偶與琢堂道及，琢堂亦以為然。

家如殘秋，身如昃晚[1]，情如剩煙，才如遺電。余不得已而遊於畫，而狎於詩。豎筆橫墨，以自鳴其所喜，亦猶小草無聊，自矜其花，小鳥無奈，自矜其苦。小春[2]之月，一霞始晴，一峰始明，一禽始清，一梅始生，而一詩一畫始成。與梅相悅，與禽相得，與峰相立，與霞相揖，畫雖拙而或以為工，詩雖苦而自以為甘。四壁已傾，一瓢已敝，無以損其愉悅之胸襟也。圃翁擬一聯，將懸之草堂中：「富貴貧賤，總難稱意，知足即為稱意；山水花竹，無恒主人，得閒便是主人。」其語雖俚，卻有至理。天下佳山勝水，名花美竹無限。大約富貴人役於名利，貧賤人役於飢寒，總鮮領略及此者。能知足，能得閒，斯為自得其樂，斯為善於攝生也。

【注　釋】❶昃晚　傍晚。昃，日西斜。❷小春　一指夏曆八月，一指十月。

心無止息，百憂以感之，眾慮以擾之，若風之吹水，使之時起波瀾，非所以養壽也。大約從事靜坐，初不能妄念盡捐，宜注一念，由一念至於無念，如水之不起波瀾。寂定之餘，覺有無窮恬淡之意味，願與世人共之。

陽明先生曰：「只要良知真切，雖做舉業，不為心累。且如讀書時，知強記之心不是，即克去之；有欲速之心不是，即克去之；有誇多鬬靡之心不是，即克去之；如此，亦只是終日與聖賢印對，是個純乎天理之心。任他讀書，亦只調攝此心而已，何累之有❶！」錄此以為讀書之法。

【注　釋】❶只要良知真切十六句　出自王守仁《傳習錄》。意謂只要明白道理，即使學習科舉文章，亦不會覺得勞累。如果讀書時，知道死記硬背的想法不對，就克服掉；有速成的想法不對，就克服掉；有炫耀知識廣博的想法不對，就克服掉。這樣的話，就是整天與聖賢印證，是完全符合天理的思想。讓他讀書，不過是調理此心，哪裡有什麼勞累的。

湯文正公❶撫吳時，日給惟韭菜。其公子偶市一雞，公知之，責曰：「惡有士不嚼菜根而能作百事者哉！」即遣去。奈何世之肉食者流，竭其脂膏，供其口腹，以為分所應爾。不知甘脆肥膿，乃腐腸之藥也。大概受病之始，必由飲食不節。儉以養廉，澹以寡慾，安貧之道在是，去疾之方亦在是。余喜食蒜，素不食屠門之嚼。食物素從省儉，自芸娘之逝，梅花盒亦不復用矣，庶不為湯公所呵乎！

留侯❷、鄴侯❸之隱於白雲鄉，劉、阮、陶、李❹之隱於醉鄉，司馬長卿❺以溫柔鄉隱，希夷先生❻以睡鄉隱，殆有所託而逃焉者也。余謂白雲鄉則近於渺茫，醉鄉、溫柔鄉抑非所以卻病而延年，而睡鄉為勝矣。妄言息躬，輒造逍遙之境，靜寐成夢，旋臻甜適之鄉❼。余時時稅駕❽，咀嚼其味，但不從邯鄲道上，向道人借黃粱枕耳❾。

【注釋】❶湯文正公　湯斌，字孔伯，河南睢州人。清順治九年（西元一六五二年）進士，官至江蘇巡撫、工部尚書。諡號文正。❷留侯　張良，秦末輔佐劉邦平定天下，以功封留侯。漢朝建國後，張良功成身退，隱居驪山，專習道家導引之術。❸鄴侯　李泌，字長源，唐京兆（今西安市）人，歷仕玄宗、肅宗、代宗、德宗四朝，德宗時官至宰相，封鄴縣侯。李泌晚年服氣修道，從張太虛學習道家秘籍，又與明瓚禪師遊。❹劉阮陶李　指劉伶、阮籍、陶淵明、李白，皆以喜飲酒而聞名。❺司馬長卿　司馬相如，字長卿，西漢辭賦家。他與卓文君私奔的故事被傳為千古佳話。❻希夷先生　陳摶，字圖南，號希夷先生，五代宋初間著名道士，精通易學。主張以睡眠作為養生方法，時常一睡數天不醒，人稱睡仙。❼甜適之鄉　夢鄉。❽稅駕　休息；靜養。❾但不從邯鄲道上二句　用「黃粱夢」的典故，言盧生在邯鄲道上客舍中遇見呂洞賓，呂洞賓給他一個瓷枕，盧生酣然入夢，在夢中享盡榮華富貴。待一覺醒來，黃粱飯尚未煮熟。

養生之道，莫大於眠、食。菜根粗糲，但食之甘美，即勝於珍饌也。眠亦不在多寢，但實得神凝夢甜，即片刻亦足攝生也。放翁每以美睡為樂，然睡亦有訣。孫真人云：「能息心，自瞑目。」蔡西山❶云：「先睡心，後睡眼。」此真未發之妙。禪師告余伏氣，有三種眠法：病龍眠，屈其膝也；寒猿眠，抱其膝也；龜鶴眠，踵其膝也。余少時見先君子於午餐之後，小睡片刻，燈後治事，精神煥發。余近日亦思法之，午餐後於竹床小睡，入夜果覺清爽，益信吾父之所為，一一皆可為法。

【注釋】❶蔡西山　蔡元定，字季通，號西山，南宋理學家。

余不為僧而有僧意。自芸之歿，一切世味皆生厭心，一切世緣皆生悲想，奈何顛倒不自痛悔耶！近年與老僧共話無生，而生趣始得。稽首世尊，少懺宿愆。獻佛以詩，餐僧以畫。畫性宜靜，詩性宜孤，即詩與畫，必悟禪機，始臻超脫也。

附錄二

冊封琉球國紀略

嘉慶十三年，有旨冊封琉球國王，正使為齊太史鯤❶，副使為費侍御錫章❷。吳門有沈三白名復者，為太史司筆硯，亦同行。

【注釋】❶齊太史鯤　齊鯤，字鵬霄、北瀛，福建侯官（今福州倉山區）人。嘉慶六年（西元一八〇一年）進士，改庶吉士，授編修。嘉慶十三年（西元一八〇八年）任冊封琉球正使，著有《東瀛百詠》。❷費侍御錫章　費錫章，字煥槎，浙江歸安（今湖州）人。乾隆四十九年（西元一七八四年）中舉人，授內閣中書，歷官至順天府尹。嘉慶十三年任冊封琉球副使，與齊鯤合著《續琉球國志》。

二月十八日，出京。至閏五月二日，始從福建省城啟行登舟。舟長八丈餘，闊二丈餘，船身飾以黃色，上列旗幟甚多。次日，兩冊封使奉節、詔至，護送者為福州左營副將吳公安邦❶也，帶兵弁二百二十名，分撥兩舟，各帶炮位。冊使與從客共一舟，名曰頭船。上下柁工兵役共計四百五十餘人，各有腰牌為照。

每日乘潮行一二十里。至十一日，始出五虎門❷，向東，一望蒼茫無際，海水作蔥綠色，漸遠漸藍。十一日過淡水。十三日辰刻，見釣魚臺，形如筆架。遙祭黑水溝❸，遂叩禱於天后，忽見白燕大如鷗，繞檣而飛。是日即轉風。十四日早，隱隱見姑米山，入琉球界矣。十五日午刻，遙見遠山一帶，如虬形，古名流虬，以形似也。

【注釋】❶吳公安邦　吳安邦，臺灣彰化人，原籍福建，嘉慶元年（西元一七九六年）武進士，曾任臺灣水師協副將、閩安副將。❷五虎門　在福建長樂，是閩江入海口。❸黑水溝　歷史上清帝國與琉球國的分界線，現稱「中琉海溝」、「琉球海溝」。

相距約三四十里，舟中升炮三聲，俄見小艇如蟻，約數百號，隨風逐浪而來。先有一船投帖送禮，有旗，旗上書「接封」二字。其頭接官為紫巾大夫❶。所引小艇，皆獨木為之，長不盈丈，寬二尺許，兩艇并一，如比目魚，人施短棹，分兩行，挽引大船縴索，如蝦鬚然。有紅帽者，執旗鳴鑼，為領隊押幫之秀才官也。未幾，又有鳴鑼而來者，為二接之法司官，投銜貼請安。三接官為國舅，率通事官❷登舟參謁，冊使命辭免。

至其口，曰那灞港，南山屏列，北築石堤如長虹，以禦潮汐。堤首有小山如伏虎，設炮臺於上。封舟將到，即聞大炮三響，旋聞金鼓銅角之聲，萬人齊列。及進口，始見樂人排班，分左右行。前列紅邊黃旗兩面，大書「金鼓」二字，後列號筒二人，喇叭二人，鼓四人，鑼四人。但聞音韻悠揚中雜以角角咚咚而已。兩岸聚觀者，以數萬計，男女莫辨。

封舟載重不能抵岸，乃橫小船，架板作浮橋，以達封舟。岸上有屋三楹，額曰「卻金亭」，國王迎候於此，自稱琉球國世孫尚某，亦用紅手版，王冠烏紗帽，兩翅彎曲向上，衣元青❸龍袍，金帶，皂靴，容貌清癯，年僅二十二歲，跪迎於亭中。正使持節，副使捧詔，又聽升炮三聲，乃登岸，奉節、詔於龍亭❹。天使二人，皆乘八座❺。至中途，有迎恩亭，國王設香案，率其眾官，行三跪九叩首接詔禮。禮畢，王前導，至天使館。正廳曰「敷命堂」，迎詔敕奉安正中，天使立左右，王率眾官行請聖安禮，然後與天使行賓主禮，就坐，三獻茶，即辭去。天使送庭下，王揖讓，亦乘八座回宮。

十六日，迎天后進天后宮。天使出館，各廟拈香，答拜國王。回館，於大堂升座，護送武弁，率水師兵披甲擺隊進參，示威遠也。

天使館制悉仿中華，前列旗竿二，旗上大書「冊封」二字。旁設吹鼓亭，每日辰、午、酉三時奏樂三通，排對中門而立，金鑼畫角，一如迎舟之樂，奏畢，各散去。東西兩轅門外，俱鋪白沙，瑩白如雪。儀門內即敷命堂，堂後有穿堂至第四進後堂。堂之東，有樓曰「長風閣」，為正使起居之地，其西則居副使，登樓皆可遠眺。其兩廡東西二十間，隨從諸人居之。館之周圍墻垣甚厚，皆礪石，石多縐紋，有小孔，形如骷髏。墻頂植草，葉如萵苣，不土而生，秋冬長茂。

【注釋】❶紫巾大夫　應為紫金大夫，琉球國官名，從二品。❷通事官　翻譯官。❸元青　玄青；黑色。❹龍亭　安放詔書的轎子。❺八座　八人抬的轎子。

至七月朔日，將舉行追封御祭禮儀。從官四人，一為捧詔官，一為捧節官，一為宣詔官，一為捧帛官。先一日，通事官呈儀制，備轎馬，請從官至先王廟演禮。轎如鶴籠，編篾為之，外施黑漆，內糊白紙，頂有大環，一木為杠，離地僅五寸許。人由左入，盤膝而坐。亦設靠墊、痰盂、煙具於其中。馬如小駒，剪鬃如驢，性甚劣，一馬需一人挽之。

鞍韉踏蹬，與中國稍異，起步細碎，如小川馬。

已刻，出東轅門，過聖廟，東南行三里許，至安里橋，皆平坦。過橋數武，即所謂先王廟者，山形環抱，廟居其中，蔭木森森，葉似柹而色深綠，曰波羅蜜樹。東西有朱漆坊，中為三圈門，平其頂而無匾額。拾級而上，有堂三楹，設天使與國王坐位於中。再入後堂，即為先王殿。殿五楹，兩廡十餘間，殿中神主前設三御案，中為奉節案，左為奉詔案，右為奉帛案。殿西檐下，設開讀臺，東南向。

至次日辰刻，天使出館，詣各廟拈香。返，三法司及眾夷官備龍亭、彩亭、金鼓儀仗，集館門外。候啟門，奏樂，參謁畢，迎龍亭、彩亭入，正使捧節，副使捧詔，皆朝服，從官亦五品蟒服，趨向天使，恭接節、詔、幣、帛，各安亭中，左右立。階下樂作，引禮官唱排班，眾夷官皆跪，行九叩禮。升炮，夷官前導，排全副儀仗，皆中國兵丁為之，著號衣騎馬者，約百餘對。其後則鹵簿，彩亭先行，龍亭在後。從官佐使，皆張紅蓋乘馬隨於龍亭之後。兩天使皆八座。道旁男女聚觀者，循高就下，疊砌如鱗，而聲息寂然，但聞馬蹄蹀躞❶而已。

至安里橋，國王紫袍紗帽，率眾官迎伏道左。暫駐龍亭，王與眾官平身，兩使降輿，趨前，分立龍亭左右，引禮官唱排班，國王及眾官行三跪九叩接詔禮。禮畢，國王眾官步行前導，至廟門，由東圈門進，立堂下。天使出，下轎，從官亦下馬，扶龍亭，由中門入，至庭中，捧節官授節與正使，捧詔官授詔與副使，隨行至先王殿，各奉節、詔於所設之御座上，退立東墀❷，西向。宣詔官立開讀臺下，東向。兩廡奏樂，引禮官引國王由東階詣香案前，北向。司香者跪，進香於國王，王亦跪，三上香訖，復引至墀下。王與眾官各就拜位，行三跪九叩首拜詔禮。禮畢，樂止，退立東廡世子神位前，西向。又起樂，天使捧節、詔正中立，捧詔官由東墀趨接詔書，即由中門高舉下階，黃傘蓋之，上開讀臺，宣詔官隨至臺中香案下。樂止，引禮唱跪，國王及眾官皆北向跪，俯伏於世子神位下。引禮官唱開讀，宣詔官就香案正中朗聲宣詔。宣畢，仍捧詔下臺，張黃蓋，由中門入，授副使，仍安御座。引禮官引國王眾官各就拜位，再行三跪九叩謝封禮。引禮官唱退班，國王入廟，請天使暫憩，更衣，獻茶。

追封禮畢，國王易皂袍、角帶，出至先王神位前，天使復分立御案如前儀，法司官請詔書、祭文供奉廟中，天使乃詣先王神位前，行一跪三叩禮，國王及眾官俱俯伏位側。禮畢，引禮官唱退班，國王捧先王神主，由東階入殿。供奉畢，向天使行謝封禮，一跪三叩，天使答拜。

御祭禮畢，國王又易服，天使亦更衣，俱至前堂，行相見安坐禮。天使居中，南向。國王居西，東北向。不設樂，茶酒皆親獻，天使辭謝。紫巾大夫代獻，天使酬獻，國王亦起辭謝。各就宴，從官則宴於西廡。酒饌皆秀才官跪而獻之，法司官旁席為陪宴。宴既畢，國王前導，仍至御案前，正使奉節授捧節官安置龍亭內。天使行至階下，與國王揖別，從官亦與法司官揖別。出廟門，國王眾官已先行，至安里橋下，候龍亭至，俱跪送，天使降輿揖，回館。

是晚，國王遣官叩謝。其明日，天使亦遣巡捕官入王府答謝。

【注釋】❶蹀躞　馬行走的樣子。❷墀　臺階上的平地。

至七月二十六日，始行冊封大典。前一日，從官先往王府演禮，由先王祠內東度二小嶺，行於山脊，路尚平坦，民居嶺下，田園繡錯❶，竹樹陰森。行三四里，始見高牌坊一座，上大書「中山」二字。過此百步，又一牌坊，大書「守禮」二字。路之中心，築方石臺，上植鐵樹一叢，以為來龍❷。隨見萬木排空，墻垣密布，最高處宮殿巍峨，已至中山王府矣。

府門西向，上有敵樓❸。進門折南，漸高數級，有門北向。旁有一泉，鑿龍首嵌石中，泉從龍吻噴射而出，此中山之瑞脈也，名曰瑞泉。上有門，即名瑞泉門，門上有滴漏臺。再折向東進第三門，平坦廣闊，并列三門，南向，勢甚雄壯。進門即為王殿，有一甬道，甚寬廣，鋪紫色石大方磚。又進而為正殿，五間，臺階寬丈餘，約高五尺許，以白石欄圍之，分坡級為三道，而正中坡級兩旁豎盤龍石柱一對。殿中無寶座，而有一臺，高僅尺許，曰「臨政臺」，圍以朱漆欄，亦鋪腳踏綿，與庶民居室相等。後設金圍屏一座，其上即御書樓，凡中國大皇帝歷次所賜匾額，盡懸於上。兩旁便殿廊房，東西各三統間，為天使宴飲之所，亦將歷來冊使所送之額懸掛兩旁。啟其後窗，可以觀海，彩梁朱柱，古樸而華。臺階之中，另起御案三座。東首西向設開讀臺，高丈餘。甬道之中，設國王拜位，以草席為之，四周鑲紅邊而已。

至次日，天使隨文武官及從者至府，一如追封前儀。王九叩禮畢，宴天使於西便殿，從官賓客則宴於東便殿。獻茶、進酒亦如前儀。惟觀者之多，更盛於前，蓋忝有該國文武官眷屬，設篷幕於路側。又有扶老攜幼者，合數萬人，真大觀也。

其明日，王又易冠服，如漢黃門官式樣，坐龍輦，中設朱漆描金座，用四杠，前後十六人，其輦高者與檐齊，儀仗則用大方旗四對為前導，繼則長竿刀六對、長竿槍六對。又有如月斧者、畫戟者，如狼牙槊者十餘對，皆柄長丈餘。又有三檐紅傘一頂、金鼓樂人二起間其中。近輦則有執長竿大雞毛帚四對、大翎毛扇一對、月扇一對、大兜扇一把、提爐二對。扶輦者，皆紫巾大夫與都通事官，步行隨之。又有童子，裝束如紅衣人者，各執拂塵、團扇之屬十餘輩，扶輦而行。王至使館，拜謝亦如前儀。途中各設段落點綴，或編短籬而列盆花，或疊假山而栽松柏，像生❹鹿鶴，紙紮群葩，目不暇給。

舊例國王逢五日遣官請安，十日王親謁，天使辭謝再三，乃逢十遣國相參謁。其儀制，天使設公座於堂，國相、三法司行禮，天使出位旁立，拱手。紫巾大夫則正立，餘皆端坐，聽其叩首而退，從官之相見各長揖而已。

【注釋】❶繡錯 如刺繡般色彩錯雜。❷來龍 舊時堪輿家以山勢為龍，稱其起伏綿亙的姿態為龍脈。來龍指龍脈的來源。❸敵樓 城牆上禦敵的城樓，也稱譙樓。❹像生 仿照自然製作的花果樹木、飛禽走獸和各色人物的工藝品。

案《琉球國傳》，自漢時天孫氏以來，皆姓尚氏，直至明洪武初，始奉中國正朔。其國本有南、北、中三王，本朝初年始并為一。其地皆山而無高峰，亦無城郭，其國境內約寬數百里，中分三府，國王所居曰首里府，亦名守禮府，掌國大臣多居此。次曰久米府，永樂間遷中華人至彼，教以文學，有二十四姓，世居於此，掌理文牘，猶中國之翰林院也。三曰那霸府，皆商賈所居。國中仕宦者，皆世官世祿，雖從唐制以詩取士，應考其實皆縉紳子弟也。

其所鑄用錢曰寬永，彼國之銀一兩可換錢一千六百文。刑罰無斬、絞、枷、號，有犯則送三法司究治。輕則杖之，若罪重，給一獨木小艇，驅入大海，聽其所往，詔之充軍，再重，則剖其腹而投之海。

其民皆食番薯，一歲三熟，每擔價不過百文。亦種粟、麥、米、豆，土人食不當飽，備作宴客之需而已。人多布衣，不尚蠶桑。

所屬有三十六島，或遠或近，均隔重洋。羽毛之族❶頗同中國，惟鱗介❷大半皆海物，有大蝦如升斗，大蟹如草笠。魚則或藍或紅，莫可名狀，其味甚腥❸，亦莫別其美惡也。有燒酒，有甜酒，又有白酒如漿，係國中女子嚼米釀成，其味甜，微有酒氣耳。

通國之人軀幹無長大者，民安物阜，從不聞有盜賊之事。市中無店鋪，亦無茶坊酒肆。其舍宇四面禦水者居多，不甚寬大，亦無有通三間者，周繚以板。室內皆鋪地板，高地二尺許，地板上用席墊布鑲而鋪之，名曰踏腳綿。男女皆席地而坐，門窗上俱鑿雙槽，重疊推拽以為啟閉，故柱多方，其木質若黃楊，磨極光細。庭前亦有假山，多嵌空玲瓏，平地鋪以白沙，花光樹色映帶清幽。或編竹為籬，屋藏於內，綠蔭鬱然。行人稀少，終日寂靜，亦不聞有口角爭鬥之事，間聞有弦歌之聲。

使館之西有女集場，一切器皿、食物、布匹、舊衣、新履，皆婦人首戴而來，坐地而賣，其婦通稱曰「愛姨」。每男以肩挑，婦以首戴，無論米糧、油酒、包裹、箱籠，雖重百斤，皆頂首上，從無有傾覆隕墜之虞。

其俗有醫師而無筮卜星相之人，有僧無道，亦無優尼。

有寺曰樂善，在使館之後，竹籬矮屋，不施丹漆，曲廊環繞，綠陰蔽天，庭間鑿以小池，金魚游泳，鐘磬無聲，頗有幽趣。定海寺在那霸長虹堤中，北臨大海，一望無際。亦有聖廟，在館東半里許，規模如中國，而殿庭矮小，派秀才輪守之。

其冠服之制，男子年十六歲乃剃頂髮中心，留其四鬢，挽一髻，插梅花簪三寸許。王及相國、法司官用全金者，紫巾大夫金頭銀腳，餘官皆用銀簪，庶民則用銅簪。冠式長圓，平頂如僧尼帽，而前後有折襉文。有職者紅綾巾，大夫黃綾巾，紫金官以上皆紫綾巾，國相、國舅則用紫錦巾。庶民冠元青荷葉巾，地保用綠布巾。衣如道袍，長領，袖寬一尺四五寸，色亦尚紅青，便服則各隨其色，束大帶，約寬四寸許。國相以至庶民皆著草履，名曰「撒霸」，式如中國之草鞋，底中起梁立一樞連之，高半寸，著則以腳背套其梁，大腳指夾其樞，以故左右襪頭俱開一叉，不能易。襪甚短，及踝而止，以帶束之，男女皆然。

女子不裹足，不剃面，不穿耳，髮無把，用油蠟塗，挽於頂心，形如牡丹，即所謂牡丹頭也，其光如漆。簪長七寸，粗如小指，作八角楞。簪之頭如調羹，向前倒插，金銀亦隨品而別，視其夫之品級。民婦則用角簪或玳瑁。衣如男子而長及地，不帶不扣，以裡衣襟納入褌腰，右手拽外襟而行。未嫁者則束汗巾於外以別之。袖有寬至二尺餘者。婦人年過三十，手背刺紋作黑點，年愈大紋愈多，至老年則全黑，此不可解也。

其與人交際，客至，則脫撒霸於門，入室坐地，主人出，各鞠躬點首以為禮。小童執茶壺如桃者，斟茶半杯，主人舉以敬客，客受之，高舉齊額而後飲，以此為敬，他物亦然。亦吃煙，每人前各置一具筒、一爐、一痰盂，一總謂之「打巴古盤」，蓋煙謂「打巴古」，盤謂「棚」也。煙筒長僅尺許，煙甚辣。相對坐後，或清談或敲棋，倦則倒身而臥。

每宴會，極省儉，肴不過四色，用黑漆盤分格盛之。酒僅一小杯，托以朱漆小盤，傳遞而飲，酒酣則坐臥歌呼以為樂。飯曰「屋滿」，粥曰「渥該」，吃曰「三小里」，魚曰「遊」，肉曰「犧」，鴨曰「鴨飛拉」，蛋曰「科甲」，貓曰「抹牙」，油曰「暗淡」，米曰「科」，去曰

「一迥」，今日曰「初」，明日曰「阿爵」，遊玩曰「阿嬉脾」，拿來曰「莫給科」，好曰「秋喇沙」，不肯、不要、不好統曰「沒巴歇」，不懂曰「悉各朗」。一曰「抵幾」，二曰「打幾」，三曰「米幾」，四曰「又幾」，五曰「一幾幾」，六曰「樂幾」，七曰「捺捺幾」，八曰「牙幾」，九曰「谷谷奴幾」，十曰「拖幾」。惟茶曰茶，衣架曰衣架，衣曰衾索，麵曰索麵，而麵又曰「木吉利果」，此三物大約起自中國，故仍舊名。其花卉種類甚繁，不能殫述。其他名物稱謂，類皆有音無字者也。

【注釋】❶羽毛之族　指鳥獸。❷鱗介　指有鱗有甲的水生動物。❸鯹　魚腥氣。

琉球國亦唱戲，天使至，則於便殿前，搭戲臺一座，高與階齊，方廣三丈許。後場有大松樹一株，枝飛檐外，有彩無燈。歌舞者非伶人，皆國中縉紳子弟為之，年皆十六七，無有老年者。其開場無鑼鼓，但聞場後連打竹板聲，即見一老人戴荷葉巾，披深黃色大襟衣，有似鶴氅❶，束藍帶，手執藤杖，白鬚飄然，率男子八人，頭梳高髻，身披白花紅地衫，腰束皂色帶，各執花枝繞場而舞，如堆花狀。又有童子搖鼓穿繞其間，歌聲從後場而出，不吹笙笛，用弦索和之。場上啟，做關目❷說白而已。此為彼國天孫氏開闢琉球，歌舞太平故事，名曰三祝舞。

又聞竹板響，扮出四童女，髻插金鳳花，額束紫綃帕，披大紅衫，其長曳地，外罩板金鑲元青紗背搭❸，各持折扇二柄，魚貫而出，歌舞而退，此謂扇舞。

下開傳奇一段，名曰《天緣奇遇兒女承慶》。先有一生腳，青衣皂帽扮一樵人，名曰銘苅子。繼有一旦，甚美，頭梳高髻，後髮披肩，外披白綢五彩印花曳地長襖，內襯銀紅衫子，肩上蟠大紅風帶一條，扮一天女，從松樹上下臺心，即將風帶解下，掛於樹上，似作沐浴之狀。銘苅子竊帶藏之，天女失帶，惶懼不能飛昇，與銘苅子問答良久，遂為夫婦。生一女名真鶴，年九歲，又一男名思龜，年五歲，皆七八歲小童扮之，唇紅齒白，裝束逼肖。是時騙兒女眠於榻上，忽然尋出風帶，徐徐登松樹上，將昇天矣。下顧兒女作悲泣狀，兒女驚醒，追呼樹下，天女已至松頂，忽有白雲從上而下以迷去路，其雲皆棉花結成。銘苅子亦追尋至樹下，與兒女對松樹大哭。忽出一大夫問銘苅之，回奏知國王，召其父子賜以爵祿，并收其女入宮撫養。此其開國時之故事，其場後之松樹事為此而設也。此樹甚高，已百年物矣。

又聞竹板再響，四小旦扮四女，裝如天女而無風帶，頭頂五彩笠子，曼聲弦歌而上。舞有頃，各除笠，上下盤旋而進，謂之笠舞。

又開傳奇一段，曰《君爾忘身救難雪仇》。一淨腳兩頷染脂，童顏鶴髮，戴黃金緞金鑲風兜，身衣古銅色緞衫，外罩天青金雲龍背心，腰插寶刀，手執兜扇，自稱按司，名八重瀨。按司者，似乎彼國之諸侯也，路遇玉村按司，夫人貌美，殺玉村而奪其妻。妻不從，殉節死。其子逃匿平安大主家，八重瀨欲搜緝除害。玉村有家人之子名龜壽者，別其母，投平安大主家，見小主，願身假做小主，出獻以代死，小主不從，如《一捧雪》❹換監代戮之狀，既而允從。平安大主有家將，名吉由，假縛龜壽為玉村之子，授獻八重瀨。令下監，受盡諸苦而欲殺之，吉由假降帳下。又有玉村大臣名波平者起義，與平安大主合兵一處，奉玉村子小按司為父報仇，斬關而進，殺八重瀨於帳下，救出龜壽，仍立玉村之子為按司。此明季彼國分南、北、中三王時之故事也。小按司係十二三歲之俊童，其裝束如水鬥❺中之小青，不穿裙耳。凡逢殺戰不在當場，皆入場後作擂鼓叱吒聲而已。

又聞竹板響，見男子四人頭束紅帕，身著花襖，腰圍闊帶，腿纏青紬，手執羯鼓❻，其聲咚咚。又有四童，裝束亦如之，則手執短竹，擊聲角角，滿場躑躅❼，且擊且跳，謂之羯鼓舞。

又開傳奇一段，曰《淫女為魔義士全身》。走出一小生，年約十五六，扮一久米府之漢人後裔，名曰陶松瑞。頭戴細草笠子，式如中國涼帽胎，而大如小鐵鍋，衣月白紬衫，手執短拐，往首禮府探親。天晚迷路，見山下有燈火，投宿村莊。隨有一小旦，扮村女出，留松瑞宿，自言母亡父出，一人獨守，欲薦枕席。松瑞誠以男女不親授受之義。其女不聽，強逼之，松瑞脫身逃遁。女轉羞成怒，欲追殺之。松瑞逃入萬壽寺，有老僧名普德，藏松瑞於鐘中，一鐘極肖。女子追索無蹤，仰天大哭，發狂而去。松瑞已出，而女子復至，鑽入鐘中，忽變成魔相，頭出兩角，貌極猙獰，手執雙斧，勢將動武。普德遂合手念咒，魔即乘風化去，松瑞得全身而歸。此彼國近時之故事也。

忽扮出大小獅子兩個，跳躍盤旋而下，歌舞自此止，即中國唱戲之所謂團圓❽也。

【注釋】❶鶴氅　羽毛做的外衣，也指道袍。❷關目　戲曲中的重要情節，也指戲曲中說白。❸背搭　背心；馬甲。❹一捧雪　清李玉所作傳奇，演莫懷古被人陷害，僕人莫成代主受戮的故事。❺水鬥　《白蛇傳》中一齣，演白娘子為從法海手中奪回丈夫許仙，帶領小青水漫金山之事。❻羯鼓　從印度傳入的打擊樂器，盛行於唐開元、天寶年間。❼躑躅　頓足。❽團圓　指戲曲中圓滿的結局。

琉球國亦有妓女，謂之紅衣人，其所居曰紅衣館。向例，每天使至國冊封，准諸妓入館伺候。自嘉慶五年趙介山殿撰冊封琉球時，傳諭不准入館，遂為定例。自國相以下均有所歡，每月纏頭❶脂粉之費，不過四五六金而已。若天使至，則不許國人闌入紅衣館，恐生事端也。中華人每到紅衣館，有賞識者，即聲價十倍，定情合意後，必贈一銀簪，帶之以為榮。蓋民間俱用角者，惟妓女得中華人賞給始准帶耳。其款式如荷花瓣而腳長，每枝重五兩。其裝束百般，總無一定。有著白地青花衫，微映大紅抹胸❷者；有著五彩印花衫，束紫縐紗汗巾者；有綠地五彩白花衫，束大紅文絲帶者，皆薄施脂粉，丰致嫣然，令人銷魂。亦能歌舞，或彈三弦，或鼓古琴，或坐而歌，或起而舞。

凡紅衣人盡無字。自八九歲賣身入館，教以歌，與人交接後，積財贖身，即買一美婢，自開門戶。年長則各有舊交，故無從良之例。其房皆南向，空前一架為軒廊，後三架為臥室，三面皆板，上施頂格，下鋪腳踏綿，潔淨而軟，如登大床。亦有箱籠、衣架、書畫，呈設古銅、瓷瓶、壺、杯、碗、茶具、酒器之屬。檐下亦鑿小池，蓄金鱗數尾，植芭蕉、鐵樹於墻下。有一種名佛桑花，葉若桑而花如蜀葵，千瓣，五色俱備，有大紅色者。

男用團扇，女則半月。夜臥，則以大席鋪室中，上施大帳，而覆以衾枕之屬。亦點燭，式如風燈而高，外糊白紙，中燃油火，上有橫木，可以提攜，亦隨地可置，隨處可粘。燭皆純蠟，可以通宵。其餘起居飲食與中國無異。

【注釋】❶纏頭　古代贈送歌舞藝人和妓女的財物。❷抹胸　肚兜。

附錄三

浮生六記原序

《浮生六記》一書，余於郡城冷攤得之，六記已缺其二，猶作者手稿也。就其所記推之，知為沈姓號三白，而名則已逸，偏訪城中無知者。其書則武林葉桐君刺史、潘麐生茂才、顧雲樵山人、陶芑孫明經諸人，皆閱而心醉焉。弢園王君寄示陽湖管氏所題《浮生六記》六絕句，始知所亡〈中山記歷〉蓋曾到琉球也。書之佳處已詳於麐生所題。近僧即麐生自號，並以「浮生若夢為歡幾何」之小印，鈐於簡端。

光緒三年七月七日，獨悟庵居士楊引傳識

浮生六記原跋

予婦兄楊甦補明經，曾於冷攤上購得《浮生六記》殘本。筆墨間纏綿哀感，一往情深，於伉儷尤敦篤。卜宅滄浪亭畔，頗擅水石林樹之勝。每當茶熟香溫，花開月上，夫婦開樽對飲，覓句聯吟，其樂神仙中人不啻也。曾幾何時，一切皆幻，此記之所由作也。予少時嘗跋其後云：「從來理有不能知，事有不必然，情有不容已。夫婦準以一生，而或至或不至者，何哉？蓋得美婦非數生修不能，而婦之有才色者輒為造物所忌，非寡即夭。然才人與才婦曠古不一合；苟合矣，即寡夭焉何憾！正惟其寡夭焉而情益深；不然，即百年相守，亦奚裨乎？嗚呼！人生有不遇之感，蘭杜有零落之思。歷來才色之婦，湮沒終身，抑鬱無聊，甚且失足墮行者不少矣。而得如所遇以夭者，抑亦難之。乃後之人憑弔，或嗟其命之不辰，或悼其壽之弗永，是不知造物者所以善全之意也。美婦得才人，雖死賢於不死。彼庸庸者即使百年相守，而不必百年已泯然盡矣。造物所以忌之，正造物所以成之哉？」顧跋後未越一載，遽賦悼亡，若此語為之讖也。是書余惜未抄副本，旅粵以來時憶及之。今聞甦補已出付尊聞閣主人以活字版排印，特郵寄此跋，附於卷末，志所始也。

丁丑秋九月中旬，淞北玉魫生王韜病中識

浮生六記原題辭

劉樊仙侶世原稀，瞥眼風花又各飛。

贏得紅閨傳好句，秋深人瘦菊花肥。

煙霞花月費平章，轉覺閑來事事忙。
不以紅塵易清福，未妨泉石竟膏肓。

坎坷中年百不宜，無多骨肉更離披。
傷心替下窮途淚，想見空江夜雪時。

秦楚江山逐望開，探奇還上粵王臺。
游蹤第一應相憶，舟泊胥江月夜杯。

瀛海曾乘漢使槎，中山風土紀皇華。
春雲偶住留痕室，夜半濤聲聽煮茶。

白雪黃芽說有無，指歸性命未全虛。
養生從此留真訣，休向嫏嬛問素書。

陽湖管貽蕚樹荃

浮生六記原題辭

是編合冒巢民《影梅盦憶語》、方密之《物理小識》、李笠翁《一家言》、徐霞客《遊記》諸書，參錯貫通，如《五侯鯖》，如《群芳譜》，而緒不蕪雜，指極幽馨，綺懷可以不刪，感遇烏能自已，洵《離騷》之外篇，《雲仙》之續記也。向來小說家標新領異，移步換形，後之作者幾於無可著筆。得此又樹一幟。惜乎卷帙不全，讀者猶有遺憾；然其淒艷秀靈，怡神蕩魄，感人固已深矣！

僕本恨人，字為秋士。對安仁之長簟，塵掩茵幬；依公瑕之故居，種尋藥草（余居定光寺西，為前明周公瑕藥草山房故址）。海天瑣尾，嘗酸味於廬中；山水遨頭，騁豪情於花外。我之所歷，間亦如君；君之所言，大都先我。惟是養生意懶，學道心違，亦自覺闕如者，又誰為補之歟？浮生若夢，印作珠摩（余藏舊犀角圓印一，鐫「浮生若夢」二語）；記事之初，生同癸未（三白先生生於乾隆癸未，余生於道光癸未）。上下六十年，有鄉先輩為我身作印證，抑又奇已。聊賦十章，豈惟三嘆。

艷福清才兩意諧，賓香閣上鬥詩牌。
深宵同啜桃花粥，剛識雙鮮醬味佳。

琴邊笑倚鬢雙青，跌宕風流總性靈。
商略山家栽種法，移春檻是活花瓶。

吩咐名花次第開，膽瓶拳石伴金罍。
笑他瑣碎板橋記，但約張魁清早來。

曾經滄海難為水，除卻巫山不是雲。
守此情天與終古，人間鴛牒只須焚。

釁起家庭劇可憐，幕巢飛燕影淒然。
呼燈黑夜開門去，玉樹枝頭泣杜鵑。

梨花顦顇月無聊，夢逐三春盡此宵。
重過玉鈎斜畔路，不堪消瘦沈郎腰。

雪暗荒江夜渡危，天涯莽莽欲何之？
寫來滿幅征人苦，猶未生逢兵亂時。

鐵花巖畔春多麗，銅井山邊雪亦香。
從此拓開詩境界，湖山大好似吾鄉。

眼底煙霞付筆端，忽耽冷趣忽濃歡。
畫船燈火層寮月，都作登州海市觀。
便做神仙亦等閑，金丹苦煉幾生慳。
海山聞說風能引，也在虛無縹緲間。

同治甲戌初冬，香禪精舍近僧題

◎新譯呻吟語摘

鄧子勉／注譯

《呻吟語摘》為明代學者呂坤依其所作《呻吟語》刪定並增補而成的語錄體著作，分上下二卷，內容包含齊家治國、修身養性、治學問道、待人接物等。書中多由微小處發掘事理的真諦，用語雖樸實無華，然句句箴言，不僅反映呂坤的哲學思想、政治態度，更蘊含他對人生的感悟以及志趣的抒發，為一部難能可貴的格言訓語著作。本書注釋精確，語譯生動，並輔以詳盡研析，期能有助讀者於呂坤的文字中窺見處世之智慧。

◎新譯郁離子

吳家駒／注譯

明朝開國大臣劉基經歷元末政治腐敗、社會黑暗與民族衝突的丕變，對於種種的不公不義感到忿懣，故撰寫《郁離子》以抒發自己的看法與主張。書中所言包羅萬象，並大量運用寓言筆法，其精巧的構思，不僅意蘊深刻，而且妙趣橫生，給人耳目一新之感。透過本書詳盡的注譯與精湛的研析，更增添其價值與光彩。

◎新譯閱微草堂筆記

嚴文儒／注譯

清代文人紀昀（紀曉嵐）以飽讀詩書、學問淵博而著名，他不僅主編中國最偉大的叢書《四庫全書》，還撰有一部堪稱與《聊齋》齊名的筆記小說《閱微草堂筆記》。紀昀花費近十年的時間，才完成這部卷帙浩繁的作品。全書近一千二百則，內容豐富龐雜，包括社會生活、學術思想、官場世態、風土人情、鬼狐妖魅、物產異聞等，無所不有。作者透過質樸淡雅、亦莊亦諧的文筆，融合深刻睿智、情理兼具的思想，寫成一則則生動有趣的狐鬼故事，讀來令人不忍釋手。本書採用坊間最優質的版本，輔以簡明的注釋、淺白的語譯和扼要的研析，期能幫助讀者閱讀與深入了解鐵齒銅牙的紀曉嵐，以及他所創造的搜奇志怪的《閱微》世界。